HOMENS DE FORTUNA

Nadifa Mohamed

Tradução
Marina Vargas

TORÐSILHAS

Homens de fortuna

Copyright © 2023 da Starlin Alta Editora e Consultoria Eireli.
ISBN: 978-65-5568-072-0

Translated from original The Fortune Men. Copyright © 2021 by Nadifa Mohamed. ISBN 9780241466940. This translation is published and sold by permission of Random House Publishers, the owner of all rights to publish and sell the same. PORTUGUESE language edition published by Starlin Alta Editora e Consultoria Eireli, Copyright © 2023 by Starlin Alta Editora e Consultoria Eireli.

Impresso no Brasil — 1ª Edição, 2023 — Edição revisada conforme o Acordo Ortográfico da Língua Portuguesa de 2009.

Dados Internacionais de Catalogação na Publicação (cip)
(Câmara Brasileira do Livro, SP, Brasil)

Mohamed, Nadifa
  Homens de fortuna / Nadifa Mohamed ; tradução Marina Vargas. —
1. ed. — São Paulo : Tordesilhas, 2023.
  352 p. ; 13,5cm x 21cm.

  Título original: The fortune men.
  ISBN 978-65-5568-072-0

  1. Ficção inglesa - Escritores africanos I. Título.

22-120670   CDD-823

Índice para catálogo sistemático:
1. Ficção : Literatura africana em inglês 823
Eliete Marques da Silva - Bibliotecária - CRB-8/9380

Todos os direitos estão reservados e protegidos por Lei. Nenhuma parte deste livro, sem autorização prévia por escrito da editora, poderá ser reproduzida ou transmitida. A violação dos Direitos Autorais é crime estabelecido na Lei nº 9.610/98 e com punição de acordo com o artigo 184 do Código Penal.

A editora não se responsabiliza pelo conteúdo da obra, formulada exclusivamente pelo(s) autor(es).

Marcas Registradas: Todos os termos mencionados e reconhecidos como Marca Registrada e/ou Comercial são de responsabilidade de seus proprietários. A editora informa não estar associada a nenhum produto e/ou fornecedor apresentado no livro.

Erratas e arquivos de apoio: No site da editora relatamos, com a devida correção, qualquer erro encontrado em nossos livros, bem como disponibilizamos arquivos de apoio se aplicáveis à obra em questão.

Acesse o site **www.altabooks.com.br** e procure pelo título do livro desejado para ter acesso às erratas, aos arquivos de apoio e/ou a outros conteúdos aplicáveis à obra.

Suporte Técnico: A obra é comercializada na forma em que está, sem direito a suporte técnico ou orientação pessoal/exclusiva ao leitor.

A editora não se responsabiliza pela manutenção, atualização e idioma dos sites referidos pelos autores nesta obra.

Produção Editorial
Grupo Editorial Alta Books

Diretor Editorial
Anderson Vieira
anderson.vieira@altabooks.com.br

Editor
Rodrigo Faria
rodrigo.fariaesilva@altabooks.com.br

Vendas ao Governo
Cristiane Mutüs
crismutus@alaude.com.br

Gerência Comercial
Claudio Lima
claudio@altabooks.com.br

Gerência Marketing
Andréa Guatiello
andrea@altabooks.com.br

Coordenação Comercial
Thiago Biaggi

Coordenação de Eventos
Viviane Paiva
comercial@altabooks.com.br

Coordenação ADM/Finc.
Solange Souza

Coordenação Logística
Waldir Rodrigues

Gestão de Pessoas
Jairo Araújo

Direitos Autorais
Raquel Porto
rights@altabooks.com.br

Assistente da Obra
Caroline David

Produtores Editoriais
Illysabelle Trajano
Maria de Lourdes Borges
Paulo Gomes
Thales Silva
Thiê Alves

Equipe Comercial
Adenir Gomes
Ana Claudia Lima
Andrea Riccelli
Daiana Costa
Everson Sete
Kaique Luiz
Luana Santos
Maira Conceição
Nathasha Sales
Pablo Frazão

Equipe Editorial
Ana Clara Tambasco
Andreza Moraes
Beatriz de Assis
Beatriz Frohe
Betânia Santos
Brenda Rodrigues

Erick Brandão
Elton Manhães
Gabriela Paiva
Gabriela Nataly
Henrique Waldez
Isabella Gibara
Karolayne Alves
Kelry Oliveira
Lorrahn Candido
Luana Maura
Marcelli Ferreira
Mariana Portugal
Marlon Souza
Matheus Mello
Milena Soares
Patricia Silvestre
Viviane Corrêa
Yasmin Sayonara

Marketing Editorial
Amanda Mucci
Ana Paula Ferreira
Beatriz Martins
Ellen Nascimento
Livia Carvalho
Guilherme Nunes
Thiago Brito

Atuaram na edição desta obra:

Tradução
Marina Vargas

Copidesque
Estúdio F Batagin

Revisão Gramatical
Renan Amorim
Rafael de Oliveira

Diagramação
Cesar Godoy

Capa
Leticia Quintilhano

Editora afiliada à:

  ASSOCIADO

Rua Viúva Cláudio, 291 — Bairro Industrial do Jacaré
CEP: 20.970-031 — Rio de Janeiro (RJ)
Tels.: (21) 3278-8069 / 3278-8419
ALTA BOOKS **www.altabooks.com.br** — altabooks@altabooks.com.br
GRUPO EDITORIAL **Ouvidoria:** ouvidoria@altabooks.com.br

Para M. H. M. e L. V.

NOTA DA AUTORA

Homens de fortuna é uma obra de ficção. Embora seja inspirada em um evento real e personagens da vida real apareçam em alguns lugares, as caracterizações e a narrativa são inteiramente fictícias e são, em sua totalidade, produtos da imaginação da autora.

Naf yahay orod oo, arligi qabo oo, halkii
aad ku ogeyd, ka soo eeg.
Ó, alma, corra para sua terra natal e
procure por ela onde a conheceu.

Ahmed Ismail Hussein, "Hudeidi",
escrito em prisão na Somalilândia Francesa em 1964

Remember the green glow of phosphorous,
on a bow waved warm tropic night,
the wonderful wild roaring forties,
when you fought the storm at its height.

The scent of the spices off Java,

a frigate birds cry to the moon,
the sound of the anchor chain surging,
when we stayed in that crystal lagoon.

No requiem plays at your passing,
no friend there to bid you goodbye,
who knows that the sea birds are grieving,
and perhaps a fool such as I.

Harry "Marinheiro" Cooke, trecho de *"The Last Tramp Steamer"* [*]
[O Último Navio a Vapor, em tradução livre]

---

[*] "Lembre-se do brilho verde do fósforo,/ em uma quente noite dos trópicos ondulada pela proa,/ os extraordinários e loucos anos de 1940,/ quando lutou contra a tempestade em seu auge.
O cheiro das especiarias vindas de Java,/ uma ave fragata cantando para a Lua,/ o som da corrente da âncora lançada,/ quando fundeamos na laguna cristalina.
Nenhum réquiem toca durante sua passagem,/ nenhum amigo para lhe dizer adeus,/ que sabe que as aves marinhas estão de luto,/ e talvez um tolo como eu." (N. T.)

KOW

UM

Tiger Bay, fevereiro de 1952

— O rei está morto. Vida longa à rainha. — A voz do locutor crepita no rádio e flutua em torno dos clientes absortos da lanchonete de Berlin tão sinuosamente quanto a neblina, que serpenteia pelos melancólicos postes da rua, cuja luz pálida mal ilumina as ruas.

O barulho aumenta enquanto milk-shakes e refrigerantes tilintam contra *Irish coffees*, e cadeiras são arrastadas pelo piso de ladrilhos pretos e brancos.

Berlin bate com uma colher no balcão e ruge com sua voz de domador de leões:

— Façam um brinde, senhoras e senhores, e se despeçam do nosso velho rei em sua viagem rumo às profundezas do oceano!

— Ele vai encontrar muitos dos nossos homens lá embaixo — responde o Velho Ismail. — É melhor começar a escrever os pedidos de desculpa no caminho.

— A-a-a-aposto que ele fe-fe-fez isso no l-l-leito de morte — diz um dos clientes, entre gargalhadas.

Em meio ao rock 'n' roll e ao ruído da máquina de café expresso, Berlin ouve alguém chamando o seu nome.

— *Maxa tiri?* — pergunta ele enquanto Mahmood Mattan abre caminho entre as pessoas até o balcão.

— Eu disse que quero outro café.

Berlin segura pela cintura a esposa, originária de Trinidad e Tobago, e a conduz em direção a Mahmood.

— Lou, sirva outro café para esse encrenqueiro.

Junto ao balcão estão muitos dos marinheiros somalis de Tiger Bay; parecem uma mistura de gângsteres e dândis, com suas gravatas, relógios de bolso e chapéus de feltro. Apenas Mahmood usa um chapéu *homburg*, puxado para baixo sobre o rosto magro e os olhos tristes. Ele é um sujeito discreto, sempre aparecendo e desaparecendo silenciosamente, sem se misturar com os marinheiros, apostadores ou ladrões. Os homens recolhem seus pertences quando ele está por perto e ficam de olho em seus dedos longos e elegantes, e apenas Tahir Gass – que recentemente recebeu alta do hospital psiquiátrico de Whitchurch – se aproxima dele, buscando em vão uma amizade que Mahmood não lhe concede. Tahir está em um caminho que ninguém pode ou quer percorrer com ele, seus membros se contraindo em espasmos em reação aos choques elétricos invisíveis, as emoções transparecendo em seu rosto como uma tela de cinema.

— Independência a qualquer momento agora. — Ismail bebe um gole de sua caneca e sorri. — A Índia já foi, o que eles vão dizer ao resto?

Berlin olha para ele de modo insolente.

— Vão dizer que temos vocês na mão, crioulo! Somos donos das suas terras, dos seus trens, dos seus rios, das suas escolas e até da borra de café no fundo da sua xícara. Viu o que eles fizeram com os Mau-Mau e com todos os quicuios no Quênia? Prenderam todo mundo, adultos e crianças.

Mahmood pega o expresso entregue por Lou e abre um sorriso afetado ao ouvir o diálogo; ele não se interessa por política. Enquanto tenta endireitar as abotoaduras, uma gota de café escorre pela borda da xícara e cai em seu sapato engraxado e brilhante. Tirando um lenço do bolso da calça, ele limpa a gota

7

de café e dá uma polida para remover a mancha. Os sapatos são novos, de bico fino e negros como o carvão de Terra Nova, e são melhores do que os pares de qualquer um dos outros sujeitos ali. No seu bolso há três notas de £1, prontas para uma partida de pôquer. Ele economizou esse dinheiro deixando de almoçar e passando noites sem acender o fogo, enrolado nos cobertores como uma múmia. Inclinando-se sobre o balcão, ele cutuca Ismail.

— Billa Khan vem hoje à noite?

— Eu venho da selva? Quisera eu vir da selva! Eu disse a ele: olhe ao redor, *isto aqui* é a selva. Há arbustos e árvores por toda parte. No meu país não cresce nada. — Ismail termina sua piada e se vira para Mahmood. — Como vou saber? Pergunte a um dos seus amigos vigaristas.

Irritado, Mahmood bebe o café expresso de um gole só e pega a capa de chuva cáqui antes de atravessar a multidão e sair.

O ar frio golpeia seu rosto como uma pá, e apesar de se apressar em apertar o paletó junto ao corpo, a noite cortante de fevereiro o envolve e faz seus dentes baterem. Uma mancha cinzenta obscurece tudo que ele vê em resultado de uma lasca quente de carvão cuspida de uma fornalha bem no seu olho direito. Uma dor tão violenta que fez com que se levantasse bruscamente e tombasse de costas sobre os restos de carvão que estavam esfriando atrás dele. O barulho estrondoso de pás e picaretas caindo no chão quando os outros foguistas foram socorrê-lo, as mãos dos seus colegas afastando seus dedos do rosto. Suas lágrimas haviam distorcido a fisionomia familiar desses homens, cujos olhos eram os únicos pontos brilhantes na escuridão, e o alarme de emergência soava enquanto as botas do engenheiro-chefe desciam a escada de aço a passos pesados. Depois, duas semanas em um hospital em Hamburgo com uma bandagem grossa enrolada na cabeça.

Essa mancha e a dor nas costas são os únicos vestígios físicos de sua vida no mar. Já faz quase três anos que ele não embarca em um navio, trabalhando apenas em fundições e pequenas caldeiras em prisões e hospitais. O mar ainda o chama, no entanto, tão alto quanto as gaivotas abrindo caminho pelo céu acima dele, mas há Laura e os meninos para o ancorarem ali. Meninos que, apesar do sangue galês da mãe, parecem somalis, agarrados às suas pernas enquanto gritam "papai, papai, papai" e puxam sua cabeça para baixo, bagunçando seus cabelos penteados com pomada e dando-lhe beijos vigorosos que deixam suas bochechas cheirando a sorvete de frutas e leite.

As ruas estão silenciosas, exceto pela notícia da morte do rei que vem das muitas varandas baixas e varridas pelo vento pelas quais ele passa, cada rádio transmitindo de maneira dissonante, às vezes um segundo adiantados, às vezes um segundo atrasados. Ao passar pelas lojas da Bute Street, ele vê algumas luzes ainda acesas: na casa de penhores de Zussen, em que muitas de suas roupas estão penhoradas; na barbearia cipriota, em que corta o cabelo; e na Volacki's, em que costumava comprar os seus equipamentos de marinheiro, mas onde agora apenas furta um ou outro vestido para Laura de tempos em tempos. As janelas altas do Cory's Rest estão embaçadas, figuras com o formato de pessoas rindo e dançando atrás dos vitrais. Ele espia pela porta para ver se alguns de seus companheiros usuais estão lá, mas ao redor da mesa de sinuca há apenas rostos de pessoas das Índias Ocidentais que ele não reconhece. Um dia pertencera a esse exército de trabalhadores originários de todas as partes do mundo, recrutados para substituir os milhares de marinheiros que perderam a vida na guerra: descarregadores, conferentes de mercadoria, *kickers*, estivadores, operadores de guincho, homens de convés, controladores de qualidade, carregadores de sacas de grãos, carregadores de madeira, operadores de cordame, encarregados, vigias, assistentes de tonelagem, barqueiros, manobreiros, timoneiros, operadores de rebocador, operadores de navios auxiliares, encarregados da água potável, ferreiros, funcionários administrativos, almoxarifes, medidores, pesadores, operadores de dragas, operadores de escavadeiras, operadores de barcaça, operadores de guindaste, carvoeiros e seu próprio batalhão, os foguistas.

Mahmood se afasta do esplendor do Cory's Rest, com seu pórtico e suas guirlandas, e segue em direção às docas, onde uma névoa vermelha tinge o céu limpo. Ele gosta de assistir ao espetáculo industrial à noite: a água suja do mar parecendo pegar fogo enquanto tonéis de detrito incandescente das fornalhas da Siderúrgica East Moors são vertidos na maré noturna. A ferrovia na faixa litorânea produzindo um ruído metálico e guinchando enquanto os vagões disparam de um lado para o outro entre as chaminés de aço e o mar revolto e fumegante. É uma visão assustadora e fascinante, que lhe tira o fôlego todas as vezes; ele quase espera que uma ilha ou um vulcão seja cuspido com violência da água borbulhante e ciciosa, raiada de combustível, mas ela sempre esfria, voltando a sua uniformidade morosa e sombria pela manhã.

A região portuária e o bairro adjacente de Butetown se estendem por apenas 1,6 quilômetro quadrado, mas, para ele e para seus vizinhos, são como uma metrópole. Erguidos sobre o pântano no século anterior, um aristocrata escocês construiu as docas e deu às ruas os nomes de seus parentes. Mahmood tinha ouvido um boato de que o primeiro cheque de £1 milhão do mundo fora assinado no prédio do Mercado de Carvão. Mesmo agora, homens de outro calibre, com chapéu-coco na cabeça, se dirigiam para lá de manhã, para trabalhar no escritório da Marinha Mercante ou na Alfândega. Tanto no Escritório da Marinha quanto no Sindicato dos Marinheiros, as pessoas sabiam qual porta usar se não quisessem ter problemas, e isso valia tanto para os trabalhadores brancos quanto para os negros. Fora do distrito financeiro, o bairro era de todos, cercados e espremidos pelos trilhos de trem e canais que os separavam do resto de Cardiff. Um labirinto de pequenas pontes, eclusas de canais e linhas de bonde confundiam os recém-chegados; pouco antes de se mudar para lá, os marinheiros somalis costumavam levar o endereço de sua hospedaria em uma placa pendurada no pescoço para que os transeuntes pudessem ajudá-los a achar seu caminho. As crianças usavam os canais como um playground e, certa vez, quando duas delas desapareceram, Mahmood passara uma noite triste e insone procurando algum sinal delas nas águas lamacentas. Foram encontradas pela manhã – uma branca e uma negra, ambas afogadas. Seus meninos ainda são muito pequenos para andar por aí sozinhos, *alhamdulillah*. Um dia, quando forem mais velhos, ele lhes mostrará a cidade portuária, com a Igreja Norueguesa e o abatedouro *kosher*, os guindastes, os diques flutuantes e as chaminés expelindo fumaça, os tanques para armazenar madeira, as instalações de tratamento com creosoto e os currais, as três vias largas – Bute Street, James Street, Stuart Street –, entrecruzadas por fileiras de casas geminadas cada vez mais estreitas. As bandeiras e chaminés de frotas de navios de todo o mundo se aglomerando nas extremidades do cais e se espalhando pelas bacias das docas.

Mahmood planeja o futuro em silêncio, mas agora, vencido pelo frio congelante que penetra pelas frestas entre os botões de seu casaco, desiste da noite de pôquer e volta para casa, em Adamsdown, onde o verdadeiro fogo de sua vida queima.

Violet se deixa cair pesadamente na cadeira de madeira e espera que Diana ponha a mesa.

— Cadê a Gracie?

— Terminando o dever de casa extra. Ela vai descer em um minuto.

— Acho que ela está estudando demais, Di. O rostinho dela parece abatido.

— Não diga bobagens. Ela mal encosta a caneta no papel. Passou a maior parte da tarde experimentando meus sapatos de salto alto e ouvindo meus discos de jazz. Subi para mandar ela terminar logo, e o rosto dela estava coberto com meu pó iluminador da Max Factor. Ela acha que o destino dela é ir para Hollywood.

— A faxineira disse que, quando estava trocando a roupa de cama, encontrou uma foto do Ben vestido com o uniforme de piloto debaixo do travesseiro dela.

— Eu sei. — Seu sorriso congela e ela vira as costas para Violet. Violet aperta o antebraço de Diana.

— Seja forte, irmã. *Koyekh*.

— Desça de uma vez, Grace. Estamos esperando por você! — grita Diana escada acima, arrancando o avental e pendurando-o dobrado no encosto da cadeira. Os quilos que ganhou no feriado de Natal ainda são visíveis em seu corpo musculoso, e o vestido verde, de cintura justa, está apertado nas costas. Os cabelos pretos caem em cachos soltos sobre os ombros; precisam de um corte, mas Violet gosta do jeito que estão, pois dão à irmã uma aparência mediterrânea.

— Você é uma máquina de movimento perpétuo.

— Não por escolha, posso lhe garantir. A Maggie pediu ao Daniel que trouxesse o frango, já que eu tive muitos clientes hoje cedo. Todos queriam apostar dinheiro em um cavalo com algum tipo de associação ao rei: "Sua Majestade", "Balmoral", "Palácio de Buckingham". Não sei se é uma forma de fazer uma última homenagem ou apenas superstição, mas nunca vi nada parecido.

— Eu vi um deles descontar o cheque de adiantamento comigo e, em seguida, ir apostar com você. Dinheiro na mão de um tolo...

— Ah, é o pobre do Tahir. Ele não está bem da cabeça. Um dos marinheiros me contou que ele foi "maltratado", como dizem, por soldados italianos na África. Ele diz que é o rei da Somália e que matou milhares de homens na guerra.

— Em qual cavalo ele apostou?

— A Imperatriz da Índia — responde Diana, abrindo os lábios vermelhos para dar uma risada alta. — Acho que ele pensa que é a mulher dele.

— Santo Deus. Vou só lavar as mãos. — Violet sorri, olhando para a mesa posta: frango assado, picles de pepino, batatas cozidas, cenouras com cebola roxa e beterraba e uma pilha de pãezinhos macios chamados *bialys* cobertos de sementes de papoula.

Ela volta da pia e tira dos sapatos ortopédicos pretos os pés envoltos na meia-calça, alongando a coluna retorcida pela escoliose, que formava um quebra-cabeça com suas costelas e omoplatas. Sua pele é mais clara que a das irmãs, o rosto igual ao do pai, até os vincos profundos nas laterais da boca, uma pureza de freira tanto no vestido quanto no rosto rosado. Os cabelos ainda são escuros, mas há o prenúncio de uma mecha branca na linha triangular acima das sobrancelhas esparsas. Violet dá a impressão de alguém que sempre pareceu mais velha do que realmente era e agora atingiu o ponto de habitar um corpo sob medida para ela: uma modesta lojista de Cardiff.

— Ligue o rádio, Di, quero ouvir o resto das notícias. Imagine só a princesa Elizabeth, quer dizer, a *rainha* Elizabeth, pegando o avião de volta, sabendo que vai ter que abrir mão de sua vidinha tranquila com o marido e os filhos para assumir o trono.

— Ninguém a está *obrigando* a fazer isso. Por mim, ela pode ficar no Quênia e declarar o fim da monarquia.

— Você não tem senso de dever. Como ela poderia fazer uma coisa dessas quando um país inteiro, um império inteiro, está esperando por ela?

— É típico de você dizer isso, a queridinha do papai. Você me faz rir, Violet. Papai lhe deixou essa loja, e você age como se ele tivesse lhe deixado o mundo inteiro. Posso imaginar seu rosto nos jornais hoje, fazendo uma promessa solene de governar o número 203 da Bute Street, dando o melhor de si, com a ajuda do Deus Todo-Poderoso.

— Essa loja é a minha vida, e se eu a tivesse vendido em 1948, de que adiantaria? Uma viúva, uma solteirona e uma garotinha, mudando de casa e emprego como quem troca de roupa.

— Nós poderíamos ter ido para Londres ou Nova York.

— E começar tudo de novo? Não, Diana, você ainda é jovem o suficiente para se casar e ter mais filhos. Eu não.

— Isso não é verdade. Talvez não possa ter filhos, mas certamente poderia se casar.

— Será que devo começar a procurar entre os patifes e charlatões que só me querem por causa da minha loja?

— Tudo bem, tudo bem. Você é quem sabe. — Diana ergue as mãos em sinal de rendição e, em seguida, berra a plenos pulmões: — Grace! Desça agora mesmo!

— Estou indo!

— Então venha! Sua tia Violet está cansada, e a comida está esfriando.

Os passos são ouvidos pela escada em formato de caracol, e lá está ela – o centro do universo de ambas –, 1,5 metro de pura promessa e esperança.

Ela beija Diana e Violet na bochecha e, em seguida, desliza para sua cadeira. O rosto redondo e suave de Grace está mudando de formato aos poucos, com o maxilar quadrado de Ben se projetando e o nariz assumindo a elegante curva característica dos Volacki. *Dez verões, dez invernos sem ele*, pensa Diana, enquanto olha para o rosto sardento da filha.

— Conseguiu estudar para a prova, meu amor? — pergunta Violet, cortando o frango e colocando três fatias no prato de Grace.

Grace morde um grande naco de um *bialys* e abre um sorriso malicioso.

— Eu comecei, tia Violet, mas depois...

— Hum? — Diana revira os olhos. — Meu estojo de maquiagem pareceu mais interessante?

— Você não deveria ter deixado ele à vista, mamãe. Sabe como eu me distraio com facilidade.

— Você é muito atrevida, Gracie. — Violet ri.

O locutor do rádio é uma quarta presença à mesa; uma magnífica voz masculina vinda de Londres que soa como se estivesse vestindo fraque, gravata-borboleta branca e sapatos sociais comprados na Bond Street. O tilintar das facas e garfos se mistura à música do coro e ao toque dos sinos, do Big Ben a uma igreja medieval nos confins das Hébridas. Para além da sala de jantar, a terra está de luto, as estrelas congeladas no lugar, a lua envolta em escuridão.

— Leve esses pratos para a cozinha e vá se arrumar para dormir, Grace.

— Sim, mamãe. — Grace toma o último gole de seu tônico de framboesa e empilha o máximo de pratos que consegue nos braços, como viu as garçonetes fazerem na lanchonete da Betty.

— Um de cada vez. Você não consegue carregar tudo isso — diz Diana, pegando parte da pilha e seguindo-a até a cozinha.

Violet não vê a hora de se deitar na cama e dormir, mas ainda tem que anotar as vendas do dia, trancar a porta da frente – trincos na parte de cima e na parte de baixo, dois cadeados, uma fechadura Yale – e dos fundos antes de carregar a caixa de metal com o dinheiro até seu quarto. O peso dessas tarefas a deixa presa à cadeira, mas ela se obriga a levantar e caminha mecanicamente até a loja anexa à casa.

Mesmo àquela hora, a música martela ruidosamente na parede compartilhada com a casa vizinha, uma pensão maltesa – rock 'n' roll com o som de saxofones insinuantes e tambores vigorosos —, e Diana soca o gesso pedindo silêncio. Uma explosão enquanto servia na Força Aérea Auxiliar Feminina durante a guerra a deixara um pouco surda de um dos ouvidos, mas os malteses colocavam sua música tão alto que poderiam acordar um defunto. Com a filha adormecida na cama, Diana veste a camisola e desliza sob a colcha de seda. Foi um presente de casamento de Violet, e, por algum motivo, um dos cantos ainda conserva o perfume da colônia de Ben. A noite sempre faz com que a presença dele turve sua ausência. Ela pega o diário do marido, que está debaixo do travesseiro, e segura o pequeno caderno azul com cuidado para que as páginas soltas não caiam. A luz do abajur faz as páginas parecerem translúcidas, fazendo com que sua caligrafia elegante e uniforme paire no ar como uma fileira de libélulas. Ela pisca duas vezes e aproxima o diário para que as palavras parem de se mover. As entradas não parecem mais as palavras de um homem morto. Em vez disso, a permitem acreditar que ele ainda está lá, no Egito, abrigando-se das tempestades de areia, perambulando pelos *souks* de Suez e Bardia em busca de lembranças para levar para casa antes dos ataques noturnos no bombardeiro Wellington com "seus rapazes" do Esquadrão 38. Antes da guerra, ela nunca havia reparado no belo escritor que ele era. Até mesmo seus dias vazios, os quais ele passava lendo qualquer livro que lhe caísse nas mãos, eram descritos de tal forma que ela podia sentir a languidez sufocante de sua tenda. A essa altura, as posições italianas desertas, repletas de caminhões, motocicletas, botas e binóculos abandonados, são tão familiares para ela quanto os parques de diversão, com atrações movidas a vapor, de sua infância. O brilho mercurial do Mediterrâneo iluminado pela Lua cheia mais memorável do que o túrgido mar da Irlanda.

* * *

Violet demora um momento para se dar conta de que som é esse. Ainda está dentro do pesadelo, sua mente tomada pelas imagens de mãos batendo nas janelas de uma sinagoga enquanto toda a estrutura branca é engolida pelas chamas, o céu noturno iluminado pelas luzes verde-azuladas da aurora boreal, os gritos de homens, mulheres e crianças se erguendo na direção dele sem serem ouvidos.

Um alarme.

Um alarme tocando.

Não para aqueles que estão morrendo dentro da *shul*, mas para ela, em sua própria casa. Com um sobressalto, Violet se senta na cama e segura a cabeça entre as mãos, o coração batendo mais alto do que o retinir metálico do alarme contra roubo. Ela enfia os pés nos chinelos, pega um castiçal de prata da penteadeira e acende todas as luzes. Ao ouvir passos no andar térreo, agarra a maçaneta com força e tem a sensação de que está prestes a desmaiar. *Seria mais fácil morrer ali em silêncio*, pensa ela, *do que enfrentar o que quer que esteja do outro lado*. Apoiando a testa contra a porta, ela fecha os olhos e gira lentamente a maçaneta.

— Está tudo bem, Violet. A janela está quebrada, mas não tem ninguém lá embaixo.

Diana está no topo da escada, com uma lanterna no bolso do casaco e um martelo em cada mão. Ao ver o rosto pálido da irmã, ela dá um passo na direção de Violet e a abraça.

— Não precisa ficar nervosa, mana. Está tudo bem. Quem quer que fosse, se acovardou.

Tremendo, Violet abraça Diana e tenta se recompor; não é apenas esse arrombamento, ou os anteriores, mas as cartas deixadas no capacho, contando sobre os parentes assassinados na Europa Oriental. Nomes que povoaram sua infância e dos quais pouco se lembra, pessoas que ela mal consegue identificar a partir de retratos em preto e branco da família e que agora assombram seus sonhos, se reunindo em torno de sua mesa de jantar e pedindo mais comida, mais água, um lugar para descansar – por favor, por favor, por favor –, implorando a ela em polonês, *kuzyn, ocal mnie*, prima, me salve. Ela não se sente segura em lugar nenhum. É como se o mundo quisesse varrer a ela e a todos como ela, infiltrando-se pelas portas e janelas trancados para arrancar a vida de seus pulmões. Avram morto, Chaja morta, Shmuel morto. Na Lituânia, na Polônia, na Alemanha. Mais e mais nomes para acrescentar à placa memorial na sinagoga. Os fatos ainda parecem irreais. Como todos eles podem estar mortos? As cartas de Volackis de Nova York e Londres se acumulam, mas fazem cada vez menos sentido – rumores sobre quem morreu e onde, quando e como, um fluxo incessante de notícias desoladoras com uma pequena menção feliz espremida no final: um nascimento em Stepney, uma formatura no Brooklyn.

— Qual foi a janela? — pergunta ela por fim.

— A pequena, nos fundos. De manhã ligamos para o Daniel e pedimos a ele para fechar tudo com tijolos. Coloquei umas caixas na frente por enquanto. Venha, durma com a Gracie. Eu vou ficar de olho nas coisas.

Acenando com a cabeça, obediente, Violet entra de mansinho no quarto da sobrinha e se deita na cama ao lado dela; abraçando o corpo adormecido da criança, sente-se ainda menor e mais vulnerável do que ela. Há um atlas no chão ao lado da cama; Violet o pega e começa a folheá-lo: o vermelho do Império Britânico tinge as páginas. Descobriu tantas coisas sobre o mundo recentemente, aprendeu nomes de lugares que soam fantásticos: Uzbequistão, Quirguistão, Manchúria. Os jovens homens e mulheres fortes que se esconderam nas florestas e sobreviveram a Hitler estão dispersos, fugindo, fugindo, fugindo da catástrofe, indo cada vez mais para o Leste, como se quisessem saltar da borda do mundo. Coube às mulheres solteiras, que não têm a desculpa de marido nem família, reunir essas crianças órfãs e desamparadas, essas crianças pelas quais a comunidade é responsável, que não confiam em ninguém, mas aceitam o que quer que lhes seja oferecido. Ela envia dinheiro para esses parentes distantes e até mesmo para seus amigos indigentes por meio de bancos em Amsterdã, Frankfurt, Istambul, Xangai, sem nunca saber se as quantias enviadas chegam a eles a tempo, ou se recobrarão o juízo e retornarão à civilização, *se é* que ainda existe algo digno desse nome. Violet deixa o atlas cair de volta no chão. O ritmo das inspirações e expirações de Grace a acalma, mas não a ponto de fazê-la dormir; seus ouvidos estão concentrados no som de Diana varrendo o vidro no andar de baixo, seus pés marchando de um lado para o outro pelas tábuas do assoalho, destemidos e fortes, até que finalmente ela sobe as escadas junto com os primeiros pássaros que anunciam a chegada da manhã.

Daniel chega enquanto elas estão fazendo o desjejum, o medo da noite velado pelos aromas familiares de café e torradas. Violet cora quando ele se aproxima para pegar uma casca de pão do prato dela, sua voz grave e com sotaque estrangeiro causando-lhe um arrepio e seu corpo de urso ocupando toda a sala de jantar. Furtivamente, ela olha para seu rosto pálido de olhos grandes, perdidos em meio aos fios pretos da barba e o chapéu de astracã, migalhas presas no bigode. O perfume almiscarado da colônia emana de seu casaco de pele de carneiro úmido quando ele o tira e o pendura no corredor. Daniel pertence a Maggie, a irmã do meio, mas o desejo e a inveja foram aos poucos penetrando o coração de Violet. Seu corpo está tomado por um forte desejo sem precedentes, e Daniel é o objeto desse desejo, seu corpo alto e largo como um sepulcro para sua esperança de um dia ter filhos. Ele povoa seus devaneios: os lábios, as mãos, os mamilos rosados e luxuriosos como framboesas se destacando contra a pele branca como a neve. O fogo em seu ventre flamejando de súbito antes de a menopausa transferir o calor para outro lugar. Ela anseia pelo fim de tudo aquilo – qualquer coisa é melhor do que essa paixão juvenil e não correspondida por um homem que a vê apenas como uma irmã.

— A Maggie está preocupada com vocês, meninas. Ela acha que a rua está ficando mais perigosa. Eu disse que não é nada demais, que é o preço de se ter um negócio, mas ela estava feito uma galinha hoje de manhã, andando de um lado para o outro sem parar. Ela quer que eu arrume uma arma para vocês! — Daniel pega uma escadinha e remove o vidro restante da moldura da janela. — Deve ter sido um sujeito pequeno para achar que poderia entrar por esta janela.

Quando ele fica de costas para ela, Violet não consegue deixar de reparar nas nádegas apertadas contra as calças, mas se apressa em desviar o olhar quando vê Diana sorrindo para ela.

— Não há necessidade disso — responde Diana. — Eu e a Vi chegamos à conclusão de que não conseguiríamos esfaquear um ladrão, mas com certeza poderíamos nocautear um. Ontem à noite, a Vi saiu do quarto munida de um castiçal, e tenho certeza de que teria feito picadinho dele.

A risada de Daniel ressoa pela cozinha e, em seguida, ouve-se apenas o barulho da argamassa sendo misturada, o raspar do metal na pedra e o *tap-tap* dos tijolos sendo colocados um em cima do outro. O retângulo de luz se extingue rapidamente, e mais uma barreira se ergue entre Violet e o mundo.

Depois que Daniel vai embora para a loja de roupas masculinas na Church Street da qual é proprietário em sociedade com os irmãos, Grace dá um beijo de despedida nas duas e caminha alguns minutos até a escola primária St Mary, que fica ao lado da igreja em que a maioria dos moradores locais é batizada, se casa e é velada. Diana arruma sua mesa de apostas no pequeno e úmido anexo no quintal, o rádio ligado para acompanhar os principais páreos do dia. Suas unhas, pintadas de um escarlate tão reluzente que parecem ter sido mergulhadas em vinil, são o único toque de cor no ambiente. Ela se maquiará aos poucos ao longo do dia, como uma fotografia sendo revelada em uma câmara escura, até que, às 17h, parecerá pronta para cruzar um tapete vermelho; a transformação de jovem viúva em vedete envelhecida finalmente completa. Violet, por outro lado, não costuma se maquiar nem pintar as unhas, usando um vestido azul-marinho simples e o broche de prata com a condecoração de guerra do pai preso ao sutiã, para dar coragem.

Uma das vitrines ainda está exatamente como o pai a deixou; cheia de bússolas caras e pequenos frascos metálicos para bebida alcoólica incrustados de marfim que estão além do poder aquisitivo dos clientes, mas que diferenciam a loja das outras na mesma rua. O restante da Volacki's está abarrotado de itens baratos e populares: galochas penduradas em ganchos; calçados escolares de lona preta amontoados em cubículos de madeira; vestidos de algodão pendurados, etéreos, em um cabideiro perto do estoque; cobertores de lã embrulhados em papel de seda e empilhados nas prateleiras superiores. Aos olhos de Diana, a loja é um "hospício", um lugar caótico cuja organização apenas Violet conhece, as mercadorias amontoadas em pequenas pilhas instáveis em torno dela. Ela vende facas, navalhas, corda, chapéus e casacos de tecido impermeável, botas de trabalho resistentes, sacos de marinheiro, cachimbos, tabaco e rapé, mas o dinheiro de verdade vem de descontar adiantamentos de salário para marinheiros de partida. As bandejas fundas da pesada caixa registradora a manivela que apenas Violet opera recebem mais de £100 por dia, sem falar do cofre e da gaveta em que ela guarda as notas maiores. Os últimos clientes chegam depois do horário de fechamento determinado por lei, batendo no vidro discretamente, mas com impaciência, pois têm urgência em comprar uma caixa de fósforos ou cigarros; todos burlando um pouco a lei para facilitar a vida.

LABA

DOIS

A carne moída *kosher* suculenta e gordurosa começa a chiar e dourar na panela, e Mahmood acrescenta uma colher de chá de pimenta em pó ao óleo. Ele costumava comprar comida *kosher* no Leste de Londres porque havia um bom açougueiro a apenas algumas portas de distância, e *kosher* é tão bom quanto *halal*, do ponto de vista religioso, mas agora, por algum motivo, em sua opinião, o gosto também é melhor. Cheira os misteriosos temperos com rótulo em hindi, escolhe uma mistura de cominho, cúrcuma e gengibre – basta – e acrescenta uma colher de chá dela ao cordeiro. Vai comer um pouco de carne moída acompanhada de milho doce enlatado no almoço e depois misturar o restante com as sobras de arroz à noite. Isso é o máximo que consegue em termos de boa alimentação no momento, embora tenha aprendido a cozinhar alimentos no vapor, preparar ensopados e carne assada durante o tempo em que fora ajudante de cozinha em um navio, além de outros preparos no forno quando era o encarregado das refeições na pensão somali em que havia morado no ano anterior.

Mahmood ainda não consegue aceitar que é apenas mais um homem legado ao abandono, comendo com o prato apoiado no colo, na solidão de um frio quarto alugado. Sempre ajudara Laura na cozinha – que outro marido teria feito isso? Por necessidade, já que ela não fazia a menor ideia de qual era o gosto de uma boa comida; conseguiu ensiná-la a usar ervas e temperos, mas ainda assim suas cenouras ficavam malcozidas, as batatas moles, a carne seca e sem gosto. Agora, as refeições são apenas mais uma coisa que ele tem que fazer sozinho, apenas para si. Tudo com as próprias e malditas mãos.

Mahmood precisa lembrar a si mesmo de que não *odeia* Laura. Que não está *melhor* sem ela. Que os pensamentos furiosos que se projetam em sua mente quando está andando pela rua – os seios dela são muito pequenos, a bunda muito reta, o rosto muito alongado – não correspondem ao que ele realmente acha.

Laura o fixou naquela longitude e latitude. Só está morando naquela casa – com outros homens negros com os quais não tem língua, cultura ou religião em comum – para poder ficar de olho nela e manter as coisas vivas entre eles até ela cair em si. Ele observa as pessoas com quem ela anda, e atravessa a rua quase todos os dias para ver os filhos. Em muitos aspectos, é uma evolução em relação à pensão somali decadente da qual foi expulso depois do incidente na mesquita. Tem um quarto só para ele, com fechadura na porta, em vez daquele espaço no sótão cheio de camas de campanha. Não precisa aturar a tosse noturna constante, nem as fofocas, nem as roupas molhadas pingando dos varais suspensos no teto. Todos os outros marinheiros eram uns sujeitos preguiçosos que ficavam rolando na cama, esperando que alguém se levantasse e acendesse o fogão de manhã. Mahmood se lembra da lista amarelada de regras pregada na parede acima de sua cama, cujo texto Warsame lera para ele antes de lhe dizer para fazer as malas.

1. O encarregado da pensão não deve vender nem se envolver na venda de bebidas alcoólicas, tampouco se envolver ou ser parte interessada nos negócios de fabricação ou comércio de roupas masculinas ou fornecimento de roupas e artigos pessoais a marinheiros.

2. O Departamento de Saúde do município, as autoridades da Junta Comercial e da polícia têm o direito de acessar e inspecionar as instalações a qualquer momento.

3. O encarregado deve disponibilizar pelo menos 9 metros cúbicos de espaço para cada pessoa em seus dormitórios e não pode acomodar, em nenhum momento, um número maior de hóspedes do que o autorizado pelo Conselho Municipal.

4. O encarregado deve atender a certos requisitos em relação a coleta de lixo, banheiros e instalações de lavagem, além da higiene em geral. Deve afixar em local de destaque uma cópia das portarias municipais a esse respeito, juntamente com a tabela de cobranças, e jamais efetuar uma cobrança acima dos valores que constem na tabela.

5. O encarregado não deve admitir em suas instalações nenhum ladrão, suposto ladrão, prostituta ou suposta prostituta, nem outras pessoas de caráter imoral ou impróprio, devendo, se for o caso, despejá-los imediatamente.

Mahmood tinha rido quando Warsame chegou à última regra. Então ele não era melhor do que uma prostituta? *Ajeeb*. Arrumou suas coisas e desocupou seus 9 metros cúbicos, mudando-se para a casa de Doc Madison naquela mesma tarde.

Tijolos vermelhos e vidro de chumbo, cheiro de alvejante e derrota. A Agência de Empregos tem a atmosfera de uma igreja; anúncios esvoaçando na parede como papeizinhos de oração e funcionários municipais mesquinhos distribuindo os subsídios do governo com a indiferença de padres colocando hóstias na boca de indigentes. Mineiros, estivadores, carroceiros, faz-tudos, barqueiros, encanadores e operários desempregados andam de um lado para o outro, evitando o contato visual. O piso de pinho diante do balcão está marcado por passadas pesadas de botas de trabalho e cheio de pontas de cigarro e fósforos.

"PROCURA-SE SOLDADOR"
"NECESSÁRIO TER DEZ ANOS DE EXPERIÊNCIA"
"TEM MENOS DE 21 ANOS?"
"APRENDIZ"
"PRECISA-SE DE CARPINTEIRO"
"COVEIRO"

Mahmood enfia as mãos no paletó e passa de um anúncio para outro, à procura de ofertas de trabalho em caldeiras ou fundições. Tem apenas alguns trocados no bolso, tendo perdido o resto no pôquer. Não há nada promissor; nenhuma das empresas que costumam contratar pessoas de cor está anunciando vaga. Ele olha novamente para o anúncio de coveiro. É para o Cemitério Ocidental, o pagamento não é ruim, mas a ideia de cavar a terra compacta e úmida e enterrar nela cadáveres rígidos o faz balançar a cabeça e murmurar:

— *Astaghfirullah.*

Abaixando o chapéu *homburg* sobre a testa, ele pega um papelzinho amarelo carimbado com o número 9 e espera sua vez de ser atendido ao lado de um dos pesados radiadores. O calor do ferro fundido penetra a calça fina e esquenta sua pele, em uma mistura de prazer e dor, e ele balança o corpo para a frente e para trás, deixando o calor aumentar e se dissipar. No último navio a vapor no qual trabalhou, os proprietários haviam instalado novas caldeiras, e todos os acessórios de bronze brilhavam à luz branca das fornalhas. Certa vez, ele dera um passo para trás para admirar a conflagração antes de acrescentar mais carvão e transformar a luz branca em um gás incolor e quase senciente que flutuou para trás e subiu pela chaminé como um gênio escapando de uma lâmpada. Havia gerado e alimentado aquele fogo, do amarelo ao laranja, ao branco e ao azul, e então àquela cor que não tinha nome, que era apenas pura energia. Ele se perguntou como seria dar um passo à frente, desfazendo os poucos centímetros que o separavam do fogo, se, como no *cadaabka*, sua pele simplesmente se desprenderia da carne como um lençol. Aquelas fornalhas o haviam moldado, transformando-se de um insignificante ajudante de cozinha a um foguista de músculos retesados que podia passar horas a fio diante do portão do inferno, o rosto queimado e coberto de pó de carvão.

— Número nove!

Mahmood se senta na cadeira em frente ao guichê 4 e pousa o chapéu sobre o joelho antes de entregar sua carteira de identidade cinza.

A mulher na frente dele está vestida com um terninho de tweed marrom e usa batom vinho, os cabelos presos em um coque grande, envolto em uma rede. Ela olha para Mahmood por cima dos pequenos óculos de armação de arame.

— O que posso fazer por você, senhor Mattan? — pergunta, examinando a identidade.

— Preciso da assistência do governo. Nenhum trabalho é bom para mim.

— Que tipo de trabalho o senhor sabe fazer? — pergunta ela, alongando cada palavra.

— Trabalho em caldeira. Pedreira.

— Deixe-me ver se tem algum anúncio que ainda não colocamos no quadro.

Ela examina os arquivos do seu lado da divisória; seus modos são agradáveis, melhores do que os de alguns dos outros funcionários, que parecem ressentir-se dele, quer esteja procurando trabalho, quer esteja em busca do seguro-desemprego.

— Há um trabalho em uma fundição, mas não acho que o senhor se adeque — diz ela, deixando o restante sem dizer.

Ele encontra o olhar da mulher, engolindo um sorriso amargo.

Ela carimba a identidade dele nos devidos lugares e conta 2 libras e 6 xelins.

— Tenha um bom dia, senhor Mattan.

— A senhora também, madame.

Mahmood se levanta e enfia as notas de £1 dobradas dentro da carteira antes de colocar o chapéu e deixar a melancolia da agência em direção aos baques surdos e ao clamor das pistas de corrida.

O gramado em Chepstow está bonito; a garoa espalhando no ar o cheiro de terra, grama e bosta de cavalo. Mahmood teve uma manhã difícil nas corridas de galgos, mas está com uma sensação melhor agora que está na pista dos cavalos. Cascos batendo com grande estrondo, o chão tremendo, seu coração batendo forte, os outros apostadores gritando ou sussurrando: *"Vamos, vamos!"* Suspiros quando um jóquei é derrubado e, então, a respiração presa, seu cavalo se destaca da massa ondulante de músculos e crinas e é chicoteado, chicoteado, chicoteado, a cabeça como uma adagada disparando, cruzando a linha de chegada. O confete de canhotos atirados ao vento é a confirmação de que ele foi um dos poucos perspicazes o suficiente para se arriscar apostando naquele garanhão; mais de £10 de lucro em um cavalo com probabilidade de 20 para 1. Mahmood tinha mudado de ideia no último minuto, depois de avistar o cavalo no cercado; um belo animal negro. Poderia jurar que o cavalo havia acenado com a cabeça para ele enquanto passava, puxado pelas rédeas pelo cavalariço. Um nome auspicioso também: Abissínia. Os nomes que começam com a letra A sempre lhe dão sorte – e ele também já visitou a Abissínia, outro sinal. Deveria se fiar mais nos As, pensa. Até agora, ganhou com:

Achtung
Ambiciosa
Apache
Artista
Angelical
Artois
Arkansas
Atlântico

Também deveria dar de uma vez £5 a Doc Madison pelo quarto na pensão da Davis Street, antes que o dinheiro escorra por entre seus dedos e o velhote rabugento comece a pegar no seu pé. O resto vai gastar com os meninos e com Laura, comprando-lhes presentes, agora que pagou a multa estabelecida pelo tribunal. Tinha cometido um erro da última vez, e no registro da acusação constara não apenas roubo, mas sacrilégio; fora longe demais, e isso colocara todos contra ele. Os sapatos empilhados do lado de fora da *zawiya* às sextas-feiras pareciam um alvo razoável – podia-se chegar com um par e sair com outro, sem causar nenhum alvoroço –, mas o dinheiro do *zakat* era absolutamente *haram*, proibido. Não tem mais a quem recorrer a não ser Berlin.

Ao passar diante do cinema, ele olha para cima para ver quais filmes estão em cartaz: *Isto sim É que É Vida*. Ainda. *Quo Vadis* e *Uma Aventura na África*, as estreias. Decide assistir a *Quo Vadis*, mas torce o nariz para *Uma Aventura na África*. Gasta dinheiro demais com filmes; é um de seus principais vícios, mas também sua escola. Onde mais poderia aprender tanto sobre este lugar que escolheu para viver? Seus sonhos, sua história e seus mitos? Naquela sala escura e infestada de pulgas, ele aprendeu a cortejar garotas e a falar inglês, entendeu como seus vizinhos viam a si mesmos e como o viam. Os filmes o fizeram perceber outra coisa: é inútil esperar que as bruxas de Adamsdown mudem de comportamento; elas sempre o verão como um cule imundo de tanga, um primitivo vindo direto da selva, guinchando antes de uma morte rápida e indigna de luto – ou, na melhor das hipóteses, um serviçal calado, orgulhoso por receber uma punição no lugar de seu senhor branco. Fica admirado com a capacidade de Laura de ignorar toda essa merda e vê-lo como um homem como outro qualquer. Teria sido porque sua família, com a fome, os palavrões e a circunspecção amarga, não era como as pessoas ricas e tagarelas mostradas nos filmes? Ela faz parte da classe trabalhadora, ele sabe disso agora, o tipo de pessoa que poderia, com a mesma facilidade, pisotear um homem negro caído no chão ou oferecer-lhe a mão para se levantar, como um irmão. Fosse o que fosse, o dinheiro da marinha em seu bolso certamente tinha ajudado.

Mahmood tropeça em um paralelepípedo solto e se esforça para recuperar o equilíbrio, constrangido, olhando furtivamente para a esquerda e para a direita. Tem paranoia de que seu andar pareça estranho, como se tivesse pés chatos, porque usa sapatos um número acima de seu tamanho para acomodar os calos doloridos. Você não pode parecer uma presa fácil aqui. Não pode demonstrar fraqueza, ou seus dias estarão contados, como os do somali bêbado que a polícia espancou até a morte no ano passado. Mahmood tinha aprendido como um homem negro deveria andar logo depois de chegar a Cardiff: os ombros erguidos, os cotovelos apontando para fora, os pés deslizando lentamente sobre o chão, o queixo enterrado no colarinho e o chapéu puxado sobre o rosto, a fim de não deixar nada transparecer além do fato de ser homem, uma silhueta humana em movimento. Mesmo agora, estremece ao passar por grupos de galeses bêbados em dias de jogo de rúgbi; tudo pode parecer calmo, normal, e, de repente, um punho acerta seu rosto, duro como concreto, o choque fazendo com que todas as palavras desapareçam de sua mente. Eles dão risada enquanto seguem em frente, o agressor trôpego e falando alto enquanto congratula a si mesmo, a humilhação mais quente que uma fornalha. Outros marinheiros negros levam sempre uma faca ou navalha no bolso, mas, para ele, os riscos são altos demais. A polícia o conhece pelo nome. Poderiam procurar um relógio roubado e encontrar a navalha ou a faca – e então o que aconteceria? Dois anos por porte de arma branca. Em vez disso, aperfeiçoou a habilidade de se tornar invisível. Sabe que as pessoas se referem a ele como "o Fantasma", e isso o deixa satisfeito; ajuda com o trabalho e lembra os personagens das revistas em quadrinhos americanas que ele compra para o filho mais velho:

Homem-Absorvente
Raio Negro
Cronomante

Já é tarde quando Mahmood chega ao estabelecimento de Berlin; havia passado em casa para se trocar, ignorando as cobranças de Doc relativas ao aluguel antes de sair apressado novamente, vestindo um terno de três peças e sobretudo escuro. Berlin desperta sua insegurança; ele sempre parece tão elegante, como Cary Grant ou outra estrela de cinema. Alisando o bigode, Mahmood empurra a pesada porta preta. O ritmo do calipso preenche o salão e, de alguma forma, faz com que pareça mais movimentado. Há apenas uns poucos clientes nessa noite de segunda-feira: estudantes com suéter preto de gola alta sentados junto ao balcão, um casal branco dançando desajeitadamente ao lado da jukebox, os quadris se contorcendo em um *staccato* descoordenado. Berlin está parado atrás do bar, os braços esticados, as mãos apoiadas no balcão, a cabeça baixa. Perdido em pensamentos, ele demora um momento para perceber Mahmood se acomodando na banqueta à sua frente; por fim, levanta a cabeça e seus olhos castanhos aparentemente distantes se fixam nele de um jeito ambivalente. Seu rosto lembra o de um tubarão – um tubarão-martelo –, com o crânio achatado e lábios largos e escuros. Ele é bonito, mas de uma maneira perigosa e fria. Nunca se apega a ninguém nem permite que as pessoas se apeguem a ele. Mahmood sabe que ele deixou uma filha em Nova York e um filho em Borama; fala deles de maneira descontraída, sem culpa ou arrependimento. Mahmood gosta dessa falta de emoção em Berlin. Significa que você pode contar qualquer coisa a ele e será o mesmo que falar com uma parede: sem choque, sem julgamento, sem pena ou indignação. Berlin tem expectativas baixas e uma aceitação mundana até mesmo das maiores tragédias. Seu pai havia sido assassinado bem diante de seus olhos em uma emboscada dos dervixes contra seu clã, e ver aquela adaga atravessar a garganta dele devia tê-lo ensinado a não se apegar muito à vida.

— Então o vento o soprou de volta? — pergunta ele em somali.

— O vento soprou dinheiro nos meus bolsos, *sahib*. — Mahmood despeja um punhado de moedas no balcão. — Me traga um pastel e um café preto.

— Dia de sorte nas corridas?

— Nada mal.

— Você perdeu toda a ação hoje à noite. A polícia descobriu que dois marinheiros chineses estavam vendendo ópio em uma hospedaria na Angelina Street. Eles estavam usando também, então mal se aguentaram de pé até chegar à viatura, eles e um sujeitinho *bebopper* da universidade. Os rapazes da maconha deram umas boas risadas ao ver a polícia ocupada com outros suspeitos.

— Os chineses são bons em guardar segredo. Alguém deve ter denunciado.

— Como diziam na guerra, as paredes têm ouvidos. Nenhum segredo dura muito tempo nesta maldita baía.

Mahmood devora o pastel em poucas mordidas. Está gorduroso e rançoso, mas felizmente seu estômago encolheu e se satisfaz com facilidade. Nos navios, era capaz de comer o que quer que fosse colocado diante dele e ainda repetir. Agora, come apenas o suficiente para que sua mente acredite que fez uma refeição.

— Você acha que aquele somali que chegou faz pouco tempo de Gabiley anda abrindo o bico para a polícia? Tem alguma coisa nele que me cheira mal.

— Quem? O Samatar? Você deve estar se confundindo de sujeito. Só de ver a polícia os joelhos dele começam a tremer. O cara não serve para ser informante.

— Dedo-duro — diz Mahmood, sem se convencer, rolando a palavra na boca como um dente que tivesse acabado de cair.

Detesta os dedos-duros ainda mais do que a polícia. Você pode estar sentado junto a um homem, jogando pôquer ou aquecendo as mãos em torno de uma caneca de chá, e, quando se dá conta, tudo o que disse é repetido de volta para você na delegacia. Não importa quantas bobagens tenha dito ou quão bêbado estivesse, isso pesa contra você. Você nega, mas o policial o agarra pelo colarinho e diz que sabe que é verdade.

— Sei reconhecer um informante quando vejo um, e ele não é — repete Berlin.

Ele é menos expansivo quando os outros não estão por perto; não precisa subir em um palanque e bancar o chefe, o homem que venceu na vida, que superou todas as dificuldades. Está ficando tarde e ele está demonstrando sinais de cansaço, limpando o balcão em círculos lentos e cuidadosos, esfregando os olhos. Apesar dos cabelos pretos reluzentes e das costas retas, já está na casa dos 50 e começando a sentir a idade; não frequenta mais as festas dos inquilinos e arruma desculpas para ficar em casa nos fins de semana.

Seu olhar se fixa em um ponto atrás de Mahmood, seus olhos acompanhando alguém ou alguma coisa.

— O que foi? — pergunta Mahmood, virando-se.

— Só aquele desgraçado daquele jamaicano, o Cover. Aquele carpinteiro que esfaqueou o Hersi no ano passado, bem ali junto da jukebox. Se alguém é informante, esse alguém é ele.

Mahmood estreita os olhos para ver a pequena figura caminhando do outro lado da Sophia Street. Não parece o tipo de homem que poderia causar problemas; seus braços balançam para frente e para trás enquanto anda, e o cachimbo em sua boca expele baforadas perfeitas no ar frio.

— Por que você acha isso?

— Ele cortou o Hersi três vezes com uma navalha, depois cravou uma garrafa quebrada nele.

— Por quê?

Berlin ergue as mãos para o céu.

— Porque odeia somalis? Quem sabe? O Hersi quase morreu. Ficou no hospital, recebendo uma transfusão de sangue atrás da outra, mas, veja só, o jamaicano foi julgado e se safou. Levou um tapinha nas costas e voltou para casa. Ele nunca mais vai pôr os pés aqui. Informante. — Berlin parece querer cuspir a palavra.

— Esses caras das Índias Orientais odeiam a gente sem motivo. Aquela cobra do meu senhorio está sempre torcendo para eu me dar mal.

— Os problemas começam nos navios, depois nos seguem para a terra firme. Todos nós brigando por migalhas. Você é um idiota de morar lá. Deveria ficar junto dos seus, das pessoas do seu país. O tal Cover vai acabar na cadeia um dia, mas não sem matar alguém antes.

O carpinteiro desaparece de vista.

— Você ainda está decidido a não voltar para o mar? — pergunta Berlin abruptamente. — Talvez fosse bom para você deixar toda a comoção por causa da *zawiya* esfriar, dar tempo de o sheik esquecer.

— Por que eu faria isso? Quero continuar vendo meus meninos.

— Do outro lado da rua, com um par de binóculos?

— É melhor do que a um ou dois oceanos de distância — responde Mahmood, fazendo uma careta.

— Ela não quer que você contribua com dinheiro? Não dá para levar essas jovens muito a sério. Elas vão ao cinema e começam a achar que o casamento vai ser um longo número de musical. Um mar de rosas com final feliz. Quantos anos ela tem? 20? 21? O que ela sabe sobre o que um pai precisa fazer? Quer que seus filhos vejam você sem trabalho e sem dinheiro o tempo todo?

— O que o faz pensar que estou falido? — Mahmood salta da banqueta e bate com a carteira sobre o balcão. — Dá uma olhada na minha carteira. Você chamaria isso de falido? Eu vivo melhor do que aqueles marinheiros, com seus casacos do Exército da Salvação e luvas sem dedos.

Berlin revira os olhos e empurra a carteira de volta para Mahmood.

— Então fique em Cardiff até o toque da última trombeta. Não tenho nada a ver com isso. Quer outro café, chefe?

Mahmood faz que sim com a cabeça e passa a mão na testa. Seu coração está acelerado, e ele não consegue explicar por que teme acabar embarcando em um navio em breve, incapaz de cumprir a promessa que fez aos filhos. Comportando-se como todos os outros, apenas destroços flutuantes sem amarras em lugar nenhum.

— Você é um apostador, sabe que às vezes a gente precisa deixar as coisas nas mãos do destino. — A máquina de café sibila e solta vapor enquanto as últimas gotas caem na xícara branca.

— Já contei o que aconteceu comigo quando fui para Nova York, em 1919? — pergunta Berlin, sorrindo.

Mahmood dá de ombros.

— Fui para lá saindo das Docas Barry. Tinha prestado um bom serviço na marinha mercante durante a Primeira Guerra Mundial. Ainda era um garoto, mas me sentia uma espécie de herói com o peito estufado e meu bigode começando a crescer. O navio despejou sua carga em Nova York, depois foi para o dique seco, então saí de lá doido para gastar meu pagamento. Vi um monte de garotas negras vestindo peles, com meias até o joelho, fitas nos cabelos alisados, e pensei: *O quê?! O que estou fazendo preso em salas de caldeiras com um bando de homens fedidos? Desperdicei minha vida!* As garotas eram do Sul e me disseram para ir para o Harlem, pois todos os lugares mais famosos e animados ficavam lá. Era o paraíso dos negros. Eu disse: "Me levem para lá agora." Como eu queria me exibir, pegamos um táxi e paramos em um restaurante para comer. O menu era todo de pratos típicos da culinária deles, "porco isso, porco aquilo", mas eu encontrei alguma coisa para mastigar, e uma das garotas, que era realmente uma boneca, rosto feito para beijar, começou a se aproximar de mim, rindo, e eu me inclinei para trás e ri também, *kakaka*, mostrando todos os meus dentes, e me esqueci completamente do navio e do toque de recolher. Me esqueci de tudo. Fazia meses que eu não ficava perto de uma mulher... e as garotas começaram a cantar para mim e pedir mais e mais. Viam amigos passando do lado de fora e os chamavam para entrar, e eu continuava me inclinando para trás e rindo. Nós terminamos de comer e elas disseram que havia uma festa. Vamos! O Louis vai estar lá, e o Fats, e uns branquelos ricos com um bom uísque contrabandeado. Paguei a conta de todo mundo e pegamos outro táxi, porque minha garota disse que seus pés estavam doendo, e fomos para uma festa na Lexington Avenue, onde não vi nem sinal de Louis nem de Fats, mas estava escuro, música dançante, bebida forte. Comecei a ficar tonto, perdi minha garota no meio da multidão e comecei a ter a impressão de que as pessoas estavam dançando em cima de mim, como se eu estivesse sendo tragado pelo chão. Não sou fraco para bebida, você sabe disso, então comecei a me perguntar que tipo de bebida americana era *aquela* que me fez perder a cabeça. Só queria encontrar minha garota e me agarrar aos pés dela, então comecei a rastejar pela multidão, achando que ia reconhecer os sapatos vermelhos dela, mas não consegui, e, no fim das contas, fui arrastado para fora da festa. Acordei na rua, e sabe o que tinha acontecido? Aquelas garotas tinham me deixado sem nada, nada além do meu documento de marinheiro na carteira. Me drogaram e roubaram tudo que eu tinha. Fiquei andando sem rumo pelo centro da cidade, perto do porto, envergonhado demais para me apresentar diante do capitão, todos aqueles buracos profundos no chão em que estavam construindo um novo quarteirão e aquele novo arranha-céu. Eu me sentei, com pena de mim mesmo, e fiquei olhando para a água, com a cabeça apoiada nas mãos, e foi então que alguém me empurrou por trás. Dei um salto e fiquei de pé, pronto para lutar. O homem riu, e eu perguntei: "Do que você está rindo?" Já com os punhos levantados. "Não está me reconhecendo?" "Por que eu deveria te reconhecer?" "Hamburgo, 1905", disse ele. Eu dei um passo para trás e pensei: *Não pode ser*. Então ele fingiu puxar uma flecha e atirar em mim, mas, em vez da flecha, foi o nome dele que me veio de repente. *Taiaiake*.

Mahmood tem a sensação de estar de volta à *dugsi*, observando seu professor do Alcorão andar de um lado para o outro, deixando que as histórias o invadam em grandes ondas.

— Quem era o sujeito?

Os olhos de Berlin brilham e ele faz uma pausa para beber um expresso de um gole só antes de continuar.

— Vamos ter que voltar para 1905. Para Hamburgo, na Alemanha. Eu e uma centena de outros tínhamos atravessado terra e mar porque nos disseram que havia boas oportunidades de trabalho na Europa. Fomos recrutados por um *dalaal* somali que andava por todo o território dos clãs Habr Awal, Garhajis e Warsangeli em busca de pessoas como nós, dispostas a acompanhá-lo. Eu era um menino sem pai e, quando ouvi que vários membros do meu clã estavam indo embora, não havia como minha velha mãe me segurar. Nosso gado havia morrido. Não podíamos chegar perto de nossos antigos poços por causa dos dervixes, de modo que os camelos tinham só mais algumas semanas de vida. Ela não tinha nada para me oferecer. Então lá fomos nós: senis, recém-nascidos, *wadaads* e tecelões, o *suldaan* e seus servos, o oleiro e os poetas, todos a bordo de um *dhow* rumo a Áden. O *dalaal* usou de toda a sua lábia, dizendo que os alemães tinham ficado tão impressionados quando ouviram falar dos corajosos somalis que exigiram nos ver pessoalmente. Só tínhamos que mostrar a eles nosso modo de vida, e eles iam encher nossos bolsos de ouro. Abaixo de nós, no *dhow*, estava tudo que tínhamos: nossas selas, lanças, tapetes de oração, apoios de cabeça, panelas, tudo! Assim que chegamos a Hamburgo, havia um fotógrafo esperando por nós no cais, o flash explodindo e fazendo os bebês chorarem. Conhecemos o chefão, Hagenbeck, e ele nos levou para sua mansão e nos disse para montarmos nosso acampamento em seu grande jardim verde. Eu adormeci na grama enquanto observava as mulheres amarrarem as estruturas de madeira para as cabanas e, quando acordei, havia pequenos rostos brancos espiando pela cerca, dando risinhos e sussurrando entre si. Levei um susto com aqueles pequenos *jinns* de cabelos claros e corri para uma das *aqals* que já estava pronta e fiquei lá enquanto mais e mais *gaallo* chegavam para nos ver.

— *Astaghfirullah* — ri Mahmood. — Ainda é a mesma coisa quando atravessamos a ponte ferroviária aqui.

— Não... não, aquilo era diferente. Eles não nos olhavam como uma pessoa costuma olhar para um desconhecido, porque suas feições ou suas roupas são estrangeiras. Eles pareciam duvidar da nossa existência, *wallahi*. Os olhos deles ficavam assim... — Berlin puxa as pálpebras superior e inferior, deixando os olhos bem abertos —, observando cada movimento nosso. Olhavam para nós como se fôssemos um produto da imaginação deles, como se estivessem tendo uma alucinação.

— Mas e o sujeito de Nova York?

— Vou chegar lá! Ficamos alguns dias naquele jardim e, no fim das contas, estávamos vendo mais rostos brancos do que folhas nas árvores. Tínhamos caído em uma armadilha, mas nos disseram para viver normalmente, como se estivéssemos na África. África? Onde fica isso? Eu perguntei. Nunca tinha ouvido falar desse lugar. Tínhamos uma área reservada para fazer nossas necessidades. Mas o que descobrimos? Garotos alemães da minha idade e homens que deveriam ter vergonha na cara subindo em árvores para nos observar. Quando Hagenbeck nos orientou a recolher nossas coisas para partirmos, nós dissemos *"subhanallah"* e fizemos isso de bom grado, mas não voltamos para casa, não, nós saímos em uma turnê. Caminhamos até a estação de trem com nossos inimigos correndo atrás de nós, tocando nossa pele para ver se o preto sujava a mão deles, puxando os cabelos das crianças, pegando qualquer coisa que deixássemos cair e roubando. Selvagens. Havia um trem especial esperando por nós, e, na plataforma, havia zebras, elefantes, macacos, asiáticos, africanos, nativos americanos e australianos reunidos como no Dia do Juízo Final. Nós éramos parte de uma espécie de circo, oriundos de todos os cantos do mundo e reunidos para sermos exibidos em Berlim. No trem, fomos contados, para garantir que ninguém tivesse se perdido, mas lá dentro era um caos completo. Um hospício de línguas, gente seminua e crianças chorando. Eu abri caminho entre as pessoas, procurando um assento, deixando os outros somalis para trás, até que finalmente encontrei um vagão tranquilo. Sentados ao meu redor havia um bando de homens com apenas uma mecha de cabelo descendo pelo meio da cabeça, e, na minha frente, um garoto da minha idade com um arco e flecha nas mãos. Enrolei meus 3 metros de algodão com mais força em torno dos ombros e me sentei, muito ereto, endurecendo o olhar, mas o garoto sorriu e estendeu a palma da mão para mim, e eu a apertei.

— Foi ele que encontrou você em Nova York?

— Isso mesmo. Taiaiake, um moicano do Canadá. Nós fizemos tudo juntos em Berlim. Ficamos sentados lado a lado enquanto eles mediam cada centímetro, e quero dizer *cada* centímetro do nosso corpo, tiravam fotos nossas, sentados e de pé, olhando para um lado e para o outro, colocavam gesso no nosso rosto para fazer moldes. Era diferente de tudo que eu já tinha visto! Nós nos sentíamos como reis. Competíamos um contra o outro nos jogos que eles faziam e ficávamos observando enquanto as garotas passavam, indo para o concurso de beleza. *Allah*, não nos dávamos conta de que, para eles, não éramos muito diferentes dos elefantes e das zebras em exibição. Alguns dos inuítes morreram lá, então os alemães pegaram os corpos, ferveram até a carne se desprender dos ossos e os colocaram em exposição em um museu. Não se podia nem morrer em paz. Mais tarde, Taiaiake foi para os Estados Unidos se equilibrar em vigas de aço nas alturas, e eu fui para o mar. Não havia terra que pudéssemos chamar de nossa e onde pudéssemos viver decentemente.

— Então você acha que eu deveria tentar a sorte no céu ou no mar?

— Você é um homem do mar, não é? Não deveria se apegar a este pedaço de rocha que eles chamam de país. Aqueça-se ao lado de uma boa caldeira em algum lugar do oceano Índico e volte com a ficha limpa e dinheiro no bolso.

— Eu não vou a lugar nenhum. O Diabo cuida dos seus. — Mahmood sorri.

— *Doqon iyo malaggiisa lama kala reeb karo*, não se pode separar um tolo de seu destino — suspira Berlin. — Agora vá embora, *roohi*, preciso fechar.

Enquanto Mahmood desliza para fora da banqueta e pega o chapéu, Berlin se vira abruptamente e bate com a palma da mão na testa.

— Está vendo como estou ficando velho? Fiquei contando histórias de mil anos atrás e me esqueci de lhe dar isto. — Ele tira um envelope azul do correio aéreo do meio de um amontoado de papéis em uma pequena gaveta.

Mahmood Hussein Mattan, a/c de Lanchonete Berlin, Cardiff está escrito em elegantes letras azul-claras. Um selo monocromático de 5 xelins com o rosto do rei morto e um mapa da Somalilândia britânica deixam claro o remetente.

Mahmood se senta pesadamente diante do balcão.

— *Hooyo* — suspira ele, derrotado.

— As mães sempre nos encontram, mesmo que a gente fuja para os confins da terra — diz Berlin, rindo. — Quer que eu leia para você?

Mahmood acena com a mão assentindo. Nem ele nem a mãe sabem ler ou escrever, mas de alguma forma ela ainda encontra uma maneira de despejar sua ladainha nos ouvidos dele, não importam o tempo e a distância que os separem. Pode imaginá-la esperando na fila de um dos escritores de cartas perto da Repartição de Obras Públicas, o banquinho tosco sustentando seus ossos frágeis, as vestes compridas de alguma forma pairando apenas 1 milímetro acima do chão empoeirado coberto de folhas de eucalipto. A lembrança dela é como um pedregulho em suas costas, e ele se debruça sobre o balcão, escondendo o rosto.

— Quer que eu imite a voz dela?

— Quer que eu enfie uma faca nas suas costas?

Berlin ri, mas, em seguida, limpa a garganta, abre o envelope fino e começa a ler.

"Meu caçula, meu coração, meus joelhos, meu fígado, a bênção final do meu ventre, rezo por você cinco vezes por dia, rogo a Deus que lhe reserve toda a sua misericórdia. Eu o abençoo. Eu o abençoo. Eu o abençoo. Diga *ameen*. Consultei o adivinho, e ele me disse que você está bem e que seus três lindos meninos estão bem de saúde, e a mãe deles também. *Ameen. Ameen.* Encontrei mais marinheiros de Cardiff em Hargeisa do que posso contar em duas mãos, e eles me disseram que você está sempre se mudando. Que Alá acalme seus pés e lhe dê conforto até se reunir novamente comigo. Quando os meninos vão estar grandes o suficiente para ver meu velho rosto? Não que haja alguma beleza nele, mas há bênçãos em estar na companhia dos idosos. Não sei quanto mais do tempo que me foi destinado ainda tenho pela frente, mas vou jejuar e rezar até meu último suspiro. Meu filho, não se esqueça do seu *deen*, sou uma mulher sem instrução, mas este é um *cilmi* que posso transmitir com convicção: não há porto nem abrigo longe de Alá. Nunca se esqueça disso. Seus irmãos mandam lembranças, e me pediram para lhe dizer que fizeram uma oferta pela primeira concessão de cinema em Hargeisa. Não sei se será concedida a eles, ou a um daqueles assassinos do outro lado da vala, mas se você tiver algo a contribuir, *manshallah*; se não, direi a eles que é impossível. Alguns desses marinheiros voltam com uma boa fortuna, filho, e espero que um dia seja você saindo de um carro com suas malas e seus filhos e sua esposa feliz.

Agora, *nabadgelyo iyo safar salaama.*

Sua mãe."

Berlin dobra a carta e a coloca debaixo do nariz de Mahmood.

— Alguns homens podem até se dizer poetas, mas sua mãe coloca todos eles no bolso.

— Ela usa as palavras como flechas.

— Poesia é guerra, o que mais você esperava?

— Uma trégua.

— Você realmente não quer?

— Não, fique com ela.

Berlin passa o polegar sobre a dobra do papel antes de guardá-lo.

— Sabe, um dia... quando sua mãe estiver debaixo da terra, e ninguém rezar, chorar nem se preocupar mais com você da mesma maneira que ela, então cartas como essa vão consolar seu coração.

— Até esse dia, então... — diz Mahmood, puxando a aba do chapéu de feltro sobre a testa.

Depois de virar a placa na porta, Berlin se empoleira em uma banqueta e acende um cigarro, sua silhueta aparecendo e desaparecendo sob as luzes piscantes da jukebox. Já passou pano no chão, esvaziou a caixa registradora e limpou a máquina de café, de maneira que sobrou tempo para saborear um último cigarro antes que Lou comece a gritar para ele ir para a cama. Ele tenta esvaziar a mente, mas os pensamentos galopam sem parar: contas que precisam ser pagas, uma intimação judicial por causa de jogos de azar, a lembrança do incenso de sua falecida mãe repentinamente tão forte quanto a fumaça do cigarro, outra da sua filhinha americana de boca curvada para baixo. Ele se levanta e abre a gaveta atrás do balcão; tira um velho cartão-postal do Empire State Building debaixo de uma nevasca, com um carimbo datado de dez dezembros atrás. Taiaiake havia escrito uma pequena mensagem em letras maiúsculas no verso, desejando-lhe um bom Ano-Novo e dizendo que pensava ter visto Lucille em um parquinho em Boerum Hill, que ela parecia bem e estava subindo em um brinquedo com tanta destreza quanto um metalúrgico em uma construção. O cartão-postal esteve na gaveta desde que chegou, Berlin pensando que o responderá em algum momento, mas, por algum motivo, nunca chegou a fazê-lo. O Brooklyn ficou no passado, assim como o homem que ele era antes de a Lei de Imigração Johnson-Reed expulsar pessoas como ele dos Estados Unidos. Ele luta para manter os mundos anteriores vivos; amigos, amantes e até filhos parecem se liquefazer quando ele vira as costas, aparecendo em fragmentos de sonhos e momentos de silêncio para reivindicar seu direito sobre ele.

Mahmood está parado na Davis Street, assistindo pela tela rasgada da janela guilhotina enquanto sua família se prepara para dormir. Ela está de pé, magra e angulosa, com Mervyn encaixado no quadril, se balançando para a frente e para trás para acalmá-lo, os cabelos castanhos incandescentes sob a luz do abajur laranja. A mãe está ao lado dela, e as duas conversam de maneira breve e pontuada de gestos, como costumam fazer. Omar e David estão de camiseta e ceroulas, pulando na cama e fazendo bagunça. Se por acaso entrasse lá agora, os dois se atirariam em cima dele como macacos em uma árvore, rindo loucamente enquanto a mãe tentava incinerá-lo com o olhar. Ela era, é, uma grande adversária, capaz de argumentar que a escuridão é luz e a luz é escuridão, e está tão furiosa que lançaria sobre ele as dez pragas do Antigo Testamento se pudesse.

Ele falhou. A janela entre eles simboliza a distância que cresceu de maneira imperceptível, mas inegável durante os cinco anos de casamento. Ele sabe – não, talvez não saiba, mas sente, sim, sente – que ela está se encontrando com outro homem. Pensou tê-la visto saindo do cinema com um sujeito negro, um sujeito de pele mais clara, com um bigode fino; não tinha visto o rosto da mulher, é verdade, nem conseguira acompanhá-los, mas ela tinha as mesmas formas e a mesma cor de cabelo de Laura. Ela havia mudado muito nos últimos cinco anos: nos quadris, um pouco também na parte de cima. Não era mais uma jovem com um corpo que mais parecia uma tábua, mas a língua permanecera a mesma, e poderia dilacerar o orgulho de qualquer homem mais rápido do que um azorrague. Eles se conheceram em um café da cidade, os cabelos dela molhados de chuva, a cor da pele não muito distante do mármore do balcão. A tola da irmã dela dormiria na porta da loja de peles, para ser a primeira a comprar um casaco de pele falsa de vison ou chinchila quando as vendas começassem pela manhã. Laura já havia pedido dois chás quando percebeu que ele estava olhando para ela. Seus olhos verdes como algas olharam de relance para ele, depois de volta para o fecho da bolsa. Ele não sabia o que dizer, seu inglês ainda era básico demais na época, mas não queria que ela fosse embora sem ao menos tentar chamar sua atenção. Tinha gostado do chapéu vermelho dela, de como seus cabelos se curvavam em torno da mandíbula, da dureza do nariz acima dos lábios macios e rosados, da maneira elegante como usava suas roupas baratas e grandes demais. Por fim, com um resmungo, perguntou:

— Você quer ir filmes?

Ela zombaria dele por causa disso durante muito tempo depois, imitando seu sotaque e o convite desajeitado, mas concordou em sair com ele, e três meses depois se casaram. Haviam mantido o namoro em segredo. Ela contara apenas à irmã, e ele nem se dera ao trabalho de contar aos outros somalis – para quê? Só para que dissessem que ela o deixaria falido e descalço? Ou que um dia se viraria para ele para chamá-lo de crioulo nojento? Ou que não saberia cuidar dos filhos dele, que lhes daria carne de porco e os empanturraria com batatas cozidas?

No dia do casamento, ele se desviou de seu caminho para comprar um cravo branco para colocar na lapela do terno marrom e, ao chegar ao cartório, encontrou Laura de olhos vermelhos e resoluta. A avó dela viera mancando de Gales do Sul para impedir o casamento, mas não adiantara, então ela ficou sentada em uma cadeira de madeira no fundo da sala, lendo a Bíblia e gritando "Senhor, tende piedade de nossas almas" durante toda a cerimônia. Fora tudo muito rápido e atabalhoado, em retrospecto; deveria ter ido conhecer os pais dela, para mostrar que não era um canibal com uma panela já esperando pela filha deles, deveria ter comprado um anel para ela e dado mais dinheiro para ajudar nas contas enquanto estivesse no mar. Ele acha que, no fundo, ela nunca o perdoou por ter partido logo depois da consumação apressada (em uma cama emprestada) de seus votos matrimoniais, ou por ter passado oito meses fora, indo do Quênia para o Ceilão, a Malásia, a Austrália e de volta. O trabalho mais lucrativo de sua vida, mas que lhe cobrara um preço alto também.

Eles ainda se dão bem, de certa forma. De tempos em tempos, saem para uma caminhada juntos, e ele ainda é bem-vindo para ir à casa dela quando quiser. Quase conseguiram, quase contrariaram todos os pessimistas. Quem mais havia aberto uma brecha em um lar branco daquela maneira? Entrando pela porta da frente, com uma mala e um sorriso. Laura tinha tornado isso possível. Não havia como negar a força que existia em seu corpo esguio e flexível. Ela era muito habilidosa. Fechando a porta do quartinho que compartilhavam sabendo que todos podiam ouvi-los. Ele a amava ainda mais por isso. Dar de cara com o pai dela à noite, no patamar da escada, os dois de calção, era a pior parte de morar lá; não parecia haver nada que aquele homem desejasse mais do que empurrá-lo escada abaixo. Mas até mesmo ele havia cedido no fim, arrumando um trabalho de caldeireiro para Mahmood e repreendendo Laura quando, no verão anterior, ela anunciou que queria o divórcio – havia feito a cama, portanto que se deitasse nela.

SADDEX

TRÊS

— Ah, olha só para isso!

— O que é? Me mostra.

Diana abre mais o jornal e o vira para mostrar à irmã mais velha.

DIVÓRCIO CONCEDIDO A MULHER QUE FLAGROU MARIDO DE LINGERIE.

— Pobre coitada!

— Não sei por que as pessoas se casam se não levam a sério, eu realmente não entendo — diz Violet, os olhos percorrendo avidamente a página.

— Ouça esta parte; tape os ouvidos, Gracie! A lingerie era uma combinação das roupas íntimas da esposa e de outras compradas especialmente pelo marido.

— Ah, que vergonha. Como ele pôde fazer isso com ela?

— E esta parte… Ela começou a desconfiar quando a gaveta de roupas íntimas passou a ficar cada vez mais vazia. — Diana solta uma gargalhada, fazendo Grace largar a faca, assustada. — Tome o jornal. Eu sei o quanto você ama essas histórias. — Ela agita o *Echo* na direção de Violet e pega o garfo e a faca.

— Eu não *amo*, mas elas me deixam feliz por nunca ter me casado.

— Bem, você sabe que escolheu o homem errado quando sua história vai parar em um jornal como o *Echo*.

— Você acha que algum dos nossos homens aprontaria esse tipo de coisa? — sussurra Violet, segurando o jornal entre ela e Grace.

Diana ergue as sobrancelhas.

— Posso apostar que sim. Os homens são todos iguais. Não há limite para o tipo de tolice que são capazes de fazer.

— Até os judeus *frum*?

— Especialmente eles! Posso até confiar em uma mulher religiosa, mas nunca em um homem religioso. Eles são apenas melhores em esconder as coisas, se você quer saber.

— Mas o Ben não era assim, era?

— Não, mas ele era um santo. Sentimental até o último fio de cabelo também, incapaz de guardar um segredo ou sustentar uma mentira por muito tempo, um homem incomum.

— Esta outra é ainda pior... É uma mulher, dessa vez! Ela está pedindo o divórcio, embora tenha mandado o marido para o barracão no jardim e levado o inquilino para o leito conjugal. O juiz rejeitou a alegação de abandono feita por ela e disse que ela é que tinha abandonado o marido. Que descarada.

— A *audácia* dessa aí.

— Ah, não... Outro roubo com dinamite em Londres. Um joalheiro especializado em diamantes em Mayfair, nenhum sinal de arrombamento, mas explodiram o cofre e roubaram £30 mil. É o sexto ataque dessa gangue em um ano.

— Eu já até sei no que você está pensando, Violet. O que uma gangue como essa iria querer com a mixaria que tem no nosso cofre? Não pagaria nem um jantar no Savoy.

— Nem daria a uma gangue local a mesma ideia? Você acha que dinamite é tão difícil assim de conseguir, tão pouco tempo depois da guerra? Deve haver carregamentos de dinamite escondidos por todo o país.

— A sua mente é como um submarino: não há profundidade de paranoia que ela não consiga alcançar.

Violet vira a cabeça lentamente para dirigir à irmã um olhar de desprezo.

— E você é ingênua. O mundo está ficando cada vez pior; você pode ignorar este fato ou fazer o possível para se proteger.

— Eu sou tudo *menos* ingênua. Apenas prefiro não ficar o tempo todo pensando em maníacos empunhando facas, gangues de dinamite e todas as catástrofes imagináveis, e me concentrar em coisas mais alegres. Falando nisso... Purim!

A cabeça de Grace se desvia do prato, e ela parece ganhar vida novamente depois de um longo silêncio.

— Mãe, você me ensina a dança? E comprou o veludo para a saia? A tia Violet já fez a minha coroa.

— Ainda não. Andei procurando veludo roxo, mas até agora só encontrei vermelho e azul. Não se preocupe, vou encontrar a tempo. E também guardei açúcar suficiente para fazermos pelo menos três bolos, com ovos de verdade, graças à Sra. Llewellyn.

— Você vai ficar mais bonita do que a Rainha, aposto. — Violet sorri.

— Espero que sim! A Sarah também vai se vestir de rainha, e eu quero ficar mais bonita do que ela.

O cartão-postal de uma paisagem à beira-mar começa a descolar da lateral do armário; a fita adesiva que o prende à madeira envernizada está amarela e quebradiça. A imagem é tão familiar que ela vê apenas as formas e cores: o homem gordo e a menina magra, as moedas de ouro transbordando da bolsa, o balão de diálogo entre as duas figuras. Seu pai havia colocado o cartão-postal ali, de alguma forma achando graça de seu desprezo descontraído por homens como ele: penhoristas e agiotas. Ela o detestava, mas removê-lo seria também remover a impressão digital que o pai havia deixado entre a fita adesiva e o cartão azul reluzente, o som de sua risada irrompendo resfolegante dos pulmões cheios de cicatrizes. Essas relíquias preciosas são necessárias para lembrá-la de que a loja não é uma prisão, mas um santuário, repleto de lembranças de sua vida e de sua família. Ela puxa um rolo de tafetá branco caro em sua direção e se lembra do pai dizendo baixinho o quanto gostaria de tirar um corte para seu vestido de noiva, mas, assim como ela, o tafetá permanece intocado, encostado na parede com os outros tecidos finos. Ela retira a embalagem de celofane e examina a condição da seda; está um pouco quebradiça e mais clara nas bordas, e exala um cheiro de umidade absorvida das paredes, mas não há furos, felizmente. Fora uma das compras por impulso do pai, mais para satisfazer seu gosto pela beleza do que para colocar dinheiro no caixa. Ela fricciona o tecido entre os dedos e pensa em usá-lo no vestido de Purim de Gracie. *Seria melhor do que deixar tudo ir para o lixo*, pensa. Seus clientes não têm dinheiro para esses produtos extravagantes. Ela abre uma das minúsculas gavetas do armário de miudezas e encontra contas de vidro, botões de madrepérola, lantejoulas e fitas diversas. Poderia costurar um belo corpete de veludo azul-marinho barato, enfeitá-lo todo e usar o tafetá para fazer uma saia rodada. Seu pai teria sorrido ao ver Grace vestida de maneira tão extravagante, ele que vestia as mesmas calças de tweed e o mesmo colete todos os dias, remendando as ceroulas até se tornarem uma colcha de retalhos. Eles não eram o tipo de pessoa que costuma ser indulgente consigo mesma; só a filha mais nova, Diana, aprendera a arte de se vestir bem, sem dúvida consequência de uma infância passada vestindo roupas de segunda mão. Ainda faltam seis dias para o Purim. Vai ter tempo suficiente no fim de semana para terminar o vestido e surpreender a sobrinha com um par de pulseiras esmaltadas.

Um bonde sacoleja ao longo da Bute Street e sopra uma lufada de ar contra as vitrines. Um dos grandes painéis ainda é do vidro vitoriano original, que lança um reflexo distorcido na parede ao pôr do sol. A outra vidraça teve que ser substituída em 1947, quando um soldado atirou um tijolo na loja, vingando, na cabeça dele, dois soldados britânicos que haviam sido enforcados pela organização paramilitar Irgun na Palestina. O idiota claramente não sabia que um dos soldados era judeu. Tinha sido ainda pior para os Rosenberg, em Manchester. Os pubs haviam fechado naquele feriado devido à falta de cerveja, e alguns vândalos usaram as fotos dos soldados britânicos mortos estampadas na primeira página dos jornais como desculpa para destruir o máximo de estabelecimentos judaicos que conseguissem encontrar em Cheetham Hill. O choque de sua própria vitrine sendo estilhaçada naquela noite de verão permanece em Violet; os nervos à flor da pele ao ouvir qualquer estouro ou estrondo inesperado. Detesta a hora de fechar a loja, quando homens gritam na rua, garrafas são quebradas e brigas irrompem entre marinheiros, trabalhadores do porto e pescadores, que xingam uns aos outros.

Aquele pedaço de terra, tomado do pântano e ainda instável sob as fundações, é seu único refúgio. A umidade que toma conta de todos os prédios, no entanto, lembra-lhes que aquele tampouco é seu lugar; que um dia o mar tomará sua casa de volta.

Parece que nunca para de chover, e, naquela noite, a chuva está mais intensa do que o normal, regatos de água lavando a calçada, caindo do toldo encharcado da loja. Ela olha pela vitrine e vê um táxi passando, os limpadores de para-brisa raspando de um lado para o outro; lá dentro, um casal bem-vestido se beijando apaixonadamente de olhos fechados. Ela abre a porta e respira o ar fresco por um momento. Mesmo com aquele tempo, um grupo de marinheiros malteses está de pé em frente à pensão, falando alto. Mais adiante, o Sr. Zussen se inclina para fora de sua casa de penhores, olhando preocupado para o bueiro que transborda bem diante de seu estabelecimento. Com sua longa barba branca chegando até o umbigo, ele parece um personagem bíblico, a figura alta e nervosa aparentando ter séculos de idade, o rosto compungido geralmente olhando impassível – década após década – através do vidro do guichê. Ela gosta dele, assim como de todas as pessoas com as quais cresceu, gosta de sua solidez e sua consistência. O vento aumenta e sopra, úmido e frio, contra suas bochechas. *Mais um dia se foi*, sussurra para si mesma, e em seguida fecha a porta.

Ao olhar para o relógio de pulso, vê o ponteiro dos minutos avançar em direção às 20h, mas quando está prestes a trancar as cinco fechaduras, duas jovens com maquiagem chamativa entram, fugindo da chuva.

— Que noite! E eu ainda fui deixar meu guarda-chuva em casa. Podemos entrar um segundo, senhorita Volacki?

Violet reconhece as duas. São típicas garotas frequentadoras de pubs. Oxigenadas e com o rosto cheio de rouge.

— Na verdade, eu não deveria, não com a lei determinando o horário de fechamento, mas rápido, entrem, entrem.

— Obrigada, querida — diz Mary.

— Como posso ajudá-las?

— Quero um lenço, por favor, não me dei ao trabalho de arrumar o cabelo só para parecer um cachorro molhado quando chegar ao pub.

— É um belo penteado — diz Violet, sorrindo enquanto olha para o halo oxigenado em torno da cabeça de Mary. — Venha escolher.

Enquanto Mary experimenta diferentes estilos diante do espelho, Margaret se aproxima do balcão.

— Sabe, senhorita Volacki, acho que vou aproveitar que estou aqui e levar um par de sapatos para a minha mais velha, parece até que ela mergulha os pés em fertilizante toda noite.

— Couro?

— Ah, não, um sapato de lona deve servir. Não vou me admirar se ela precisar de outro par antes do fim do mês.

— Logo, logo elas vão estar mais altas que nós — diz Mary, descascando o esmalte com a unha do polegar.

— Que tamanho ela calça?

— Trinta, acho, ou um pouco menor.

O corpete aperta a barriga de Violet quando ela se inclina sobre as caixas que tirou da prateleira. Não estão organizadas. Ela não teve tempo de fazer isso, e agora precisa verificar, um por um, todos os sapatos de lona de tamanhos aleatórios.

— Não estou encontrando nenhum par tamanho 30, Margaret. — Violet endireita as costas com um suspiro alto e volta a ficar de pé. — Mas tenho certeza de que tenho alguns. Volte pela manhã e vão estar separados para você.

Diante do espelho, Mary ajeita o novo lenço em torno do rosto e verifica se há batom nos dentes antes de abrir um sorriso de orelha a orelha para Violet.

— Já que estou aqui, vou aproveitar e levar uns grampos de cabelo e uma caixa de fósforos também — diz ela, entregando a Violet as moedas.

— Tudo bem, senhorita Volacki. Vou trazer minha filha de manhã para podermos experimentá-los. Desculpe o incômodo — diz Margaret.

— Não seja boba, não foi incômodo nenhum. Tomem cuidado para não ficarem encharcadas lá fora, meninas.

— Nós vamos ficar bem. Só vamos até o pub encontrar uns amigos.

Elas abrem a porta e a noite entra: o barulho de pneus no asfalto molhado, o forte cheiro de óleo de gergelim e carne grelhada do restaurante chinês de Sam On Wen, a pequena algazarra do calipso em um toca-discos, as sombras esguias encurvadas no ponto de ônibus.

— Boa noite, senhorita Volacki.

— Boa noite.

— Quanto carvão você colocou na lareira, Diana? Parece até que estamos nos trópicos. — Violet abana o rosto ao sair da loja e entrar na sala de jantar.

— Coloque este pé primeiro, depois deixe o outro acompanhá-lo, opa, tente de novo... — Diana segura as mãos de Grace enquanto ela tenta se equilibrar nos saltos altos da mãe. — Para manter o equilíbrio, você precisa ficar de pé, mas sem travar os joelhos.

Hank Williams toca alto no rádio e o fogo crepita quando um carvão em brasa se desintegra e cai na grelha.

— Pedi à mamãe para me ensinar a dança — grita Grace por cima do ombro enquanto tropeça nos pés da mãe.

— Não vá se machucar, Gracie. Você ainda vai ter muito tempo para andar por aí com todo tipo de sapato desconfortável. — Violet passa por elas para chegar até a cozinha e lavar as mãos.

— Gracie, vamos parar para comer agora. — Diana ergue a filha para que ela se livre dos sapatos e a senta em uma cadeira na cabeceira da mesa.

— Tem alguma sobra da carne de ontem? — pergunta Violet, enxugando as mãos em um pano de prato.

— Não, sinto muito. Coloquei tudo nos sanduíches da G hoje de manhã.

— Não tem problema, eu me viro com o que tivermos.

A mesa está um pouco minguada essa noite, mas tem pó para fazer creme de baunilha na despensa e algumas peras na fruteira.

Quando Violet se senta, a sineta da loja toca.

— Ah, deixa tocar. Já faz dez minutos que a loja fechou. Quem quer que seja, que volte de manhã. — Diana suspira.

Violet hesita por um momento, mas depois se levanta. Aquela sineta e aquela loja têm um poder irresistível sobre ela.

— Deve ser um dos clientes regulares. Vou só ver quem é e o que quer.

— Não deixe sua comida esfriar.

— Não vou deixar.

Grace se inclina perigosamente para trás em sua cadeira para espiar enquanto a tia atravessa a loja mal iluminada e abre a porta trancada logo à frente. Diana consegue segurar a cadeira no instante em que ela vai tombar para trás.

— Sente-se direito e coma sua comida.

Elas olham por alguns segundos para o homem negro parado na chuva diante da entrada da loja antes de Diana fechar a porta da sala de jantar por causa da corrente de ar frio.

AFAR

QUATRO

— Senhorita, se importa de diminuir o volume da música? — pede um policial uniformizado ofegante na porta da sala de jantar. Ele segura o capacete preto sobre a barriga e suas pálpebras tremem enquanto fala.

— Desligue o rádio, Gracie. Como posso ajudá-lo? O alarme contra roubo está tocando de novo?

Ele parece confuso.

— Não... Houve um incidente. Com sua irmã.

— O quê? — Diana olha além dele e vê que há outros homens dentro da loja. — Com licença — diz ela, tirando-o gentilmente do caminho.

Grace tira os sapatos de salto alto que colocou de volta e, usando apenas as meias brancas, vai atrás da mãe.

— O que está acontecendo? — Diana olha de um rosto desconhecido para outro.

Os homens se viram e parecem avaliá-la.

— Senhora Tanay, meus sentimentos. Acabamos de chegar. Ela foi encontrada por este senhor que veio comprar um maço de cigarros. — O detetive aponta para um velho de rosto pálido e boina.

A porta da frente se abre com o ar frio da noite, e é só depois que Grace passa ao redor da mãe em direção ao caixa que Diana percebe o sangue no chão, manchando as meias de babados da filha.

— Pare! — grita.

Ela puxa Grace de volta e, em seguida, caminha a passos firmes para o lado norte da loja. Violet está deitada de bruços, iluminada pela luz fraca de um dos armários de vidro, as paredes brancas ao seu redor salpicadas de sangue.

— Violet, levante-se! O que aconteceu, querida? — Diana se abaixa para acordar a irmã, achando que ela bateu a cabeça e desmaiou, mas quando afasta os cabelos do rosto dela, vê o corte largo em sua garganta. Ela cai para trás e grita: — Quem fez isso?

O policial uniformizado ajuda Diana a ficar de pé e pede que ela leve Grace de volta para a sala de jantar.

— Vocês realmente não ouviram nada, senhora Tanay?

— Não! Não! — Diana olha em volta, procurando freneticamente por Grace no meio de todas aquelas pessoas, mas ela ainda está junto ao caixa, levantando um pé, depois o outro para examinar o vermelho nas solas. — Não olhe, meu amor, não olhe! — Ela cobre os olhos da filha, mas não consegue deixar de olhar para trás, para as marcas de mãos e joelhos que levam até o quartinho em que ficam guardadas as caixas de sapato, em que as solas grossas dos sapatos de Violet jazem, viradas para cima.

Cuidado, Gwilym, você está pisando no sangue. Hora da morte estimada entre 20h05 e 20h15. O primeiro homem a chegar à cena do crime atende pelo nome de Archibald. Não, na verdade, A.r.c.h.b.o.l.d. Veio comprar um maço de cigarros. Não se ouviu nem um pio na sala ao lado. A irmã é um pouco surda e há uma vedação na porta da sala de jantar para impedir a entrada de correntes de ar. Os malditos peritos estão demorando uma eternidade, para variar. Ah, o inspetor-chefe acaba de chegar. Imponha um embargo a qualquer navio que esteja pretendendo deixar o porto esta noite. Parente próxima jantando enquanto tudo aconteceu.

Acha que viu um homem negro na porta pouco depois das 20h. Houve alguns arrombamentos recentemente. Não há nenhum homem vivendo na casa, a propósito. Nada de gritos, então ela deve tê-lo deixado entrar. Eu a vi há dois dias. Que o Senhor receba sua alma.

HaShem! HaShem! Maggie, Maggie, veja só o que fizeram com a nossa Violet. Cortaram a garganta dela. Onde está a Grace? Aqui, Diana, ela está bem aqui. Tem policiais demais aqui. Por que não nos deixam vê-la? Como você não ouviu nada? Vá lá em cima e pegue conhaque no armário. Do lado direito. Beba isso, Di, por favor. Pare de se balançar para a frente e para trás. Violet. Violet. Violet. Violet. Violet. Violet. Violet. Violet. É melhor vocês ficarem comigo e com o Daniel esta noite. Não, não, não. Como isso pôde acontecer? Deus virou as costas para nós, não foi?

Tem um monte de curiosos lá fora querendo dar uma espiada no que aconteceu, chefe. Mantenha todos afastados. A família viu um negro na porta da loja pouco antes de tudo acontecer. Inspecionem todas as pensões para pessoas de cor. Nenhum navio pode sair do porto. Os vizinhos estão muito consternados, não economizam quando se trata de lamentar. É o jeito deles. Já tirou todas as fotos de que precisa? Ela tentou fugir, olhe só para essas impressões borradas. Estamos lidando com um filho da mãe cruel. Vão querer enterrá-la amanhã, você sabe. Autópsia primeiro. Mas, na verdade, não tem muito mistério, não é, chefe? Cortes grandes e profundos no pescoço. Alguma coisa foi roubada? Ainda não sei dizer, mas deve ter sido. O carro do necrotério chegou.

* * *

Baruch dayan ha'emet. Tenha paciência, Diana, o Senhor vai confortá-la. Você realmente acredita nisso? Grace, venha aqui, sente-se no meu colo. Sua pele está tão úmida e fria, meu amor. Feche os olhos e se recoste em mim. Eu falei com todo mundo, todos estão vindo. Ah, Deus. O rabino Herzog está vindo de Rhymney. Eles vão me sufocar. Não vou conseguir mantê-los longe. Tem alguém na porta dos fundos. É Joshua, o cantor.

— Que o Todo-Poderoso os conforte junto com todos os enlutados de Sião e Jerusalém.

— Eu sei dizer quando um homem está hipnotizado.

— Como, Doc?

— Você deveria saber, Monday! Não seja tão estúpido. Em seu país, a Gâmbia, há homens *obeah*, não há? Não podem ser só bongôs e selva.

Um lampejo de raiva brilha nos olhos oblíquos do gambiano. Ele é o homem mais instruído daquela casa, tendo frequentado a escola missionária até os 16 anos. Mesmo assim, Doc insiste em falar com ele de maneira condescendente. Ele respira fundo e passa a mão no queloide encaroçado em seu pescoço, em que pelos crespos começaram a crescer encravados, espiralando para dentro da pele como brocas em miniatura. Sob a luz fraca, a cabeça de Monday parece coberta por um denso gorro marrom; a linha dos cabelos quadrada em torno das têmporas e da nuca, e se projetando sobre a testa até parar abruptamente alguns centímetros acima de suas sobrancelhas rebeldes.

— Eu achava que a hipnose era diferente. Uma coisa que aqueles velhotes de jaleco branco fazem.

— Não precisa ser. Pode ser um espetáculo ou um negócio onde homens de jaleco branco o amarram e o fazem confessar. Entende o que estou dizendo? De qualquer forma, é um troço muito poderoso. Quando você está sob o efeito, você está *sob o efeito*.

— E como você sabe, Doc?

— Está escrito bem claramente aqui no jornal. "Palidez, semblante embotado, respostas confusas", e no mar já vi homens fazerem praticamente qualquer coisa, depois não conseguirem explicar de jeito nenhum porque fizeram aquilo, e agora esse doutor Frankenstein tentando trazer esse negócio para o New Theatre. — Doc Madison estende a mão na direção da mesinha de cabeceira para pegar os comprimidos das 20h.

As almofadas empilhadas e a colcha com estampa floral fazem sua cama com dossel de ferro parecer um trono oriental, o epítome da majestade e da sabedoria, enquanto o pijama de seda roxa apenas aumenta sua aura régia. Ele havia deixado a marinha mercante, comprara aquela casa em ruínas na rua atrás da prisão, depois caíra de cama; desrespeitando descaradamente as leis dos brancos ao receber assistência do governo ao mesmo tempo que alugava quartos. Doc vive e dorme com Jackie na sala de estar. Os inquilinos brincam que os dois na cama devem ser como cadáveres em uma faculdade de medicina: esta é a aparência de um coração jovem, e isto é o que acontece com o fígado de um velho marinheiro, eis um ventre redondo e saudável e um escroto velho e abatido.

— O que disseram a ele?

— Que procurasse outro lugar! Eles não são loucos.

— Você pode hipnotizar um homem ou uma mulher para fazer qualquer coisa: entregar a carteira ou as chaves de casa, levar uma garota para a cama sem ela dizer que o pai vai matá-la nem perguntar quanto dinheiro você tem. Muito poderoso.

— Ele também se acha o suprassumo, porque é médico, ainda por cima, mas que tipo de médico cobra dinheiro na entrada e precisa de um intervalo? Um vigarista, isso sim. Ponha mais carvão no fogo, meu garoto. Meus ossos estão congelando com essa maldita chuva caindo a noite toda.

Monday cutuca as brasas alaranjadas com o atiçador e, em seguida, pega um grande cubo de carvão e o joga no fundo da lareira.

A porta da frente batendo com força ao lado do quarto de Doc faz as finas janelas de guilhotina estremecerem, e uma forte corrente de ar atravessa a madeira apodrecida dos caixilhos eduardianos. A casa inteira está tão frágil quanto seu dono: o mofo subindo pelas paredes descascadas, as entranhas do encanamento entupidas e barulhentas, o gás vazando dos canos cheios de remendos.

— Maldito seja, mas que inferno! Por que ele precisa bater a porta com tanta força?

Monday suga o ar por entre os dentes com desprezo e se contorce de volta nos espaços que os músculos deixaram marcados na poltrona de veludo vermelho, cobrindo com seu corpo as partes puídas e descarnadas. Ao ouvirem passos nas tábuas de pinho do corredor, os dois homens olham com raiva para a porta.

Como esperado, a maçaneta de bronze gira, e Mahmood entra, o casaco de lã preto brilhando, pontuado de gotas de chuva, o chapéu *homburg* pingando no único cômodo acarpetado da casa.

— Eh-eh, lá vem ele. Parece a Morte em pessoa.

Monday olha Mahmood de cima a baixo, dos cabelos finos da linha de cabelos recuada até as pontas finas dos sapatos.

— Vai continuar batendo a minha porta até ela quebrar? Sabe quanto custa uma porta nova?

— Relaxe, Doc, esse pedaço de madeira não vai a lugar nenhum. — Mahmood atravessa a sala com seus passos largos e se senta em um pequeno sofá forrado de tweed. Às vezes tem que se esforçar para entender o sotaque jamaicano carregado de Madison.

— Cuidado para não molhar o estofado!

Mahmood lança um olhar para o senhorio antes de tirar o casaco e colocá-lo, do avesso, sobre o braço do sofá ao lado dele.

— Você tem o *Echo* aí?

— Teve alguma sorte hoje? — pergunta Doc enquanto joga o jornal para ele.

— Um pouco. — É o que sempre responde quando lhe fazem essa pergunta; não quer ninguém se intrometendo em algo tão delicado quanto o seu *nasiib*.

— Um pouco significa que você pode pagar adiantado o aluguel da próxima semana.

— Não, isso aconteceria se eu tivesse ganhado muito. — Ele vira lentamente página após página, admirando as garotas bonitas nos anúncios, passando da última à primeira página como se estivesse folheando um jornal árabe.

— Esse casaco é novo. — É mais uma afirmação do que uma pergunta quando os olhos de Monday se voltam de Mahmood para o casaco. Ele leva à boca o pires florido que tem na mão e sorve o chá que transbordou.

— É velho.

— Achei que tinha visto você sair hoje de manhã com aquele seu paletó.

— Eu troquei.

— Você é feito a Cinderela, é só dar uma rodopiada que surge uma nova muda de roupa no seu corpo? — intervém Doc.

Mahmood sorri.

— O que você acha das corridas de amanhã?

— Cavalo interessante às 14h, filho do Velho Tabasco, um bom jóquei escocês e tudo mais.

Mahmood percorre a lista com os olhos; não sabe ler muito bem em inglês, mas gosta de fingir e consegue reconhecer alguns nomes familiares, além de todos os números.

— Aquele patife do Rory Harte está nos jornais de novo, acusado de embriaguez e perturbação da ordem. — Doc mostra todos os seus dentes de crocodilo. — Ele disse ao juiz que só queria içar a vela. — Ele ri pelas narinas. — Então o excelentíssimo juiz perguntou a ele: "O que o impede de 'içar a vela' novamente?" E sabem o que Harte respondeu? — A risada explode de sua boca e ecoa nas paredes. — Disse que no fim das contas ficou a ver navios. *Ficou. A. Ver. Navios.*

Todos os três homens riem da piada do estivador.

— Só um irlandês para dizer isso ao juiz! — Monday gargalha e se engasga com o chá.

Pegando o casaco, Mahmood aproveita a distração para sair dali antes que Doc comece a falar outra vez sobre o aluguel, ou sobre a porta, ou sobre o carvão que não vem sozinho da rua para dentro de casa, ou sobre o leite derramado na mesa da cozinha.

Em seu quarto praticamente vazio, Mahmood tira o terno de risca de giz e, em seguida, pendura o paletó e as calças em um cabide de arame torto. Suas meias finas estão úmidas nos dedos dos pés e nos calcanhares, mas ele não as tira, temendo a cama fria, que sempre parece ter sido mergulhada em água gelada. Mais cedo, tinha tentado se encontrar com a mulher russa, a ladra de cabelos escuros que havia chamado sua atenção no pub Bucket o' Blood. É mais velha do que ele, mais sábia e maliciosa, e há uma perigosa atração entre os dois. Ele prometera a si mesmo que nunca mais a veria, mas, no fim das contas, acabou indo parar diante de sua porta vermelha. Ela não estava em casa; provavelmente tinha saído para seduzir algum outro idiota. Ele só precisa acabar com aquilo e se certificar de que Laura nunca ouça falar nela.

Respirando fundo, se enfia sob os cobertores de lã, os braços e pernas sinuosos tremendo enquanto o lençol de algodão tenta roubar o pouco calor corporal que ainda lhe resta. Ele se revira na cama, tentando fazer o sangue circular, mas o frio é mais forte. Enquanto soca o travesseiro velho e mofado para que fique com uma forma decente, Mahmood é surpreendido por pancadas na porta da frente.

É muito tarde para ser alguma coisa boa, as batidas insolentes demais para ser qualquer um além da polícia.

Os passos pesados de Monday seguidos pelo ranger da porta.

— Olá, olá, desculpe...

— Inspetor! Por favor, por favor.

Eles não têm nada contra mim, não podem ter, pensa Mahmood. *Deve ter alguma coisa a ver com o novo jamaicano do andar de cima – Lloyd, ou seja lá qual for o nome dele –, que diz que é boxeador, mas nunca treina nem compete, só fica lá em cima baforando fumaça de baseados pela janela.*

Doc fala com seu tom de voz mais elevado, de maneira que Mahmood o ouve claramente através da parede.

— Detetive Lavery! O que o traz aqui nesta noite chuvosa? Eu tento ao máximo manter um estabelecimento cristão respeitável e fico ofendido, realmente ofendido com o fato de qualquer um dos meus inquilinos ser alvo de suas suspeitas.

— Não há nada com que se preocupar, senhor Madison, a sua não é a única pensão que vamos inspecionar esta noite. Todos os seus inquilinos estão em casa? — Lavery tem um forte sotaque galês e, juntas, as vozes dos dois parecem as de um lorde e de seu ajudante de caça em uma comédia de rádio.

— Creio que sim, inspetor, mas temos um novo hóspede no andar de cima. É do tipo que fica para si, perdão, do tipo que fica na dele.

— Vamos precisar falar com todo mundo, senhor Madison.

— Ele está, ele está — garante Monday.

— Vamos começar pelo quarto do Mattan.

Eles chegam à sua porta antes mesmo de Mahmood ter vestido as calças.

— Quem é? — grita ele.

— Polícia.

Ele é emboscado apenas de cueca e camiseta. Rostos familiares. Morris e Lavery.

— O que vocês querem? — Mahmood fica parado na frente dos dois.

— Onde esteve esta noite? — pergunta Lavery, enquanto Morris corre os olhos por tudo, os dedos já no casaco de Mahmood.

— No Central.

— A que filmes assistiu?

— Um filme sobre a Guerra da Coreia e faroestes.

— A que horas saiu do Central?

— Às 19h30. — Virando-se para Morris, Mahmood diz rispidamente: — Vocês têm um mandado?

Morris o ignora e continua vasculhando os bolsos do sobretudo.

— Que caminho fez na volta para cá?

— O caminho que passa pelas piscinas públicas.

— Você estava sozinho no cinema? Viu alguém conhecido?

— Sim. Não.

— Esteve na Bute Street esta noite?

— Não.

— Anda com uma faca, Mattan?

— Não.

— Nós vamos revistar o seu quarto agora, Mattan.

— Por quê?

Morris apalpa os bolsos de um paletó pendurado no encosto da cadeira e encontra uma navalha quebrada.

— Eu costumava fazer a barba com ela. Quebrou já faz um tempo.

— Tem outra?

Mahmood aponta para a cômoda.

Lavery retira o barbeador de uma gaveta e examina a lâmina. Em seguida, o coloca de volta sem fazer nenhum comentário.

— Tem algum dinheiro?

— Não.

Morris estende a mão, mostrando as poucas moedas de prata e bronze que encontrou no paletó.

— Aonde foi depois do cinema?

— Vim direto para casa. — Mahmood fica tenso enquanto Lavery e Morris vasculham tudo. — O que vocês estão procurando? Por que vieram até o meu quarto? Vocês não têm um mandado.

— Não seja insolente. Nós não precisamos de mandado. Houve um incidente grave na Bute Street esta noite e acredita-se que um homem de cor seja o responsável.

Mahmood ri de maneira zombeteira.

— Por que um homem de cor?

— Você precisa nos dizer a verdade sobre onde esteve esta noite, Mattan. Estamos falando de uma questão mais séria do que os seus furtos.

— Não vou falar com vocês. — Mahmood pega a calça, alisa o tecido e em seguida a veste.

— Uma mulher foi assassinada. — Lavery olha nos olhos dele.

— Mentira. Todos os policiais são uns mentirosos.

— É melhor ter cuidado com sua língua solta. Vou perguntar de novo: onde esteve esta noite?

— Não vou dizer nada.

Morris toca os dois pares de sapatos perto da cama e esfrega os dedos neles para sentir a umidade.

— Se souber de alguma coisa, venha até a delegacia e fale conosco. Entendeu?

Mahmood fica de guarda perto da porta até eles saírem, depois se senta pesadamente na cama. A noite de sono arruinada. Que mulher assassinada? Não há limite para as mentiras que eles contam a fim de dificultar a vida de um homem negro.

Ao ouvir uma comoção, ele se arrisca de volta até a porta e coloca a cabeça para fora. O jamaicano do andar de cima está lutando com um policial uniformizado e levando a melhor sobre ele. Lavery e Morris descem os degraus e entram na briga. Voltando-se para Monday, que está paralisado no corredor, Mahmood dá de ombros e fecha a porta diante da confusão.

Estádio de galgos de Somerton Park. Newport. Mahmood beija as fichas de apostas na mão direita e vai até o guichê recolher o dinheiro que ganhou. As notas de libras pousam ruidosamente uma após a outra até haver vinte delas entre ele e o caixa com sua boina. Dez semanas de salário bem ali, abundantes e fáceis de conseguir, as bordas tão afiadas que poderiam cortar seus dedos. O suficiente para o aluguel, para Laura e as crianças, e para se manter por um tempo. O maço de notas é tão grosso que ele tem que fazer um pouco de força para enfiá-las na carteira vazia.

— Parece que você teve um bom dia, Sam — diz o homem que fuma cachimbo enquanto entrega o dinheiro.

— Sam? Meu nome não é Sam.

— Eu chamo todos vocês de Sam.

— "Todos vocês"? O que quer dizer com isso? Acha engraçado nos chamar de sambo?[*] Vou esmagar seu crânio. — Mahmood dá um tapa no balcão, e o homem dá um pulo para trás, assustado.

— Eu não tive a intenção de ofender — diz ele, erguendo as mãos.

— Primeiro vocês mordem, depois querem assoprar. É sempre assim. — Mahmood balança a cabeça e, em seguida, joga as moedas no bolso da calça e olha de volta para a pista.

Outro páreo está prestes a começar, novos cães alinhados nos portões, vapor saindo das bocas ofegantes, e ele sente a excitação

---

[*]   Sambo: maneira depreciativa de se referir a uma pessoa de ascendência africana na língua inglesa. Algo como mulato, mestiço. (N. T.)

novamente, a expectativa de alguma forma ainda mais inebriante do que a vitória. *Não, não, não seja tolo*, diz a si mesmo enquanto obriga seus pés a continuarem se movendo, e logo está de volta à rua vazia, a caminho do ponto de ônibus.

No ônibus 73, a caminho do hospital Royal Infirmary, ele passa pelo centro de Cardiff, olhando pela janela suja como se estivesse no cinema; totalmente isolado da desolação monocromática do pós-guerra. Pináculos remendados, carrinhos de mão de madeira, frangos macilentos e coelhos ensanguentados pendurados nas vitrines dos açougues, mães empurrando carrinhos de bebê com uma total atenção, a grande cúpula cor de marfim da prefeitura enegrecida pela fuligem, letreiros de lojas dos quais letras soltas pendem como brincos, casas de chá com promoções de pão com manteiga e uma xícara de chá a 2 centavos, janelas fechadas com tábuas, áreas de bombardeio cercadas. É um lugar difícil quando não se tem dinheiro no bolso; ele ficaria feliz se demolissem tudo aquilo, como o Conselho Municipal quer fazer com área do porto. Não entende como podem olhar com desprezo para Butetown quando têm tão pouco a oferecer. A baía emerge das nuvens de fumaça industrial e da névoa marinha como um antigo animal fossilizado saindo da água. Ao caminhar pelas docas, pode-se deparar com marinheiros carregando papagaios ou macaquinhos em jaquetas improvisadas para vender ou guardar como lembrança, pode-se comer *chop suey* no almoço e *saltah* iemenita no jantar, e nem mesmo em Londres seria possível encontrar as garotas bonitas – com um avô de cada continente – com as quais se esbarra o tempo todo em Tiger Bay.

A outra Cardiff equivale, para ele, àquele circuito entre a fábrica, a casa e o pub, o que parece tão opressivo quanto as perambulações de um burro de carga. Ele não pode, não, ele recusa a se submeter a isso. Ter £1 roubada toda semana por um vigarista que acha que você deveria ser grato por qualquer tipo de trabalho. Varrer, limpar, mas sem chegar nem perto das máquinas, porque aí teriam que lhe pagar um salário digno de um homem. A vergonha dos refeitórios, homens tocando você como um escravo em um leilão e perguntando se você é negro porque saiu do cu da sua mãe, as risadas nauseantes em uma onda que leva bile a sua garganta. A carne enlatada rosada e as batatas cozidas acompanhadas de "um inglês, um irlandês e um negro entram em um bar". Os brancos infelizes, amargos, frustrados consigo mesmos, mas tratando-o como se você fosse o insulto final. Ele não é como os outros somalis, que antes dormiam com os camelos e que, na vida, conheceram apenas pedras e espinhos. Não. Ele sempre dormira confortavelmente quando menino, em um colchão indiano, com uma xícara de leite açucarado pronta para ele de manhã, a mãe recitando versos de sua própria poesia em seu ouvido, elogiando-o. Não consegue sentir a mesma gratidão que eles. Aceitar 2 xelins e 5 pence com um aceno de cabeça e um sorriso, embora suas costas estejam doendo, suas narinas entupidas de poeira, seus dedos rígidos e sangrando. Os homens brancos não são nada de especial para ele; conhece-os desde muito novo, quando entregava sacos de lona com açúcar e chá no clube colonial de Hargeisa e recolhia bolas na quadra de tênis ressecada pela seca. Consegue olhá-los nos olhos e responder, mas ainda é difícil. Duro.

— Fora da minha casa.

— Do que você está falando, Doc?

— Não vou discutir. Você tem duas semanas para arrumar suas coisas e encontrar outro lugar para morar.

Monday está sentado na poltrona, com um sorrisinho afetado no rosto.

— Sabe o que estou prestes a fazer, cara? Pagar as próximas oito semanas adiantadas. Pagar um bom dinheiro pela porra do seu quarto úmido.

— Úmido? É bom o suficiente para todos os outros. O que faz você pensar que é especial? Você me traz problemas desde o minuto em que chegou. Quantas vezes a polícia já bateu aqui atrás de você? — Doc puxa o ar por entre os dentes com desgosto. — Você faz minha pressão subir, rapaz. Já recebeu seu aviso, agora me deixe em paz.

— Não foi atrás de *mim* que eles vieram ontem à noite — diz Mahmood, tirando do bolo de dinheiro notas suficientes para cobrir as próximas duas semanas antes de jogá-las na mesinha de cabeceira.

— E das outras vezes? — retruca Doc.

Mahmood dá de ombros e sai do quarto pisando duro.

No caminho para o banheiro, no quintal, ele passa pela namorada de Doc na cozinha.

— O que deixou ele tão irritado?

Ela está amassando o pão, com farinha até os cotovelos, o vestido com estampa floral esticado sobre os bíceps, as sobrancelhas grossas esbranquiçadas. É uma garota alta, de corpo largo, do jeito que os velhotes gostam, simples e maternal como uma vaca. Ele soube que ela foi parar nas páginas dos jornais no ano passado porque Doc foi para o mar e não deixou quase nenhum dinheiro para as despesas domésticas, e então, na ausência dele, ela vendeu toda a mobília e torrou o dinheiro. Quando chegou, Doc a levou imediatamente para a delegacia de polícia e prestou queixa, mas de alguma forma eles ainda estavam juntos.

— Um sujeito da prefeitura veio até aqui hoje de manhã para inspecionar a casa, agora ele acha que você o denunciou. Você fez isso? — Seus olhos são luminosos e aparentam inocência.

— Por que eu faria uma coisa dessas?

— Foi o que eu disse a ele, mas você sabe como ele é quando coloca uma coisa na cabeça. Você ficou sabendo sobre o que aconteceu com a pobre da Violet Volacki? Foi assassinada ontem à noite na loja dela, por um negro.

— Esse é o nome dela? Eles levaram o jamaicano ontem à noite. É ele o cara?

— Parece que não. Ele está lá em cima, roncando. Encontraram maconha no quarto dele, foi por isso que o levaram.

— Homem estúpido — resmunga Mahmood, irritado. Ele detesta drogados, detesta sua preguiça, sua sonolência, sua recusa em compreender que este mundo exige toda a atenção e toda a força que uma pessoa é capaz de reunir.

— Deve ter sido uma luta, ela era uma mulherzinha robusta e viveu nas docas a vida toda, duvido que não tenha resistido. — Ela bate com a massa na mesa.

— Ele provavelmente a pegou por trás, assim. — Mahmood passa o braço em volta do pescoço dela, sentindo o cheiro doce do suor e da água de lavanda que emana de sua pele cor de café com leite.

— Pare com isso! — Ela ri, sem jeito, e se contorce.

Ele não vê a expressão dela, então continua.

— Então tudo o que ele precisou fazer foi pegar uma navalha e cortar a garganta dela assim… — Ele desliza dois dedos escuros e afilados por seu pescoço rígido e a solta, deslizando para trás pelo chão de linóleo para restaurar a distância entre eles.

Os olhos dela estão arregalados, os ombros paralisados, assustada com o toque dele e preocupada que Monday ou Doc possam entrar e interpretar mal a cena.

— Ah, pare com isso! Você me assustou.

— Não precisa ter medo. — Ele sorri e sustenta o olhar dela por um segundo a mais, apenas o suficiente para que ela registre que ele é ágil, de olhos esfumados, e tem metade da idade de Doc.

* * *

É raro o dia em que Mahmood vê a luz do sol, tão noturna sua vida se tornou. Algumas vezes chega a seu arremedo de casa às 4h ou 5h da manhã, encontrando mais prazer à noite do que durante o dia. Enquanto amarra os sapatos, ele jura que vai sair da casa de Billa Khan à meia-noite, no máximo à 1h, e vai até a agência de empregos pela manhã. Faz meses que não tem um trabalho decente; o último foi no aeródromo, em que trabalhava como zelador, um trabalho bom e decente. Sua jornada foi do azul do mar ao azul do céu, sempre atraído por aquelas máquinas que faziam o mundo parecer tão pequeno e navegável. Ficou naquele trabalho por meses, sendo pontual e mantendo a boca fechada, e mesmo assim, de alguma forma, o emprego escapou por entre seus dedos.

Ajeitando o chapéu *homburg* – aquele que sua sogra diz que a faz lembrar de funerais –, puxando-o para baixo sobre as sobrancelhas, Mahmood admite para si mesmo que há pessoas demais que ele não deseja encontrar na rua: o relojoeiro nigeriano querendo recuperar um relógio que ele furtou de seu bolso; o penhorista judeu alto e magro que aceitou suas roupas de cama quando ele não tinha mais nada para penhorar; a mulher russa do café que ele ao mesmo tempo deseja e teme ver. Respira fundo e sai.

Os cavaletes do lado de fora das bancas de jornal ainda estão repletos de fotos de Londres: a bandeira do Palácio de Buckingham a meio mastro, Churchill com sua cartola apresentando condolências, a rainha recém-coroada no banco de trás de um carro com os olhos fixos à frente. A morte do rei está se transformando em uma produção hollywoodiana, quando, na verdade, todos sabem que ele era um homem fraco, mimado desde o nascimento, desvirilizado pela riqueza e pelo excesso de facilidades.

Mahmood pula o muro baixo de tijolos que cerca a Loudoun Square e atravessa a grama malcuidada, passando pelas árvores com balanços de corda pendurados por crianças, que também deixaram embalagens de doces e marcas de giz para trás no caminho de pedra. Mahmood estreita os olhos à frente, tentando distinguir a grande silhueta entre os troncos das árvores, e suaviza os passos. Ele se aproxima e encontra um homem adormecido no banco, a cabeça caída sobre o peito, um saco de papel engordurado apertado em uma das mãos, os nós dos dedos cinzentos. O rosto congelado entre o cachecol e o gorro de lã é de um homem de meia-idade originário da África Ocidental, alheio ao mundo. Mahmood fica de pé diante dele, observando-o. Não é um sem-teto, suas roupas e botas estão em boas condições. Então por que está ali, no frio, com os bolsos do casaco escancarados? Um trabalhador. Exausto. Dormindo entre turnos. "Deixe-o em paz", ordena uma voz dentro da cabeça de Mahmood, "deixe esse homem indefeso em paz". Mahmood se vira e continua andando na direção da Bute Street.

O ponto no qual para, na esquina da Angelina Street, sempre chama sua atenção. Aquela esquina em que os apostadores se encontravam foi também onde Khaireh apontou uma arma para a nuca careca de Shay e espalhou seus miolos sobre os sapatos de Berlin. Naquele mesmo momento, Mahmood estava esperando do lado de fora do Paramount Club, em Londres, por uma loira que lhe dera um bolo; havia esperado por duas horas, pensando ter confundido o horário, mas o semáforo piscando na rua molhada foi a única companhia que teve naquela noite. Deveria estar ali, poderia ter testemunhado algo que só tinha visto em filmes: vingança pura, cega e sangrenta. Shay era um homem difícil, já fora alertado muitas vezes sobre mexer nas economias que os inquilinos deixavam com ele, mas ninguém poderia imaginar que Khaireh fosse *aquele* tipo de homem. Fazer uma coisa dessas em público daquela forma, com uma arma e uma monte de testemunhas! Era preciso muita coragem. Ele estava disposto a ser enforcado em nome de seu orgulho. Berlin disse depois que suas pernas quase cederam por causa do choque, que havia embalado a cabeça de seu querido amigo no colo enquanto a vida o deixava, que teve de limpar aquela sujeira branca e coalhada de lembranças e pensamentos de seus sapatos, todos os apostadores de rua ao seu redor sussurrando a *al-Fatiha* enquanto ele fechava as pálpebras de Shay.

Mahmood bate com os nós dos dedos frios no vidro, uma, duas, três vezes, a chuva fina caindo enquanto Billa Khan desce lentamente as escadas. Ele não pode ser visto do lado de fora daquele clube de pôquer ilegal enquanto está em liberdade condicional, então soca o vidro, irritado, até que Billa Khan abre a porta.

— *Masla kya hai?*

Billa Khan afasta uma mecha de seu cabelo grosso e oleoso dos olhos e olha para Mahmood.

— *Janam mein yeh kaam khatam hoga ya nahin* — Mahmood retruca em hindi.

Billa Khan acena para ele entrar.

— *Jaldee karo, bhai.*

Também um marinheiro que deixou de ir para o mar, Billa Khan organiza noites de pôquer em seu quarto alugado e ganha a vida assim, cobrando £1 de cada jogador. Recusa-se a falar inglês, então os dois se comunicam no hindi que Mahmood aprendeu em Áden. Mahmood fecha a porta da frente e sobe em silêncio, seguindo o traseiro largo do indiano escada acima. O corpo em forma de pino de boliche de Khan sempre o diverte; sua maneira de usar as calças, com o cós quase nos mamilos, só evidencia ainda mais os ombros estreitos e os quadris femininos.

O fogo crepita, a fumaça do cigarro se acumula em uma névoa densa sob a luminária franjada que pende do teto, e Mohammed

Rafi cantarola uma canção em hindi reproduzida pelo pequeno toca-discos. Aquele é o mundo escolhido por Mahmood, e é o suficiente para fazê-lo sorrir. Ele faz o reconhecimento da sala. Seis homens, dois jogadores que apostam alto: o senhorio judeu que mora ao lado e o chinês dono da tinturaria. Acena com a cabeça, e eles acenam de volta.

— Eles a devolveram para nós. Nós a temos de volta.

A pele fria, os lábios cinzentos, o corte largo em volta no pescoço de um rosa opaco e enrugado, meio escondido sob a gola alta. O caixão que Diana escolheu para Violet é de nogueira escura, o interior forrado com uma fina camada de seda creme. Parece quase nupcial; a seda acolchoada adornada com flores em relevo arrematando toda a volta. Sempre muito prática, Violet nunca quisera coisas boas para si mesma em vida, usando as roupas pretas de uma viúva enlutada apesar de nunca ter tido um marido para enterrar, e agora será levada para o túmulo em um caixão suntuoso que não tem outro propósito além de apodrecer com ela. Os homens queriam que tudo estivesse de acordo com a *halakhah*, que Violet fosse enrolada em um lençol branco liso, então Diana saiu e comprou o caixão sozinha. A casa está decorada com lírios, que exalam seu perfume de todos os vasos, jarras e canecas que Diana conseguiu reunir. Violet, no entanto, sempre detestara seu cheiro doce e pungente e o pólen laranja que se desprendia e manchava todas as suas toalhas de linho francesas. Velhos amigos, que antes se recusavam a cruzar a ponte para Butetown, chegaram, reunidos humildemente sob seus guarda-chuvas, levando delicados buquês de flores e pratos embrulhados em trapos velhos. O assassinato de Violet – essas palavras que ainda pareciam tão estranhas e inadequadas juntas – comprovava todos os temores que tinham em relação à baía, mas de alguma forma também encorajava-os a ir ver aquele lugar terrível com os próprios olhos. As donas de casa de Canton, Penarth, Ebbw Vale e St. Mellons, boquiabertas ao ver os apostadores nas ruas, as crianças mestiças e os bares decadentes com mulheres decadentes conversando do lado de fora. As amplas vitrines da Volacki's cobertas com crepe preto, a placa de "Fechado" agora voltada permanentemente para o mundo, a pensão maltesa e o Cairo Café, um de cada lado, tentando manter o barulho e a música em um nível condizente com o luto. Diana adoraria encharcar tudo aquilo de gasolina e atear fogo: a loja, a casa, a rua, a cidade, o mundo. Por que aquelas coisas mereciam continuar existindo quando uma mulher inofensiva que havia dedicado a vida a trabalhar e cuidar dos seus fora trucidada como um animal em um matadouro? Sangrando até a morte enquanto sua família cortava as batatas assadas e pedia o sal na sala ao lado. Por que não tinha ido dar uma olhada em Violet quando viu aquele homem na porta? Não era alguém que ela reconhecesse, mas é difícil distinguir um rosto, especialmente um rosto negro, à noite, escondido sob um chapéu, não é? Deveria ter deixado a maldita porta da sala de jantar aberta para que pudesse *ver* ou pelo menos *ouvir* o que estava acontecendo. Em vez de tê-la fechado como uma tola. Em meio a que tipo de pessoas estaria vivendo se um sujeito era capaz de fazer uma coisa daquelas, sabendo quão perto elas estavam? Destemido, cruel e ousado. Violet estava certa em ter medo. Diana contrai o maxilar enquanto lava pratos e talheres na pia de louça branca. Ela esfrega com força, os dentes dos garfos se cravando em sua pele. Há uma imensa tempestade de violência se formando dentro dela, às vezes se dissipando em névoa, outras vezes se reunindo em uma massa carregada e escura que obstrui seus pulmões. Nesse estado de espírito, seria capaz de matar alguém, pegar uma faca de manteiga e enfiá-la no olho do próximo homem que visse; nessas fantasias fugazes como um relâmpago, apenas os homens são alvo de sua fúria, homens grandes e corpulentos que precisam ser abatidos.

Dentro da loja de brinquedos, o urso de pelúcia pende de um grande gancho na parede, com uma gravata-borboleta vermelha de bolinhas brancas adornando o pescoço. Mahmood levanta o queixo e vê dois olhos de vidro amarelos e um sorriso sem vida bordado no focinho. O urso tem mais de 1 metro de altura, incluindo a imensa cabeça com o pequeno chapéu-palheta entre as orelhas. Ele o abraça e o tira do gancho, o rosto mergulhado na pelúcia macia e fina, o animal tão bem-feito que ele quase espera ouvir um batimento cardíaco. O preço é exorbitante, mas faz muito tempo que não compra nada para os meninos, e a celebração do pequeno Eid será em alguns dias. A mãe provavelmente dirá que eles precisam de sapatos ou camas de lona novas, mas ele não consegue resistir a comprar-lhes o tipo de futilidade que nunca teve quando criança: trens e soldadinhos de brinquedo, tambores, macacos de corda que batem címbalos barulhentos. Os meninos adorarão o urso, ele tem certeza, subirão nele da mesma forma que fazem com o pai. Laura ficará satisfeita com o casaco azul-marinho escondido na bolsa de lona pendurada em seu ombro. É um casaco de abotoamento duplo, costuras reforçadas e forro de cetim, com um belo cinto grosso para acentuar sua cintura fina. Ele o havia enfiado escondido na bolsa, sem ser visto pelo proprietário meio cego da A. & F. Griffin, um truque de mágica que aperfeiçoou sob olhos muito mais observadores. O *timing*, a técnica e a saída do estabelecimento igualmente importantes, a menor hesitação ou um remexer desajeitado dentro da bolsa e está tudo acabado, a oportunidade desperdiçada e os policiais em seu encalço.

Não tem certeza se o casaco se ajustará à pequena ilha que é o corpo de Laura. Depois do casamento, ele a explorou detalhadamente, como Ibn Battuta, as veias esverdeadas sob a pele visíveis tão claramente quanto ramificações de rios e regatos, os seios firmes e arrepiados sob suas mãos fortes. Verdade seja dita, ele a havia machucado naquela primeira vez, porque tinha esquecido como era com uma virgem, mas também porque era um homem mais raivoso naquela época; havia usado o corpo dela para se vingar de cada risada, de cada "crioulo safado", de cada porta batida em sua cara. Penetrando-a sem conseguir olhar em seus olhos arregalados. Pouco antes de conhecer Laura, havia atracado nos Estados Unidos, em Nova Orleans, onde até o lugar em que brancos e negros defecavam era separado, e qualquer mulher branca poderia obrigá-lo a carregar suas sacolas ou mandar matá-lo por fazer contato visual.

As coisas mudaram quando voltou do mar e sentiu os chutes do filho dentro de Laura; primeiro, o pânico irracional por aquele corpo branco abrigar algo tão precioso para ele, por sua *abtiris* de dezesseis gerações estar sendo transmitida a uma criança misturada ao sangue de mineiros galeses e refugiados irlandeses. Os movimentos bruscos quando o bebê dava cambalhotas e se debatia como uma criatura marinha sob a pele retesada e quente o enchiam de espanto. Então o corpo dela se tornou seu refúgio, um santuário pessoal e sagrado, em que as tensões e humilhações do dia desapareciam. Suas cicatrizes, seus cheiros e suas partes íntimas se tornando tão familiares quanto as dele próprio até ela reclamar, pedindo que a deixasse em paz, pois estava dolorida e constantemente grávida, e queria um tempo de tudo aquilo. Como um casal interracial em Cardiff, eles só conseguiam encontrar lugares sórdidos e com paredes cobertas de mofo para alugar, e não tinham nenhuma chance de conseguir uma habitação social, então decidiram começar do zero. Mudaram-se para Hull, para poderem viver de maneira decente juntos, como uma família, até que, um dia, ao voltar de um turno na siderúrgica, ele encontrou a casa vazia. Bum! Ela fizera as malas e voltara para Cardiff com os meninos. Primeiro reclamando que não suportava morar com a família, depois correndo de volta, chorando, dizendo que sem eles se sentia sozinha. De uma hora para outra, Laura havia afastado seu corpo dele, o havia expulsado e, pouco a pouco, os únicos assuntos que tinham em comum eram os filhos, ou dinheiro, ou o que a mãe ou o pai dela tinham dito. Laura não era mais a adolescente que dissera não com tanta facilidade aos pais, agora era uma mulher que parecia feliz em dizer não a *ele*. Não, não, não para tudo. Acordado em sua cama fria na casa de Doc, ouve a voz dela lhe dizendo não, não, não: para voltarem a ser um casal, para tentarem uma menina, para se mudarem para Londres. Não consegue aceitar a ideia de que outro homem possa um dia apalpá-la, depositar nela sua semente, profanar seu templo. Todos rindo dela, dizendo que está muito gasta para um homem branco respeitável; e ela passando de homem negro para homem negro, ficando frouxa e flácida. Apaixonar-se por alguém que poderia espancá-la ou obrigá-la a se prostituir. Usando homens negros como lâminas para machucar a si mesma, como algumas garotas brancas no fim da linha faziam, prova do quanto haviam decaído, irremediavelmente perdidas. *Não*, ele lembra a si mesmo, *ela não é desse tipo*; na verdade, ela é a lâmina com a qual ele se cortou. Precisam permanecer casados para que ela continue sendo uma mulher respeitável; aquelas velhas vacas da Davis Street só controlam a língua porque eles ainda estão oficialmente casados. Mas se Laura se perder, elas *definitivamente* acabarão com ela.

Mahmood soubera antes de Laura que o casamento deles fora uma espécie de morte para ela, e compreendia que ela precisasse de um período de luto. Havia engolido seu orgulho e deixado que ela desse ao primogênito o nome de seu irmão favorito, que havia saído de casa porque ficara indignado com o casamento deles. Percebe agora que ela está ficando atenta a seu status e a todas as suas pequenas gradações: não manda mais os meninos para a escola corânica, usa seus nomes galeses, quer que sejam batizados e criados como os primos. Está refazendo os passos que deram juntos. Algum tempo antes, havia chegado à casa deles e encontrara os meninos sentados ao redor da mesa, comendo pé de porco cozido. Quase vomitara ao ver a gordura escorregadia nos lábios dos filhos, e ficara com tanta raiva que simplesmente pegara os pratos e os atirara no quintal, *akhas*!

Mahmood também perdeu a cabeça em outra ocasião, quando disse à mãe dela que a mataria se a visse com outro homem. Laura tinha ouvido tudo do topo da escada e gritara uma torrente de palavrões enquanto ele ia embora. É claro que ele não estava falando sério, ela sabia disso, mas o amor pode fazer um homem perder o juízo. Aquele lugar também tinha sua própria maneira de deixar uma pessoa fora de si. Bastava ver o pobre diabo sikh Ajit Singh, que, em sua cela na prisão de Cardiff, aguardava o dia de ser enforcado. Enlouquecera depois de ser dispensado por uma garota branca, então a matara a tiros do lado de fora de um hospital em Bridgend com mil testemunhas para embasar a pena de morte proferida pelo juiz. Uma maneira estúpida de pôr fim a uma vida.

Do ponto de ônibus em frente a sua loja, Diana observa enquanto a grande procissão do Eid al-Adha avança, vinda do canal, dá a volta na Loudoun Square e termina na *zawiya* na Peel Street, enquanto o grupo concorrente, mas menor, do sheik Hassan avança lentamente, vindo das docas. Crianças usando túnicas e toucados iemenitas e trajando corpetes bordados com pequenos discos de estanho e fios vermelhos conduzem os adultos no canto e nas danças. Até crianças cristãs, budistas e judias se juntaram aos amigos, vestidas com roupas da Natividade, o manto azul de

Maria e a roupa de pastor xadrez, imitando os versos das *nasheeds* árabes e elevando a voz no refrão *"Ya Allah, Ya Allah, Ya Allah kareem"*. Uma *darbouka* mantém o ritmo, reforçada pelos passos das centenas de celebrantes. À frente está Ali Salaiman, proprietário do Cairo Café, segurando uma das laterais de um estandarte azul-marinho com trechos das Sagradas Escrituras bordados pelas esposas convertidas de Cardiff. A mulher dele, Olive, está do lado de fora do café, distribuindo *sambusas* de carne e suco de frutas Vimto em copos de papel. Matronas de avental, apostadores de boina, bêbados maltrapilhos, cachorros latindo, garotas jovens que trabalham entretendo os clientes em bares e delinquentes juvenis de jaqueta de couro assistem da calçada e acenam das janelas. Algumas bandeiras do Reino Unido esfarrapadas, resquícios da comemoração do Dia da Vitória na Europa, se agitam ao vento. As crianças, animadas, ficam em êxtase com o que chamam de Natal muçulmano e pegam avidamente saquinhos de celofane cheios de doces, sem saber nem se importar com o que está sendo celebrado naquele dia. Diana conhece bem a história da Torá: o sacrifício de uma criança tão pequena e inocente quanto eles. A garganta de Ismael, vermelha por causa lâmina, mas milagrosamente intacta; seu silêncio nos braços de Abraão enquanto, chorando, o profeta obedece fielmente à ordem de Deus; no último momento, um carneiro é sacrificado no lugar da criança, simbolizando a misericórdia divina. A provação e a salvação são celebradas.

A cúpula achatada da *zawiya* Noor ul Islam surge no fim de uma fileira de chaminés de tijolo, no topo de um terraço cinza na Peel Street. Mahmood ouvira dizer que a mesquita original havia sido destruída no bombardeio de Cardiff, em 1941, e fora substituída por aquele prédio totalmente branco, com janelas de arcos pontudos; os contornos pintados de preto dando-lhe a aparência de um desenho a lápis feito por uma criança. As vozes de meninos com toucas de oração e turbantes entoando versos religiosos com um sotaque galês cadenciado flutuam pela janela, o professor iemenita de uma perna só apontando com a bengala para o quadro-negro, a parede atrás dele coberta de medalhões com caligrafia islâmica pintada à mão e *kitabs* encadernados em couro. Mahmood limpa os pés antes de entrar e, em seguida, tira os sapatos no pequeno vestíbulo que leva ao salão de orações. A *qibla* brilha com letras árabes em neon ao longo do topo do nicho. É algum momento entre as orações do *'asr* e do *maghrib*, e o salão está vazio, exceto por uma velha alma chacoalhando as contas de seu *tusbah*, as solas amareladas dobradas sob o corpo, a espinha curvada se arqueando para a direita. Os nomes de Alá emanam dele em fragmentos sussurrados: A Testemunha, O Amigo, O Que Faz Evoluir, O Primeiro, O Último.

Ao longo da escada, os passos dos crentes já desgastaram o verniz escuro, revelando os veios pálidos do pinho em cada degrau íngreme. Mahmood sobe, as chaves tilintando no bolso enquanto ele salta dois degraus por vez. Ele para no primeiro andar, diante de uma sala de reunião adornada com tapetes persas e almofadas árabes. Vê as pernas primeiro, os pés cobertos por meias estendidos, enquanto um samovar prateado ferve, embaçando a janela. As bochechas abarrotadas de *qat*, trazido congelado de Áden, de modo que agora está seco e amargo – mas ainda assim é mastigado, mais por hábito do que por prazer.

— *Ya salam!* Vejam quem voltou — diz o zelador da mesquita, Yaqub.

— *Assalamu alaikum, kef haq?* — Mahmood abre um largo sorriso. — Começaram a mascar cedo hoje?

Há uma demora antes de alguém responder.

— Há uma greve no porto de Liverpool, então nada de trabalho hoje — diz Ibn Abdullah, o ex-alcoólatra que agora tem um calo escuro na testa de tanto pressioná-la contra o tapete de oração.

— Não tem vergonha, Ibn Mattan, de voltar à cena do crime? — É Yaqub novamente; ele se levanta, bloqueando a visão de Mahmood das malas e caixotes alinhados ao longo da parede oposta. Estão se preparando para uma *hajj* a Meca, a bagagem cheia de "caridade": camisas de náilon, calcinhas e sutiãs de algodão, caixas de penicilina e aspirina, leite em pó para bebês, dicionários de inglês e livros escolares. Mahmood se pergunta quantas daquelas coisas chegarão aos pobres aos quais se destinam e quantas serão dadas de presente à família deles. Yaqub segue o olhar dele e recita uma *hadith* amaldiçoando os ladrões com o *cadaab* mais severo.

— Foi um empréstimo.

Os iemenitas riem.

— *Kebir, oh kebir, ya Iblis!*

— E eu sempre pago minhas dívidas. — Mahmood enfia a mão no bolso.

— Precisa ter cuidado, Mahmood, o demônio em seu ombro esquerdo logo vai desmaiar de exaustão de tanto manter um registro de todas as intrigas nas quais você se mete, tenha piedade dele.

— Bem, deixe-o eliminar pelo menos essa da lista. — Ele ergue o dinheiro acima da cabeça. — Estão vendo isto? — Em seguida, bate as notas com força na palma da mão de Yaqub. — Acrescentei um pouco mais, como doação. — Mahmood faz uma pose no meio do círculo, o peito estufado, o queixo erguido, e finge fazer uma reverência ao retrato do imã Ahmad bin Yahya sobre a lareira. O retrato é tão mal pintado que o rei do Iêmen, minúsculo, de olhos esbugalhados e obnubilado pelas drogas, parece mais maléfico do que o *jinn* que tem a fama de ser; o *jinn* que escapou de incontáveis tentativas de assassinato por parentes invejosos, republicanos e fanáticos.

Ao sair, Mahmood é recebido novamente pelo ar frio; a consciência está mais leve, mas sua carteira também, visível e preocupantemente mais leve. É isso que sempre acontece. Uma grande vitória que se dissolve da noite para o dia. Há um forte cheiro de incenso em seu paletó que ele não havia percebido dentro da mesquita. Sua mãe sempre dissera que não apreciar o cheiro sagrado do *oonsi* era um sinal de maldade, mas continua sendo um odor que lhe dá dor de cabeça.

Ele se sentiu ridículo carregando o urso de pelúcia pela rua estreita, a pequena distância entre os números 9 e 42 da Davis Street, pontuada por cortinas se fechando e portas batidas com urgência. O clima em Adamsdown é mais frio e mais cruel do que em Butetown, os poucos residentes negros e pardos encurralados em um punhado de pensões decadentes. É onde os estivadores irlandeses, carregadores corcundas e operários fabris privados de sono vivem com suas famílias, em casas de tijolos marrons com terraços compradas com empréstimos concedidos pelo município e pagos ao longo de quinze anos brutalmente difíceis, o espectro da desapropriação e da demolição pairando, suspenso, em algum ponto sobre o mar. Até aquele momento, a única coisa inconveniente que o mar havia trazido tinham sido os marinheiros estrangeiros. Mahmood sempre havia achado graça do fato de a mãe de Laura, Fanny, ter orientado sua esposa, quando ela ainda era adolescente, a atravessar a rua se um estrangeiro tentasse falar com ela, e quando Laura perguntou o que deveria fazer se ele a seguisse, a resposta foi: gritar. Ninguém grita ao vê-lo, mas as pessoas são generosas com os insultos murmurados, os olhares raivosos, as risadas, a água de louça suja jogada em sua direção pelas mulheres e as pedrinhas atiradas por seus filhos pequenos. Ele mora ali porque Laura mora ali, com seus pais e irmãos mais novos, em uma casa atingida por estilhaços de uma bomba alemã durante um ataque-relâmpago que deixou para trás um telhado com goteiras e o vidro da janela do banheiro rachado como uma teia de aranha. Mahmood bate na aldrava de latão da porta azul e pega o urso e a bolsa nos braços. O som dos pezinhos de David se aproximando pelo corredor acelera sua respiração.

— Mamãe, mamãe! O papai está na porta! — grita ele, pressionando o nariz contra o vidro fosco e deixando nele uma mancha úmida.

Ao ouvir a voz do filho, Mahmood ri, e todos os tendões tensos e retorcidos de seu corpo se afrouxam, a constrição perceptível de seus pulmões só agora aliviada.

— Espere por mim — ele ouve Laura gritar, mas David já está com as mãos na porta, esticando o corpo até ficar na ponta dos pés e tentando abrir o trinco.

Finalmente, ele consegue, e Mahmood fica ao mesmo tempo orgulhoso e preocupado.

— Papai! — grita David, extasiado e se contorcendo enquanto o pai o levanta com um dos braços.

— *Aabbo* — corrige Mahmood em somali. — Me chame de *aabbo*. — Mas as palavras falham: o afago e o cheiro dele o dominam.

— Urso meu? — pergunta ele, acariciando o enorme bicho de pelúcia.

— Para você e para seus irmãos, sim.

— Não, meu!

Mahmood coloca David de volta no chão e lhe dá o urso para segurar, mas o bicho de pelúcia é grande demais; ele perde o equilíbrio e afunda sob o urso, como se tivesse sido esmagado, mas um esmagamento alegre.

— Onde vou colocar *isso*? — pergunta Laura, vindo da sala da frente, embalando Mervyn contra o peito nu.

— Onde você quiser, minha garota. — Mahmood sorri.

Ela revira os olhos e volta para o sofá, os pés enfiados em um par de meias de lã masculinas.

— Shhh, o Omar está dormindo lá em cima.

Mahmood a segue, ajudando David a carregar o urso, cuja cabeça é arrastada pelo chão.

A lareira está acesa, mas ela está sozinha em casa, uma caneca de chá e o jornal equilibrados no braço de madeira do sofá.

— Cadê seus pais?

— No bingo. Acabei de ferver água. Prepare uma xícara de chá para você, se quiser. — Ela parece esquelética e cansada, o relógio frouxo em torno de seu pulso fino.

— Não vim para tomar chá. — Mahmood balança a sacola de lona na mão e a deixa cair aos pés dela.

— O que é isso?

— Veja você mesma.

Ela tira o bebê zonzo do seio e coloca languidamente o sutiã de volta no lugar, o grande mamilo de framboesa desaparecendo lentamente de seu campo de visão. Laura apoia a cabeça do bebê em uma almofada e suspira antes de se curvar e abrir a sacola.

Ele observa cada pequeno músculo do rosto dela em busca de uma reação; imaginando as pupilas de seus grandes olhos translúcidos se dilatando e se contraindo enquanto ela examina o casaco. Laura passa a mão sobre o tecido e avalia o forro de cetim. Pequenos sons de apreciação escapam de seus lábios, mas nada coerente ou que possa ser interpretado inequivocamente como agradecimento.

— É bonito — diz ela por fim.

— É *muito* bonito — corrige ele.

Dobrando o casaco no colo, Laura se vira para o ex-marido e pergunta:

— Onde você conseguiu isso? Tem aparência e cheiro de novo.

— Em uma loja na cidade. Paguei um bom dinheiro por ele. Tive sorte nos cavalos, nas corridas — atrapalha-se ele.

Em se tratando de Mahmood, Laura aperfeiçoou um olhar que denota ao mesmo tempo ceticismo, diversão e um "melhor deixar para lá".

— Não posso aceitar isso, Moody.

— Quem disse que não pode? Deus? O rei? — Ele anda de um lado para o outro no carpete diante da lareira. — Você ganhou um presente, não pode devolver.

— Não posso encorajá-lo... por favor! Sente-se, você está me dando dor de cabeça!

David desvia os olhos do ursinho de pelúcia com o qual está brincando e seus olhos piscam de um lado para o outro, com medo de que comece outra briga.

Mahmood se senta na poltrona desconfortável e de espaldar alto do pai dela e fecha os olhos por um segundo, acalmando a própria irritação. Em seguida, abre os olhos e deixa que descansem no papel de parede estampado com gavinhas de folhas de lilás que parecem flutuar.

— Não consigo acreditar que você roubou da *zawiya* — diz ela baixinho, com cuidado, amargamente.

— Eu tive que roubar — afirma ele, apoiando a têmpora entre o polegar e o indicador.

— Que diabo de justificativa é essa? *Eu tive que roubar?*

— Eu tinha que pagar a sua pensão, não tinha? Você acha que o tribunal determina essas coisas só por diversão?

— Você já deixou de pagar a pensão muitas vezes para eu aceitar isso como desculpa.

David se aninha entre as pernas do pai e chupa os nós dos dedos da mão direita, coçando nervosamente a panturrilha com o pé, os olhos ansiosos e suplicantes.

— Eu estava sem nenhum dinheiro. Completamente falido. Aceita isso?

— Aceito porque é a verdade. — Laura sorri, um misto de vitória e amor. — Eu poderia escrever um livro sobre não ter dinheiro, Moody, não é novidade nenhuma para mim, não deixo isso me afetar. Mas passei tempo demais na escola dominical para achar que tudo bem roubar.

— Bem, eu nunca frequentei a escola dominical, mas costumava me sentar com o *macalim* debaixo de uma árvore toda sexta-feira, e ele me dizia que os ladrões deveriam ter as mãos cortadas fora. O que a vida real nos ensina é bem diferente.

Eles ainda falam um com o outro de maneira gentil, e é um alívio para ambos que a tensão tenha se dissolvido silenciosamente. Mahmood passa os dedos longos pelos cabelos castanhos encaracolados do filho, massageando o couro cabeludo dele. Todo o crânio de David se encaixa perfeitamente em sua mão grande.

— Você é mesmo filho do seu pai, não é, David?

David sorri, satisfeito.

— Eu paguei de volta o dinheiro da *zawiya*, dei a eles mais do que peguei.

— Isso não me surpreende, Moody, esse é o tipo de homem que você era quando nos casamos.

— Eu não mudei.

— Ah, sim, você mudou.

— Tudo isso sempre esteve dentro de mim.

— Hum, isso provavelmente é verdade, mas quem quer ficar remexendo cada coisinha que tem dentro de si? Eu com certeza não quero. Algumas coisas simplesmente são melhores guardadas a sete chaves.

— Isso é conversa de mulher, os homens têm que sair para o mundo e enfrentá-lo, não podemos ficar em casa feito uma virgem.

— É só passar por baixo da ponte do canal e vai encontrar muitas mulheres com essa mesma atitude.

— Até você, Laura…

Ela fica contrariada com a insinuação.

— Não, não, não foi isso que eu quis dizer. — Mahmood aspira o ar por entre os dentes. — Eu quis dizer que… disseram a você que se casar com alguém como eu era a pior coisa que uma garota poderia fazer. Pior do que roubar, mil vezes pior. E mesmo assim você se casou comigo, não foi? Seu irmão até parou de falar com você.

— Eu agi como uma tola, cega de amor. — Ela sorri.

— Não, não uma tola… — Mahmood se levanta da poltrona e coloca David em seu lugar. Cruza o carpete e se ajoelha diante de Laura, pegando as mãos quentes dela nas suas. — Você é a melhor coisa que Deus já me deu, você e esses três meninos. Eu roubaria as estrelas do céu por você.

— Não vá ficar todo sentimental comigo agora. — Laura cora e tenta desvencilhar as mãos vermelhas e enrugadas por eczemas das dele, mas Mahmood as segura.

— É verdade, eu juro pela minha vida.

— Então mude, Mahmood, mude! Não seja tão fraco da cabeça. Livre-se desse casaco, e desse maldito urso, se também o roubou no fim das contas, e pare com isso, pelo amor de Deus.

— O urso é legítimo, ele fica, mas eu devolvo o casaco, se isso a deixar satisfeita.

— Sim. Vai me deixar satisfeita. Arrume um trabalho honesto, Moody. Até lá, não quero ouvir mais conversa fiada.

Mahmood anda de um lado para o outro em um canto escuro e deserto das docas, onde os trilhos da ferrovia terminam e começa uma fileira de armazéns. Ao fundo, é possível ver as chaminés dos navios, os guindastes e os grandes canos inclinados que despejam toneladas de grãos nos porões, mas, à noite, depois que os estivadores batem o ponto e os marinheiros se dirigem sem pressa para a cidade a fim de se embebedar, não há uma alma viva por perto além do policial que passa assoviando de tempos em tempos, cumprindo suas quatro horas de ronda. Mahmood conseguiu trabalho em uma fábrica de mangueiras de borracha. Começa no dia seguinte. Precisa apenas se livrar daquele casaco para poder relaxar e começar uma vida limpa e dentro da lei novamente. Alfredo, o receptador maltês, o deixara esperando mais cedo no pátio atrás do pub The Packet, o local em que costumavam marcar seus encontros. Ele costumava cumprir a palavra, mas depois de quinze minutos de espera, Mahmood desistira. Havia um outro sujeito com quem tinha feito negócios algumas vezes, também maltês, porém mais mesquinho e menos confiável do que Alfredo, que usava um tapa-olho. A última vez que se encontraram, Mahmood tinha um relógio de pulso que havia surrupiado de um relojoeiro nigeriano e que estava tentando passar adiante, um bom relógio que só precisava de alguns reparos. Deveria ter lhe rendido £8, mas o homem não ofereceu nem a metade disso. Ao ouvir passos ao longe, Mahmood ajeita o chapéu e aperta o cinto da capa. Há um poste a cerca de 10 metros de distância, mas naquela noite sem Lua ele não consegue ver ninguém se aproximando. Não gosta de ficar ali quando gangues criminosas estão fazendo negócios e fechando acordos; não é nada bom ver algo que você não deveria ver. Ganha-se muito dinheiro com uísque, ópio, trajes de marinheiro e tabaco, negócios lucrativos, mas controlados por algumas poucas gangues britânicas, maltesas ou chinesas. Ele nunca teria oportunidade de participar. Vez ou outra uma briga irrompe entre eles, e talvez um cadáver seja tirado do canal ou do mar, mas, fora isso, é um mundo discretamente eficiente.

Os passos estão próximos agora, ressoando nos armazéns de metal e nas grades de ferro quebradiças e cobertas de geada. Ele espia novamente e vê dois homens atarracados, usando longos sobretudos pretos que lhes dão a aparência de agentes funerários, apenas o queixo pálido aparecendo sob a sombra do chapéu. Eles chegam cada vez mais perto, o estalido das solas contra os paralelepípedos reluzentes. Mahmood recua para o amontoado de carroças, barris e galões de diesel, desejando que sua pele escura absorva toda a escuridão da noite, a respiração saindo de suas narinas em dois fios finos brancos.

Os homens param, confabulam e, em seguida, se encaminham rapidamente para o esconderijo inadequado de Mahmood. O homem mais alto se detém a apenas 1 metro de Mahmood e, com a mão enluvada, empurra a aba do chapéu de feltro para cima. Fazendo uma pequena pausa e abrindo um sorriso, ele pega um par de algemas reluzentes e segura o pulso de Mahmood.

— Mahmood Mattan? Não precisa dizer nada, mas tudo que disser pode ser registrado e usado como prova contra você.

SHAN

CINCO

No início, Diana havia evitado o número 203 da Bute Street, mandando Grace para a casa de Maggie e passando algumas noites lá para que ela se acostumasse, mas agora as coisas precisavam ser resolvidas. Ela tranca a porta da loja e se senta, as costas doloridas, na banqueta de Violet atrás do balcão. Os últimos dias foram atrozes; um turbilhão de roupas pretas, compromissos desoladores, sanduíches devorados às pressas e noites sem dormir. O funeral foi realizado no fim de semana, o cortejo fúnebre saindo da loja às 14h30 em ponto, acompanhado por uma multidão de moradores locais até o Cemitério Judaico de Cardiff. Coroas de flores brancas, dois cavalos com antolhos e plumas negras na cabeça, o caixão em uma carruagem de vidro, as ruas ladeadas de homens com o chapéu diante do corpo, junto à cintura, crianças se aventurando bem perto dos cavalos para tocar seu flanco, o cocheiro de cartola e sobretudo, usando o chicote para fazê-los avançar. Grace havia percorrido todo o trajeto sem chorar nem reclamar, apertando a mão de Diana com força, o rosto emoldurado por um lenço negro que a fazia parecer mais velha. Devia haver mais de duzentos enlutados de todos os distritos de Cardiff: brancos e negros, muçulmanos e cristãos, famílias judias antigas e recém-chegadas, advogados e açougueiros. Tinha sido uma bela despedida, sem medir despesas, mas havia passado como um filme mudo, irreal e nada memorável. Violet sempre fora tão discreta, tão reservada, que poucos sabiam como fazer um discurso em sua homenagem, apenas repetiam: "Ela era uma boa moça, uma verdadeira *mechayeh*." Não sabiam que ela mantinha um livro de recortes com fotos de atores de cinema, ou que, aos domingos, passava horas na banheira lendo romances policiais, ou que tinha aprendido sozinha a dançar valsa, foxtrot e chachachá, seguindo guias impressos.

Sangue. Sangue. Sangue. Veios vermelhos correm pelas tábuas do assoalho em que o sangue se acumulou e secou. A parede branca precisará ser pintada novamente para cobrir os respingos de sangue oxidado, mas isso não será responsabilidade dela. O imóvel já está no mercado, e o letreiro da Volacki's, que permanecera na fachada da loja por quarenta anos, destinado ao ferro-velho. O sangue da irmã permanecerá lá o maior tempo possível, como um lembrete de que ela não existe mais. Diana empurra a banqueta para trás para esticar as pernas e, em seguida, olha para a esquerda, onde fica o cofre: a causa de todo esse sofrimento. Ela não sabia quase nada sobre os assuntos financeiros de Violet, mas a polícia continua investigando. Diana quase nunca entrava na loja e evitava conversas sobre trabalho durante o jantar. Quanto haveria no cofre? Quando Violet o levava ao banco? Quanto dinheiro mantinha na caixa registradora? Quanto movimentava em um dia? Restava-lhe apenas especular sobre as respostas. Como o pai delas, Violet era reservada em relação ao negócio e não confiava em ninguém além de si mesma, e as corridas de cavalos mantinham Diana tão ocupada que ela acabava não fazendo perguntas. Felizmente, Ângela, a funcionária da loja, tinha a cabeça no lugar e conseguiu lhe dar uma noção melhor dos números; depois de examinar o pequeno livro-caixa que Violet mantinha, ela estava convencida de que devia haver cerca de £100 faltando no cofre. O valor de uma vida provou não ser imensurável, mas facilmente arredondado para cem libras esterlinas. O suficiente para comprar um carro usado, ou três caixas de vinho Château Latour, ou um cavalo de corrida de segunda categoria, ou um terreno com uma casa em ruínas. O que quer que o demônio tivesse comprado com aquele dinheiro, ela esperava que fosse amaldiçoado e não trouxesse a ele ou aos seus nada além de tristeza.

Daniel já levou quase todo o estoque de roupas que ainda podem ser revendidas para sua loja, de modo que agora restam nas prateleiras e vitrines apenas pequenos utensílios domésticos e equipamentos de marinheiro. Rolos de corda, impermeáveis, fósforos, galochas, canivetes, pequenas caixas de lata; o suficiente para equipar um barco e se lançar ao mar com Grace.

Diana ainda tenta ser razoável e se comportar de maneira adequada, reprimindo a torrente de palavrões que gostaria de berrar aos clientes regulares que aparecem na porta da loja, empurrando-a e ficando ali, parados na soleira, estupefatos, ao constatar que ela não abrirá a loja. Mesmo sabendo o que aconteceu, eles ignoram o crepe preto e continuam a ir até lá, por força do hábito, para descontar um adiantamento de salário ou comprar um par de meias.

Faz tanto tempo que ela é o esteio da família que há anos não sentia a dimensão de seu próprio desamparo. "Uma guerreira." "Forte como aço." "Você a viu no jornal? Ela não parecia poderosa vestindo aquele uniforme?" A cabo Diana da Força Aérea Auxiliar Feminina, que tinha renunciado a casa e os negócios para se alistar logo depois da *Kristallnacht* ao lado do marido, que só voltara para Cardiff porque estava grávida de sua primeira e, no fim das contas, única filha. A Diana, a moleca, a durona, que se tornara para o pai a substituta do filho muito desejado, que havia ganhado um carro em seu aniversário de 18 anos em vez de um vestido de baile, como as irmãs, que tinha decidido criar a filha sozinha em vez de expô-la ao afeto duvidoso de um padrasto.

A cabo Diana está implodindo, se despedaçando por dentro, mas sua casca é tão grossa que só ela consegue notar as fissuras nas camadas mais profundas. *Se não se controlar, você vai acabar no hospício de Whitchurch*, lembra a si mesma repetidas vezes, em vão. Só suportará os próximos dias, semanas, talvez até meses, se simplesmente se afastar. Pela primeira vez na vida, deixará os homens decidirem o que fazer: em relação ao assassinato, à loja e a sua filha. Se comportará da forma mais dócil que puder para evitar novas rachaduras. Deixando-se arrastar pela maré de tudo aquilo, um naufrágio lento e duradouro, que talvez um dia a faça dar em alguma praia distante e desconhecida, se tiver sorte, com Grace ainda ao seu lado.

Grace, Grace, Grace, Grace. Sua amada Grace. Já a dura e resiliente Grace, que, apesar de tudo, fará a prova de admissão para a Howell's Schooll, pois era isso que a tia Violet gostaria que ela fizesse. Como pode continuar amando essa criança tão profundamente quando a vida já deixou claro que, no fim das contas, ninguém permanece ao lado dela? Que pode ser facilmente abandonada em meio às ruínas de sua vida? Diana enterra o rosto nas mãos e tenta controlar a respiração.

Grace diz que também o viu, o homem na soleira, quando deu uma espiada na loja pela porta da sala. É uma das poucas coisas que confirmam que ele não foi apenas produto da imaginação de Diana; o espectro de um assassino, uma sombra negra com a boca cheia de ouro. Grace acha que ele parecia somali, mas Diana não tem certeza. Alguns dos homens das Índias Ocidentais também são altos e magros e têm o rosto descarnado. Ela não consegue se lembrar com exatidão de suas feições, mas à noite, na cama, tem vislumbres rápidos de suas luvas de couro, dos sapatos pontudos e dos botões de latão de seu sobretudo. Detalhes pouco importantes que apenas a atormentam. A dor de ter ficado sentada, de ter comido e dançado enquanto sua irmã era assassinada a poucos metros de distância a dilacera, faz com que se sinta estúpida e inútil. Ela não ouviu nada; essa é a verdade implacável. Não houve nada que a fizesse achar que Violet estava em perigo ou que precisasse de sua ajuda. Agora seu coração dispara ao pensar que pode falhar com Grace também.

O Purim foi cinco dias depois do assassinato. Todos concordaram que não seria apropriado que Grace participasse das celebrações, mas a sensação era de que ela já estava sendo marginalizada, manchada pelas tragédias às quais estava inevitavelmente ligada. Tinham visto crianças vestidas de palhaço, morcego e piloto de caça, reunidas do lado de fora da sala de reuniões do Salão Metodista, e as observaram por alguns momentos antes de as crianças avistarem Grace, fazendo sinal para que se juntasse a elas. Depois que elas começaram a se afastar, Grace olhou para trás apenas uma vez antes de voltar a cabeça para o chão, e não disse uma palavra sobre a festa que havia perdido quando voltaram para a casa de Maggie.

Diana passou o dia inteiro limpando, os nós dos dedos ficando esfolados e vermelhos de remover as pegadas sujas dos policiais, as marcas de tinta e as manchas de chá. Era para ser uma tarefa solitária, mas, de manhã cedo, Angela e sua mãe, Elsie, apareceram com baldes e panos de chão e se recusaram a ouvir qualquer tipo de não que ela dissesse.

Alta e elegante, filha de um marinheiro nigeriano e de uma mulher de Sheffield que fugiu do marido, Angela usa uma faixa de veludo e prende o cabelo afro em um coque impecável todos os dias. Assim como Violet, ela havia começado a trabalhar na loja logo depois de completar 16 anos e, apesar de serem diferentes na aparência, eram praticamente como mãe e filha nos maneirismos e na fala reticente. Talvez um dia ela tivesse assumido as tarefas diárias da loja, se Violet em algum momento decidisse que havia uma vida além do trabalho, dando a Angela um cargo que ela teria apreciado e merecido. A presença delas naquele dia, no fim das contas, foi afortunada, suas conversas e fofocas afastando a sensação desoladora de que estavam apagando todos os vestígios de Violet; removendo não apenas os lembretes escritos à mão que ela colava nas gavetas, os fios flutuantes de seu cabelo castanho ou as manchas de sua loção para as mãos nas teclas da caixa registradora, mas a sua existência em si. Violet Volacki, solteira, morta aos 41 anos de idade. Isso é tudo que aparece nos jornais. Mas e quando até mesmo esses poucos detalhes deixarem de ser publicados? Quando a terra se assentar sobre sua sepultura e puder suportar o peso da lápide? Ou quando seu "assassino silencioso" tiver sido executado e esquecido?

Maggie apareceu pouco depois da hora do almoço, quando a loja estava um caos completo: poeira espessa no ar, cadeiras e bancos empilhados de qualquer jeito em um canto, todas as portas das vitrines escancaradas. Ela havia levado consigo luvas de borracha, que tirou da bolsa com um ar determinado, os olhos avermelhados pela primeira vez sem lágrimas.

— Não posso deixar tudo isso nas suas costas, Diana — disse ela, pegando uma esponja do balcão e torcendo-a sobre o balde do esfregão.

Compreendendo que a irmã talvez estivesse precisando ocupar as mãos tanto quanto ela, Diana gritou:

— Vá em frente, Maggie! — E continuou a varrer o estoque.

Quando voltou para a loja, cerca de dez minutos depois, a irmã estava encostada na parede, com o rosto cinza, a esponja retorcida nas mãos.

— O que foi? — perguntou Diana, caminhando apressada até ela.

Angela estendeu uma foto.

— Ela encontrou isso. Parecia que ia desmaiar, então mamãe foi buscar um copo d'água para ela.

Diana deu uma olhada na foto em preto e branco e a enfiou rapidamente no bolso da saia. Arrastou um banquinho da pilha, disse a Maggie que se sentasse e pegou a esponja da mão dela.

— Você não devia ter vindo! — disse ela, a voz alta e áspera. — Só está tornando as coisas mais difíceis.

Maggie olhou para a irmã em meio às lágrimas, com os olhos arregalados e desamparados de uma dona de casa que não estava familiarizada com a tragédia.

A raiva de Diana foi rapidamente sufocada pela pena e pelo arrependimento. Ela beijou a linha dos cabelos lisos da irmã e se desculpou baixinho.

— Fique sentada, mana, e continue a ajudar quando estiver se sentindo melhor.

Elsie voltou com o copo d'água, que permaneceu intocado nas mãos de Maggie enquanto ela olhava, lágrimas correndo silenciosamente por suas bochechas, para as três mulheres ocupadas andando de um lado para o outro.

Angela e Elsie ficaram até às 17h, depois insistiram em levar Maggie para casa. Angela recusou categoricamente qualquer pagamento, mas, antecipando a recusa, Diana já havia enfiado duas notas de £1 em sua bolsa sem que ela percebesse.

A campainha toca e sobressalta Diana; ela olha para o relógio e mal consegue distinguir o mostrador na penumbra. Lá fora, as nuvens cinzentas escureceram, dando lugar à noite sem que ela percebesse. Acende o abajur e finalmente consegue ver que horas são: 18h. Deve ser ele. O jornalista do *Western Mail*. Maldito. Ele havia insistido em encontrá-la na loja, para "sentir a atmosfera" dissera, mas "dar uma espiada no local" foi o que ela ouviu. A conversa com ele ao telefone a mantivera acordada a noite toda, e fora a razão para ela ter chegado tão cedo à loja, para atrapalhar qualquer prazer macabro que ele pudesse ter ao visitar "a cena do crime horrendo". Ele queria levar um fotógrafo, mas ela recusou categoricamente, dizendo que não havia mais nada para ver agora além de uma loja na mais completa desordem, no meio da faxina de primavera. Talvez ele achasse que haveria um contorno de giz no chão, como em um filme de gângsteres, ou marcas de mãos ensanguentadas, ou alguma pista revelando a identidade do assassino que ele seria o primeiro a identificar. A campainha toca mais uma vez e Diana caminha lentamente até a porta.

Antes de abrir as fechaduras, ela grita:

— Quem é?

— Parry, do *Western Mail*, senhora Tanay.

Ela solta um suspiro tão profundo que quase rasga seus pulmões. *Clique, claque*, fazem os trincos, como pequenos ossos quebrando.

— Boa noite, senhora Tanay, espero que esteja bem. — Ele entra na loja antes mesmo de ela abrir por completo a porta, o "entre" soando atrás dele.

É um sujeito jovem, com calças justas e cara de patife, e circula pela loja com agilidade e como se tivesse todo o direito de fazê-lo, os olhos azuis de pálpebras cerradas disparando de um canto para outro enquanto ele toma notas em um pequeno bloco.

— A senhora não mora mais na propriedade, não é? — pergunta ele.

Diana balança a cabeça e coloca uma cadeira diante do balcão.

— Sente-se — diz, com firmeza.

— A senhora parece um sargento.

— Cabo.

— Como?

— Nada.

— Antes de mais nada, gostaria de expressar minhas condolências por essa perda trágica.

Não deveria ter concordado com isso. Fora Daniel quem insistira.

— O rabino acha que a entrevista para o jornal é uma boa ideia, e o advogado também — dissera ele.

— E o açougueiro? Você perguntou ao trapeiro também? — retrucara ela.

— Senhora Tanay.

Diana levanta os olhos do chão.

— Poderia me contar tudo o que sabe sobre as circunstâncias do... crime?

— Não há muito o que contar, deve ter acontecido pouco depois das 20h, não ouvimos nada, e ela foi encontrada por volta das 20h20.

— A senhora não ouviu nada? Realmente um "assassino silencioso". — Ele parece muito satisfeito, anotando freneticamente, sua escrita taquigráfica como fragmentos de uma língua antiga. — Onde a senhora estava no momento do crime?

— Com a minha filha.

— No andar de cima?

— Não, na sala de jantar, bem ali, ensinando Grace a dançar. — Diana acena para a porta interna.

— Uma questão de metros.

— Acho que sim. — Diana pisca várias vezes, depois olha de volta para a porta.

— A senhora diria que a senhorita Volacki tinha algum inimigo?

Diana ri alto, surpreendendo a si mesma e ao jornalista com a gargalhada incrédula.

— Posso dizer com absoluta certeza de que minha irmã não tinha inimigos.

— Nenhum tipo rude com algum rancor? Nenhum desentendimento por causa de dívidas? — prossegue ele. — Agiotas não são conhecidos por sua popularidade, não é mesmo?

— A Violet não era *uma simples* agiota — diz Diana com amargura. — As pessoas a *conheciam*, compravam coisas aqui e podiam tomar dinheiro emprestado quando precisavam. Até os marinheiros a tratavam com respeito, ela os ajudava.

— Mas devia haver muitos estrangeiros entre eles! Marinheiros dessas terras de selvagens e de Deus sabe onde, homens violentos, não familiarizados com as nossas leis e com os nossos costumes.

— Eu não sei nada a esse respeito.

— A polícia está procurando um somali, não é? Tenho aqui o texto de um relatório da polícia: "Somali, cerca de 30 anos, 1,70m, bigode, dente de ouro." Foi esse o homem que a senhora viu?

— Sim... não... não sei. Olhei pela porta, mas não tenho certeza. Minha filha acha que viu um somali.

Percebendo uma brecha na aparente autoconfiança dela, Parry hesita um momento antes de perguntar:

— A senhorita Volacki... bem... foi violada... de alguma forma?

Os olhos de Diana se arregalam em choque, mas então, em uma voz clara e firme, ela responde:

— Não! E é melhor o senhor deixar isso bem claro no seu artigo.

— Sim, sim.

— Que absurdo! — sussurra ela baixinho.

— Eu não quis ofendê-la, senhora Tanay, são os leitores, a senhora sabe, eles querem saber absolutamente tudo.

— Acho melhor encerrarmos a entrevista por aqui, Sr. Parry, mas há uma última coisa que quero dizer. A polícia está fazendo um excelente trabalho, policiais extras foram chamados de Londres a Glasgow, mas estão tendo dificuldades para identificar um suspeito. Por isso... — Diana tira um pedaço de papel dobrado do bolso e o estende sobre o balcão. Parecendo uma criança debruçada sobre o dever de casa, ela se concentra na caligrafia irregular de Daniel e lê. — "Meu cunhado, o senhor

Daniel Levy, proprietário de uma loja de roupas masculinas na Church Street, em Ebbw Vale, decidiu ontem, em consulta com a família, que estamos dispostos a pagar uma recompensa de £200 a qualquer pessoa que der informações que levem à prisão do sujeito. Um cheque nesse valor será deixado aos cuidados do advogado da família, o senhor Myer Cohen. Caso o assassino seja encontrado e condenado, o advogado, junto com a polícia, decidirá quem tem direito a receber a recompensa."

— Ah, sensacional! — Parry parece pronto para apertar a mão dela com gratidão. — Que recompensa generosa! Isso com certeza vai mexer no vespeiro. Essa história vai sair na primeira página amanhã, tenho certeza.

Diana se levanta e o acompanha até a porta.

— Boa noite, senhor Parry.

— E uma ótima noite para a senhora, senhora Tanay, vou acompanhar esse caso bem de perto, pode ter certeza, bem de perto mesmo.

Diana finge um sorriso e, em seguida, bate a porta atrás dele.

O inspetor-chefe Powell bebe um gole de chá preto escaldante da caneca azul esmaltada que ganhou anos atrás na rifa da festa de Natal de seu clube de rúgbi e faz uma pausa do lado de fora da sala de interrogatório. Ele ouve Lavery repassando mais uma vez os mesmos detalhes com sua voz monótona e o suspeito resmungando suavemente em um inglês não muito correto; Mattan não sabe que a polícia já o vem seguindo há mais de uma semana. O inspetor Powell gira a maçaneta e abre a porta, seu corpanzil quase escurecendo a sala. Depois de uma pausa dramática, ele faz um aceno de cabeça para Lavery, que se levanta da cadeira e a oferece a ele sem dizer uma palavra.

A sala está abafada, e o suor se acumula rapidamente entre as omoplatas e sob as axilas. Powell desliga o pequeno aquecedor que está perto de seus pés e passa a palma da mão sobre a careca. Mattan, o ladrão de quinta, está sentado à sua frente, arrogante como nunca.

— Como você está? — pergunta Powell, estendendo a mão para cumprimentá-lo por sobre a mesa de compensado.

— Como você está... — ecoa Mattan, apertando a mão dele com força.

— Vamos simplificar as coisas, meu rapaz? Somos todos homens ocupados aqui, não somos? — Powell ri.

Mahmood murmura algo evasivo e tenta manter a expressão impassível.

— Roubo. Você não é nenhum novato em se tratando dessa acusação, todos sabemos disso, mas tem mais uma coisa sobre a qual eu gostaria de falar com você.

Mahmood espera, imperturbável, os dedos entrelaçados firmemente sobre a mesa.

— Sabe, temos muitas testemunhas que afirmam ter visto um homem somali do lado de fora da loja dos Volacki na noite em que Violet Volacki teve a garganta cortada.

Mahmood ergue as sobrancelhas, perplexo.

— Nunca reparou em quantos somalis vivem naquela rua? Por que me faz essa pergunta?

— Quando foi a última vez que esteve na Bute Street?

— Não me lembro, já faz muitos meses.

— Então, por que um indiano, Mubashir, disse que, na noite anterior ao assassinato, você saiu de um café e o chamou, pedindo que lhe vendesse um pão da loja dele?

— Se estou no café, por que vou pedir para ir no estabelecimento dele comprar pão? — Mahmood ri.

— Não ria, rapaz, não ria. — Powell encara Mattan com um olhar severo até que o somali pisca e abaixa os olhos.

— Por que seu senhorio, Madison, disse que você chegou em casa às 20h30 no dia do assassinato se você afirmou ter voltado do cinema uma hora antes?

— Eu sei a hora que cheguei em casa.

— Como?

— Porque olhei no relógio acima da bilheteria do Central quando cheguei, 16h30, e quando saí, 19h30.

— Quem você viu no cinema?

— Muitos conhecidos.

— Falou com essas pessoas?

— Não.

— Você esteve na Bute Street depois do assassinato, então?

— Não, eu não fui lá.

— De jeito nenhum?

— Não.

— Testemunhas disseram ter visto você lá no dia do funeral.

Mahmood revira os olhos, exasperado.

— Vocês dizem que um homem disse isso e aquilo, mas eu não acredito em vocês. Eu não leio o que vocês escrevem. Vão buscar esses sujeitos e eu vou ver se eles dizem essas coisas.

— Podemos providenciar, sem problemas. Seu desejo é uma ordem. Inspetor Lavery, traga Madison ou Monday aqui.

Mahmood vê a porta se abrir e se fechar depois que Lavery sai, e então faz uma careta por um momento: esse interrogatório estranho, esses policiais imprevisíveis, o casaco há muito esquecido, e agora toda essa conversa sobre a mulher morta.

— Não se preocupe, daqui a pouco vamos lhe trazer um sanduíche e uma xícara de chá — diz Powell, interpretando de maneira equivocada a expressão do suspeito.

Mahmood olha para Powell e lamenta ter sido tão franco ao dizer que não acreditava nele. Seu plano era dizer o mínimo possível e misturar verdades e inverdades até que se dissolvessem em uma história convincente. Não deveria ter falado com *af-buhaan*, precisa controlar seu temperamento e sorrir um pouco, sobretudo porque esse detetive parece capaz de fazer um buraco na parede com o punho sem muito esforço. Um touro galês, é o que esse Powell lembra: carne firme e compacta espremida em um terno antiquado com dois olhos pequenos que jamais piscam no rosto de ossos grandes. Já deve ter bem mais de 50, mas seus músculos provavelmente foram galvanizados pela idade em vez de ficarem mais flácidos.

Powell boceja.

— Perdão, eu mal preguei o olho nas duas últimas semanas, tenho trabalhado doze, quatorze horas por dia — diz ele, como se estivesse em uma sala vazia.

Mahmood balança a cabeça de leve com falsa simpatia.

O policial que registra o interrogatório em uma máquina de escrever no canto olha de um para o outro e espera, os dedos esticados sobre as teclas em expectativa.

Lavery volta e sussurra alguma coisa no ouvido do detetive Powell, e então ambos assumem suas posições, de frente para Mahmood, do outro lado da mesa.

— Alguma vez contou ao senhor Madison como achava que a mulher da Bute Street tinha sido morta e mostrou a ele por meio de ações como supunha que tudo tinha acontecido?

— Eu não falei com ninguém sobre como a mulher foi morta. Não conheço essa mulher. Nunca incomodei ela. Ela nunca me incomodou. Ela nunca falou comigo. Eu nunca falei com ela.

— Bem, ouvimos exatamente o contrário. Isso nos colocou diante de uma espécie de dilema. Ou você está mentindo ou Madison e Monday estão.

— Acreditem no que quiserem, eu digo a verdade, *ruunta*, não minto. — Mahmood começa a gaguejar, seu inglês se fraturando, palavras em somali, árabe, hindi, suaíli e inglês coaguladas ao mesmo tempo em sua língua. Passa a mão pelos cabelos e respira fundo. — O Monday diz o que o Madison mandar, se ele disser para pular, ele pergunta a altura.

— Como os animais são abatidos no seu país?

— O quê?

— Bem, como vocês fazem isso? O que torna o sacrifício sagrado?

— Você diz *bismillah* sobre o animal.

— E então corta a garganta dele com uma adaga, não é? Já fez isso no seu país?

— Eu nunca matei animal.

— Eu já vi esses sacrifícios aqui em Cardiff, nos dias de festa. Você nunca participou?

— Gosto demais das minhas roupas.

Powell rabisca algo em seu bloco de notas, levanta-se lentamente e sai da sala sem dizer uma palavra.

Fumando seu cachimbo e andando de um lado para o outro no corredor escuro, o inspetor Powell organiza seus pensamentos: Mattan é mais indisciplinado do que esperava, um verdadeiro patife sem nenhum respeito pela lei, um negro ambicioso sem residência fixa. Ele havia lido em algum lugar que, para os somalis, cada homem é senhor de si. Eles não são como os joviais garotos kroo ou os nativos das Índias Ocidentais anglicizados, não; eles são brutais e cruéis, rápidos em sacar armas, e não se mostram arrependidos depois do ocorrido. Esse deve ter se tornado mais ousado depois das penas brandas que recebeu no passado; lembrou-se de usar luvas, despachou a vítima antes que ela pudesse dar um pio, se livrou rapidamente da arma do crime e do dinheiro roubado. Um sujeito perigoso, mas agora incapaz de sustentar suas mentiras. Um caso bom e sólido, no qual seu filho deveria estar ajudando, em vez de ficar à toa no Ryton College, perdendo tempo com teatro amador, educação cívica e literatura inglesa. Por que um inspetor precisaria de todas essas frescuras? A polícia está definitivamente perdendo o rumo. Ele já está na corporação há trinta anos e aprendeu tudo o que precisava saber gastando sola pelas ruas. Falando com a escória da sociedade. Conhecendo seus hábitos melhor do que eles próprios. Segurando a náusea quando confrontado com um de seus atos bestiais. Isso é o que faz um bom policial. Isso não quer dizer que não haja lugar para a sabedoria dos livros e a ciência forense, mas, no fim das contas, o mais importante ainda é o reconhecimento e a perseguição implacável dos lobos em pele de cordeiro. Os pervertidos, lunáticos, desesperados, doentes de amor, sádicos, os Jekylls e Hydes que ele interrogou e com quem dividiu um cigarro antes de mandá-los para a forca. Geralmente são as vadias e as amantes de negros que se dão mal; se têm sorte, são mortas a tiros, se não, são retiradas de uma vala, nuas e cobertas de sangue. Mulheres respeitáveis como a senhorita Volacki deveriam ser intocáveis, tinham que ser. Ele a conhecia havia décadas, conhecera o pai dela também. Era uma mulher pequena, não chegava nem na altura de seu peito, obviamente não era cristã, mas era recatada, trabalhadora e extremamente honesta. Tiger Bay precisava de pessoas como ela, caso contrário iria ladeira abaixo. Pegaria o assassino, disso tinha certeza; não precisava de jornais nem de advogados pressionando-o. Eles haviam falado com todos os marinheiros que haviam aportado naquela noite, todos os proprietários de bares, todos os ladrões, todos os drogados, todas as prostitutas, os leiteiros e varredores de rua, os lojistas e donos de cafés, os pastores e sheiks, os agiotas e seus devedores, os sujeitos que jogavam dados na rua e as crianças que os observam, além de forças policiais em todo o país. Se os gatos, cães e cavalos locais pudessem falar, ele também os teria levado para interrogatório. Os homens mais jovens podiam ficar animados com a perspectiva de trabalhar nas docas, mas, para ele, era apenas deprimente o que o país havia se tornado. Ter passado praticamente todas as noites ali nas duas últimas semanas o deixara desolado; aquele lugar estava repleto de gays, negros, vagabundos, comunistas e traidores de todos os tipos. Dava para sentir o cheiro de decadência no ar, do fedor oleoso de temperos que emanava dos restaurantes aos fios de fumaça de maconha vindos das festas barulhentas. Era aquele o país pelo qual tantos bons homens e rapazes haviam morrido? "Os portos são as feridas na nossa pele", dissera seu primeiro chefe de polícia, nos anos 1920, e continuava sendo verdade. Ninguém dera ouvidos quando Wilson sugeriu proibir os casamentos inter-raciais naquela época, e aquelas eram as consequências.

Passos se aproximam de Powell, e ele levanta a cabeça.

— Senhor, o Monday está aqui.

— Ótimo, ótimo, vamos entrar, e chame aquele jamaicano inútil também, o Cover. Ele não disse que aquele sujeito do hospício, Tahir Gass, era o somali que ele viu do lado de fora da loja?

— Sim, senhor.

— Bem, vamos ver se conseguimos refrescar um pouco a memória dele. O Gass já se apressou em despachá-la em um navio.

— O senhor Mattan disse que você se enganou sobre a hora que ele chegou em casa naquela quinta-feira à noite. Pode me dizer novamente a que horas ele chegou?

Monday fica parado junto à porta, com as mãos unidas atrás das costas, e acena melancolicamente com a cabeça, evitando olhar para Mahmood.

— Posso. Eu estava sentado no sofá do quarto do senhor Madison, falando sobre corridas de cavalo e bilhar. Este homem... — Monday aponta com desdém para Mahmood — chegou por volta das 20h45.

Ele se sentou ao meu lado no sofá. Não disse nada. Entreguei o jornal, mas ele não olhou. Ficou só olhando para a frente.

— Não, não, você diz tudo o que o Madison manda você dizer.

— O que é isso? Por que não diz a verdade? Você sabe a hora que chegou naquela noite.

— Maldito!

— Está me chamando de maldito? Está me chamando de maldito na frente dos policiais? — Monday levanta as palmas das mãos para o teto como se estivesse testemunhando na igreja.

— E um mentiroso! Um grande mentiroso! O que você diz não é verdade. Eu não mostrei nada sobre como a mulher foi morta, você mente.

— Acalmem-se, cavalheiros. — Powell sorri.

— Juro pela vida da minha amada mãe que ele disse ao Madison que seria fácil atacar a mulher, que era só colocar o braço em volta do pescoço dela e cortar a garganta dela com a outra mão. Eu vi.

— *Qaraac! Ibn Sharmuta!* — pragueja Mahmood.

— Seu imbecil! Seu filho de uma mãe pervertida e rebelde.

— Já chega. Tire-o daqui, Lavery.

— Você é escravo do Madison, o cachorrinho dele, e ele não dá a mínima para você. Por que mente por ele? Ele está com raiva porque eu denunciei ele.

— Já chega, eu já disse. — Powell bate com o punho na mesa até que Monday esteja fora da sala, em segurança.

— Isso esclareceu suas dúvidas sobre as declarações da nossa testemunha, Sr. Mattan? — pergunta Powell, erguendo a sobrancelha espessa.

Mahmood limpa a saliva dos cantos da boca e tenta afastar a raiva de sua mente.

— A polícia britânica é tão inteligente. Eu digo que matei vinte homens. Matei seu rei. Isso eu digo se quiserem. Acham que é verdade?

* * *

Lavery vai vê-lo na cela com paredes cheirando a urina.

— Por que estão me prendendo aqui? Me mandem de uma vez para ver o juiz.

— Esqueceu que amanhã é domingo?

Mahmood esfrega uma nova mancha em suas calças.

— Então segunda-feira?

— Isso mesmo. Agora, Mattan, você tem alguma objeção em ficar em uma fileira de homens, todos somalis, e algumas pessoas, algumas senhoras e talvez um homem ou dois, serem convidadas a examinar essa fileira? Entende o que quero dizer?

— Entendo. O que vocês quiserem, eu não me importo.

— Muito bem, vou tentar providenciar isso para amanhã. Quer que eu mande chamar algum amigo seu para participar? Quer que eu pegue alguma roupa especial para você usar? Esse terno, parece que foi usado por um mineiro.

Mahmood ouve, a princípio impassível, mas quando se dá conta da armadilha em que estão tentando fazê-lo cair, bufa de tanto rir.

— Tudo bem, você diz a eles o que estou vestindo para eles poderem apontar para mim. Não, não quero outra roupa, não quero nenhum amigo, não preciso de nada e também não vou participar do seu desfile, não podem me obrigar. — Ele abre um sorriso ao mesmo tempo angelical e presunçoso.

O rosto de Lavery, oblongo e melancólico na maior parte do tempo, endurece, mas ele apenas balança a cabeça e fecha a porta da cela suavemente depois de sair.

De manhã, Mahmood é levado para ser fotografado. O flash da câmera espoca perto de seu rosto e ele pisca tanto que o fotógrafo, que está usando um chapéu de feltro, tira outra, apenas por garantia. Também tira mais duas fotos, do perfil esquerdo e do direito, e em seguida guarda sua arma. Mahmood larga a tabuleta na qual seu nome está escrito com giz e se afasta da parede. Pelo canto do olho, vê meia dúzia de pessoas passando lentamente pela porta aberta. Reconhece o velho dono de uma mercearia na qual costumava fazer compras e, atrás dele, um jogador de pôquer maltês que, certa vez, o enganou com cartas marcadas, e então... não, não pode ser! O relojoeiro nigeriano com quem ele havia se desentendido por causa de um relógio. Que espécie de reunião é essa? Todos aqueles rostos do passado, sem nenhuma relação entre si, indo até lá para olhá-lo como se estivessem admirando o novo leão do zoológico, com uma curiosidade culpada nos olhos. Atrás deles está uma menina de meias brancas e cabelos castanhos, de cerca de 12 anos, chupando a manga distraidamente. Sem piscar nem se constranger, ela o encara com firmeza, apenas mais um par de olhos azuis glaciais perfurando-o. Ela sussurra algo para uma mulher mais velha com um lenço na cabeça, depois balança a cabeça, voltando-se para Mahmood para uma última e longa olhada antes de elas irem embora.

Durante o trajeto no banco de trás da viatura da polícia, ele vê os primeiros botões de flor de cerejeira e magnólia, sente um calor ou algo parecido no ar, os pássaros cantando e disputando entre si. Deram-lhe uma camisa cáqui sem gola e calças marrons para vestir, e agora ele espera sua vez no Tribunal de Cardiff. A sombria sala de espera com painéis de madeira tem um cheiro nauseante de cera de abelha e polidor de metais, e Mahmood fica aliviado quando um funcionário desce as escadas a passos pesados para anunciar que estão prontos para recebê-lo.

Como em um evento esportivo, a cabeça de Mahmood vira de um lado para o outro enquanto sua liberdade é debatida no tribunal.

A acusação é de furto.

Entendido.

O valor do casaco é 12 libras e 12 xelins.

Entendido.

O acusado deseja pagar a fiança?

Sim, senhor!

Então o jogo muda.

"Há algumas formalidades que precisam ser cumpridas." "Solicitamos que ele seja mantido preso por cinco dias." "Uma alegação mais grave."

O que aquele idiota do Powell está fazendo aqui?

— Ele é um marinheiro de posse de um documento de marinheiro. Foi despejado do local onde morava e agora não tem residência fixa.

O Madison. De novo. Aquele homem deveria queimar pela eternidade.

— O que querem dizer com "alegação mais grave"? — pergunta o juiz, folheando a pilha de papéis à sua frente.

— Não podemos dizer mais nada a respeito no momento.

O juiz olha para Powell e franze a testa.

— Sendo esse o caso, só posso ordenar uma prisão temporária até quarta-feira.

O escrivão se vira para Mahmood.

— Gostaria de dizer alguma coisa?

Mahmood limpa a garganta, mas suas palavras emergem em um sussurro.

— Não quero dizer nada.

Com um suspiro, Mahmood atravessa o portão da Prisão de Cardiff. O edifício vitoriano fica tão perto de sua antiga residência na Davis Street que sua sombra costumava deixar seu quarto escuro durante a primeira metade do dia, até que o Sol conseguisse surgir sobre os três andares de tijolos cor de barro. Ele está na van, algemado, perguntando-se quem vai pegar seu baú e seus escassos pertences no número 42. Questionando-se se Madison e Monday estão vasculhando suas coisas naquele exato momento, lendo suas cartas e roubando o que quiserem. É uma dor de cabeça estar constantemente à procura de um novo lugar para viver; quando sair da prisão, terá que se mudar de Adamsdown, não conseguirá de jeito nenhum olhar de novo na cara daqueles dois sem arrumar confusão. A quarta mudança em doze meses e ainda sem nenhuma perspectiva de estar com Laura, as crianças ou de ter um lar tão cedo. Está cansado de lidar com a polícia, de ouvir o chacoalhar das algemas em seus pulsos, de dividir colchões com os vagabundos e sem-teto da cidade. Está velho demais para isso e, além do mais, eles, a polícia, estão começando a odiá-lo; há algo de pessoal ganhando força nesse caso, usam seu nome de maneira muito leviana e estão dispostos a acreditar que ele é capaz de qualquer coisa. Não deixará que o usem como o pano de chão com o qual limpam o sangue derramado.

No balcão de admissão, entregam-lhe um cobertor, uma caneca, uma bacia, um uniforme novo. Apenas duas noites ali, depois a soltura. Entram na Ala A, que cheira a repolho cozido e homens sujos. Um prisioneiro adolescente, de joelhos com uma pá de lixo e uma vassoura, olha para cima e sussurra, pedindo um cigarro. Em resposta, Mahmood vira do avesso os bolsos vazios da calça. A luz do sol entra pelas janelas altas e ricocheteia nas barras de metal, nas grades e escadas, quase cegando-o. O carcereiro o leva para o terceiro andar. As celas da prisão, ele lembra, são tão apertadas que, com os braços estendidos, é possível tocar as duas paredes ao mesmo tempo.

Depois de já ter dado dois passos para dentro da cela, ele salta para trás ao ver que há outro homem lá dentro: um homem negro descansando na parte de baixo do beliche, os pés grandes pendendo da beirada da cama estreita.

— Eu não sou nenhuma assombração, não precisa se assustar desse jeito, cara.

— O que você está fazendo aqui?

— Vou deixar vocês se conhecerem — diz o carcereiro, antes de trancá-los.

Mahmood joga os objetos que tem nos braços na parte de cima do beliche e olha para Lloyd, o misterioso boxeador do número 42 da Davis Street.

— Lei de Narcóticos, o que mais? — Lloyd ri.

— Mas eles deixaram você sair.

— E aí descobriram mais drogas comigo e me prenderam outra vez.

— Que azar.

Lloyd mastiga a ponta de um palito de fósforo e faz uma cara de "tudo bem".

— E você?

— Roubo. Uma capa de chuva.

— Ouvi dizer que chamam você de Fantasma. O que foi? O Sol saiu rápido demais e o surpreendeu?

Mahmood sorri.

— Mais ou menos isso.

— Que azar o seu também. — Suas palavras saem lentas e sonoras, com um sotaque ainda fortemente dominado pela cadência jamaicana. É um homem bonito, um ou dois tons mais claro que Mahmood, com um traço de nativo americano nos olhos e maçãs do rosto largas. Usa o cabelo cortado rente, uma divisão lateral afiada separando os cachos reluzentes.

— Sempre tive uma cela só para mim — diz Mahmood, andando de um lado para o outro na pequena faixa entre a porta e a janela com barras brancas.

— Eu sei, este lugar com certeza não é nenhum hotel cinco estrelas, mas desde que lavem nossa roupa e tragam comida quente, não podemos reclamar.

— Aquele desgraçado do Madison me expulsou da casa.

— Ele é um sujeito *frio*, amargo como uma solteirona velha.

— Foda-se ele. Vou encontrar um lugar melhor para descansar minha cabeça e um bolso melhor para colocar meu dinheiro.

— O que não falta é pensão infestada de ratos nessa tal de Tiger Bay.

— Eu não durmo em nenhum lugar infestado de ratos — diz Mahmood, virando a cabeça bruscamente para Lloyd.

— Relaxa, cara. Não importa para onde a gente vá, não estamos a mais de 1 metro de distância do Rei dos Ratos; ele pode estar abaixo de nós, acima da nossa cabeça, atrás das paredes, está sempre por perto. Para ele, até o Palácio de Buckingham não passa de mais um playground.

Mahmood fica de pé, olhando pela janela, admirando a copa nua de um carvalho do outro lado do muro alto; o céu, que clareou para um azul intenso e radioativo; os fundos cobertos de fuligem das casas geminadas da Davis Street, com seus quintais cheios de ervas daninhas, carrinhos de mão virados, bicicletas enferrujadas, camisas e roupas íntimas cinzentas se balançando em varais caídos; as casinhas inclinadas e castigadas pelo tempo prestes a desmoronar.

— Está com saudades da sua cama?

— Não, minha mulher e meus filhos moram lá.

— Você se casou com uma *backra*? — Lloyd sorri.

— O que você quer dizer com *backra*?

— Uma garota branca — responde ele, passando a língua pelos dentes pequenos e manchados de nicotina antes de estalar os lábios.

Mahmood olha por cima do ombro e por um segundo parece que Lloyd se transformou. Ele exala uma energia peculiar, serpentina e inconstante, que faz Mahmood se perguntar, por um segundo, se ele é humano, se é de carne e osso, se não mudará de formato diante de seus olhos.

— Achei que vocês, muçulmanos, não pudessem comer... — Lloyd interrompe a piada ao ver a expressão estranha no rosto de Mahmood. — Você está bem?

Mahmood se volta novamente para a janela.

— Não quero falar sobre a minha esposa.

— É um direito seu, chefe.

— Eu sei.

Lloyd se senta, joga as pernas pela lateral da cama e tamborila em ritmo rápido nas coxas, as palmas largas e amarelas batendo, ocas, contra o músculo denso.

— Ah! — grita ele, ficando de pé.

Esperando um ataque, Mahmood se vira rapidamente com os punhos erguidos.

Lloyd ri.

— Quer treinar? Erga os punhos! — Ele desfere socos rápidos como dardos que param a centímetros de Mahmood. Seus olhos brilham, ele abre um sorriso largo, e de repente parece uma criança feliz.

Mahmood o imita e alterna o peso entre os pés, protegendo o rosto atrás de um dos braços enquanto ataca com o outro, começando a rir.

— Segundo round. Ding! Ding! Ding! Joe Louis contra Sugar Ray Robinson. A Bomba Marrom joga o homem de açúcar nas cordas! Pow! Pow! Pow! — Ele finge desferir uma enxurrada de golpes na cabeça de Mahmood, depois se afasta e gira os punhos no ar. — O campeão incontestável do muuuuundo!

Mahmood baixa os braços e reclama.

— Você não pode se declarar campeão do mundo.

— Da longínqua Kingston, na Jamaica! O campeão indiscutível, incontestável e insuperável do universo!

Lloyd passa os longos braços ao redor dos ombros de Mahmood e lhe dá um tapinha de leve nas costas.

— Desejo mais sorte na próxima luta, Fantasma.

Mahmood se desvencilha, mas os dois estão rindo, o Sol do meio-dia brilhando através da janela gradeada. Ele sente as paredes da cela recuarem e o calor do toque quente de Lloyd contra sua pele.

— Ah, cara, o verão, o verão em Londres, as coisas que acontecem fazem você querer tapar os ouvidos.

Luzes apagadas. Ambos deitados no beliche. Os colchões são tão estreitos que eles têm que dormir com o corpo imóvel e reto, como Nosferatu.

— Eu ia de Notting Hill Gate a Green Park em meia hora fácil, essa era a minha área, alguns caras ficavam perambulando entre Marble Arch e Lancaster Gate, mas o melhor movimento acontecia ao longo das grades do Green Park. Eu tinha um grupo de cinco garotas: três inglesas do interior, uma irlandesa, uma garota negra da Espanha. Todas usavam sapatos vermelhos. Chique, não? Essa era minha marca registrada.

Mahmood não responde, já quase dormindo e prestando pouca atenção às histórias sórdidas de Lloyd.

— Eu fazia questão de que elas estivessem sempre elegantes, com o próprio dinheiro delas, claro, mas as coisas que eu comprava eram de primeira qualidade: chapéus da chapelaria real, meias francesas, sapatos italianos, elas pareciam ter saído da revista *Vogue*. Eu era parte amante, parte chefe, parte fada madrinha. Não que elas entendessem o que estavam recebendo. Uma das minhas garotas inglesas enrolava a estola de vison e se sentava sobre ela no inverno se o banco estivesse muito frio. O que se faz com uma garota dessa? Não muito. Mas, no verão... nenhum homem pode ficar de mau humor em um verão londrino, você se refresca no largo Serpentine depois se deita na grama com os olhos vermelhos, sabendo que nasceu para uma vida assim e que ninguém pode quebrar o feitiço. Eu vim da Jamaica, então não é do sol que estou atrás, mas tem alguma coisa na maneira como este país muda quando o calor derrete esses anglo-saxões e celtas. Em como todos os grandes edifícios em Whitehall, Pall Mall e Regent Street parecem também estar se bronzeando, o cinza passando ao dourado. Cara, até os pombos na Trafalgar Square começam a se pavonear e a ficar loucos por sexo, ele jorra de todas as fontes, das torneiras, das axilas suadas. A mesma loucura.

Mahmood sabe do que ele está falando. Conheceu Laura no início do verão de 1947. Aquele momento em que, de um dia para o outro, você troca guarda-chuvas e casacos de lã por mangas curtas e sorvete. Às 17h30 em ponto, logo depois do fim do turno dela na fábrica de papel, ele esperava sob a ponte ferroviária de Butetown, sempre com medo de ela não aparecer daquela vez, mas então ela surgia, o lenço de cabeça cuidadosamente amarrado sob o queixo, o velho casaco da mãe preso com um cinto de plástico amarelo. "Tudo bem, Moody?", perguntava ela com sua voz profunda. Então ele pegava a bolsa dela, para parecer um cavalheiro, o recipiente de metal onde ela levava o sanduíche chacoalhando no ritmo de seus passos enquanto se dirigiam ao cinema ou a uma lanchonete. Na semana em que se conheceram, ele havia se alistado em um navio com destino ao Brasil, mas depois passou o trabalho para outro somali, porque havia *alguma coisa* nela que o fazia querer ficar. Ela o fizera esperar – ele havia gostado disso –, por ela, era casamento ou nada. Também era determinada, não dava a mínima para o que os outros achavam.

— Sabe, às vezes você vê um carro chique se aproximando e acha que está atrás de uma das garotas? E então se dá conta de que estão de olho em você. A primeira vez que isso aconteceu, eu pensei: *Jesus!* Tive medo de que fosse algum bicho atrás de carne negra, mas então, minha nossa, havia uma maldita mulher no banco do passageiro. Ela abaixa os óculos escuros e me olha pela janela do Rolls Royce, muito elegante, sabe? Juro que era a cara da Marilyn Monroe, uma Marilyn esnobe, quase estrangulada pelo colar de pérolas gordas. O homem curva o dedo e me chama. "Boa noite, boa noite, que noite linda, não?" "Ah, certamente!" Falamos à maneira inglesa e então ele me disse que iam dar uma festa e gostariam de me convidar, não, queriam saber "se eu lhes daria a honra". — Lloyd ri. — Eu disse que gostaria muito e entrei na parte de trás do carro, banco de couro claro e macio, cheiro muito bom, espaço suficiente para esticar as pernas bem retas, e fomos para o apartamento deles em 'Olland Park. Vou lhe poupar dos detalhes, mas era um tipo de festa ao qual eu nunca tinha ido antes, mas que conheço muito bem desde então. Voltei para o parque com £3 no bolso e as garotas perguntando onde eu estava.

Mahmood faz uma careta. Ele se lembra de uma ocasião, pouco tempo depois de chegar a Cardiff, em que um homem saiu de um pub, um homem careca espremido em um terno de três peças, agarrou seu braço e disse que sua esposa gostaria de cumprimentá-lo. Eles foram até a esposa emaciada. Cabelos pretos bufantes, rosto branco como pó, parecendo constrangida e tentando esconder os dentes podres.

— Diga olá! — ordenou o homem, e ela olhou para baixo e murmurou algo parecido com um olá.

Mahmood se desvencilhou e começou a se afastar.

— Não vá embora — pediu o homem. — Você tem algum lugar para ficar? Temos uma cama extra que não está sendo usada.

Na época, ele não entendeu por que eles estavam tão ansiosos para levá-lo para casa quando muitos nem sequer o olhavam nos olhos. Levou algum tempo para finalmente compreender que alguns homens ficavam excitados ao ver sua mulher sendo possuída por outro homem, e um homem negro os deixava particularmente excitados. Foi como descobrir que estava vivendo entre canibais, ele simplesmente não conseguia entender como um homem podia fazer aquilo com a esposa. Com os filhos. Consigo mesmo. Isso o fez ter a sensação de que tinha ido parar muito longe de casa, longe demais para entender qualquer coisa.

— Um homem tem que se vender enquanto ainda pode, não é vergonha nenhuma.

Mahmood respira de maneira exagerada em resposta, fingindo dormir, mas Lloyd continua a falar até que ele realmente adormece.

Berlin deve ter pressionado os *badmarin* a tirarem cada um £1 do forro do bolso, porque, de manhã, um advogado aparece, pedindo para ver Mahmood, e diz que foi nomeado seu representante legal. É um sujeito jovem, a linha dos cabelos formando um "v" acentuado e sobrancelhas pretas arqueadas que permanecem no alto da testa enquanto ele fala. Mal olha Mahmood nos olhos, apenas aponta com a unha estriada do polegar a diferentes linhas nas quais ele deve assinar. Seu cuidadoso *M. H. Mattan* ainda parece desajeitado e torto como a caligrafia de uma criança. O advogado – seria Morgan? Mahmood não ouviu direito – enfia os documentos em um grande envelope amarelo, o "REX" riscado e substituído por "REGINA" em tinta preta fresca, e sai com um aceno curto feito por cima do ombro.

A prisão zumbe como uma estação de trem, o menor ruído amplificado pelas paredes de tijolo nu e pelas grades de metal entrecruzadas. Risadas, colheres tilintando contra tigelas esmaltadas, apitos de guardas e, sentado em uma das mesas, um homem com voz de barítono cantando um triste hino galês para a parede vazia. Um grupo de prisioneiros malteses reunido, a pele bronzeada e os bigodes escuros bem cuidados fazendo-os parecer mais saudáveis e de alguma forma mais perigosos do que a horda pálida e barbuda de prisioneiros brancos. Mahmood vê apenas algumas outras pessoas de pele escura; dois africanos ocidentais com pequenas cicatrizes nas bochechas, um árabe esquelético com meias-luas escuras sob os olhos, um chinês de pescoço grosso com tatuagens nas costas das mãos, um indiano bonito e arrogante. O mingau foi servido há poucos minutos, mas já se sente o cheiro de repolho e carne cozida vindo da cozinha. Um dia na prisão passa voando, como se os carcereiros estivessem ansiosos para colocar os prisioneiros para dormir e ter os corredores e pátios só para si, para deslizarem pelos corrimãos e se pendurarem nas grades.

— Você não vem? — Lloyd o cutuca e mostra o caminho até o pátio de exercícios.

O pátio não é tanto para se exercitar, e sim para se esticar, respirar ar fresco e olhar para o céu sem manchas de fuligem e cocô de pássaro atrapalhando a vista. Os homens formam círculos concêntricos, o mais velho no centro, os ombros batendo uns nos outros, o tabaco o assunto principal das conversas sussurradas, crimes não revelados e antecedentes desconhecidos.

— Olhem para ele! — diz um homem, e de repente o pátio todo se sobressalta.

— Quem?

— Do que você está falando?

— Para onde devo olhar?

— O Singh! — sibila o primeiro homem, a cabeça careca e achatada agora visível enquanto aponta para uma escada externa que leva a uma das alas mais distantes.

Mahmood estica o pescoço, tentando ver sobre as cabeças dos outros, apoiando a mão no ombro de Lloyd para ganhar alguns centímetros.

Um indiano de turbante azul-claro emerge entre as lanças negras que se projetam dos muros de tijolos do pátio. Ele é largo, tem a barba longa como a de um profeta e se move com o andar desajeitado de um urso dançante, as mãos algemadas enquanto caminha atrás de um carcereiro até desaparecer de vista ao atravessar um arco.

— Que gordo filho da mãe! — grita alguém e, depois de um segundo de pausa, os prisioneiros no pátio caem na gargalhada.

— Vai ser preciso mais do que uma corda para dar cabo dele! Para esse guloso maldito vai ser preciso uma corrente.

— Vale a pena pegar a pena capital se for para comer tão bem.

— Ei, seu juiz, eu mesmo coloco o capuz negro em mim, só não esqueça de que gosto do meu bife bem passado.

— Ele não come bife, rapaz, ele é hindu! Compensam no arroz e nos temperos.

— Ele é muçulmano, seu idiota!

— Vocês são todos uns imbecis, o homem é sikh! O nome já diz tudo! Nenhum de vocês serviu com um deles?

— Eu servi. Quem quer saber como se chama um hindu que já fez de tudo, já esteve em todos os lugares? Hafez Tudu... Essa foi de graça, parceiros.

Alguns homens gemem, outros soltam risadas abafadas, e o clima sombrio, o estranho calafrio que Mahmood sentiu ao ver o condenado Ajit Singh, desaparece, dissipado pela recusa dos prisioneiros em se deixarem tomar por esses sentimentos.

— Como os ingleses costumam dizer nesses casos? — pergunta Lloyd, cutucando-o.

— O quê? — replica Mahmood, franzindo as sobrancelhas.

— Aquele sujeito, parece... que a batata dele já assou.

— E pensar que o destino o trouxe da Índia até aqui.

* * *

— Quanto tempo você acha que vai ficar aqui?

— Vou sair antes do fim da semana.

— Eu também.

— É sério?

— Por Deus, estou farto deste lugar.

— Tem certeza de que eles não têm mais nada contra você?

Mahmood para de puxar a pele solta ao redor das unhas e se deita na cama. Pensa nas últimas semanas e, com exceção da vez que afanou a carteira de um velho nas corridas em Newport, está limpo.

— Nada.

— Você ouviu falar da judia que foi assaltada e morta na loja dela lá na Bute Street?

— Quem não ouviu?

— Ela tinha um cofre grande lá dentro. Um belo prêmio.

— Você acha? Eu achava que ela só vendia quinquilharias.

— Você já entrou na loja dela?

— Muitas vezes. Para comprar umas camisas para mim e vestidos para a minha mulher.

— Ouvi dizer que ela era uma mulher horrível, uma judia de verdade, do tipo que ouve as moedas no seu bolso quando você passa pela rua.

— Uma vez ela tentou me vender um pacote de camisas com duas faltando.

— Ah, está vendo só? Ela provavelmente mexeu com a pessoa errada. Eles brigam, ela morre, e então ele pensa: *Por que eu deveria ir embora de mãos vazias?* É o que chamam de homicídio culposo.

— Quem puxa uma faca em uma briga com uma mulher?

— Era uma faca? Eu não li nada sobre isso.

— Ou uma navalha, não sei, não tem justificativa.

— Se o sujeito cooperasse com a polícia, aposto que pegariam leve com ele.

— Em que mundo você vive? Desde quando eles pegam leve com qualquer um, a menos que tenha dinheiro ou conheça as pessoas certas? Eu já vi eles acordarem seus próprios mendigos brancos com um chute na cabeça.

— Não, cara, você tem que aprender a enrolar eles, são só uns sujeitos simples de uniforme, policiais e ladrões precisam uns dos outros, você dá sentido à vida deles e eles à sua.

Mahmood está incrédulo. Que tipo de *gabay* é essa?

— Eles não são sujeitos simples, e eu *não* preciso deles na minha vida.

— Só estou dizendo... Não importa o que um sujeito tenha feito na vida, tem sempre um jeito de causar uma boa impressão.

— E esse jeito é não dizer nada, nada ou só mentiras, essa é a única maneira de falar com a polícia. Ficar de boca fechada ou ir conduzindo eles para bem longe do lugar para onde querem mandar você. Se ainda não entendeu isso, é melhor voltar para o seu país.

Lloyd ri.

— Não me apresse, cara, eu sei exatamente quando vou voltar para casa. No dia 1º de janeiro de 1960. Foi essa a data que combinei comigo mesmo e é nessa data que eu vou, nem um momento antes, a menos que o Todo-Poderoso tenha outros planos para mim.

— Por que 1960?

— Porque é quando eu completo dez anos aqui nesta ilha, uma década, e aí vou poder dizer que vi, provei e fui embora. Você tem planos de voltar para o seu pedaço de deserto?

— Não consigo pensar nisso até meus meninos crescerem, não posso ir para lugar nenhum onde eles não estejam.

— Aposto que você é algum tipo de príncipe, ou filho de um chefe tribal, ou primo em segundo grau do próprio Selassie.

— Quem, eu? — Mahmood quase se engasga com a própria risada. — Você só pode estar brincando, nós tínhamos uma lojinha em Hargeisa, talvez dez camelos pastando no deserto com o resto dos camelos do nosso clã. Nada que me faça ter pressa de voltar... Meu pai era baixo como Selassie, isso é a única coisa que eles têm em comum.

— Então você veio para cá para tentar a sorte como todos nós? Meus colegas de escola me diziam que a Velha Ilha estava de quatro e que eu deveria vir e pegá-la por trás. — Ele ri.

— Eu tenho alma de apostador. Mesmo quando menino, se alguém me dizia: "Ah, eu sei que você não vai fazer isso ou não consegue fazer isso", eu encarava a pessoa e simplesmente fazia. Eu pego tudo que a vida me dá e jogo na cara do destino. Uma vez, minha mãe me mandou para Dire Dawa em um caminhão com alguns comerciantes e nas colinas eu caí da caçamba e machuquei o braço. Meu braço ficou assim, está vendo? — Ele torce o braço em um ângulo esdrúxulo na altura do cotovelo e o estica para que Lloyd possa vê-lo da cama de baixo. — Os homens disseram: "Vá para casa, vá ver um endireitador de ossos, você não pode continuar com a gente", então eu simplesmente coloquei o braço de volta no lugar, subi no caminhão e fui até Dire Dawa. Ninguém vai me dizer que não posso. Eu viro para a pessoa e digo que posso.

— Belas palavras, rapaz. Está explanando a sua filosofia?

— Que palavra é essa?

— Qual? Filosofia?

— Não, a outra.

— Explanar. Palavra de dicionário. Quer dizer expor em voz alta, uma palavra sofisticada para explicar.

— Sim, estou explanando. Ouça, vou lhe contar sobre a primeira vez que fui preso. Rodésia, 1945. Eu estava a caminho da África do Sul para me juntar à marinha mercante. Já tinha passado, deixa eu pensar... pelo Quênia e por Tanganica... quando cruzei a fronteira para a Rodésia do Norte e então, no minuto em que pus os pés naquela terra vermelha, aqueles cães uniformizados me pegaram. Me prenderam por entrar no país ilegalmente e me jogaram na cadeia, pela primeira vez na vida, eu ainda era um menino, só osso, nenhum juízo. Sem água, sem lugar para me deitar, só cinquenta negros em uma cela dormindo em pé e cagando em uma lata de leite em pó vazia. Os homens tossiam e você sentia a tuberculose deles no pescoço, no rosto, só de pensar você já ficava doente. De alguma forma, ainda não sei como, Haji Ali, um açougueiro somali do meu clã, ficou sabendo que eu estava preso em Lusaka e pagou a fiança de £25. Ele não me conhecia, mas pagou a minha fiança e eu fui deportado para o Sul, que era para onde eu estava indo de qualquer maneira. Quando recebi o primeiro pagamento no meu primeiro navio, mandei £30 para ele. Você não esquece nada. Nem o bem nem o mal. Isso também está na minha filosofia.

— Sim, Jeová! Esse é o caminho certo. Não importa o pecado que a gente cometa, nós o atenuamos com atos piedosos.

— Nós tentamos, nós tentamos, ouvimos o anjo em nosso ombro direito e o Diabo no esquerdo.

— É nisso que vocês muçulmanos acreditam? Bem, amém, eu posso viver assim.

A verdade era que Mahmood não havia enviado dinheiro para Haji Ali, embora pretendesse fazê-lo, ainda pretendia, mas gostava da ideia de ser o tipo de homem que fazia coisas assim. Um fora da lei justo.

Nos chuveiros, onde a água é tão agressivamente fria que o coração de Mahmood martela dentro do peito, e o sabonete verde e medicamentoso não para de escorregar de suas mãos trêmulas e quicar nos azulejos brancos rachados, algo estranho acontece. A princípio, o som se mistura ao gorgolejar da água correndo pelos canos velhos e rabugentos, o chapinhar dos pés nas poças, o bater das palmas contra a pele molhada, mas aos poucos ele se distingue e se torna audível. Os prisioneiros nus, de cabeça baixa e envoltos em um uniforme de espuma, silvam, *shhhhhhhhh*, primeiro baixinho, em seguida aumentando de modo mordaz. A mensagem é clara, há um informante entre eles, Mahmood vira a cabeça para a esquerda e para a direita e olha para Lloyd, que começa a assobiar também. Apenas Mahmood fica em silêncio, sem saber quem é o alvo do insulto.

A quarta-feira chega. O dia de comparecer ao tribunal. Ele veste roupas comuns novamente. Calça cinza-escuro, camisa verde, colete verde, sem gravata nem colarinho, de maneira que Mahmood se sente como Charlie Chaplin com um par de sapatos de camurça grandes demais. Ele vê de relance os cabelos, que se enrolam em ondas desordenadas ao redor da cabeça, e tenta alisá-los com a mão e um pouco de cuspe, como sua mãe costumava fazer de maneira irritante quando ele era pequeno. No furgão de transporte de prisioneiros, seus pensamentos se fixam brevemente na "alegação mais grave" que o inspetor tentou evocar: seriam os malteses e suas gangues de receptação de objetos roubados, ou o lojista, que, na esperança de burlar o seguro, tinha alegado que ele roubara mais do que apenas a capa de chuva? Não tinham nada contra ele em nenhum dos dois casos.

A pele do rosto e das mãos está retesada e ruça por causa do sabão abrasivo da prisão. Em casa – não em casa, mas em seu quarto na pensão – ele passava óleo de coco em todo o corpo para manter a pele macia e, nos dias em que trabalhava na pedreira, massagear os nós. *É exatamente o que vai fazer hoje mais tarde, quando encontrar um novo lugar para ficar*, pensa ele.

Chegam ao tribunal e ele deixa os dois prisioneiros mais velhos nos fundos do furgão saírem primeiro. Dois policiais os escoltam enquanto eles sobem os altos degraus de pedra, atravessam o arco, depois entram por uma porta lateral para esperar sua vez.

Diante dos dois magistrados, o olhar de Mahmood não para de se voltar para a galeria. Laura. Laura está lá, sentada ao lado da mãe, ambas elegantes em seus ternos azul-marinho. Também estão presentes Berlin; Dualleh, o comunista; Ismail e muitos desconhecidos. A galeria está lotada. Normalmente há apenas uma velha intrometida e solitária, passando o tempo e estalando suas agulhas de tricô. Há *uma*, é claro, mas foi empurrada para a margem pelos recém-chegados.

— Por favor, vire-se para cá, senhor Mattan — diz o juiz à direita.

Mahmood olha uma última vez para Laura, seu rosto severo sob a sombra do chapéu, e então se vira para a frente.

— O senhor está sendo acusado do assassinato da senhorita Violet Volacki, no dia 6 de março, em sua loja em Butetown, Cardiff. Compreende, senhor Mattan? — pergunta o escrivão.

— Ele entende perfeitamente, senhor — responde o inspetor Powell, levantando-se da cadeira.

Mahmood não entende nada. Sente um suor frio escorrendo pela espinha.

— Levando em conta a situação financeira desse homem, penso que a questão da assistência jurídica precisa ser considerada antes de prosseguirmos. Gostaria de um advogado para defendê-lo?

— Me defender de quê? — retruca Mahmood, olhando para Laura para confirmar que aquela acusação é completamente insana. Mas seus olhos não se encontram, o rosto dela está enterrado nas mãos.

— Defendê-lo das duas acusações pelas quais vai ser julgado — responde o escrivão, surpreso com o tom e com a pergunta.

— Eu não quero nada e não me importo com nada. O que vocês estão dizendo não faz nenhum sentido. Eu me recuso a me preocupar.

— Queremos ajudá-lo, mas cabe ao senhor pedir assistência jurídica.

— *Vocês* decidem o que *vocês* vão fazer. Não vou pedir nada. Não tenho nada a ver com esse assassinato.

Os dois magistrados se entreolham com desagrado e um deles interrompe o processo para dizer:

— Queremos ajudá-lo em tudo o que pudermos. — Em seguida, olha para Mahmood com benevolência e expectativa.

— Não quero ajuda nenhuma. De ninguém.

— O senhor diz que deixa isso a nosso cargo. Nós *vamos* conceder-lhe assistência jurídica e *mantê-lo sob custódia* até 25 de março.

Mahmood ouve o grito profundo de Laura em meio aos arquejos vindos da galeria enquanto é levado para fora do tribunal.

No trajeto de volta para a prisão, tudo começa a fazer sentido: a estranha conversa sobre a mulher assassinada, os cochichos, a forma como ele falava da polícia, como se fossem velhos amigos, a maneira como os carcereiros sorriam ao vê-lo. Lloyd é o informante. Ele é uma cobra. Fala manso e em seguida dá o bote. Ele é o pior tipo de negro, o pior tipo de homem. Mahmood precisa se vingar dele rápido, antes que o transfiram para outra ala ou o tirem da prisão. A cela está vazia. Mahmood se balança para a frente e para trás no colchão duro. Espera soar a campainha. Examina cada rosto no pátio. Avista-o. Move-se lentamente. Então investe contra ele, sapato na mão.

Bam! Uma. Duas vezes.

— Crioulo safado!

As palavras saem de sua boca espontaneamente, jorrando de seus lábios como veneno.

LIX

SEIS

O quarto é cinza, nada além da luz sombria da manhã e tecido chita desbotado. Apoiada em dois travesseiros de babados, Diana alcança o interruptor e acende o abajur com cúpula de vitral vermelho. Seus cabelos caem sobre os olhos, mas ela não se dá ao trabalho de afastá-los, apenas apoia um pires sobre a colcha rosa e acende um cigarro. Saboreia aqueles primeiros momentos antes que o passado, o presente e o futuro se solidifiquem, quando o tempo parece atemporal e os guinchos das gaivotas a resgatam em segurança de sonhos repletos de lamentos silenciosos. Ela fuma o cigarro com os braços estendidos na cama, inspirando e expirando pelo canto da boca, as cinzas caindo no pires. Pode sentir uma onda de "coisas a fazer" se avolumando em sua mente, mas a empurra para longe, para longe, para longe; tentando se permitir aqueles cinco minutos de nada. Seus pensamentos perderam de todo a liberdade e a leveza, todos vêm emaranhados em deveres, medos e tristezas. Ela traga profundamente e, imóvel, ouve o voo súbito e o chilrear de pássaros inocentes.

Depois de lavar o rosto e escovar os dentes na pia, tira a camisola e para por um momento diante do espelho, fazendo um balanço: mechas brancas nos cabelos negros, pintas pretas na pele branca, olhos negros cercados de olheiras azuladas, estrias prateadas na barriga e nos quadris, apenas o rosa pálido dos lábios e dos mamilos destoando da monotonia das cores. Depois de 36 anos, seu corpo ainda é forte, ainda bem torneado, mas ela o deixou envolto em naftalina, pelo bem da filha, pelo bem de sua sanidade. Seus pensamentos vagam para versos do poema "Para sua Dama Recatada", que certa vez recitara na aula de inglês da Sra. Benson.

> *Não mais se encontrará sua formosura;*
> *Nem ecoará meu canto em sua sepultura*
> *De mármore; caberá aos vermes devorar*
> *A virgindade que tão bem soube guardar,*
> *Transformada em pó sua honra infinda*
> *Minha luxúria reduzida a cinza...**

Minha honra infinda, sei..., pensa Diana, se perguntando como Marvell podia ver em uma mulher morta apenas uma oportunidade perdida de satisfazer seus desejos sexuais. Mas havia alguma verdade nisso: quando tinha sido a última vez que um homem a tocara? Além de um aperto de mão ou um abraço reconfortante e breve? Costumava ser impetuosa, livre. E agora? Amedrontada? Frígida? Velha demais? Nenhuma dessas palavras parece apropriada. Sua alma ainda anseia pelo toque, pelo calor e pelo envolvimento humano, mas não há tempo nem lugar para isso agora. "Houvesse tempo e espaço" ela não seria aquela mulher que a olhava do espelho; uma mulher que um dia havia acreditado que poderia reconfigurar o mundo e seu lugar nele,

---

* Os versos são parte do poema "To His Coy Mistress", do poeta inglês Andrew Marvell: *"Thy beauty shall no more be found;/ Nor, in thy marble vault, shall sound/ My echoing song; then worms shall try/ That long-preserved virginity,/ And your quaint honour turn to dust/ And into ashes all my lust..."*. (N. T.)

mas que terminara com os olhos castigados e sombrios. O mundo é finito e implacável, assim como o tempo, dizem aqueles olhos.

A Sra. Pritchard, a senhoria, está na sala de jantar arrumando sua louça e seus talheres com temática de coelhos: canecas e descansos de copo de coelho, pequenas colheres de prata com orelhas de coelho, suportes para ovo quente com desenhos de Pedro Coelho, lebres bordadas saltitando pelos guardanapos, uma corça de cerâmica amamentando seus filhotes na tampa de uma terrina. Toda aquela coelhada pouco apetitosa espalhada sobre a mesa.

— Bom dia, querida.

— Bom dia.

— Meu filho vem me visitar, então pensei em dar uma caprichada.

A mesa é farta todas as manhãs; Diana e a outra mulher, a secretária, mal conseguem tocar na montanha de comida. Hoje, ela consegue tomar uma xícara de chá do bule com coelhos no inverno e comer um pedaço de torrada.

— Levante essa tampa, *cariad*, e você vai encontrar belas cavalas defumadas. As cavalas de Tenby são imbatíveis.

Diana coloca um peixe gorduroso em seu prato, mas não tem nenhuma intenção de comê-lo.

O inspetor Powell a havia acompanhado ao tribunal no dia anterior. Dissera a ela que aquele homem estava no topo da lista de suspeitos desde o início, que, quando soube do assassinato, um dos policiais que já havia lidado com ele antes evocou imediatamente seu nome. As coisas todas andariam bem rápido agora, o Ministério Público reuniria as várias provas contra o somali, e um promotor competente apresentaria tudo no julgamento. Powell tem o péssimo hábito de falar com ela de cima para baixo e sem parar, seu corpo alto e intimidante e seu belo rosto de gárgula um pouco próximos demais, mas ele também parece genuinamente comovido com a morte de Violet e repete tantas vezes para Diana que "se precisar de alguma coisa, qualquer coisa, não hesite em ligar para a delegacia" que isso quase soa como verdade.

Contrariando o que achava que seria mais sensato, tinha ido ao tribunal. Temia o efeito que ver aquele homem novamente teria sobre ela, se poderia desmaiar ou fazer alguma outra coisa embaraçosa. Sentada na galeria, na última fileira, ela havia esperado por um longo tempo até se sentir forte o bastante para espiar lá embaixo e dar uma olhada nele: um homem jovem, magro, de aparência inofensiva, com uma careca no topo da cabeça, nada mais que isso. Ele não parava de olhar para cima, procurando um rosto na multidão, e, por fim, Diana olhou na mesma direção, para uma jovem mulher pálida de terno azul, sentada com as costas eretas na primeira fileira da galeria. Uma mulher mais velha, presumivelmente sua mãe, sussurrava de tempos em tempos em seu ouvido e afagou suas costas estreitas algumas vezes. Nenhum deles lhe parecia familiar; se já tinham estado na Bute Street ou na loja, ela não saberia dizer, seus rostos eram apenas os rostos anônimos e de olhar distante que se viam entre os destroços infelizes de Cardiff, suas vidas pacatas sustentadas por diárias e mantimentos emprestados. Berlin, o dono da lanchonete, tirara o chapéu para cumprimentar Diana, que desviara o olhar, corando, incapaz de cumprimentar qualquer pessoa naquele ambiente. Quando o homem, Mattan, recebeu a palavra para falar com o juiz, ela se surpreendeu tanto com sua firmeza quanto com o orgulho ferido em sua voz; seu inglês ressoava alto e claro, ao contrário de alguns dos marinheiros, que apenas murmuravam frases de duas palavras. Ela não gostou dos suspiros exagerados e do burburinho quando ele foi levado embora, mas ao mesmo tempo parecia que uma página estava começando a ser virada, que era possível enxergar um fim para aquela parte do seu ordálio.

Subindo as escadas para os quartos vazios acima da loja, os joelhos estalando tanto quanto a madeira velha; já há um cheiro diferente naquele lugar abandonado – umidade, camundongos, pó das cinco especiarias velhas do restaurante chinês. Daniel vendeu todos os guarda-roupas, cômodas, baús e armários, e colocou o conteúdo em caixas de papelão e malas para que ela desse uma olhada em tudo. Os pertences de Violet transbordam de seis grandes caixas em seu quarto, ao passo que Diana conseguiu manter um controle tão rígido sobre os objetos dela e de Grace que suas memórias agora podem ser carregadas em apenas duas grandes braçadas. Ela se ajoelha no tapete e começa pelas roupas de Violet: vestidos escuros de gola, espartilhos, cardigãs de tricô, corpetes, seus conjuntos de cardigã e suéter "chiques", anáguas de seda, uma saia lápis de tweed de aparência cara que Diana nunca tinha visto ela usar, os familiares terninhos de lã e blusas de seda que ela costumava reservar para as celebrações religiosas mais importantes. Os sapatos: dois pares com cadarços pretos para usar na loja, scarpins de verniz, um par de sapatilhas de tricô com a parte de trás achatada.

Não guardará nada daquilo.

Em seguida, os artigos de beleza e higiene: bobes entupidos dos seus finos cabelos castanhos, escovas, uma lata intocada de pó compacto, talco, sabonetes Yardley ainda lacrados com o selo real dourado, um grande frasco de perfume Revlon, o batom vermelho suave que ela usava umas poucas vezes por ano.

Seus livros e revistas: pilhas e pilhas de *Picture Post*, *Good Housekeeping* e do jornal *Jewish Chronicle*, as obras completas de Dickens e Shakespeare, *Jane Eyre*, *Rebecca: A mulher inesquecível*,

Orgulho e Preconceito, brochuras com capas e títulos sórdidos, guias para aprender a jogar bridge, a coleção de poesia russa do pai delas e dicionários. Diana separa um bobe de cabelo, o pó compacto e o batom vermelho e coloca o resto de volta dentro das caixas, selando-as com fita adesiva. Em grandes letras de forma, escreve "Exército de Salvação" e, em seguida, passa para os documentos: certidões de nascimento, casamento, divórcio e óbito em uma pilha confusa, umas por cima das outras, incluindo os documentos de naturalização do pai e a escrituras de propriedade, apólices de seguro e certificados de investimento, prêmios escolares da década de 1920 de cada uma das três filhas, cartas trocadas entre Violet e Diana enquanto ela estava em Londres com a Força Aérea Auxiliar Feminina. Ela desdobra uma das cartas, escrita em uma folha azul arrancada de um caderno de exercícios militares, e lê.

21 de outubro de 1940

Minha querida Violet,

Bipe, bipe, bipe, aqui é Londres chamando, eis a notícia: estou muito triste por ter perdido seu aniversário outra vez, mas este ano posso prometer que vou compensar com uma notícia maravilhosa. Não vou deixar que a estúpida campanha de bombardeios dos alemães me impeça de voltar para Cardiff no próximo mês. Já solicitei uma licença, e acho que vai ser concedida, mas ainda não vou contar o motivo. Não se preocupe comigo, Vi, os balões de barragem e os pilotos de caça estão fazendo um excelente trabalho lá no alto. Estou dormindo em um bunker subterrâneo que não trocaria pela suíte mais luxuosa do Savoy.

Beijos,

Diana

De quantas semanas ela estaria naquela época? Oito? Dez? Ainda era cedo, mas já havia chegado no momento em que as pessoas precisavam ser informadas e as decisões tomadas. Ben ainda não sabia de nada, a carta dela presa em algum lugar entre Londres e o Egito. Ela sabia que assim que a recebesse ele responderia com um telegrama entusiasmado. Que tempos tinham sido aqueles, 25 anos de vida atrás dela e, aparentemente, séculos ainda pela frente, Grace um minúsculo girino dentro dela, a história dos Volacki e dos Tanay entrelaçada e projetada em direção ao futuro. Ben, um operador de metralhadora e sargento da Força Aérea Real, bronzeado e bonito em seu macacão de voo e jaqueta de aviador, o esforço que ela precisava fazer para não se gabar quando as outras garotas perguntavam o que seu marido fazia.

Diana abre outra caixa e encontra os discos que gostaria de ter levado para a pensão. The Andrews Sisters, Cab Calloway, Eddie Cantor, Artie Shaw, The Ink Spots, Ella Fitzgerald, Louis Armstrong e Billie Holiday. Tira o disco da banda The Ink Spots da capa e o coloca no toca-discos portátil que havia comprado para Violet em seu aniversário de 40 anos. Primeiro, o agradável som de ruído branco, do tempo capturado, da antecipação e da respiração suspensa, depois os pesados acordes de guitarra de "It's All Over But The Crying". Os primeiros versos tão melancólicos e sentimentais que seus olhos começam a se encher de lágrimas até que a música dá uma virada: o ritmo se acelera, as batidas se aprofundam, as harmonias estremecem, a mesma letra cantada sobre a melodia exuberante de um jingle de anúncio de pasta de dente. Em seguida, a tristeza sincera de "We Three". Ela se inclina para trás, espalma as mãos sobre o chão empoeirado e fecha os olhos.

Ben. Londres. Agosto de 1940. Ainda há areia do Saara em seus cabelos. As missões noturnas fizeram dele um notívago, e depois que fazem amor ele lê à luz de velas até o amanhecer. Estão hospedados em uma pensão barata em Earl's Court, em uma das mansões outrora palacianas que antes eram brancas e agora estão descascando e cobertas de fuligem. A senhoria francesa cobra caro demais por seu péssimo *petit déjeuner*, então eles caminham até um café na High Street Ken, onde comem uma boa fritada e ouvem o único disco que o proprietário possui. "We Three", dos cantores The Ink Spots, tocado tantas vezes seguidas que o ouvem mesmo quando o lugar está em silêncio. Ben sabia imitar o vocalista, Bill Kenny, lindamente, batendo os cílios e fazendo um biquinho para as notas em falsete. Ela fazia as partes faladas, imitando o sotaque sulista profundo de Hoppy Jones: "Now, I walk wi' my shadow, I talk wi' my echo, but *where* is the gal that I love?"* Uma alegria infantil e irrecuperável.

Dois anos antes, poucos dias depois das fogueiras e dos fogos de artifício da Noite de Guy Fawkes, eles acordaram com a notícia que definiria o resto de sua curta vida de casados. *Kristallnacht*. A Noite dos Cristais. Noventa mortos, 1.400 sinagogas incendiadas, vidro estilhaçado e multidões gritando insultos. Por dias e dias. Judeus alemães presos, impedidos de trabalhar, de frequentar a universidade e de possuir propriedades, e ainda por cima forçados a pagar pelos danos causados pela destruição violenta de suas casas e meios de subsistência. Ben e Diana ouviam o rádio, esperando que o governo britânico reagisse a essa barbárie, mas apenas os americanos chamaram de volta seu embaixador. Os britânicos proferiram suas condenações cheias de enfeites retóricos e brandiram o dedo indicador para *Herr* Hitler sem muito entusiasmo. Ela não se lembra do momento exato em que surgiu a ideia de se alistar, de quem a havia mencionado ou onde. Apesar da hesitação de Chamberlain, ambos tiveram a

---

* Em tradução livre: "Agora eu ando com minha sombra, falo com meu eco, onde está a garota que eu amo?". (N. T.)

clarividência de perceber que a guerra era inevitável. Daria no mesmo se tivessem dito aos pais que estavam partindo em uma expedição polar, tal foi sua incompreensão. Foi só quando viram os uniformes – novos e impecavelmente passados – que acreditaram que era real. Uma noite, seu pai foi até sua casa, certo de que poderia convencê-la a ficar, mesmo que Ben estivesse disposto a arriscar tudo por causa de estranhos. Sentados à mesa da cozinha, cada um com uma caneca de chá, ela deixou que ele fizesse seu discurso; falou sobre os bazares beneficentes que ela poderia organizar para as crianças do *Kindertransport*, sobre as petições que ela poderia redigir e enviar ao seu representante no Parlamento, sobre os planos que o Conselho de Deputados dos Judeus Britânicos tinha para persuadir o governo a aceitar mais refugiados. Ela empurrou na direção dele o exemplar daquela manhã do *Daily Mail*, com a manchete alardeando "INVASÃO DE JUDEUS ESTRANGEIROS!", e deixou que ele lesse o artigo que afirmava que os refugiados judeus estavam tirando os empregos dos britânicos, enquanto a população do país definhava, dependendo dos subsídios do governo.

— Ou lutamos agora ou depois. O que acha melhor, pai? — lembra-se de ter dito.

— Eles dizem essas coisas desde que eu vim morar aqui, não dê atenção — respondeu ele, empurrando o jornal com desgosto.

— Dessa vez é diferente, papai. Não tenho como provar, mas é o que os meus instintos me dizem. Em breve, não vai ser apenas na Rússia que não vamos mais poder colocar os pés, mas em toda a Europa. Vamos ficar abandonados nesta pequena ilha e cercados por tubarões. O senhor deixou a Rússia para salvar sua vida, e ainda assim sempre tentou ajudar os que ficaram para trás, e essa é a minha maneira de ajudar agora.

Naquela época, suas mãos já apresentavam um leve tremor, que ele tentava disfarçar dando leves batidinhas na mesa.

Ela continuou, querendo encerrar aquela conversa antes que Ben chegasse em casa.

— Lembra-se dos tumultos em 1919, quando o senhor colocou sua medalha de prata que ganhou na guerra e ficou andando de um lado para o outro na loja barricada com um porrete na mão, eu e as meninas no andar de cima, espremidas debaixo da cama de ferro, enquanto mamãe vigiava a janela? O senhor sabia que adormecemos no nosso horário de dormir habitual? Não tinha importância que fôssemos pequenas e pudéssemos ouvir vidros quebrando, fogo ardendo, mulheres gritando, homens sedentos de sangue, nada disso importava porque tínhamos o nosso herói. Agora que há menininhas escondidas debaixo de suas camas na Alemanha, homens como o senhor sendo espancados e mortos sem nenhum motivo, suas camas incendiadas, o que devo fazer?

Ele assentiu então, derrotado, e deu tapinhas de leve em sua cabeça como uma espécie de bênção.

— Vá, filha, o único culpado disso sou eu, que criei você para ser uma pessoa corajosa.

As mulheres da Força Aérea Auxiliar Feminina tinham apelidado os balões de "salsichas", mas para Diana eles pareciam baleias com corpos bulbosos e sedosos e três barbatanas prateadas cintilantes, flutuando no céu enquanto as nuvens passavam em ondas. Os balões cheios de hidrogênio, ancorados por uma rede de cabos de aço, tinham sido lançados no ar para impedir que os bombardeiros inimigos mergulhassem e lançassem seus explosivos com precisão sobre Londres. Os instrutores haviam alertado sobre os perigos que enfrentariam: um raio poderia incendiar o gás ou descer pelos cabos de aço até o guincho, enquanto rajadas de vento poderiam derrubar os balões ou desprendê-los. O treinamento para se tornar operadora de balão durou onze semanas. Diana se lembrava de como, descalça e de macacão, consertava os rasgos internos do tecido de náilon com uma cola tóxica.

Depois de meia hora dentro do balão, era preciso sair para tomar ar fresco por vinte minutos. Quando seu tempo acabava, ela era puxada para fora pelos braços como um Jonas moderno. Outro dia, Diana estava até os joelhos na lama de Wembley Common enquanto lutava com um balão vazio, com os dedos azuis, congelados e doloridos, desembaraçando os cabos de aço afiados e escorregadios. Diana em uma sala de aula, anotando como emendar fios e calcular a altitude de um balão. Diana experimentando ser o "pássaro na gaiola de ouro" ao manipular as engrenagens do guincho enquanto observava os cabos se desenrolarem, gritando "corda azul, 10 metros", "tensão, 200 quilos", "sem folga no tambor", "dar corda" ou "recolher corda" para o instrutor irascível. Tinha feito isso e sobrevivido a tudo isso.

Diana levanta a agulha do disco e o coloca de volta na capa, as reminiscências encerradas. Ela se levanta e limpa a poeira da saia. Precisa descer e dar uma olhada na correspondência para ver se a Howell's School enviou os resultados do exame de admissão de Grace. Se ela tiver ganhado a bolsa de estudos, terá que comprar um bom presente para comemorar. Tentar afastar tudo aquilo da mente por tempo suficiente para comprar um belo colar com um par de brincos combinando ou um vestido de tafetá.

Ela tivera que levar Grace junto para o reconhecimento. Mãe e filha marchando delegacia adentro. Ambas pensavam ter visto o homem de relance na porta, mas não concordaram sobre o que tinham visto: de chapéu ou sem chapéu? De casaco ou sem casaco? Da Somália ou da África Ocidental? Teria sido engraçado se não fosse tão terrível. Diana pensou que teria de examinar uma fila de homens lado a lado, mas, em vez disso, pediram que elas ficassem em um corredor escuro enquanto conduziam o principal suspeito até elas. Posicionado logo abaixo de uma grande luminária que o fazia piscar sem enxergar nada, na direção delas, o rosto magro do suspeito parecia fantasmagórico, brilhando sob a impiedosa luz amarela. Grace esfregava o rosto na mão de Diana enquanto olhava para o homem. Não era ele, concordaram nisso, aquele não era o rosto na soleira da porta.

O detetive Powell pareceu desapontado com elas e, enquanto as acompanhava até a rua, pediu que pensassem bem sobre o que exatamente se lembravam.

Uma noite, mais ou menos uma semana depois que tudo aconteceu, ocorreu-lhe que talvez fosse verdade que sua família era amaldiçoada. Sua mãe dissera isso diversas vezes ao longo dos anos, mas Diana rejeitara a ideia, indignada. No mundo moderno, não havia lugar para maldições ou ramos de urze para dar sorte, ou assim ela acreditava. Agora, era estranhamente reconfortante pensar que toda aquela dor estava além de seu controle, além do alcance das orações, da razão e da justiça. Havia maldições na Bíblia, não havia? Deus amaldiçoava, os profetas amaldiçoavam, os anjos amaldiçoavam. Uma coleção de infortúnios: a mãe que havia ficado órfã ainda na infância, os dois divórcios, os pulmões ruins do pai, a coluna torta de Violet, a morte de Ben antes mesmo de conhecer a filha, o assassinato de Violet a poucos metros de onde sua família jantava. Uma maldição com uma origem e uma causa tão obscuras que jamais poderia ser quebrada fazia mais sentido do que qualquer outra coisa. Os homens pensavam que tinham Deus – que eram especiais, que podiam ouvi-lo, suplicar a ele, cantar para ele, exercer poder em seu nome –, e onde isso os tinha levado? Estão perdidos, tentando explicar o inexplicável, o noticiário não esconde nada, nem mesmo os últimos judeus da Europa sendo jogados por tratores em valas comuns. Uma maldição, as mulheres sabiam. Uma marca invisível, mas indelével, Diana agora também sabe. O rosto de uma conhecida enquanto anuncia sua gravidez, a multidão nos degraus de uma igreja quando os noivos surgem, os jovens amantes namorando em um banco do parque – ela não pode mais compartilhar essa alegria. E se pega desejando mal a eles – um aborto espontâneo, um caso extraconjugal, uma revelação terrível –, em seguida desvia o olhar, envergonhada. Pode afastar esses pensamentos cruéis, mas não pode suportar uma vida que consiste em acenar com a cabeça e sorrir enquanto a vida das outras pessoas passa diante da sua, tudo que há de bom caindo no colo delas.

Há um comprador interessado na propriedade, o dono de uma loja de ferragens de Newport, que está tentando reduzir o preço em um quarto. No fim das contas, Diana provavelmente concordará, mas não se sente obrigada a se apressar em tomar uma decisão. Ele não para de ligar para Daniel, dizendo a ele para convencê-la a ser razoável, o que só faz com que ela adie ainda mais a decisão. Ele acha que, como houve um assassinato na loja, deveria receber um desconto. Que está fazendo um favor a ela comprando a loja. Para ele, é apenas um imóvel, mas toda a história de sua vida está entranhada naquele cimento e naqueles tijolos. Seu pai havia comprado o prédio em 1909, primeiro o número 203 e, mais tarde, o número 204, derrubando a parede entre os dois para criar uma grande loja. Na época, ainda teve dinheiro suficiente no banco para contratar uma empregada e encomendar uma grande pintura a óleo das três filhas vestidas como czarinas, para ser pendurada acima da mesa de jantar. As primeiras lembranças de Diana são de explorar o labirinto dos nove cômodos no andar de cima e observar a agitação da Bute Street pelas janelas de guilhotina. Uma horda de vikings imponentes, com barbas louras e camisas rasgadas, manchadas de sangue por causa de brigas, grupos do Exército de Salvação procurando bêbados para serem resgatados, iemenitas e somalis vestindo longas túnicas e marchando para celebrar o Eid, pomposos cortejos fúnebres para o último dos ricos capitães de Loudon Square, crianças católicas vestidas de branco no Corpus Christi, conduzidas por um baliza girando um bastão, bandas improvisadas de calipso tocando para arrecadar dinheiro para fazer uma turnê pelo país, jogos de dados que terminavam em risadas alegres ou ameaças terríveis, prostitutas se pavoneando para fisgar um cliente de passagem. Que grande escola para uma menina. E segura também, segura o suficiente para que Violet ou sua mãe fossem sozinhas ao banco todas as semanas, com centenas de libras em dinheiro enfiadas na bolsa. A velha e caluniada Tiger Bay, mansa como um leão de circo. Mas ela estava decidida a deixar tudo aquilo para trás, ir embora de Tiger Bay e nunca mais voltar.

Grace ganhou a bolsa de estudos na Howell's School. O envelope fino com o brasão da escola carimbado estava perdido em uma pilha de correspondências que Diana havia deixado sobre o balcão alguns dias antes. Grace tinha dito que faria aquilo pela tia Violet, e fez. *L'chaim*. Diana espera que ela não tenha dificuldades por lá, sendo bolsista e ainda por cima judia, mas tinha sido exatamente por isso que seu pai havia deixado a Rússia, para ter uma chance de se tornar alguém por meio do trabalho duro e do talento. Talvez a vida fosse diferente para sua filha. Todas as três irmãs haviam deixado a escola aos 16 anos para começar a trabalhar em ofícios nos quais esperavam permanecer até a velhice. Se ao menos ela pudesse contar a Violet que a Howell's School havia aceitado a menininha delas, como ela ficaria orgulhosa. Talvez Grace fosse a primeira a ir para a universidade, viajar e desfrutar de uma vida mais fácil. Diana nunca tinha saído do país na vida, embora tivesse primos em Nova York que já a haviam convidado inúmeras vezes para visitá-los. Ela poderia levar Grace. Poderiam até emigrar para lá, por que não? O chão sob seus pés era líquido agora. Elas poderiam se tornar americanas ou canadenses ou australianas ou neozelandesas. Vagar pelo mundo como o Judeu Errante. Tentar fugir da maldição pelo menos. Mas, primeiro, uma boa educação para Grace entre as filhas das melhores famílias de Cardiff: advogados, cirurgiões, barões da navegação.

Diana ergue os olhos da carta, pensa ter ouvido passos e se dirige para a sala dos fundos. Nenhum som, então ela continua. Dá uma olhada no canto vazio em que a polícia diz que Violet foi atacada antes de rastejar para dentro da loja, sangrando profusamente, atrás de seu assassino. Diana anda pelo lugar, examinando cada canto para dissipar o medo. Subitamente, Violet está muito presente na loja, Diana quase tem a impressão de ouvi-la cantarolando, seus passos apressados e curtos. Voltando ao balcão, corre para vestir o casaco, enfia as cartas na bolsa e a pendura no ombro, depois sai e bate a porta daquele lugar sinistro. Do lado de fora, à luz do dia e em meio à azáfama comum da vida na rua, o bonde lançando faíscas no ar, ela olha para a vitrine da loja escura e melancólica e deseja nunca mais ter que pôr os pés lá dentro.

O consultório médico. Um esqueleto de plástico amarelado sorri para Diana de um canto da sala de espera enquanto uma criança negra choraminga nos braços da mãe. O lugar mudou, o antigo médico, Alguma Coisa Lewis, deixara o consultório em meio a um protesto teatral porque o Serviço Nacional de Saúde havia reduzido sua renda, e ela está feliz com isso. Ele era um esnobe descarado com ideias estranhas sobre quem deveria ser "encorajado" a procriar, que gostava de expor com entusiasmo a cada consulta. Geralmente conseguia espremer um rápido e apaziguador "não que eu tenha algum problema com a nobre raça hebraica, é claro" em seus discursos, ao que Diana respondia "é claro", um sorriso duvidoso fazendo cócegas em seus lábios.

A substituta, a Dra. Woodruff, parece ter 30 e poucos anos e tem os cabelos cortados bem curtos, um corte masculino. Grandes olhos verdes e bochechas vermelhas e rechonchudas dão cor ao seu rosto branco como leite. O sotaque, quando ela recebe Diana na sala aconchegante, é um suave ronronar de Edimburgo. Sim, ela é muito melhor, pensa Diana, enquanto se senta à sua frente. Tinha esperanças de não ter que falar sobre nada daquilo, mas está começando a afetá-la fisicamente; não mais do que algumas poucas horas de sono à noite, dores de cabeça, ausência de menstruação, coração acelerado e sobressaltos imprevisíveis, uma constante sensação de pavor. Ela relata todos os sintomas à médica e espera até ela terminar de anotar.

— Tem alguma ideia do que pode ter causado tudo isso, senhora Tanay?

Ela não sabe? Todo mundo já sabe.

— É minha irmã, doutora Woodruff...

— Hum... O que tem ela?

— Minha irmã foi assassinada.

A Dra. Woodruff se recosta na enorme cadeira de couro que herdou do Dr. Alguma Coisa Lewis.

— Sinto muito, senhora Tanay. Eu não fazia ideia.

— Você deve ser a única que ainda não ficou sabendo.

— Devo admitir que não tenho o costume de ler o jornal.

— O que provavelmente é um remédio por si só.

A Dra. Woodruff olha nos olhos de Diana com atenção e preocupação maternal.

— Tem algum apoio em casa? Eu vi no seu prontuário que você é uma viúva de guerra com uma filha pequena.

Uma viúva de guerra com uma filha pequena soa um pouco melhor do que o pobre Pequeno Tim, * pensa Diana com amargura, mas responde de qualquer maneira.

— Sim, minha outra irmã e meu cunhado.

— Bem, isso é bom. Primeiro vamos cuidar da insônia, está bem? Encontrar algo que "trance o fio fino do cuidado", como Shakespeare diz em *Macbeth*.

Diana olha para as mãos, não sabe nada de *Macbeth*.

— Vou lhe prescrever Medinal, tome um comprimido uma hora antes de dormir. Vai ficar um pouco sonolenta pela manhã, mas vai valer a pena.

Diana pega a receita com gratidão.

— E os outros... problemas?

— Tempo. Assim como sua mente, seu corpo sofreu um forte golpe, e precisa de tempo para recuperar o equilíbrio.

— Então devo apenas esperar?

— É o que eu sugiro, mas venha me ver de novo daqui a um mês mais ou menos.

— Sim, doutora.

Sentada na cama de seu quarto alugado, Diana coloca o comprimido para dormir na língua, engolindo-o com a ajuda de um copo d'água. Há fotografias de Ben, Violet e Grace espalhadas pelo chão e Diana olha para elas, seus olhos pulando de uma para a outra. As lágrimas borram os contornos nítidos das imagens em preto e branco e ela dá batidinhas rápidas com um lenço para enxugar as bochechas. Uma delas é particularmente dolorosa de ver: um pequeno retrato das três irmãs de trança e vestindo batas brancas, com baldinhos e pás nas mãos, enquanto esperam

---

*   Personagem de *Uma Canção de Natal*, de Charles Dickens. (N. T.)

a balsa para levá-las às praias de areia de Ilfracombe. Seus pais estão ao lado, meio sem jeito. Diana não deve ter mais de 10 anos na foto, seu sorriso largo cheio de dentes novos e tortos, gloriosamente ignorante a respeito do que a vida ainda reservava para ela. *Como a vida é estranha*, pensa. Caos, nada além de caos. Ela quer avisar àquela garotinha: "Custe o que custar, não cresça."

O comprimido para dormir age de maneira mais dramática do que ela havia previsto, e Diana desliza sonolenta sob os lençóis, com as pálpebras já fechadas. O mundo se distancia dela, até mesmo a profunda tristeza que havia sentido ao ver as fotos se dissolve, e ela adormece em um... dois... três...

A única coisa que lhe resta agora é esperar pelo julgamento, o que em si já é uma pena cruel. Diana pensa em tudo aquilo. Não quer se sentar no banco das testemunhas, mas precisa fazê--lo. Não quer explicar como não ouviu nada do assassinato, mas terá que fazê-lo. Não quer que fotos do corpo de Violet sejam apresentadas diante do júri, mas eles as verão.

É um exercício de impotência, como a gravidez, um período de espera, espera, espera, sem controle sobre o desfecho. Quando estava grávida de Grace e a Luftwaffe atacou Cardiff, ela teve a mesma sensação de morte iminente; você podia olhar para o céu o quanto quisesse, mas no minuto em que desviasse o olhar, a morte podia chegar. Ben enviava carta após carta, todas elas chegando em um só pacote, cheias de medo e preocupação, depois de incredulidade porque ninguém lhe respondia. Os trens não estavam funcionando. Os fios do telégrafo tinham sido cortados. Estradas estavam bloqueadas por destroços. Tinha sido uma grande expedição para ela, faltando apenas dois meses para a chegada do bebê, ir até uma agência dos correios ainda em funcionamento para enviar um telegrama. A tensão de tudo aquilo estava lhe dando nos nervos, ela podia ver nos BJs cada vez maiores rabiscados na parte inferior das páginas, e o "EU TE AMO" escrito em letras grandes, como se fosse uma mensagem de despedida.

Então, veio abril, e os papéis se inverteram. DESAPARECIDO EM COMBATE. A bela caligrafia de Ben substituída pelo jargão burocrático do Ministério da Aeronáutica, datilografado. O Wellington de Ben havia decolado da base da Força Aérea Real às 23h do dia 13 de abril para atacar um aeroporto inimigo, depois nada. Sem destroços. Sem corpos. Como se tivessem voado direto para o espaço. Ter esperança. Ter esperança. Ter esperança na misericórdia de Deus, ao menos. Foi o que todos disseram. E ela o fez, com um fervor que poderia ter trazido o próprio Lázaro de volta dos mortos. Ele desapareceu no segundo dia da Páscoa, uma época auspiciosa, disseram eles para tranquilizá-la. Era domingo de Páscoa, afinal de contas. Em que outro momento alguém poderia pedir um milagre, uma ressurreição? Ela lia histórias sobre aviadores resgatados e cuidados por beduínos somalis ou reaparecendo de repente em campos de prisioneiros de guerra distantes. Histórias estranhas, mas tudo é possível em tempos de guerra. O bebê estava se preparando, esticando pequenos punhos e joelhos contra a barriga de Diana, apenas mais algumas semanas. A Cruz Vermelha enviou-lhe uma carta: entrariam em contato com os alemães para ver se tinham alguma informação a respeito de Ben e sua tripulação.

"Acalme-se", dizia Diana a si mesma, "concentre-se apenas em dar à luz este bebê com segurança, para que, quando ele voltar para casa, ferido ou não, vocês possam estar todos juntos." O nascimento coincidiu com mais um breve bombardeio sobre Cardiff. Era muito perigoso tentar ir para o hospital, então o bebê nasceu em casa, à luz de velas e com apenas Violet para ajudá-la. Enquanto as sirenes soavam, carros de bombeiros disparavam ao longo da Bute Street, bombas V2 caíam com um zunido, a força das explosões próximas sacudia a casa, levantando a poeira sobre seus cabelos, Diana enterrou o rosto em um travesseiro e, gritando, botou sua filha no mundo.

Quando amanheceu, Diana caminhou até a janela, com Grace nos braços, envolta em uma manta, para examinar os danos à paisagem de sua infância: o número 184 havia perdido a fachada e parecia uma casa de bonecas aberta, com camas e cadeiras coloridas à mostra; balões de barragem prateados flutuavam sobre os armazéns carbonizados e esqueletizados nas docas; uma nuvem de fumaça branca obscurecia o Sol baixo. O ar fazia suas narinas arderem, carregando para dentro do quarto o cheiro de açúcar queimado, explosivos e uísque evaporado. Um caminhão de bombeiros estava abandonado no começo da rua, os pneus grossos derretidos e escorrendo pelo chão como melado. Alguém havia escrito com giz "HAVERÁ SEMPRE UMA TIGER BAY" na calçada coberta de telhas quebradas.

Ao ouvir um grito vindo da direita, Diana se virou e viu uma mulher com uma máscara de gás correr para os braços de um guarda de ataque aéreo, soluçando contra o ombro dele enquanto apontava um dedo marrom para trás. O homem correu para uma pilha de escombros sob o pub Marquês de Bute e começou a cavar em meio aos tijolos e ao cimento. Estivadores passavam correram para ajudá-lo, e então Diana viu o braço de um paletó verde e calças pretas serem retirados dos escombros. Então risos. Apertando os olhos, Diana distinguiu um corpo decapitado. As risadas eram perturbadoramente histéricas a essa altura. Insegura, com o rosto ainda escondido atrás da máscara de gás macabra, a mulher se aproximou dos homens. Os estivadores ergueram o corpo sobre seus pés com botas de fivela, e a pobre mulher pulou para trás, horrorizada. Diana reconheceu a vítima do ataque aéreo como a estátua de 1,20 metro de altura do marquês que ficava pomposamente no topo da cúpula do pub. A cena a fez rir tanto que Grace se assustou e começou a chorar. "Haverá sempre uma Tiger Bay." *Pode apostar que sim*, pensou ela.

No ano anterior, em Londres, ela tinha visto "Haverá sempre uma Inglaterra" escrito por toda parte: nas ruínas de casas bombardeadas em Victoria, na base da Coluna de Nelson em Trafalgar Square, nas pedras cinzentas da ponte de Waterloo. Era uma espécie de talismã, uma oração, e funcionava; ela nunca havia cogitado a possibilidade de que eles pudessem perder a guerra. Durante o bombardeio, a capital havia desenvolvido uma atmosfera romântica malévola; o rio se avolumava sob as pontes, negro e musculoso; as estrelas brilhavam e reconquistavam o céu noturno; nas ruas às escuras, escondidos em portas e vielas, os amantes sussurravam. Cheia de saudades de Ben, Diana serpenteava ao longo do Tâmisa em suas poucas horas livres, às vezes indo para o Sul, outras vezes indo para ao Norte. Sua unidade do Grupamento de Balões de Barragem estava estacionada em Green Park, perto do Palácio de Buckingham, mas ela ia regularmente para o Leste, para Whitechapel, visitar a grande e barulhenta família de Ben. Certa vez, no trajeto de volta para casa, flagrou dois ladrões quebrando uma das janelas de uma grande casa georgiana geminada. Sem pensar, gritou e perseguiu os ladrões pela rua, suas figuras disparando entre os plátanos que sombreavam a calçada. Em forma e forte por causa de seu trabalho, Diana corria logo atrás deles, gritando "ladrão!", até que um guarda de ataque aéreo e um policial emboscaram os dois e os algemaram. Nunca havia contado a Ben sobre essa aventura, mas ficara orgulhosa de em nenhum momento ter sentido medo: eufórica, sim, furiosa, sim, nervosa, sim, mas nunca com medo.

O verão veio e se foi sem notícias de Ben. Diana escrevia cartas detalhando cada pequeno progresso de Grace – como ela havia levantado a cabeça, sorrido, rolado sozinha, e balbuciado palavras que ele havia perdido – e as guardava em uma gaveta para quando ele voltasse. Ben sempre escrevia sobre as minúcias de seus dias no Egito, da xícara de chá que seu mensageiro, Mohammed, trazia para ele de manhã até as conversas no refeitório e as leituras noturnas. Enquanto escrevia, ela podia alimentar alguma esperança de que ele ainda estivesse lá fora, se perguntando o que estaria acontecendo em Cardiff. Em novembro, chegou outra carta do Ministério da Aeronáutica informando que ele agora era dado como morto, mas muito tempo havia se passado para que ela acreditasse que ele era apenas mais um judeu que tombara sob a foice de Hitler. Ela havia se convencido de que ele estava em algum lugar além de seu alcance, travando uma interminável guerra noturna em meio às nuvens, sua metralhadora disparando e cuspindo estrelas de fogo.

Na Queen Street, assim que emerge de uma das elegantes galerias de lojas, carregando um vestido de seda para Grace e algumas guloseimas da delicatessen Wally's, Diana sente um toque em seu ombro. Ela se vira e vê uma mulher idosa com um lenço verde na cabeça, o fio de um aparelho auditivo serpenteando até o colarinho.

— Senhora Tanay, não é? — pergunta ela, estendendo a mão ossuda.

Diana desvencilha a mão das sacolas e a aperta.

— Sou eu. Já nos conhecemos?

— Já nos vimos uma ou duas vezes, mas era sua irmã, que Deus a tenha, quem me conhecia, na verdade.

Diana sorri, acena com a cabeça, esperando uma chance de fugir.

— E seu nome é?

— Gray, senhora Gray. Tenho uma pequena loja de itens de segunda mão na Bridge Street, não tão impressionante quanto a sua, é claro.

— Eu não diria que a nossa loja é impressionante.

— Vocês já têm um comprador?

Diana se surpreende com a pergunta ousada e murmura uma resposta evasiva.

— Com um lugar grande como aquele, você vai conseguir uma fortuna.

— Desculpe, senhora Gray, mas tenho que ir agora, preciso buscar minha filha na escola.

— É claro, não quero atrasá-la, querida, só mais uma última coisa. As pessoas não param de me perguntar se alguém já reivindicou a recompensa.

Diana já se virou. Ela acelera o passo e se despede da velha fofoqueira com um suave:

— Tenha uma boa tarde, senhora.

— Um bom dia para você também! — grita a Sra. Grey depois que Diana vai embora.

TODDOBA

SETE

— Então, você disse que seu pai está morto?

— Isso mesmo.

— E a sua mãe?

— Da última vez que tive notícias, ela ainda estava viva.

— Qual era a ocupação do seu pai?

— Ele tinha uma loja, uma mercearia, e tinha caminhões para transporte também.

— Abastado, então?

Mahmood assente distraidamente com a cabeça.

— Não muito rico, mas não pobre, ele era um homem inteligente, interessado em coisas novas, era moderno, sim, era um homem moderno.

O médico da prisão já mediu a altura, o peso e a temperatura de Mahmood, além de ter colhido seu sangue e sua urina, e agora quer conhecer também sua história de vida.

— Quantos irmãos e irmãs você tem?

— Quatro irmãos, todos mais velhos, nenhuma irmã, duas meninas morreram ainda bebês e uma ficou doente quanto tinha uns 7 anos.

A cela de Mahmood está bagunçada, seu pijama da prisão amassado em uma pilha sobre a cama desarrumada, e ele jogou o pão não comido do café da manhã no penico, junto com o leite ralo e sem gosto. Poderia ter arrumado a cela se soubesse que o médico o veria naquele dia, mas no fundo não se importa. É sua maneira de protestar em silêncio, de mostrar a eles que não deveria estar ali.

— Meus irmãos, eles assumiram os negócios do meu pai, todos são homens importantes com família. Por que me colocam aqui e não na prisão normal?

— Você está sendo acusado de um crime capital.

— Eles são burros, mas logo eles vão saber que eu sou inocente. É verdade que eles dão indenização para quem é preso injustamente?

— É verdade. Mas não tenho nada a ver com isso, sou o médico da prisão.

— Eu entendo, pode continuar.

— Quando chegou à Grã-Bretanha?

— Em 1947. Eu era ajudante de cozinha em um navio de carga, mas depois me tornei caldeireiro.

— Sabe ler e escrever em inglês?

— Não, só frequentei a escola religiosa no meu país. Sei ler o Alcorão.

— Então você lê e escreve em árabe?

— Não, eu só lia o Alcorão, é... diferente. Não é como os árabes escrevem hoje.

— Quais idiomas você fala?

— Somali, árabe, inglês, suaíli e um pouco de hindi.

— Um verdadeiro poliglota.

Mahmood não pergunta o que ele quer dizer com isso, supõe que seja conversa de homens de jaleco branco.

— Tem alguma lesão ou deficiência?

— Nada, só um pequeno problema aqui... — Seus cílios tremem quando ele aproxima o dedo indicador da íris direita. — Quando o sol está muito quente, parece que tem uma mosquinha dentro do meu olho. Aconteceu no mar, quando um pedaço de carvão em brasa me atingiu no rosto.

A caligrafia do médico decepciona Mahmood; ele pode ser analfabeto, mas acha que ainda sabe diferenciar a boa caligrafia da ruim.

— O que você escreveu?

— Centelha cuspida da fornalha causou pequena deficiência visual.

— Centelha cuspida da fornalha causou uma pequena deficiência visual, sim, isso soa bem.

Mahmood prefere o médico aos carcereiros, os quais ele considera estúpidos e excessivamente sensíveis. Gritam por qualquer coisinha e o deduram para o diretor da prisão. O jovem médico é sensato e bonito, usa uma bela gravata e abotoaduras, espera com interesse as respostas de Mahmood, que ele parece achar fascinantes.

— Já teve tuberculose?

— Não, mas os navios são todos tão lotados e sujos que é um milagre.

Após um momento de hesitação, o médico pergunta:

— Já foi diagnosticado com sífilis, gonorreia ou qualquer outra doença venérea?

Mahmood se inclina para trás e praticamente grita:

— Não! O que o doutor acha que eu sou?

— Você ou algum membro da família já sofreu de convulsões, alucinações, psicose ou doença mental?

— Estamos e sempre fomos bons da cabeça, graças a Deus.

— Algum problema de origem nervosa, como urinar na cama, roer unhas, medo do escuro, medos irracionais?

Mahmood revira os olhos de maneira tão exagerada que o médico sorri.

— Está querendo me dizer que homens que têm medo do escuro e fazem xixi na cama vão para a prisão?

— Tem gente de todo tipo aqui.

— Puxa! Isso me faz pensar nesta cama em que estou sentado. — Mahmood ri e finge verificar a roupa de cama embaixo dele.

— Que dentes maravilhosos você tem! — exclama o médico.

Envergonhado, Mahmood fecha a boca; não gosta quando brancos falam sobre seus dentes, porque é um elogio que só fazem aos negros, como se fosse alguma espécie de milagre haver algo de bonito neles.

— O que você está escrevendo agora?

O médico termina de escrever a frase antes de erguer os olhos castanhos calorosos e responder:

— Um indivíduo negroide saudável, ativo, gozando de boa saúde, com excelente dentição!

— E então, Moody, como você vai sair dessa? Você sabe que eles enforcam as pessoas por causa de crimes assim, não sabe? — Laura balança Mervyn no colo quando ele começa a se inquietar, mas Mahmood estende os braços sobre a mesa larga e pega o filho mais novo no colo.

— Só se você é culpado, eu não tenho nada a ver com isso. — Mahmood faz cócegas nas bochechas rechonchudas do menino com seu bigode desgrenhado e arrulha em seu ouvido. — *Wiilkayga, macaaney.*

— Ele geralmente tira uma soneca a essa hora.

Outros prisioneiros se debruçam sobre as mesas ao redor deles, conversando baixinho com esposas ou mães.

Os grandes olhos de Mervyn se fixam no rosto do pai com uma expressão alarmada, e ele tateia o nariz e os lábios de Mahmood com curiosidade.

Mahmood ri enquanto é sondado.

— Ele não me conhece! Veja!

— Claro que conhece, ele só está mal-humorado. A propósito, comprei esses cigarros para você... — Ela remexe na bolsa e desliza um maço de Player's por sobre a mesa.

Os olhos de Mahmood se iluminam ao ver as ondas azuis e o marinheiro barbudo desenhados na caixa.

Um carcereiro se aproxima antes que Mahmood tenha a chance de alcançá-lo.

— Isso não é permitido. Como todo mundo, ele vai receber sua cota de tabaco na próxima terça-feira. — O homem pega os cigarros com sua mão peluda e olha para Laura antes de retornar ao seu lugar encostado na parede e guardar o maço.

Laura não diz nada, mas dirige a Mahmood um olhar de "maldito mal-educado". Ele sorri e aperta Mervyn mais perto de seu peito, tentando esconder sua vergonha por ter arrastado a esposa e o filho para um lugar como aquele.

— Falei com o Berlin, ele disse que eles conseguiram dinheiro para o advogado, pelo menos para as audiências no tribunal, mas que a Sociedade de Amizade Allawi, da mesquita, não vai mover uma palha para ajudar você. O sheik disse que o regulamento deles diz que se um sujeito se mete em encrenca por conta própria, eles não devem interferir.

— Iemenitas filhos da puta. Eles pegam nosso dinheiro quando lhes convém, mas não querem dar nada em troca. Como é que isso aqui foi por conta própria? Não tenho nada a ver com aquela mulher, aquela loja, aquele assassinato.

— Eu sei disso, Moody, eu *sei* disso. É um mal-entendido. Você nunca levantou a mão para mim. Por que iria acordar um dia e cortar a garganta de uma desconhecida? Mas você tem muitos inimigos e poucos amigos. O sheik está só tentando puni-lo pelo que aconteceu no ano passado.

— Quanta punição ele acha que eu mereço? Paguei uma *multa*, fiquei em *liberdade condicional*, devolvi o *dinheiro*. Ele quer me sacrificar no Eid também? *Ibn Sharmuta*.

— Chega, Moody, você vai agitar o bebê.

Mahmood esfrega o rosto nos cabelos macios e ralos de Mervyn.

— Quando você vai trazer os outros meninos?

— Só consigo controlar um de cada vez. A assistente social da prisão me repreendeu quando me viu com o Mervyn nos braços, disse que esse ambiente não é bom para eles.

— Esqueça isso.

— Não ligo para ela, não se preocupe. Da próxima vez vou trazer o David, porque ele não para de perguntar onde você está, querendo saber se você fez bobeira de novo.

— Aquele garoto é *esperto*, não deixa escapar nada.

— Esperto até demais, outro dia ele tentou impedir o papai de entrar em casa à noite, disse que ouviu no rádio que a polícia estava procurando um velho de bigode.

Mahmood joga a cabeça para trás e ri.

— Não! Não pode ser meu filho se fica do lado da polícia.

— Ele é seu, e ainda está fazendo aquela dança somali que você ensinou. Como é que se chama?

Mahmood se lembra com profundo prazer dos quatro, antes de Mervyn nascer, aconchegados em sua pequena casa geminada em Hull. O fogo do carvão queimando, ele com um lençol enrolado nos ombros no lugar de um *shaal*, um tambor de lata de biscoito na mão enquanto ensinava a Omar e David como os nômades somalis dançavam. Um, dois, três... então Mahmood pulava uma batida, saltando para a frente com um grito completamente fora do tempo de *soobaxs*. Havia amarrado fronhas em volta da cintura dos meninos, que andavam em torno dele, seus olhos grandes como luas, agitando os membros em movimentos descoordenados e esquisitos, seus *soobaxs* agudos e mal pronunciados completamente fora de sintonia. Laura assistia a tudo sem entender, sentada na poltrona de tweed que haviam comprado barato de outro marinheiro somali.

— *Dhaanto*, se chama dhaan-to. — Ele tentou simplificar ainda mais a palavra simples.

— Duntoo, vou dizer àquele pestinha quando chegar em casa. — Laura se levanta para pegar Mervyn, beijando rapidamente as pontas dos dedos de Mahmood quando ele ergue a criança entregá-la para ela. — Cabeça erguida, está bem?

— Está bem.

É boca primeiro, depois nariz? E primeiro os pés, depois orelhas? Mahmood tropeça na sequência do *wudu*, repetindo os passos várias vezes até ter certeza de que alcançou o *taharat*. Os outros prisioneiros olham para ele de maneira estranha enquanto se afastam das torneiras barulhentas depois de mal jogar água no rosto. A última vez que havia rezado corretamente fora em Bombaim, em 1949, no Jama Masjid, entre o Crawford Market e Zaveri Bazaar. Lá, as abluções eram realizadas em um antigo tanque com peixes dourados cintilando na água verde-clara e tartarugas flutuando de tempos em tempos até a superfície. O navio deles, o SS *Emmeline*, estava ancorado na cidade, descarregando equipamentos agrícolas britânicos e ônibus de dois andares, então ele persuadiu os outros foguistas, carvoeiros e mecânicos somalis a ir com ele até a imensa cidade. Eles logo foram parar nos mercados, devorando mangas, mamões, tamarindos fibrosos e cana-de-açúcar seca enquanto perambulavam pelas barracas. Não havia nada que não fosse possível comprar sob aquele teto abobadado: ouro falso, galinhas cacarejando, tapetes coloridos, perucas e henna, deuses hindus e pinturas em tecnicolor de Jesus e Maria, perfumes oleosos e bastões de incenso, cobras sem presas e cabritos brancos balindo. Depois de tudo isso, a *masjid* tinha sido uma descoberta bem-vinda. O chamado do *'asr* para a oração ecoou do prédio com cúpula em forma de cebola, pombos e pipas negras agitando o céu inerte e sem nuvens, azulejos ornamentados adornando todas as superfícies da *masjid*. Agachados entre dois dos grandes pilares que cercavam a grande piscina, havia um grupo de mendigos mutilados agachados, comendo devagar e educadamente de um prato compartilhado de arroz e *dhal* aguado. Era tudo tão pacífico, que algo foi tocado dentro dele. Quando um local explicou a eles, em uma mistura de hindi e árabe, que a *masjid* era conhecida como "o navio do mundo vindouro" porque havia sido construída sobre a água, Mahmood guardou a expressão na parte de sua memória em que mantinha as coisas bonitas.

Agora, no entanto, a oração é um assunto sério. Ele quer Deus ao seu lado, para que o destino tenha misericórdia dele. Em algum momento, passa pela sua cabeça, sua sorte havia azedado. Do nascimento aos 20 anos, tudo tinha acontecido como ele queria, com pouco esforço de sua parte, mas nos últimos quatro anos, o azar o havia envolvido como uma névoa. As poucas e pequenas pausas nas pistas de corrida ou na mesa de pôquer não tinham mudado nada de substancial em sua vida nem trazido a velha sorte de volta. Ele precisa que Deus o ouça, que o veja naquela prisão decrépita, cercado de desconhecidos sem coração, e que o devolva à sua família. Os jogos de azar e o desprezo pela religião ficarão para trás, essa é sua parte do acordo. De volta à cela, Mahmood joga o cobertor no chão e planta os pés apontados grosseiramente para Sudeste, em direção a Meca. Com as mãos abertas sobre as orelhas, fecha os olhos e começa.

— *Allahu akbar, subhaanak-Allaahumma, wa bihamdik, wa tabaarakasmuk, wa ta'aalaa jadduk, wa laa ilaaha ghayruk...*

— Faz uma pausa para lembrar a próxima parte. — ... *a'auodu billaahi minash-shaytaanir rajeem bis-millaahir rahmaanir raheem.* — Em seguida a *surah* que abre o Alcorão — ... *al--hamdu lillaahi, rabbil'aalameen, arrahmaanir raheem, maaliki yawmideen, iyyaakana-budo, wa-iyyaakanasta'een, ihdinassi-raatalmusta qeem, siraatal ladheena, an'amta alayhim, ghayril maghduobi'alayhim, waladduaaalleen, ameen...*

A oração flui dele como uma canção, como água jorrando para a superfície do deserto. No fim, ele permanece agachado sobre os calcanhares e mergulha em preces adicionais. Retira *surah* após *surah* do poço da memória: algumas derramadas sobre ele diante da ponta de um cajado pelos *macalims* de sua infância, outras ouvidas de sua mãe devota e temerosa, outras reunidas de funerais improvisados para homens em alto-mar. Pedirá aos guardas um Alcorão, decide, transformará aquele cativeiro em algo bom para sua alma.

Mahmood está deitado de costas, seus olhos seguindo as racha-duras no teto pintado de um canto ao outro, a cabeça apoiada sobre os dedos entrelaçados. A cela está iluminada e ele pode ouvir risos vindos do pátio; desde que foi acusado de assassinato e se mudou para aquela nova ala, não saiu de sua cela, tampouco abriu o Alcorão que um dos guardas empurrou pela pequena abertura na porta. Tem medo de se misturar com os outros prisio-neiros da ala hospitalar, alguns dos quais podem ter tuberculose ou, pior ainda, ser homens de aparência saudável que carregam um arsenal de varíolas, bactérias e vírus que ele poderia trans-mitir para seus lindos filhos. Perguntará ao médico se eles são contagiosos antes de se aventurar fora da cela fétida.

Talvez também devesse dizer ao médico sua idade real. Provavelmente não mudará nada, mas talvez sejam menos duros com um jovem de 24 anos do que com um de 28. Ele deveria mostrar ao médico que sua vida não é ordinária, dizer a ele que ele nasceu em *Qorkii*, o ano da fome, o ano do registro, em que muitos necessitados se inscreveram em listas para receber comida. Nascido em segurança no meio do nada, entre Arabsiyo e Berbera, de uma mãe que já passava muito dos 40, Mahmood havia chegado a um mundo úmido e vermelho por causa do abate de animais emaciados, um mundo de funcionários públicos indianos sob árvores frondosas, escrevendo o nome de nômades em listas de assistência social, um mundo em que o governo distribuía sacos de arroz e plantas silvestres eram cozidas. A seca já durava três anos e fora precedida por um surto de peste bovina no gado importado da Europa. Dos 38 camelos de seu pai, apenas 10 sobreviveram, dos 72 bois, apenas 5, e quanto às ovelhas, bem, seus ossos dariam um bom fertilizante. As peles de cabra tinham sido enviadas para Áden por um preço irrisório, o mercado saturado, os funcionários da alfândega britânica exigindo sua parte habitual do imposto.

Mahmood ouvira essa história vezes sem conta de sua mãe, Shankaroon: como ela havia suportado a *abaar* e a *gaajo*, as muitas vezes que o havia arrancado das garras da morte, sua abnegação, sua engenhosidade, a corda puída amarrada na cintura para estancar suas próprias dores de fome. A história de sua vida recitada na poesia de sua *buraanbur* melodiosa e melancólica. Ele conhecia todos os detalhes de como ela havia caminhado por quatro dias até um campo de assistência social em Bulahar, carregando-o amarrado nas costas, apenas para ser informada por um pescador iemenita, enquanto se aproximava da costa, que ninguém que entrava no campo saía de lá vivo. Um surto de varíola ceifara aqueles já enfraquecidos pela fome, dissera ele. Ela cambaleou de volta na direção da qual tinha vindo, o horizonte se derretendo em uma névoa amarela, e acabou voltando a si amarrada nas costas de um *geel*, Mahmood nos braços de uma mulher alta e negra, alimentando-se em seu peito enquanto ela marchava ao lado do camelo. Aquela mulher alimentou a ambos, depois deixou mãe e filho no assentamento mais próximo, antes de se aventurar ainda mais fundo no *miyi* erodido e repleto de esqueletos. Sua mãe nunca mencionou o nome ou o clã de sua salvadora, se é que sabia quais eram, em vez disso lhe dirigia olhares significativos para sugerir que claramente não tinha sido um simples humano que eles encontraram. *Jinn*? Anjo? Um ancestral reencarnado? Não cabia a ela fingir saber.

O fato de ela ter sofrido tanto por causa dele, de tê-lo amado tanto, fazia com que ele se sentisse tão culpado quando criança, que, às vezes, ao olhar para ela ao seu lado na esteira de dormir – castigada pelo tempo, com cicatrizes de varíola, pulseiras de prata e talismãs sagrados tilintando –, ele a temia. Tinha sido uma criança frágil, que não se desenvolvera como deveria por causa da fome, e ela o atormentava com todo tipo de remédio imaginável: supositórios de olíbano, enxágues bucais de mirra, chá de acácia, seiva de *malmal*, amuletos amarrados aos braços e pernas para evitar o mau-olhado, pós eméticos comprados de comerciantes indianos, injeções e pílulas de médicos britânicos, as palavras do Alcorão lavadas de uma lousa e pingadas em sua boca, suas estrelas consultadas por um *faallow* de cabelos compridos, metal incandescente pressionado contra seus pulsos e tornozelos para curar a malária crônica. Por fim, sua mãe fez cortes finos em seu abdômen e esfregou sal grosso neles. Ele nunca esqueceria o grito que irrompera dele quando ela fez isso, suas palavras suaves e seu aperto forte enquanto lutava para se desvencilhar dela, a barriga queimando como se estivesse pegando fogo. Esse último remédio o colocou de pé e fez dele um andarilho, um *dalmar*, feliz em manter a maior distância possível da mãe.

Quando seu pai idoso, Hussein, voltou para casa depois de quatro anos trabalhando como comerciante em Áden, as bandagens brancas em torno de suas pernas continham tantas notas de 10 rupias que ele pôde pagar o aluguel e a licença de uma loja em Hargeisa, onde muitos de seu clã já viviam. Mahmood mudou--se com os pais e os quatro irmãos para um bangalô de adobe de apenas um cômodo, enquanto seus camelos, com sua característica marca em forma de estrela, foram levados por um tio. Com os animais, desapareceu também a inquietude que uma estação de seca, peste bovina, antraz ou gafanhotos poderia trazer para a família, e ao mesmo tempo que perdeu o deserto rochoso e selvagem, Mahmood ganhou as novidades e curiosidades da vida urbana. Hargeisa costumava ser apenas a parte mais larga de um longo curso de água em que elefantes se reuniam e nômades davam água a seus animais durante a estação chuvosa de *gu*, mas então chegaram os sheiks. Uma *jamaca* havia sido estabelecida ali no fim do século anterior, um refúgio para devotos, miseráveis e escravos, longe do tumulto da guerra dos dervixes e da dureza profana da vida nômade. Eles plantavam sorgo no vale, cultiva-vam bananas, mangas e romãs ao longo das margens do rio, cons-truíram uma mesquita angular e caiada, onde passavam as noites em oração. Quando Mahmood se mudou para a cidade, ela já havia endurecido. Uma rua de paralelepípedos, 15 restaurantes, 32 armazéns de mercadorias em geral, 1 prisão medíocre, 1 hospi-tal humilde e 1 comissário distrital irlandês eram suficientes para fazer de Hargeisa a terceira maior cidade do protetorado.

Na loja, seu pai vendia chá, painço, carne, algodão branco, tecido para lençol cinza, arroz, açúcar, sal, forragem e tudo o que os nômades negociassem com ele. A renda era suficiente para empregar uma jovem e bonita *jariyad* para fazer as tare-fas da casa, pois a vida confortável havia deixado a mãe gorda, lenta e devota. Mahmood se agarrava às pernas da empregada oromo de tranças longas, e não cochilava até que Ebado cantasse para ele ou esfregasse óleo em seus pés cansados. Em troca, ele massageava os ombros ossudos, em seguida suas pequenas mãos morenas, retrançava as pontas soltas de suas fileiras e fileiras de tranças, roubava punhados de açúcar para presenteá-la. Sua mãe, ciumenta e vingativa, o mandou para um *dugsi* dirigida pela ordem puritana *salihiyya*, em que o *macalim* se balançava para a frente e para trás para marcar o ritmo dos versos do *kitab* e punia os alunos lentos com beliscões dolorosos que deixavam vergões avermelhados em sua pele. O *macalim* ensinou a Mahmood que tornar-se homem era como transformar madeira em carvão: um processo de destruição que acabava por dar origem a algo puro e incandescente. As lágrimas suavizavam a alma, enquanto a dor a endurecia. Uma lição que Mahmood aprendeu rapidamente e sem esforço; tudo em sua vida já sugeria isso.

Quando o governador nomeou seu pai *akil*, encarregado de julgar casos religiosos, foi uma surpresa para Mahmood que o velho e reservado mercador, dono de colunas de rúpias, anás e pices, um dia tivesse se interessado o suficiente pela religião para viajar para Harar e Jidá a fim de estudar as escrituras. Sua vaidosa mãe, por outro lado, pegou seu *tusbah* e ficou exultante. Ela comparecia a todos os julgamentos que ele presidia – casamentos proibidos, divórcios litigiosos, brigas por custódia, disputas por herança e pedidos de indenização –, acompanhando o processo com seus próprios comentários implacáveis. Mulheres estranhas apareciam em sua casa, as vozes chorosas perturbando o cochilo de Mahmood enquanto imploravam a sua mãe que intercedesse por elas porque o marido as havia abandonado, ou levado seus filhos embora, ou as insultado mais profundamente do que podiam suportar. Fervendo bule após bule de chá condimentado, sua mãe tentava resolver ela mesma esses problemas, intrometendo-se impiedosamente e fazendo Mahmood jurar segredo. Felizmente para sua mãe, seu pai teria preocupações maiores nos poucos anos que ainda lhe restavam.

Mahmood viu o haji pela primeira vez aos 8 anos de idade, durante uma procissão por ocasião do Eid, quando toda a ordem *salihiyya* marchou pela cidade. Segurando bandeirinhas amarelas com uma estrela e um crescente vermelhos, Mahmood desfilou em fileiras de três meninos lado a lado, do mercado de gado no Norte ao túmulo de Sheikh Madar, no Sul, passando pelo abatedouro, pela delegacia de polícia e pela prisão, a pequena sucessão de *mukhbazars* enfumaçados e o amplo bangalô do comissário distrital. No túmulo de Sheikh Madar, eles oraram, depois ouviram o sermão proferido por um homem de barba branca, turbante e vestes elegantes. De pé, atrás da multidão, Mahmood captou apenas algumas frases e fragmentos de poesia, a inconfundível poesia de guerra dos dervixes. A voz rouca e suplicante do haji devia ter ficado gravada em sua memória, porém, porque quando a ouviu semanas depois na loja de seu pai, enquanto os dois homens discutiam impostos alfandegários, ele a reconheceu imediatamente.

— O haji é um dos nossos, um membro do clã e irmão — dissera seu pai, desculpando-se pela expressão desconfiada do filho —, venha beijar a mão desse grande homem.

O sorriso suave e branco que ele deu a Mahmood não deu nenhuma indicação dos problemas que estava prestes a trazer para a casa deles.

Entre aquele dia e o dia em que seu *aabbo* morreu, Mahmood não se lembrava de nenhum momento sequer em que seu pai não estivesse falando sobre algo que o haji tinha dito ou feito. Por intermédio do haji, Mahmood soube que, na prisão, os condenados somalis às vezes eram açoitados com chibatas, e que meninos de rua que dependiam de rações do governo também recebiam chicotadas caso se recusassem a limpar as ruas. Certo dia, ele subiu em uma mangueira, fingindo que estava colhendo frutas, mas na verdade querendo ver o pátio da prisão e confirmar o relato do haji com seus próprios olhos. A visão com que ele se deparou foi mais chocante do que teria sido um pátio cheio de homens algemados e ensanguentados. Homens adultos, vestindo camisas compridas e calças curtas, circulavam pela areia marrom, alguns regando flores viçosas e vegetais folhosos, outros remendando cordas grossas de muitos fios; debaixo de uma árvore de hibisco, um homem manuseava um tear enquanto os presos sentados ao seu redor trançavam cestas ou recortavam padrões em pedaços de couro. Os prisioneiros executavam aqueles trabalhos femininos em absoluto silêncio, e Mahmood desceu da árvore antes que o vissem. Será que aquilo era pior do que ser chicoteado? Ele não sabia dizer. Tinha visto o que os britânicos faziam com os homens que capturavam, transformando-nos em cozinheiros, babás e lavadeiras. Bata neles como esposas desobedientes e se certifique de que nunca mais sejam respeitados como homens de verdade. Os órfãos maltrapilhos que tinham ido para Hargeisa na esperança de que algum parente os encontrasse, que faziam o trabalho sujo do abatedouro ou que vinham dos clãs mais fracos e pobres, eram alvos fáceis, mas naquele pátio havia moradores que ele tinha visto antes, beligerantes e de peito estufado. Quando voltou à loja, Mahmood perguntou ao haji como ele sabia tanto sobre os britânicos.

O haji esfregou o calo preto na testa onde sua cabeça sempre tocava o chão durante o *salaat*, e ajeitou uma dobra do turbante atrás da orelha. Depois de trocar um olhar com o pai de Mahmood, ele apoiou um dos cotovelos no balcão de madeira e olhou para o teto com seus olhos castanho-claros.

— Quando jovem, eu vivi em Berbera, trabalhava como balconista para os infiéis, comprava minha comida com o dinheiro *haram* que eles extorquiam de nossos nômades e comerciantes. Falo bem a língua deles, muito bem, e os ouvi se referindo a nós como crianças, mas pensei que, com o tempo, nos tornaríamos uma nova Áden, em que atracariam navios vindos de todo o mundo, que teríamos ferrovias, como na Índia, que eles expulsariam os abissínios de volta para suas terras altas. Mas nada, não temos *nada*. — Ele fez um aceno desdenhoso com a mão. — Então ouvi uma poesia tão poderosa que fez meu coração parar. Eu a segui para o deserto, para o campo de batalha, para um mundo de morte e devoção. Por isso fui deportado, expulso da minha terra natal por homens de um país que nunca veremos. Eles me mandaram para Maurício, uma pequena ilha de adoradores de ídolos, onde perambulei de um lugar para outro, sem conhecer ninguém. — Ele piscou, como se uma lágrima estivesse prestes a rolar e, em seguida, se recompôs. — Depois que nosso líder, nosso poeta, morreu e passou para a *akhirah*, eles me deram permissão, per-mis-são, *haa*, para voltar para casa, pensando que tinham arrancado minhas presas, quando na verdade agora eu era puro veneno para eles.

Assim que terminou a *dugsi*, por volta dos 11 anos de idade, Mahmood passou a trabalhar na loja ao lado dos irmãos. Havia aprendido a recitar um terço do Alcorão, mas esse conhecimento foi rapidamente enterrado por canções, piadas, enigmas, *maahmaah*, preços de mercadorias, impostos, horários de partida do *dhow* e palavras de línguas estrangeiras que aprendeu durante suas viagens entre Áden e Hargeisa com seu irmão Hashi. Com todos os cinco filhos agora comprando e vendendo para ele, o pai de Mahmood decidiu comprar caminhões para expandir seus negócios para as áreas rurais do país. Mantendo seus planos em segredo para não despertar competição ou inveja, solicitou uma licença de transporte e enviou um camelo de presente ao comissário distrital. Talvez se tivesse consultado um astrólogo primeiro, teria adiado seus planos, pois naquele ano seu subclã quase entrou em guerra com os britânicos. Tudo começou com uma briga por causa de mulher, uma jovem coquete com tornozelos grossos e dentes perolados.

Uma briga que se iniciou com socos terminou com um punhal cravado entre as costelas de um poeta eidegalle adolescente. O agressor fugiu para o *miyi*, buscando proteção dos eidegalle junto de seu clã. Normalmente, seria uma questão de tempo, de esfriarem os ânimos, depois a negociação do pagamento de um *diya* adequado, mas agora os britânicos queriam ser os únicos aptos a julgar os casos de assassinato. Eles diziam que queriam ensinar aos somalis que a vida é sagrada, mesmo que fosse preciso aprender no laço de uma forca. Conforme as semanas se arrastavam e o clã do rapaz se recusava a entregá-lo, o haji percebeu a magnitude do momento. Aquele era seu clã, seu sangue, e ele daria o grito de "*tolaay!*" tão alto que seria ouvido em Westminster.

Enquanto o pai de Mahmood mordia o lábio nervosamente, o haji reunia *shir* após *shir* dos anciões do clã para encorajá-los a resistir às exigências britânicas. Mahmood estava presente quando o haji, com a mão sobre o peito coberto de seda, o fogo iluminando seu perfil feroz, expôs todas as razões pelas quais seria *haram* entregar o culpado para execução. Os eidegalle já não haviam aceitado os termos do *diya*? Os britânicos não tinham pagado uma quantia quando um mecânico inglês bêbado atirou em um menino nômade e o matou? Eles não tinham chamado aquilo de "homicídio por negligência" e pagado apenas uma parte da indenização devida? Não era contra o espírito do Islã matar um homem a sangue frio enquanto ainda havia alguma chance de paz e reparação? Ele declararia publicamente *qualquer* muçulmano que participasse daquela injustiça como infiel. Os anciãos de barba de hena e cabeça raspada bebericavam seu chá e murmuravam "*na'am*" e "*waa sidaa*", mas Mahmood flagrou alguns deles trocando olhares furtivos.

Um dos anciãos, vestindo cerca de 20 metros de algodão branco enrolados no corpo musculoso, levantou-se e balançou a cabeça.

— Você não pode chamar de *kuffar* alguém que, em seu coração, acredite em Deus e em sua palavra. Nesse caso, você se torna o pecador.

O haji fez uma careta, irritado por ter sido contrariado e ter tido sua linha de pensamento interrompida.

— É muito simples, Halane, você não pode agarrar junto ao peito um homem que declarou fé e lealdade a um rei estrangeiro. Um homem pode ir em duas direções ao mesmo tempo? Pode montar dois cavalos ao mesmo tempo? Pode ser servo de Alá e servo de um *gaal* ao mesmo tempo? — O haji balançou a cabeça, desgostoso com sua própria pergunta. — Não, *astaghfirullah*, somente Alá é digno de adoração e obediência. O povo britânico é um povo humilde e servil. São camponeses, satisfeitos em trabalhar nas terras de seus senhores, que não entendem *xorriyadda*, nosso amor pela liberdade. Eu os conheço, eles nunca ficam tão felizes como quando conhecem alguém mais importante do que eles, então se curvam e imploram: "Senhor, senhor, sou seu mais humilde servo." Eles consideram os somalis indisciplinados porque cada homem é senhor de si, mas esquecem que temos um senhor poderoso, *Al-Rab*, *Al-Raheem*. Precisamos apenas de nossa terra, Alá proverá todo o resto.

O clã, com o haji como seu verdadeiro *suldaan*, manteve a calma, até que a Tropa de Camelos finalmente chegou às suas terras de pastagem, a apenas algumas dezenas de quilômetros de Hargeisa. A notícia chegou à loja naquela mesma tarde. Um jovem nômade sujo de lama com uma pena de avestruz preta no cabelo cavalgara imediatamente para alertar a cidade. Ele lavou o rosto e bebeu água de um odre antes de contar os acontecimentos aos homens reunidos. Um capitão britânico, acompanhado por quase cinquenta soldados somalis montados e armados, havia aparecido no reservatório de água de Biyo Kulule e exigira a rendição do suspeito e dos três homens acusados de protegê-lo.

Falando por meio de um intérprete do exército, um ancião lhes disse que fossem buscá-los no inferno. Percebendo que não haveria capitulação à sua ordem, o capitão ordenou que suas tropas reunissem o gado como bens confiscados. Dois homens que correram para dispersar os camelos foram baleados nas costas, e o ancião que havia falado sem rodeios foi amarrado e feito prisioneiro. Com seus camelos altos alimentados com grãos, a Tropa usou suas habilidades de pastoreio *geeljire* para reunir os vários animais e levá-los embora, deixando apenas alguns touros velhos e bezerros sem valor que não sobreviveriam à estação seca do *jilaal* sem o leite materno.

O pai de Mahmood aconselhou a rendição imediata dos homens procurados, mas o haji prevaleceu mais uma vez na disputa.

— O sangue foi derramado, o sangue foi derramado — repetia ele, como se estivesse se deliciando com a ideia.

Mais um ataque a outro reservatório de água resultou em cinco mortos, e um homem conhecido como Farah dos Cem Camelos perdeu todos os seus cem camelos. Quando o terceiro ataque se deu, os nômades já estavam esperando; tinham espanado e lubrificado os fuzis que mantinham escondidos desde a guerra dos dervixes. Tiros foram disparados de ambos os lados e surgiu uma bifurcação na estrada: ou voltavam aos bombardeios e massacres do tempo de Sheikh, ou ambos os lados embainhavam seus punhais. Depois de uma reunião de todos os *suldaans*, *boqors*, *garaads*, *akils* e *qadis* de todo o clã Habr Awal, o jovem que dera início a todo aquele problema foi finalmente tirado de seu esconderijo e enviado para enfrentar seu destino sozinho. Mesmo depois do julgamento, no qual o governador atuou como juiz, promotor e júri, o haji tinha um último trunfo escondido na manga. Ele conseguiu converter um número desconhecido de policiais somalis para sua causa, e um a um eles se recusaram a preparar o galpão de execução. Depois que nove policiais rebeldes foram condenados a trabalhos forçados, o inevitável enforcamento prosseguiu em silêncio e a *sheeko* chegou ao fim.

Esse longo episódio fraturou a relação entre o haji e o pai de Mahmood. Se antes não havia um desacordo na forma como percebiam seu lugar no mundo, agora estava escrito em letras vermelhas e em negrito. Embora nunca tivesse sido declarado um *kuffar*, Hussein sentiu que havia uma marca em suas costas, e o *"salaam"* lacônico do haji ao passar pela loja sempre parecia ser seguido por alguma injúria sussurrada. Finalmente, o comissário distrital concedeu a licença de transporte, e Hussein renunciou ao cargo de juiz com alívio. Duas secas mais tarde, ele morreu de ataque cardíaco depois de desfrutar de um quinhão mais do que justo de anos e riqueza, e com cinco filhos para expandir e fortalecer o nome da família. Aqueles filhos lavaram e envolveram cuidadosamente seu corpo em uma única mortalha branca, e o carregaram nos ombros até sua última morada, sob uma acácia, descansando sua face esquerda na terra mumificada e salpicada de mica antes que as pás começassem a trabalhar. Sua posição na sociedade foi reafirmada pela grande multidão que compareceu a seu enterro, a Salat al-Janazah conduzida pelo próprio haji.

O haji cortejou os irmãos um por um, do mais velho ao mais novo, dirigindo sua *af-minshaar* melosa a eles. Estava sempre oferecendo conselhos não solicitados a respeito de tudo, desde novas mercadorias que chegavam a Berbera até talentosos mecânicos de caminhão, cortes populares de tecidos e garotas que seriam boas noivas para eles. Depois da derrota na questão da pena de morte, ele tinha aprendido a sorrir novamente, mas seu sorriso parecia farpado para Mahmood, a fileira de dentes de ouro ofuscando o restante podre. Com um entusiasmo renovado, ele se lançou em uma campanha de propaganda e resistência silenciosa contra os britânicos. Não havia necessidade de confrontos, pois nada era mais importante para os nômades do que seus camelos, de maneira que tudo que precisou fazer foi semear dúvidas sobre a segurança das iscas de gafanhoto e das injeções veterinárias. Um funcionário das Obras Públicas colocava a isca para gafanhotos e depois uma criança ou mulher a jogava para longe do poço. Se o haji achava que poderia vencer essa guerra de desgaste, sua crença foi reforçada pelos suicídios ocasionais de funcionários coloniais, cuja única companhia em suas missões no interior isolado eram álcool, mulheres desvalidas e servos.

Se era verdade, como parecia, que os britânicos odiavam sua vida na Somalilândia, isso explicaria a rapidez com que se retiraram do protetorado em 1941, quando os italianos invadiram o território, vindo de sua colônia ao Sul. Levando seus indianos com eles, foi como se os britânicos tivessem sido libertados de uma prisão. A vida tornou-se difícil quando a Marinha Real bloqueou os portos costeiros, e a loja da família passou a depender de frutas e legumes superfaturados vindos de Gabiley e Arabsiyo para manter a clientela. Os italianos tinham suas próprias plantações perto dos rios Shebelle e Juba, bem como atacadistas em Mogadíscio para abastecer suas tropas, então os irmãos acabaram comprando mercadorias ilegalmente de *La Forza*, em vez de vender para eles. Eles foram os primeiros a vender espaguete e macarrão em Hargeisa, mas os clientes regulares, sem saber como preparar a massa dura, deram tudo às cabras com desgosto e não compraram aquelas massas nunca mais.

O haji, perturbado por seu desejo de que os britânicos fossem embora ter sido atendido de maneira tão abrupta e desconcertante, levava os irmãos todos os dias para as orações do *duhr* na *masjid* de Sheikh Madar. A congregação numerosa aguardava ansiosamente instruções sobre como lidar com aqueles novos infiéis, mas ele não tinha respostas, nem plano. O destino o atraíra para uma emboscada.

Para Mahmood, a quietude absoluta da cidade e, portanto, do mundo inteiro, era assustadora, ele parecia ser a única coisa que se movia e crescia ali. Tinha finalmente ultrapassado a mãe em altura, e quando se aproximava da adolescência, começaram a aparecer os primeiros fios de cabelo crespo nas axilas e no queixo. Ainda não era propriamente um homem, mas certamente não era mais uma criança, e se ressentia do desprezo dos irmãos mais velhos. Nunca seria autorizado a tomar decisões. Nunca poderia dizer "vamos vender isso em vez daquilo" ou "contratar esse em vez de aquele". Era o homem *soo qaado taas*, o garoto que era encarregado de levar e buscar coisas. Não muito melhor do que Ebado, que agora estava em seus infelizes 20 anos e cultivando um amor frustrado por Hashi. Depois de uma relativa azáfama pela manhã, a cidade se acomodava em um torpor ensolarado, silencioso e ruminante: as ruas esburacadas e vazias a não ser por algumas cabras brancas e pretas, o ar tão estático que, se uma folha ou flor caísse de uma árvore, Mahmood poderia acompanhar toda a sua lenta e oscilante descida até o chão. Tinha a sensação de que se gritasse a plenos pulmões ninguém o ouviria.

Perambulava por toda parte, privando os irmãos de sua servidão. Das montanhas gêmeas Naasa-Hablood ao mercado de gado, da delegacia de polícia ao Escritório de Obras Públicas, do distrito branco de volta ao bairro dos nativos, da sepultura de seu pai ao túmulo de Sheikh Madar. Ele não parava. O calor impiedoso da estação seca mantinha até os moleques de rua mais resistentes dentro de casa. As mulheres e meninas da cidade já estavam escondidas de qualquer maneira, com medo das tropas italianas, e os poucos homens que passavam pareciam perdidos em seus próprios devaneios ou preocupações. Um dia, ao ouvir risadas acompanhadas de uma estranha música barulhenta que agrediam seus ouvidos, ele a seguiu até sua fonte. Sua busca terminou no limiar de um *makhayad* de adobe, escondido atrás do armazém de um comerciante persa de açúcar de Bombaim. Com o açúcar derramado esmagado entre os dedos dos pés, Mahmood se esgueirou para longe da porta e dos homens barulhentos esparramados em divãs surrados dispostos ao longo das quatro paredes. Sua retirada foi retardada porque ele ficou fascinado pela engenhoca com chifres da qual os ganidos e gemidos pareciam estar sendo cuspidos.

— Quem é esse rapazinho metendo o bedelho nos nossos assuntos? — perguntou aos outros um homem reclinado, com uma barba brilhante de hena, ao avistar Mahmood. — *Kaalay*! Venha! — ordenou ele, estendendo a mão como se fosse arrancá-lo de uma videira. — Tem uma mensagem para um de nós, garoto?

Na escuridão da sala de barro, nuvens de fumaça de tabaco se elevavam e flutuavam de cachimbos de narguilé borbulhantes, obscurecendo qual perna pertencia a qual torso e qual rosto pertencia a qual corpo. Era um armazém de homens, empilhados indolentemente.

— Eu o conheço de vista. Você é um dos meninos do Hussein, *sax*? — perguntou um jovem com um chapéu de estilo ocidental torto na cabeça e um *macawis* azul enrolado na cintura estreita.

— Sou.

Risos sem sentido.

O orgulho de Mahmood, já com o peso e a altura de um adulto, foi ferido.

— O que há de tão engraçado nisso?

— Nada, rapaz, o Hussein era um bom homem, *Allah oo naxaristo*. Somos apenas homens tolos que acham graça em qualquer coisa. Saia desse sol infernal e sente-se conosco. Pegue isso. — Ele ofereceu a cabeça de cobra de metal do *shisha* a Mahmood e, em seguida, se desvencilhou dos outros corpos para mexer no disco giratório em cima do aparelho de música.

Nervoso, Mahmood segurou o *shisha* e, não vendo lugar para ele no grupo, sentou-se na porta e dobrou as pernas compridas debaixo do corpo.

Com o soar de outra canção uivante, o jovem pegou de volta o cachimbo de Mahmood e chutou as pernas em seu caminho até estar apenas a alguns centímetros de divã.

— Qual é o seu nome, Ibn Hussein?

— Mahmood.

Abrindo um grande sorriso e mudando para um inglês fluente, ele colocou a mão sobre o peito e, com o olhar abaixado de maneira teatral, anunciou:

— E eu sou seu humilde servo, Berlin.

Foi assim que se conheceram e foi assim que Mahmood se apaixonou por Berlin. Um amor puramente platônico, claro, mas ponderado pelo escrutínio minucioso sob o qual o rapaz colocou o homem. Seu comportamento, suas ideias, seus silêncios, seus palavrões, seus desejos, seu ódio, Mahmood os teria registrado se soubesse escrever, mas, em vez disso, os memorizava e os levava para casa, como pássaros que ele pegara com uma armadilha. Rondava a porta da casa de chá, seu ouvido atento à voz de Berlin em meio ao barulho dos outros. Marujos. Marinheiros. Foguistas. Caldeireiros. Carvoeiros. *Badmarin*. Eles se referiam a si mesmos de muitas maneiras, mas Mahmood logo entendeu que eram homens do mar, homens do mundo. Enquanto espreitava dos cantos do *makhayad*, assegurando seu lugar em meio às confissões passando isso para um e pegando aquilo para outro, ele ouvia fragmentos de suas histórias, seus mitos.

Ainashe, um marinheiro convalescente com bandagens oleosas e sujas em ambos os antebraços, estava se recuperando depois que seu navio afundara na costa da Malásia. A cada hora, com um olhar transtornado, ele repassava os detalhes do ataque. Como o torpedo atingira a sala de máquinas durante o

176

turno de seu irmão, enquanto ele estava no convés, tomando ar antes que seu próprio turno de quatro horas começasse. Como a espuma de água fervente havia espirrado em seu rosto quando o convés de aço explodiu embaixo dele. Como, quando afundou na água, sentiu um toque em seu pescoço e atirou os braços para trás, descontrolado, temendo que um tubarão estivesse circulando em torno dele, em busca de uma boa posição para morder sua cabeça.

— Senhor! Só estou tentando ajudar — gritara o imediato, enquanto o foguista xingava em somali, implorando a Deus por uma morte diferente. — Venha aqui! Segure-se nisso, amigo.

O velho escocês desgraçado empurrou para ele um caixote meio esmagado e o ajudou a encontrar alguma estabilidade antes de sair nadando em busca de outros sobreviventes. Balançando para cima e para baixo nas ondas, os braços quebrados se esforçando para sustentar seu peso, ele sentia a vibração suave dos cadáveres emergindo antes de vê-los. Um a um, eles foram surgindo, como dançarinos entrando em um arco, lisos e sem membros como peixes-boi. De todos os corpos com cabeça, havia apenas olhos, nariz, boca e orelhas suficientes para formar um rosto completo. Cercado por essa coleção de monstros, Ainashe saiu dando pontapés até reconhecer a cicatriz em um tórax, um longo filete amarelo descendo pelo peito, que seu irmão havia ganhado em uma briga de bar em Nova York. Tremendo, Ainashe puxou o torso nu do irmão para junto de si e disse palavras encorajadoras e infantis para o espaço em que sua bela cabeça deveria estar. Todos mortos. Todos. A plateia de Ainashe no *makhayad* se limitou a estalar a língua de maneira solidária, todos sussurrando *"sabar iyo imaan"*, depois retomando sem pena qualquer que fosse a piada ou história que ele havia interrompido.

Eles se desvencilharam do peso do sofrimento e da insanidade de Ainashe com uma facilidade que a princípio chocou

Mahmood, mas em seguida pareceu correta e viril. Suas risadas ruidosas, seu desgosto teatral, seus insultos poéticos e seu vasto conhecimento do mundo foram mais instrutivos do que qualquer coisa que ele já tivesse aprendido. A filosofia central da escola de pensamento *makhayad* era que *aquilo* não precisava ser a soma total de sua vida: nem aquela vista, nem aquele horizonte, nem aquela linguagem, nem aquelas regras, nem aqueles tabus, nem aquela comida, nem aquelas mulheres, nem aquelas leis, nem aqueles vizinhos, nem aqueles inimigos. Aquelas ideias heréticas faziam seu pulso acelerar, mas aos poucos ele se tornou um discípulo. Berlin, em particular, havia moldado um coração de mármore liso, seu sangue mais frio que o de um homem morto. Ele estava prestes a se casar em Borama, para agradar a mãe. Uma garota escolhida por ela, uma garota que ele não conhecia e que provavelmente nunca mais veria. Ele disse que precisaria apenas de um bom polimento no coração para deixar toda aquela história para trás.

Quando os britânicos voltaram com reforços, seis meses depois de terem evacuado a colônia, eles empurraram os italianos de volta para seu próprio império e retomaram as familiares idas e vindas com os clãs somalis. Com tropas sul-africanas, indianas e da África Oriental para abastecê-lo, o exército britânico tornou-se o cliente esbanjador do qual a loja da família sempre havia precisado. No fim de 1941, eles haviam lucrado o suficiente para adicionar um caminhão Bedford de 3 toneladas de segunda mão a sua pequena frota, e sua mãe começou a dar a entender que mandar Mahmood para o internato talvez acrescentasse um pouco de prestígio ao nome da família. Protestando que o converteriam em cristão, que o fariam comer carne de porco e o ensinariam a desprezar seus irmãos analfabetos, Mahmood resistiu com todas as forças. Podiam mandá-lo embora, mas não para Amoud nem para nenhuma outra escola prisional, podiam deixá-lo ir para o Quênia ou para Tanganica, onde poderia comprar suprimentos para enviar a Hargeisa. Ele só tinha ouvido falar do Quênia e de Tanganica por intermédio dos marinheiros, que o deixaram enfeitiçado com suas histórias sobre garotas suaíli de lábios escuros e olhar lascivo, sobre as camas extravagantemente altas e acolchoadas e sobre portos cosmopolitas antigos. Para seu espanto, seu irmão mais velho concordou – se tinha sido para separá-lo dos marinheiros delinquentes ou para fazê-lo amadurecer, ele não se preocupou em descobrir –, mas o menino de 13 anos deveria tentar a própria sorte com o homem. Mahmood iria para Garissa, no Norte do Quênia, habitado por somalis, para ficar com um membro do clã, e então os irmãos enviariam um caminhão para coletar as mercadorias encomendadas à loja.

Em menos de um mês, Mahmood havia fugido de Garissa, desprezando seus prédios baixos e empoeirados e sua familiaridade tediosa. Na imponente Nairóbi, foi até o Correio Central e ditou um telegrama para casa, depois seguiu para as promissoras diversões de Mombaça. Trabalhou como carregador, descarregando *dhows* e navios de passageiros no porto, depois encontrou emprego em Zanzibar com um comerciante somali muito instruído que tinha uma loja de joias e tecidos em Stone Town. Mahmood trabalhava atrás do balcão e adorava ver as garotas que entravam no bazar escuro de pedra coral. Garotas omanis vestindo *buibuis* negros, noivas banyali e sikh de tranças longas, sedutoras waswahili de pele cor de uva com piercings no nariz. Ele acariciava os dedos enquanto enfiava anéis pelos nós teimosos, e tremia de excitação nervosa enquanto prendia colares pesados em volta do pescoço marcado de suor das jovens. O mundo parecia muito distante dos becos sinuosos de Stone Town, e ele passou um ano inteiro sem contar à família onde estava. Confortava-o saber que estava além de sua esfera de influência. Tinha pesadelos nos quais a mãe, com seu amor sufocante e seu conhecimento sobrenatural, ia mancando atrás dele, seguindo as pegadas com o arco alto de seus passos e aparecendo no bazar. Seus olhos tristes e contornados com maquiagem preta tão dolorosos que era quase insuportável.

Como se estivesse sendo assombrado por esses sonhos, um dia ele fugiu para o continente, para Dar es Salaam. Com a sorte se derramando sobre ele como ouro, logo conseguiu um emprego com uma mulher somali, Bibi Zahra, uma viúva barwani de Mogadíscio. Ele lhe dissera que seus irmãos possuíam quatro caminhões, o que para ela foi motivo suficiente para lhe entregar as chaves de seu Morris Minor branco. Com uma rápida oração, Mahmood deslizou para trás do volante alto e de aro estreito do carro e se deu conta de que era baixo demais para enxergar direito acima do capô. A viúva lhe passou sua mala para que ele se sentasse em cima, mas quando ele ligou o motor, o solavanco o assustou e ele arrancou a chave da ignição, com medo de ter danificado alguma coisa. Com a mulher encorajando-o do banco de trás e apontando os botões e as marchas que tinha visto seu motorista anterior usar, eles avançaram de maneira lenta mas constante até seu bangalô branco rodeado de jasmim. Com a viúva, Bibi Zahra, ele aprendeu a arte da indolência; ela passava os dias em uma rotina modorrenta de cuidados com a beleza, jantares e passeios. Tagarelando mais do que os pássaros no grande jardim sombreado de palmeiras, ela sugava os criados e porteiros para o vórtice de sua própria lânguida contagem do tempo. Mahmood podia dormir o quanto quisesse, sabendo que ela provavelmente só havia adormecido quando o Sol já estava nascendo. Ele nunca viu o *sahib* para o qual ela passava o dia todo se embonecando, mas o ouviu e viu uma grande sombra passar pelas janelas com cortinas. Sem filhos, tentava reproduzir a pequena e movimentada casa de sua infância nas vielas estreitas de Hamarweyne contratando uma profusão de criados. Dividido entre o conforto da casa da viúva e a sensação de que estava voltando à infância ressentida, Mahmood começou a comer demais. Picava e cortava ingredientes e lavava a louça para o cozinheiro, que, em troca, deixava que ele mordiscasse os pães fritos e provasse os ensopados apimentados que a viúva lhe ensinara a fazer.

Havia uma moça suaíli de tranças apertadas chamada Kamara que ia até a casa duas vezes por semana para lavar as roupas e as roupas de cama da viúva, e ela se tornou o metrônomo por meio do qual Mahmood media seus dias. Havia quatro lugares de onde podia observá-la durante as três horas que ela passava no bangalô: polindo o carro diante da casa, quando ela chegava de manhã; na porta dos fundos da cozinha, enquanto ela enchia bacia após bacia de um cano no jardim; na janela embaçada enquanto ela balançava os pezinhos na água com sabão a centímetros de distância; e, por fim, sob o jacarandá, enquanto ela pendurava grandes lençóis brancos e roupas caras no varal. Ele não trocava uma palavra com ela, mas, ao ver os olhares taciturnos e apaixonados de Mahmood, o cozinheiro grisalho começava a cantar *"Nashindwa na mali sina, we ningekuoa malaika"* e a dar batidinhas nos bolsos vazios quando ela se aproximava da cozinha. Era verdade que Mahmood não tinha dinheiro; vivia com tal conforto que a viúva achava que não havia motivo para dilapidar sua preciosa herança colocando dinheiro ou moedas em suas mãos. Que tipo de dote uma garota *dhobi* desejaria? Ele não tinha ideia. A única coisa que tinha a oferecer a ela eram passeios secretos no carro e lanches gordurosos da cozinha.

Ele refletiu sobre sua situação, observando silenciosamente uma garota calada, até que, muitos meses depois, notou o montículo oblongo sob o vestido dela, o umbigo inchado e protuberante. Horrorizado, ele saiu de baixo do jacarandá e caminhou até o carro com lágrimas nos olhos. Sentia-se como um mendigo cobiçando um prato meio comido. Amaldiçoou Kamara enquanto sua consciência o repreendia por achar que tinha algum direito sobre ela. Ele era tão miserável quanto os eunucos gordos e espalhafatosos que iam ao bazar de Stone Town, onde gastavam orgulhosamente o dinheiro de seus senhores como se fosse seu, falando de casamentos e mulheres como se já tivessem tido alguma daquelas coisas. Não queria ter que brincar consigo mesmo como um idiota ou um macaco, mas a situação era realmente muito sombria. Ele se empanturrava de comida, levava a viúva de loja em loja, e ia para a cama todas as noites com resoluções boas, mas frustradas.

Um dia, enquanto estava estacionado diante dos Correios, esperando Bibi Zahra telefonar para sua irmã em Mogadíscio, um estranho bateu na janela de vidro e despertou Mahmood de seu cochilo.

— Ei, você! — sorriu um jovem, o rosto brilhando de suor acima da camisa branca.

Franzindo o cenho, Mahmood baixou a janela para mandá-lo para o inferno.

— Esse carro por acaso é seu? Quanto me paga por isso? — vociferou ele.

— Não seja ríspido comigo. Eu sei quem você é, Mattan. Sua família está procurando por você por toda parte, moleque.

Mahmood piscou rapidamente, agarrou o volante com mais força e procurou o acelerador com o pé.

— O que você quer dizer com isso? — perguntou ele baixinho.

— Você sabe o que quero dizer — zombou o homem. — Sua mãe pergunta a todos os mercadores, marinheiros e soldados da África e de Áden se eles viram você, mesmo que tenha sido apenas seu corpo em decomposição. A polícia está atrás de você? Por que fugiu da sua família? Alá vai fazer você pagar por isso. Ninguém nunca lhe ensinou que o céu está sob os pés de sua mãe, *yaa*?

— Estou trabalhando, vou mandar dinheiro para eles — mentiu Mahmood, com a voz aguda e infantil.

Sentiu o perfume forte de Bibi Zahra antes mesmo de vê-la.

— Qual é o problema, Mahmood?

— Ele foi pego em flagrante.

— Pego em flagrante? Por você? O que ele fez? — gritou ela, olhando sem parar de um para o outro.

— Nada, minha mãe está me procurando — disse Mahmood, olhando para o volante.

— Eles não sabem se ele está vivo ou morto.

— *Harami*! — gritou Bibi Zahra, enfiando a mão dentro do carro para dar uma bofetada em Mahmood. — Quer que todos pensem que eu sequestrei você? Que eu sou uma espécie de *dad qalaato*? Achei que você fosse órfão.

— Eu nunca disse isso, nunca desejei que minha mãe morresse. Eu disse que meu pai estava morto.

Bibi Zahra balançou a cabeça, seus olhos delineados com antimônio se enchendo de lágrimas dramaticamente.

— *Weylo o wey*, só porque não tive filhos, não significa que eu não saiba como sua mãe deve estar sentindo. — Ela agarrou o umbigo e em seguida os seios. — Você vai voltar para casa hoje mesmo. Eu mesma vou lhe dar o dinheiro.

— Não! — disse Mahmood, ligando o motor, pronto para roubar o carro, se necessário.

— Venha comigo — ordenou ela, acenando com seu longo dedo indicador para que Mahmood saísse do carro. — Você vai devolver a vida a sua mãe e falar com ela.

— *Hooyo?*

— Quem é? — gritou a mãe do outro lado da linha.

— *Waa aniga*, Mahmood.

— *Manshallah, Manshallah* — gritou ela. — Meus olhos, meu caçula, meu fígado, minha luz. Achei que tinha perdido você.

Mahmood abaixou a cabeça para esconder as lágrimas que

escorriam por suas bochechas. Ela parecia tão assustada, tão velha.

— *Hooyo* — resmungou ele, sem saber mais o que dizer; ela o amava mais do que ele merecia.

— Você está bem, meu filho? Aconteceu alguma coisa com você?

— Não, estou gordo e saudável.

— Seu irmão se casou e teve um filho, eu dei a ele o nome de Mahmood.

— Estou em uma cidade chamada Dar es Salaam, fica ao lado de um grande mar. Agora sou chofer e falo suaíli. Mahmood? É uma honra, *hooyo*.

Eles se interromperam, a linha crepitou e, como nenhum dos dois tinha usado um telefone antes, a conversa foi bizarra. Tiveram que enviar um mensageiro para buscar a mãe na loja e levá-la ao Correio. Ele podia imaginar seu doloroso andar torto, a mão pressionando o quadril.

Ela gritou uma longa bênção ao telefone, exortando-o a dizer:

— *Ameen, Ameen*.

— *Ameen*.

— Que Alá permita que nos vejamos novamente.

— Sim, *hooyo*. — Ele afastou o fone do ouvido e, cheio de culpa, devolveu-o para o operador.

— Agora para a estação de trem.

Agarrando seu ombro com ternura, Bibi Zahra o levou para a luz ofuscante do Sol.

Sentado em um banco de madeira na Plataforma 1 da Estação Central, esperando por um trem que não desejava tomar, Mahmood remexia com indiferença uma porção de *chaat* que acabara de comprar de um vendedor ambulante indiano. O vislumbre vermelho de seu carrinho passando de um lado para o outro das plataformas, que fizera companhia a Mahmood na última hora, agora cessara.

O vendedor parou e alongou as costas, reclamando em hindi enquanto pressionava os polegares sobre a coluna.

— Homens pobres só descansam depois da morte, *na*? — disse ele a Mahmood em suaíli, balançando a cabeça com tristeza.

Mahmood encolheu os ombros; já tinha descansado mais do que o suficiente.

— O trem de Arusha está atrasado? — continuou o indiano, ansioso para dar um descanso à sua língua depois de tanto repetir o mantra de "um saco de *chaat* por 5 centavos, três por 10".

— Não sei, deve estar. Era para ter chegado meia hora atrás. — Mahmood abriu as mãos e se inclinou para trás, demonstrando cansaço.

— Para onde você vai?

— Hargeisa.

O vendedor ergueu as sobrancelhas.

— Somalilândia Britânica? É um longo caminho. — Ele pegou um pouco de *chaat* com uma colher, colocou-o na palma da mão, depois jogou a mistura de arroz temperado, nozes e lentilhas na boca. — Você deveria ter tomado um *dhow*.

— Vou pegar um, em Mombaça.

— Você tem dinheiro sobrando?

— Eu não, mas a mulher que me comprou a passagem sim.

— Uma verdadeira *tajira*?

— Maridos mortos ricos.

— Mulher de sorte.

— Para onde vão os outros trens?

— Mwanza, Tabora, Kigoma, Kitadu, Tanga, Dodoma, Mpanda. Fui um dos homens que colocou os trilhos de Tabora a Mwanza muito, muito tempo atrás. Sei quase tudo sobre essa ferrovia. Você poderia ir para Tanga e, de lá, pegar um *dhow*.

— A passagem serve para qualquer um desses lugares?

— Deixe-me ver.

Mahmood tirou o frágil retângulo amarelo do bolso da camisa e o desdobrou.

Segurando o papel perto dos olhos, o vendedor ambulante verificou todos os detalhes.

— Segunda classe, sim, pode usá-lo para ir a qualquer estação de trem em Tanganica.

Mahmood dobrou o bilhete de novo e o colocou de volta no bolso, junto com os 10 xelins que Bibi Zahra lhe dera para a viagem.

— Talvez eu vá para Tanga, então.

— Para onde quer que vá, *safar salama*.

— *Asante*.

Afastando-se com seu carrinho, o indiano havia plantado uma semente na mente de Mahmood. Não era obrigado a fazer o que tinham dito para ele fazer; não precisava ir para casa, nem mesmo para o Norte. O que o esperaria em Hargeisa? Um reencontro choroso com a mãe, logo seguido de punição, os afazeres mundanos da loja da família, a longa espera para que seus irmãos se casassem, um a um, até que chegasse a vez dele. Ele queria ver mais beleza, mais dos lugares, animais e mulheres maravilhosos do mundo. Queria conhecer palácios, grandes navios, montanhas, adoradores do fogo e garotas com cabelos cor de fogo. Quando pensava em Hargeisa, eram as tempestades de areia que lhe vinham à mente, arranhando seus olhos e açoitando suas roupas, os anciãos que batiam a *tusbah* chamando tudo que surgia de novo de obra de *shaydaan*, as intermináveis negociações entre os clãs sobre terras, mulheres e poços. Era um lugar para os velhos, não para aqueles que estavam começando a vida.

Ao ouvir o apito oco de um trem prestes a partir de outra plataforma, Mahmood pegou sua pequena trouxa de roupas de algodão e correu pela passarela em direção à locomotiva preta reluzente.

— Para onde decidiu ir, garoto? — exclamou o vendedor, extasiado.

As nuvens grossas de vapor que saíam da chaminé baixa encobriam qualquer sinal de para onde o trem poderia estar indo.

Mahmood se virou e jogou as mãos para o alto antes de subir os degraus de madeira íngremes de um dos vagões.

— Só Alá sabe!

As exalações furiosas do motor, depois o *tchu-tchu-tchu* das rodas girando enquanto a locomotiva puxava os vagões para longe da estação de Dar es Salaam deram a Mahmood a sensação de que ele estava indo para a guerra.

SIDDEED

OITO

— Então, o que os homens estão dizendo?

— Você sabe o que eles estão dizendo.

— Que eu fiz por merecer?

Berlin joga a cabeça para trás e desvia o olhar, como se essa não fosse uma discussão que valesse a pena ter.

— O que eles acham não importa. É o que eles vão *fazer* é o que conta.

— Não quero ninguém de má vontade comigo. Se eles não querem ajudar, a escolha é deles.

— Chega, esqueça isso. Podemos pagar os advogados. Conversamos com três e achamos que encontramos o certo. Ele defendeu aquele filho da puta que matou o Shay ano passado.

— Aquele filho da puta foi condenado.

— Ele *era* culpado! O que importa é: ele foi enforcado? — pergunta Berlin bruscamente, perdendo a paciência.

— Vou deixar vocês decidirem, não tem muita coisa para eu fazer daqui, não é?

— Não. Pode ser que seu caso nem passe das audiências, de qualquer maneira.

— *Inshallah*, que todos estejamos livres disso em breve. Diga aos homens que agradeço a ajuda deles, de verdade.

Berlin dispensa o sentimentalismo com ambas as mãos.

— O que está acontecendo lá fora, afinal? — Mahmood sorri, lendo cada parte do rosto de Berlin em busca de alguma pista sobre o que os outros marinheiros pensam de sua infeliz situação.

— Uma garota mestiça se apresentou no meu café, com uma boina e vestida como um menino, reta da cabeça aos pés como um menino também, mas canta como se quisesse derrubar as paredes.

— Qual é o nome dela?

— Bassey, Shirley Bassey. Ela ganhou um bom dinheiro naquela noite, o chapéu ficou cheio até a borda. O pai dela era aquele nigeriano que teve problemas por causa de uma garotinha, mas ela ficou muito bem sem ele. Dualleh, o comunista, está em Londres, foi se encontrar com sua camarada Sylvia Pankhurst. Ela foi convidada por Haile Selassie para se mudar para Adis Abeba.

— *Ya salam*, o Dualleh está tentando convencer ela a ficar?

— Algo assim. O doido do Tahir desapareceu, alguém disse que o viu na Agência Marítima assinando contrato para embarcar em um navio.

— Ele deve ter despejado aquelas vozes da cabeça dele.

— Ou está fugindo de alguma coisa, ou de alguém. Se tratando dele, nunca se sabe.

— Boa sorte para ele.

— Ele me disse que esteve na loja na noite em que a mulher foi assassinada.

— Ele contou isso para a polícia? — pergunta Mahmood, tirando as mãos da nuca.

— Acho que sim. Ele estava apavorado, mas eu disse que ele tinha que contar tudo a eles.

— Ele viu alguma coisa?

— Eu estava mais interessado em saber se ele fez alguma coisa.

Mahmood aproxima o rosto do de Berlin.

— O que ele disse?

— Que comprou duas barras de sabonete, depois foi se encontrar com uma garota no café árabe. Tocou a campainha, comprou suas coisas e mal passou um minuto lá dentro, segundo ele. Ele pode até ter um *jinn* dentro dele, mas nunca achei que fosse capaz de machucar ninguém, especialmente por dinheiro. Já viu como ele vive?

— Mas deve ser ele o somali que todo mundo disse que viu, então.

— Não sei, ele disse que outro somali entrou na loja depois dele. Um jovem alto e moreno que ele não conhecia. Eu mesmo me confundo com todos esses novos somalis.

— Quando ele volta?

— Como vou saber?

— Merda! — Mahmood bate com o punho na mesa.

— A polícia não para de fazer perguntas sobre você, se você andava com uma navalha ou se alguma vez ameaçou alguém. Eles não mencionaram o nome de Tahir nem uma vez.

Mahmood ri, incrédulo, e balança a cabeça.

— Como vou me livrar desses demônios?

— A situação não é nada boa, Mahmood. Eles estão mostrando sua foto para as pessoas nas docas, perguntando: "Você viu esse homem perto da loja das Volacki na noite do assassinato?"

— Eles mal sabem diferenciar a gente na luz do dia! Como vão ter certeza de quem foi que viram no meio daquele aguaceiro?

— Não esqueça que há a recompensa para aguçar a visão deles.

— Às vezes eu acordo e não sei onde estou, em que cama, em que quarto, em que país. Tenho a sensação de que estou no meio do oceano, flutuando entre turnos. É uma sensação estranha, muito estranha. À noite, fico ouvindo os carcereiros passando pela minha cela para ver se eu estou na cama, e acho que é minha mãe vindo me ver e que tenho que fechar os olhos. Isso me faz pensar sobre o Tahir, sabe? Sobre como às vezes ele olhava para as próprias mãos com um espanto tão grande que era como se não conseguisse acreditar que eram dele mesmo. Agora eu entendo como um homem enlouquece. Você abre uma porta na sua mente e passa por ela, simples assim.

— Você não é louco. Já vi você brigando algumas vezes, mas sempre se controlou. Não deixe que isso aqui tire a sua sanidade. Eles sempre vêm atrás de nós, mas mantenha sua *waran* e seu *gaashaan* erguidos, assim... — Berlin finge segurar uma lança e um escudo firmemente em cada uma das mãos. — Fique alerta, *sahib*, fique alerta.

A voz do médico continua lendo as instruções no formulário em preto e branco. Mahmood completou com indiferença as duas primeiras partes do teste de inteligência. É uma simples pista de obstáculos com números, formas e jogos de palavras, mas sua mente está em outro lugar. Enquanto marca o que sabe serem as respostas corretas, ele reflete sobre como um mês na prisão se arrasta de maneira tediosa. "Você vai ser enforcado, quer tenha feito isso quer não." Ele se lembra das palavras de Powell, claras e afiadas; o que ouvira então como a arrogância e a frustração de um homem acostumado a exercer sua autoridade, agora entende ser uma ameaça genuína.

O médico olha por cima do ombro para as respostas no papel e ergue as sobrancelhas. Mahmood havia considerado prejudicar a si mesmo de propósito, fazendo o teste de maneira que eles acreditassem que estavam diante de um idiota, mas, no fim das contas, seu orgulho não permitiu.

Mais cedo, tiveram uma conversa sobre loucura; o médico tinha dado voltas até por fim perguntar a Mahmood se ele sabia definir a insanidade. Claro que sabia. Um homem está louco quando não sabe o que está fazendo, ou não sabe a diferença entre o certo e o errado. Era assim que os tribunais viam as coisas, e ele concordava com essa definição simples. Não mencionou possessão por *jinn*, maldições nem a loucura insidiosa que parecia aos poucos tomar conta das pessoas no mar e nos desertos. O médico queria definir se ele estava apto ou não a ir a julgamento, era esse o objetivo daquelas conversas, mas mesmo que houvesse uma chance de enganar o sujeito de jaleco branco e fazê-lo acreditar que ele não estava apto a ser julgado, essa ideia nunca se concretizou. Ele podia fingir ser estúpido, podia fingir ser louco, mas por que ir tão longe quando sabia que era inocente? A única coisa que podia fazer era depositar sua fé no Onisciente, no Todo-poderoso. Desde a visita de Berlin, vinha fazendo todas as cinco orações diárias, na tentativa de disparar um sinalizador para Deus através do teto baixo de concreto. *"Ibad baadi*, me salve, *anqadhani, mujhe bachao, uniokoe"*, entoa ele ao fim de suas prostrações, implorando em todas as línguas que conhece.

A sala de recreação faz Mahmood se lembrar da Agência de Empregos, homens arrastando os pés de um lado para o outro pelo piso de linóleo desbotado, procurando um lugar para se sentar ou ficar de pé à toa. O médico assegurou-lhe de que não haveria risco para seus filhos se ele se misturasse com os outros presos, então Mahmood deixou sua cela deprimente. Seus joelhos estalam e resmungam enquanto ele caminha pela sala iluminada. Um sorriso constrangido no rosto enquanto os homens o avaliam, a testosterona deixando os olhares carregados de eletricidade. Há apenas um outro homem de cor entre eles, a cabeça inclinada sobre um quebra-cabeça complicado, e Mahmood se aproxima dele instintivamente. O velho da África Ocidental tem dois pequenos entalhes na testa e maçãs do rosto salientes. Ele não ergue a cabeça quando Mahmood puxa a cadeira de metal vazia a seu lado, apenas murmura baixinho enquanto move as peças do quebra-cabeça lentamente sobre a mesa.

— Posso ajudar? — pergunta Mahmood, notando as espirais grisalhas no cabelo do homem e suas mãos trêmulas.

Silêncio.

— Pega essa peça, ela encaixa ali... — diz Mahmood, tentando colocar a peça em um espaço entre a árvore e o céu.

— Sai fora, cara! Sai fora! — O homem bate a palma da mão na mesa e esmurra a paisagem até as peças estarem amontoadas como uma pilha de escombros.

— Agora você ultrapassou todos os limites, meu chapa — diz, rindo, um pequeno homem loiro, sentado atrás deles. — Não pode se meter entre o Tio Samson e seu quebra-cabeça, é o trabalho da vida dele, entende?

Envergonhado por ter ido se sentar justamente com o louco, Mahmood fica de pé.

— Sente-se aqui, companheiro. Ele gosta de ficar sozinho.

Ele aceita o convite e vai até a mesa do inglês. Há um tabuleiro de damas sobre ela.

— Archie Lawson, ao seu dispor — diz o homem, estendendo a mão fina e pálida.

— Mattan, Mahmood — responde ele, sacudindo-a com firmeza.

— Você é um rapaz local, então?

— Não. Sim. Eu moro em Adamsdown.

— Bem perto. Eu sou de uma terra muito distante. Os sinos da igreja de St. Mary-le-Bow tocaram quando eu nasci.

— Nasceu em Londres?

— Agora você acertou. Cockney de nascimento e de alma.

— Fiquei um tempo em Londres no ano passado, no East End. Trafalgar Square, Piccadilly Circus, tudo movimentado demais para mim.

— Já me cansei da Grande Névoa também, meu velho. Samuel Johnson disse uma vez: "Se está cansado de Londres, você está cansado da vida", mas eu estava até aqui. — Ele faz um gesto como se estivesse cortando o próprio pescoço enquanto arruma as peças em fileiras meticulosas de cada lado do tabuleiro. — Estou fazendo meu tour real pelas Prisões de Sua Majestade, poderia escrever um guia sobre elas, se me pedissem. A gororoba de Pentonville deixa muito a desejar, lamber o chão deve ter um gosto melhor. E as instalações esportivas? Um ultraje absoluto, um *ultraje*, na minha opinião.

Mahmood sorri, mas o homem fala tão rápido e com tantas entonações diferentes que ele tem dificuldade de acompanhar.

— Comida de prisão não é comida — concorda, por fim.

— O que você aprontou?

— Nada. Eles me colocaram aqui por nada.

— Não reclame, pelo menos pode tomar seu chá com bolo à tarde.

Sob a manga da camisa branca, Mahmood vê um curativo grosseiro enrolado no braço de Archie.

— Sabe jogar? — pergunta Archie, indicando o tabuleiro com o queixo.

— Claro, todo homem do mar sabe jogar damas.

— Bem, não vamos perder mais tempo, então.

— Quanto havia na minha mão?

— Dois xelins e 6 pence.

— Correto, e agora? — O médico vira os punhos fechados para cima e os abre rapidamente, revelando uma pequena quantidade de moedas de ouro, prata e cobre.

— Um florim, 3 pence e 2 centavos.

— Sua memória é realmente notável, senhor Mattan.

— Toda a minha família é igual, eu disse que temos uma loja no meu país, aprendi a contar dinheiro antes de qualquer outra coisa.

Eles estão jogando esse jogo de memória há dez minutos; é um passatempo divertido, mas que só aumenta em Mahmood a sensação de que está regredindo. Os quebra-cabeças, os livros ilustrados, os jogos de tabuleiro e os exames médicos fazem com que ele se sinta na pré-escola, o ponto alto do dia sendo às 16h, quando o pessoal da cozinha chega com um carrinho servindo fatias de bolo perfeitamente uniformes. Bolo com geleia, bolo de frutas, bolo de especiarias e nozes, bolo de aveia, não importa o que tragam, tudo que deseja é o açúcar derretendo na língua, algo que remova o gosto de carne e gordura dos almoços da prisão.

— Como está se sentindo em relação ao andamento do seu caso? — pergunta o médico, organizando as moedas em fileiras sobre a cama.

— Ainda não falei com o meu advogado. — Mahmood se senta mais para trás na cama, encostado na parede de tijolos frios. — E a audiência está chegando. Foram meus conterrâneos que pagaram ele, não preciso de nenhum advogado de merda. A audiência vai chegar e então essa história vai acabar, e eu vou sair na rua como um homem livre.

— Você parece otimista.

— Otimista? O doutor quer dizer esperançoso? Eu tenho esperança, coloco minha fé em Deus e ele não deixa nenhum inocente sofrer. Sabe, uma vez eu assisti um filme, um filme de caubói. Eu assisto todos os faroestes que eles passam naquele pulgueiro. Gosto de como nesses filmes cada homem é seu próprio patrão, e os desertos e as montanhas me fazem lembrar do meu país. Enfim, nesse filme, esqueci o nome, tem um homem novo na cidade e ele é acusado de matar uma velha, e tem o xerife, um sujeito muito mau, que odeia o forasteiro e quer ver ele morto. O homem do bar diz que viu, e o menino do estábulo também diz que viu o forasteiro coberto de sangue, as putas dizem que ele apareceu com dinheiro, mas, um depois do outro, eles se contradizem e o forasteiro prova que estão mentindo e ele fica livre, e então o xerife é preso e punido.

— Então você enxerga alguma coisa da sua própria situação nessa história improvável e maluca?

— Sim, sim. — Mahmood acena com a cabeça. — Isso me mostra como a verdade mata a mentira.

— Como o bem vence o mal?

— Isso mesmo, o doutor me entende.

— Bem, é o que a Bíblia nos diz.

— O seu livro e o meu livro são assim. — Mahmood coloca os dedos indicadores lado a lado. — Nós temos um Deus e os profetas, Moisés, Abraão, Jesus e o Diabo.

— Pode-se dizer que as fés abraâmicas têm todas a mesma origem, mas a diferença crucial é que o nosso Deus é um deus de amor e perdão. Ele morreu para redimir os pecados de toda a humanidade, os seus e os meus. O Deus dos judeus e, corrija-me se eu estiver errado, dos muçulmanos é um deus de vingança, um senhor de escravos, em vez de um pai.

— Não, quem disse isso ao doutor? Seu Deus morre. É impossível Deus morrer. Vocês me dizem que, por um minuto, cinco minutos, uma hora, seu Deus não pôde ver, ouvir nem entender nada? Vocês precisariam ter dois deuses, um para morrer e outro para trazer ele de volta à vida. Meu Deus é um só. Ele é todo-poderoso, mas também perdoa tudo. Você chama o nome de Alá no minuto em que sabe que está morto e ele o purifica, o deixa puro como uma criança recém-nascida, se estiver sendo sincero, em *niyaadaada*, ele perdoa tudo.

— É reconfortante ouvir isso. — O médico sorri, tentando deixar o assunto de lado.

Mahmood ri.

— Vocês cristãos são engraçados. Se o Deus de vocês morreu para redimir todos os nossos pecados, por que têm prisões?

— Essa é uma pergunta para uma mente mais filosófica do que a minha.

A rígida cama de madeira maltrata as costas de Mahmood, e às vezes ele é forçado a se levantar no meio da noite e andar de um lado para o outro, os guardas noturnos abrindo a pequena aba na porta e rosnando: "Tudo bem, rapaz?" Ele não está bem. A dor sobe e desce por sua espinha, aninhando-se entre os ombros em um momento, cutucando o cóccix no momento seguinte. Às vezes não consegue se levantar por horas. Naquele dia, um médico lhe dera dois comprimidos de analgésico para tomar no café da manhã, mas ainda assim foi difícil se prostrar durante a *fajr*. Quando se inclinava para a segunda *rakat*, ouviu um baque profundo e metálico, tão alto que o fez pular de susto, até o chão de cimento estremeceu um pouco. Depois da oração, ele se deu conta de que o sino da capela não havia tocado na hora habitual naquela manhã, o que atrapalhou sua rotina, que, em geral, funcionava como um relógio.

Ele despe o pijama fino, veste o uniforme de algodão e penteia os cabelos. Quando sai para fazer o exercício matinal, os outros presos da ala da enfermaria estão reunidos em um círculo; há duas dúzias deles, todos de camisa branca, que esvoaça com a brisa. É uma manhã agradável; o sol aquece o rosto de Mahmood e suaviza a aparência dos outros homens, fazendo-os parecer mais jovens e menos duros. Archie, em especial, está parecendo um adolescente, os finos pelos ruivos ao longo da mandíbula brilhando em cor de cobre, seus grandes olhos disparando de um lado para o outro.

— Tiveram que levar o corpo dele para cremação, porque ele é sikh e tudo mais e tinham que respeitar os ritos deles.

— Sim, está certo — concorda Frank, o velho escocês de mãos nodosas e artríticas. — Fez um barulho horrível, hein? Por um momento, achei que o teto fosse desabar.

— As portas do inferno, não é?

— Vocês estão falando do Singh? — pergunta Mahmood, sua mente se voltando para a oração interrompida.

— Com certeza, o falecido Mestre Singh de Bridgend deixou nossa fraternidade prisional.

— Eles realmente fizeram isso — diz Mahmood, mais para si mesmo do que para os outros.

Olhando ao redor, para a hera cerosa serpenteando pelas rachaduras na parede de tijolos, para as chaminés altas soltando finas nuvens de fumaça, para os prisioneiros que fazem trabalho de jardinagem carregando enxadas e empurrando carrinhos de mão rumo ao jardim do diretor, tudo parece inofensivo. *Um homem foi morto aqui uma hora atrás*, pensa ele, *um homem como eu, que usava esse mesmo uniforme, que provavelmente tinha o mesmo mingau salgado do café da manhã no estômago enquanto colocavam a corda em volta do pescoço dele.*

— Quem fez as honras, Archie? — pergunta um rapaz com um curativo em um dos olhos. — O capelão disse que poderiam me transferir para outra ala da prisão se eu quisesse, mas eu não me importei. Ele matou aquela garota a sangue frio, vou até aplaudir, eu disse.

Samson está na extremidade do grupo, o ouvido bom voltado para Archie para ouvi-lo melhor.

— Foi Pierrepoint, é sempre aquele desgraçado do Pierrepoint, enforcamento é com ele mesmo. Acho que o Allen deve ter ajudado, mas não tenho certeza.

Mahmood dá uma cutucada nas costelas de Archie para chamar sua atenção.

— O que vão fazer com ele agora?

— Trazer as cinzas de volta e enterrar com os outros. Eu não deveria dizer isso a vocês — ele gesticula para aqueles que estão em um círculo ao seu redor se aproximarem —, mas eles estão todos enterrados debaixo da horta. Estamos comendo legumes e verduras fertilizados por prisioneiros, rapazes. — Ele começa a rir.

— Mentira. — Mahmood franze a testa.

— É sério! Os guardas do turno da noite são meus camaradas, eu fico conversando com eles para não dormirem no batente. E eles me contam tudo... como me contaram sobre Lester, o Fantasma.

Os homens gemem e recuam, afrouxando o círculo apertado.

— Escutem, escutem, vocês sabem que eu nunca durmo, não é? Bem, acreditem em mim, enquanto vocês estão roncando como uns selvagens eu o ouço, era um velho foguista, um sujeito negro — ele acena com a cabeça para Mahmood —, eu o ouço cavando, os canos estalando como se estivessem quentes, mas se tocá-los estão frios como as tetas de uma bruxa.

— Você e suas histórias de cockney — sibila Frank, seus olhos se estreitando de diversão.

— Tragam uma Bíblia e eu juro com a mão sobre ela, podem perguntar a qualquer um dos veteranos, ou ao chefe dos guardas, o Richardson, o pai dele estava de plantão no corredor da morte quando foram buscá-lo. Mil novecentos e vinte e poucos. O pobre do sujeito teve que ser carregado para a forca em uma cadeira, porque estava paralítico do lado esquerdo, tinha estourado os miolos da garota dele, mas quando foi puxar o gatilho contra si mesmo, as mãos tremeram. O velho Lester era um marinheiro jamaicano, muito jovem quando morreu, mas agora é um velho fantasma que atravessa as paredes como se fossem teias de aranha. Fiquem atentos à noite e vão ouvi-lo, palavra de honra.

O rapaz com o curativo no olho parece muito pálido. Os outros se divertem com seu desconforto, trocando olhares maliciosos enquanto enrolam cigarros e passam entre si uma caixa de fósforos.

— Você está meio verde, Dickie, a conjuntivite está incomodando?

— Não, estou bem, só preciso perguntar uma coisa a uma pessoa. — Ele volta para dentro, de cabeça baixa.

— Sim, vá pedir colo para a mamãe — zomba Archie.

— Um foguista? — repete Mahmood.

— Foi o que fiquei sabendo. — Archie estreita os olhos enquanto se concentra em formar anéis de fumaça com seus lábios grossos e úmidos.

— Eles o levaram em uma cadeira?

— Temos que admirar a diligência dos guardas, nenhum trabalho é sujo demais para eles. Espero que ele pelo menos tenha acabado com a coluna deles ou mijado em suas pernas. Você tem que se vingar de alguma forma, não é?

SAGAAL

NOVE

— Aquela velha desgraçada!

— Ela seguiu mesmo a sua mãe? — Mahmood lança um dardo de fumaça por sobre a cabeça de Omar, com a mão apoiada na barriga redonda do filho, enquanto o menino manipula os braços de um robô de madeira barato em seu colo.

— Pode acreditar. Ela veio atrás de nós quando saímos do tribunal. Não tínhamos andado nem 10 metros quando ela agarrou mamãe pelo cotovelo e a puxou de lado.

— Me conte de novo o que ela disse.

— Ela disse: "Se você disser no tribunal que também o viu com um pacote de dinheiro, podemos dividir a recompensa meio a meio." Descarada.

— O que sua mãe disse?

— O que você acha? Mandou ela se mandar! Então aquela sujeitinha insuportável começou: "Que tipo de mãe deixa sua filha se casar com um negro?", e disse que nós dois entramos na loja dela anos atrás… e a ameaçamos! Minha mãe não deu ouvidos, porque nós estávamos morando em Hull na época. Deu um empurrão e soltou os cachorros nela para completar.

Mahmood não consegue conter o sorriso.

— Elas saíram no tapa?

— Quase, foram separadas por um dos oficiais de justiça, mas mamãe denunciou ela e as mentiras dela à polícia. Não tenho ideia do que pode acontecer se elas se encontrarem de novo, ou se eu colocar os olhos nela, aliás.

— Se segura, Williams, você não pode vir parar na prisão também.

— Não posso prometer nada, eu juro que ela fez meu sangue ferver.

Mesmo naquele momento, a mera menção do incidente faz o rosto de Laura corar, seu pescoço manchado e riscado onde as unhas arranharam a pele.

— Eu a vi na audiência, uma verdadeira representante da Davis Street, sei, parece que teve a medula sugada dos ossos.

— Uma vampira, uma verdadeira vampira.

Mahmood olha para Omar, limpa as migalhas de biscoito do rosto dele e, em seguida, pega com ternura a mão de Laura que estava sobre a mesa.

— Falei com o advogado antes de você vir.

— O que ele disse?

Tinha sido uma conversa nada satisfatória; fazia semanas que Mahmood estava esperando para elaborar uma estratégia com ele sobre como sair daquela situação, mas o advogado parecia já ter desistido. Ele leu a lista de testemunhas de acusação, mais de trinta nomes, dos quais Mahmood reconheceu apenas quatro. Doc e Monday, é claro, estavam dizendo tudo que a polícia queria ouvir, assim como Billa Khan e o sujeito das pistas de corrida. O resto ou eram oportunistas – como a velha lojista preconceituosa –, ou informantes, ou tinham sido coagidos a dizer alguma coisa, qualquer coisa, porque a polícia tinha podres sobre eles. O advogado também informou que os peritos tinham encontrado respingos de sangue em seus sapatos; respingos tão pequenos que era preciso um microscópio para vê-los. Sangue humano, disseram. Ele havia comprado as botas como um favor para a mãe de Laura. Seu irmão as havia encontrado em um depósito de lixo e, como não couberam no marido nem nos filhos, ela decidiu se livrar delas e ao mesmo tempo conseguir algum dinheiro em troca. Deus sabe de onde tinham vindo e quantos homens as haviam usado antes dele, *ma'alesh*, não importava, não havia nada que pudesse ser feito agora.

Mahmood tinha dito diversas vezes que queria depor na audiência, mas o advogado recusara, dizendo que assim estariam revelando sua estratégia de defesa ao promotor. Era melhor esconder o jogo, como no pôquer? Perguntara Mahmood depois de pensar a respeito. "É o mais certo a fazer", respondera o advogado, mas não parecia *certo*. Se o ouvissem, se ouvissem a sinceridade em sua voz, eles o libertariam. Tinha uma péssima opinião da polícia, mas os tribunais sempre tinham sido justos com ele. Quando fora injustamente acusado de roubar roupas e dinheiro de um navio ancorado em Tiger Bay, o tribunal rejeitara as acusações. Uma vez, em Londres, quando teve uma discussão com um warsengali por causa de dinheiro, e foi acusado de extorsão e mandado para o Tribunal Criminal Central, eles acreditaram em sua palavra em vez de na do ladrão, e o deixaram ir. Aquela era a famosa justiça britânica. Você tinha que fornecer evidências sólidas, ou o jogo estava acabado: nada de "eu acho", "eu ouvi" ou "eu imagino", nada dessa merda.

— O que ele disse? — repete Laura, apertando seu dedo indicador.

— Ele disse que eles não têm nenhuma prova concreta contra mim, mas que é melhor eu esperar até o julgamento para contar minha versão.

Ela encolhe os ombros.

— Esperar até o julgamento? Mas isso pode levar séculos. Estou ficando farta deste lugar, Moody, eu... — Sua voz falha antes que ela consiga terminar a frase.

Mahmood levanta a mão dela e a beija.

— Eu sei, minha mulher, eu sei. Estou farto também. Estou preso nesta jaula quando queria estar em casa com vocês. Quando eu sair, vamos morar juntos de novo, sim?

Ela enxuga os olhos impiedosamente com um lenço de algodão e faz que sim com a cabeça sem olhar para ele.

— Da minha cela, eu vejo os quintais do seu lado da rua. Que tal sexta-feira você e os meninos ficarem no quintal, para eu tentar vê-los?

— Que bobagem. — Ela ri, as lágrimas ainda em seus olhos.

— Por favor, eu quero ver vocês.

— Que horas?

— Meio-dia em ponto.

— Eu estarei lá. Não me dê o bolo.

— Nunca. — Rindo, Mahmood envolve as duas mãos dela nas dele, depois acaricia seu antebraço até onde as mangas da camisa permitem.

Logo no primeiro dia de audiência, perguntaram a Mahmood o que ele tinha a dizer sobre a acusação de assassinato. Ele levantou as palmas das mãos e respondeu calmamente:

— Sou inocente, isso é tudo que eu tenho para dizer.

Apesar disso, novas testemunhas não paravam de surgir, como se tivessem sido dragadas do fundo do canal Glamorganshire e jogadas no chão do tribunal: gordos, magros; negros, brancos, pardos; presunçosos e vagabundos; estranhos e conhecidos. Todos tinham ido até lá para cravar uma faca em suas costas.

— Eu o vi com uma navalha, tenho certeza de que vi — diz um nigeriano.

— Ele ameaçou meu vizinho com uma faca — afirma uma dona de casa.

A polícia ainda não encontrou a arma do crime, nem o dinheiro, então usam as declarações dessas testemunhas para destruir sua credibilidade, fazê-lo parecer um homem capaz de qualquer coisa. "Um criminoso violento", como o chamam no noticiário. Tantas testemunhas dizem que o viram sair da loja na noite de 6 de março que ele quase começa a acreditar que o fez. Há um indivíduo das Índias Ocidentais, um galês, um árabe, um maltês, um indiano, um judeu, praticamente toda a Liga das Nações acusando-o. Resta-lhe apenas permanecer no banco dos réus, no mais completo silêncio, enquanto seu nome é arrastado na lama e nos cacos de vidro. O que ele fez de tão terrível para que estejam se comportando dessa maneira? Nenhum dos somalis depôs ainda, nem para a acusação nem para a defesa, o que faz com que se sinta grato; isso tornaria todo aquele circo real demais.

Seu titânico advogado, alto e de rosto vermelho, assiste aos depoimentos com olhos cinzentos inexpressivos. Ainda não trocaram uma palavra, mas aquele homem tem sua vida nas mãos; Mahmood está começando a compreender isso. E, à medida que as testemunhas depõem, sua avaliação até então otimista a respeito de seu próprio poder vai desmoronando. Seu advogado, Rhys Roberts, parece um pedregulho, feito da mesma rocha pálida do juiz e do promotor; granito extraído de algum lugar que ele desconhece, talvez de dormitórios de internatos ou quartéis do Exército. São todos cavalheiros que usam anéis com brasão e relógios de família, que falam uma língua muito diferente do seu inglês de casas de máquinas, fábricas, pedreiras, brigas de rua e conversas de alcova. Eles murmuram apressadamente durante a audiência, familiarizados com aqueles procedimentos completamente desconhecidos para ele. Perguntas a seu respeito, o acusado, são feitas e respondidas antes mesmo que ele as compreenda.

Quando, dois anos antes, Mahmood atuara como intérprete no tribunal para um dos abdis que haviam espancado Shay por ter roubado suas economias, parecera fácil. Traduzir do inglês rebuscado para um somali claro e, em seguida, espremer a resposta de volta em inglês simples. Naquela ocasião, ele podia se dar ao luxo de pegar apenas a essência do que se pretendia dizer e jogar o resto fora, mas e agora? Agora que sua própria liberdade está em risco, ele precisa de todas as distinções. Quando o patologista disse "contusão", ele quis dizer hematoma? Quando disse "hemorragia", ele quis dizer algum tipo específico de sangramento ou apenas sangramento normal? A mulher foi morta pelas costas, ele sabe disso, e morreu devido a um corte profundo na garganta, acompanhado de outros três pequenos cortes. Em um momento ele consegue entender tudo, então eles mudam de frequência, como um rádio com interferência, e passam ao seu linguajar acadêmico, deixando-o apenas com palavras isoladas às quais se agarrar. Eles acham um homem estúpido porque fala com sotaque, mas ele quer gritar: "Eu aprendi cinco idiomas sozinho, sei dizer 'vão se foder!' em hindi e 'me amem' em suaíli, me deem uma chance e não falem de maneira tão complicada."

Às vezes ele se vê sorrindo, impressionado e incrédulo diante das ficções contadas a seu respeito: as estranhas roupagens com as quais as testemunhas o vestem. Que homem usaria calças brancas de cozinheiro com uma jaqueta azul da Força Aérea? O bigode inexistente e os dentes de ouro que colocam em seu rosto. Os centímetros desejáveis que acrescentam à sua altura. Eles criaram um homem – não, um monstro Frankenstein – e deram a ele seu nome antes de soltá-lo no mundo. Ali, no tribunal de Cardiff, em *Bilad al-Welsh,* com os ombros curvados, ele sente os golpes de suas mentiras como um homem atingido por flechas. Eles não enxergam Mahmood Hussein Mattan e todas as suas manifestações verdadeiras: o foguista incansável, o às do pôquer, o andarilho elegante, o marido sedento de amor, o pai de coração mole.

* * *

Ele vai a julgamento. Vai a julgamento. Vai. A. Julgamento. É essa a conclusão; a audiência acabou, todas as mentiras um sucesso. A polícia fez um bom trabalho em incriminá-lo. Agora precisa reunir forças para o julgamento, quando testemunhará, não importa o que o maldito advogado diga. Fato: ele é inocente. "A verdade o libertará." Ouviu isso dos moradores locais muitas vezes, como algo que tivessem aprendido em sua igreja.

De pé em sua cama, as meias de lã frouxas escorregando enquanto ele fica na ponta dos pés na lateral do colchão, Mahmood inclina a cabeça sobre o parapeito empoeirado da janela até conseguir ver mais dos quintais da Davis Street. Ele faz a contagem regressiva do lado ímpar até identificar o entulho familiar abandonado pela família Williams em seu quintal coberto de ervas daninhas. Um triciclo enferrujado de cabeça para baixo, um carrinho de bebê antigo com grandes rodas prateadas e capô desbotado pelo Sol, uma pia quebrada, os detritos de uma casa em que ninguém se desfaz de nada que tenha o mais ínfimo valor. "Vou consertar, vou consertar", prometia o pai de Laura, Evan, mastigando seu cachimbo de plástico. "Vou comprar um novo", Mahmood assegurava a ela, mas nada era consertado nem substituído. O dinheiro indo e vindo como as marés para todos eles. Suas mãos agarram o parapeito da janela até ele encontrar o equilíbrio, o pescoço começando a doer enquanto seu corpo torto paira no ar como um ponto de interrogação para a pergunta: "Será que ela esqueceu?"

Mahmood espera, um minuto se passa, depois outro, ele se contorce e ajusta o ponto de apoio, feliz que a miserável cela esteja fora de seu campo de visão e que ainda exista um mundo lá fora. As quatro barras de metal na janela destacam os detalhes simples da vida e os tornam ainda mais bonitos. Carros, furgões e caminhões buzinam e desviam, irritados, de carroças de leite e charretes puxadas por cavalos na Adam Street. Manchas pretas e brancas, corvos e gaivotas, voam em círculos pelo céu em busca de uma batata frita ou de uma migalha de pão perdida. Um gato de pelo laranja anda languidamente ao longo do muro de um jardim, sua atenção fixa em algum alvo invisível. Uma mulher atarracada e com uma rede sobre os cabelos sacode um lençol molhado com um estrondo e, em seguida, o pendura em um varal com prendedores de madeira que tira do bolso largo do avental.

Ela está lá, é claro que está lá, segurando Mervyn junto ao quadril, a brisa soprando seus cabelos curtos. Os dois mais velhos saem pela porta da cozinha atrás dela, David vestindo shorts e pisando forte, enquanto Omar, mal-humorado, se agarra às pernas de Laura e puxa sua saia xadrez. Ela aponta para a prisão, e Mahmood tira o lenço do bolso e acena freneticamente para fora da janela. Laura está tão longe que ele não consegue ver seu rosto com clareza, mas identifica o momento em que ela percebe seu movimento e se inclina para virar a cabeça de David na direção certa. Omar o vê sem ajuda e começa a pular, segurando a barriga de maneira teatral enquanto cambaleia para trás, alegre. Eles acenam, ele acena, eles acenam com mais força, ele acena até o braço doer. Quer chamar o nome deles, mas sua voz não chega tão longe. O lenço branco esvoaçante é tudo que ele tem. Isso o faz lembrar do momento, pouco antes de um navio de passageiros deixar o porto, em que os viajantes se reúnem nos conveses de primeira, segunda e terceira classe para acenar para a multidão no cais. Enquanto o piloto conduz o transatlântico para o mar, há uma enxurrada de lenços de ambos os lados, como neve caindo, se balançando até bem depois que o apito do navio para de soar e eles estão tão distantes que o navio parece caber dentro de uma garrafa.

Laura beija a própria mão e sopra-lhe o beijo imaginário, que ele agarra e pressiona contra os lábios ressecados. Uma vez ela disse que ele era a melhor coisa que já havia acontecido a ela. A melhor. Ele fazia com que ela se sentisse uma rainha, disse-ra ela. Ela era uma rainha, sua *boqorad* galesa, de verdade. Seu corpo, seu coração, seus pensamentos não podiam ser separa-dos facilmente dos dele; muito menos David, Omar e Mervyn. Seus braços curtos e rechonchudos estão se cansando, mas eles continuam a agitá-los com um pequeno impulso de energia renovada. Como deve ser para eles? A grande e suja estrutura marrom-acinzentada da prisão, cravejada de dezenas de peque-nas janelas gradeadas; o pai escondido, a não ser pela mão negra agitando uma bandeira branca. Laura tinha ouvido David expli-car a Omar e Mervyn que papai estava preso em um castelo e que o xerife malvado o manteria lá até que ele pagasse seus impostos. As histórias em quadrinhos, as canções de ninar e a imaginação preenchendo as lacunas das narrativas dos adultos, mas ele sabia que o pai estava com problemas, à mercê de homens poderosos.

Mahmood para de acenar, quer que eles entrem antes que peguem um resfriado. Lentamente, Laura e os meninos abaixam os braços e voltam para dentro de casa. Mahmood os observa até que ela finalmente fecha a porta da cozinha, e então fica ali, parado, deixando que a brisa seque seus olhos marejados de lágrimas. *Seja homem, ele se repreende, controle-se, você passou meses longe deles no mar, fique calmo, veja como eles estão perto. Isso não é pior do que um navio, você tem seu beliche, sua comida e nem precisa cuidar de uma fornalha. Mantenha a cabeça no lugar, faça suas orações e não chore como uma maldita mulher.*

TOBAN

DEZ

Diana espera pelo novo proprietário do número 203 da Bute Street, o Sr. Wolfowitz, do lado de fora do imóvel já varrido e esvaziado. Não mais "a loja" ou "a casa", apenas "o imóvel" agora. Penduradas no molho em sua mão estão chaves de vários tamanhos e idades, desde peças enormes e enferrujadas talhadas na década de 1910 até outras pequenas e reluzentes compradas naquele ano. Há algumas que ela nunca viu nem usou antes. Violet adorava trancar coisas; sua mente tranquilizada pelo ato de girar uma chave e verificar uma vez, depois duas, se estava de fato trancada. Diana tinha lido em algum lugar que, na era georgiana, o homem da casa só dormia depois de ter trancado todas as persianas, portas e janelas, e Violet, como "o homem da casa", assumira essa tarefa para si. Ela também levava para casa o dinheiro que permitia que levassem uma vida confortável, e agora, com sua morte e a venda de todos os seus bens, há uma pequena fortuna a ser dividida entre Diana e Maggie. O pai delas havia deixado a Rússia e chegado a Cardiff com apenas 5 xelins no bolso, mas agora Diana tem tanto dinheiro que não sabe o que fazer com ele. Violet sempre tinha sido tão reservada e controladora no que dizia respeito às finanças que Diana não fazia ideia de quanto ela havia ganhado com investimentos prudentes no mercado imobiliário, ações e títulos do governo. Os vizinhos não param de fofocar sobre sua riqueza, e ela se pergunta o que os piores entre eles não devem estar dizendo sobre o fato de ela não ter conseguido salvar Violet do assassino. O dinheiro, ou a mera ideia dele, parece fazer as pessoas assumirem posturas desonestas.

— Desculpe por deixá-la esperando, senhora Diana. — O Sr. Wolfowitz se aproxima dela, segurando o *kippah* preto na cabeça para que não seja levado pelo vento.

— Não tem problema, senhor Wolfowitz.

Ele pertence a uma geração mais velha, a barba rala e grisalha e os olhos claros e cintilantes sugerindo infortúnios e aventuras que ela nem consegue imaginar. Seu sotaque enraizado mais na Zona de Assentamento na Rússia do que em Glamorgan.

— Meu filho vem, nós esperar dois minutos, por favor? — Ele sorri e, assim como com o pai, ela não consegue recusar.

— Claro.

É com o filho que Diana vem negociando, e ele a trata como uma tola.

O Sr. Wolfowitz vasculha o bolso do casaco e tira uma latinha de balas que parecem pedras semipreciosas e as oferece a ela com uma pequena reverência.

— É muita gentileza, mas… — Ela balança a cabeça.

— Aceite, aceite! Um doce para ficar mais doce.

— Vou levar para minha filha, que tal? — oferece ela.

— Por favor.

Diana pega timidamente uma das balas da lata, embrulha-a em um lenço limpo e a coloca no bolso.

— Ah, lá vem ele! — Wolfowitz sorri enquanto seu filho de óculos vem caminhando pela Bute Street, com uma câmera Kodak nova em folha pendurada no pescoço.

— Espero que desculpe o meu atraso, Diana, tive um pequeno problema com o carro mais cedo — diz ele, pouco convincente.

— Bem, você está aqui agora — responde ela, com um sorriso tenso que revela as pequenas rugas em suas bochechas onde antes costumavam ficar suas covinhas.

— Não vamos tomar muito do seu tempo, é que meu pai queria uma pequena lembrança do dia, é a maior loja que já compramos, sabe? Você não se importa, não é? — pergunta ele, tirando a alça da câmera do pescoço antes que ela tenha a chance de responder. — É muito fácil de usar, ignore todos os mostradores e botões, exceto este aqui em cima...

Diana lhe lança um olhar que faz com que ele se cale, então pega a câmera e a aproxima do olho.

Pai e filho se posicionam diante da porta preta do 203, ajeitando a cabeça para que o número fique bem visível.

— As chaves! — grita o Wolfowitz mais novo.

Diana joga o molho para ele, que o deixa escapar e tem de se abaixar para recolhê-lo da calçada.

Eles fazem uma pose novamente, cada um enganchando um dedo indicador no grande chaveiro, o braço livre dobrado atrás das costas. Eles parecem um número de show de variedades em um pôster no Liceu: os Incríveis Wolfowitz ou os Cantores do Cantão.

Diana tira uma foto, depois move a câmera para tirar outra em modo paisagem. Ela pressiona o botão do obturador, mas o filho já saiu do quadro.

— Cuidado com os dedos — ele pega a câmera dela —, se não ajustar o foco direito você mata a foto.

Ele leva dois segundos para se dar conta do que acabou de dizer, e para quem, e então o onde e o quando fazem seu rosto corar de um vermelho profundo. Ele solta um resmungo irritado que Diana assume ser um pedido de desculpas.

O pai dele olha de um para o outro, tentando consertar a situação, mas sem encontrar palavras.

Diana abaixa o queixo, insegura sobre sua expressão. Será que seu rosto mostra raiva? Dor? Vergonha? Diversão? Nada? Ela sente todas essas coisas ao mesmo tempo. Mas como explicar isso?

— Bem, espero que a loja lhes traga tanta felicidade quanto trouxe a nós — diz ela, virando-se e indo embora, em direção à delegacia. É só depois de passar pelos barbeiros cipriotas que ela se dá conta de que suas palavras soaram como uma maldição.

— Coma, querida.

— Estou cheia.

— Tão cheia que não consegue comer um sundae?

— Eu não disse isso. — Grace sorri.

— Bem...

Grace enfia o garfo resolutamente nas pequenas cenouras. Em outras mesas, casais de namorados flertam por cima de camadas de sanduíches e fatias de bolo, e duas mulheres mais velhas discutem sobre quem terá a honra de pagar a conta de 2 xelins.

O uniforme escolar da Howell's School está em uma caixa embaixo da mesa: vestido azul sem mangas, blazer azul-marinho, blusa branca, meias cáqui e ceroulas antiquadas. Tinha custado muito caro, mas ver Grace na loja de roupas, virando-se de um lado para o outro diante do espelho, seus pequenos ombros engolidos pelo blazer, tinha tirado um pouco do peso do coração de Diana. Ela encontrou um pequeno apartamento para as duas perto da escola, no andar térreo de uma grande casa vitoriana geminada com um jardim de 2 mil metros quadrados. Os proprietários tinham mudado a decoração recentemente e a esterilidade de tudo a atraíra. Nada de rabiscos infantis escondidos, sapatos esquecidos nem cabelos no ralo para lembrá-la de que aquela casa era de outra pessoa e que a sua fica a 5 quilômetros de distância, do outro lado da ponte ferroviária, na parte pobre da cidade. Ela havia mostrado o apartamento a Grace mais cedo naquele mesmo dia, e ela tinha sido agressivamente positiva a respeito de tudo: as janelas de guilhotina eram lindas, as pequenas lareiras pretas eram lindas, o novo carpete marrom era lindo, e a pérgola coberta de glicínias no jardim era ainda mais linda. A criança dentro dela está desaparecendo, a obstinação e o egoísmo sendo descartados junto com os dentes de leite. O delicado broto de uma mulher surge, com dois olhos escuros explorando o rosto da mãe em busca de uma pista sobre o que dizer, fazer e sentir. A sapateadora Shirley Temple se transformando em uma jovem ingênua do cinema mudo, ansiosa para desaparecer em meio às sombras.

— Vamos fazer com que fique bonito. — Diana não parava de repetir, mas o lugar era estranho demais, silencioso demais, a rua lá fora elegante e deserta demais. Nenhuma alma viva bateu na porta para dizer olá, e as noites passam em um silêncio assustador. Mas talvez seja exatamente disso que precisam, um hospital improvisado onde possam se curar.

Elas nunca falam sobre o que aconteceu, mas está sempre lá, um peso entre elas, em seus silêncios e olhares desatentos. Grace terá que testemunhar no tribunal. O detetive Powell insiste nisso, dizendo que o júri precisa vê-la no banco das testemunhas. É difícil argumentar com ele; ela acaba querendo agradá-lo em vez de exigir o que quer, o que faz com que se sinta ao mesmo tempo diminuída e valorizada. Ele disse que a polícia havia montado um caso sólido contra o somali, com provas periciais e várias testemunhas de acusação, mas ainda precisam que Grace confirme que ele é o homem que ela viu na porta. Powell explicou que, depois de um choque muito intenso, a mente pode pregar peças nas pessoas, apagando algumas lembranças e deixando outras mais nítidas, mas elas precisavam se esforçar mais para se lembrar do rosto do agressor, porque todas as evidências apontavam para o somali. O detetive mostrou a ela a foto do suspeito novamente, os olhos melancólicos de Mattan olhando para ela da mesa, e disse que ela podia levar o tempo que quisesse para se lembrar do que tinha visto, pois o julgamento no Tribunal de Swansea só começaria no verão.

Depois de acompanhá-la até o lado de fora da delegacia, ele apertou sua mão.

— Avise-me se houver alguma coisa que possamos fazer por você ou sua filha, cabo Tanay. Eu me lembro do seu pai vindo à delegacia para colocar os documentos de naturalização em ordem, lá pelos anos 1920. Ter sua família aqui foi um crédito para esta cidade. Rezarei para que não tenham nenhum problema que as faça precisar de nós, mas, se precisarem de uma referência ou algo assim, é só me telefonar.

A primavera não tem paciência para o luto, as plantas já brotando profusamente das bordas do jardim frondoso. Jacintos, muitos ranúnculos cor-de-rosa amontoados, algumas tulipas tardias, mordiscadas por esquilos, e íris altas com línguas cor de açafrão dão vida ao cenário ainda cinzento e melancólico. Diana varre energicamente as folhas marrons de sicômoro do outono passado do gramado esparso para permitir que as flores recebam mais luz solar; seus próprios braços pálidos também se aquecem ao sol. A temperatura é de quase 20° Celsius, e aquele é o primeiro dia desde o incidente em que tem algum tempo para si mesma. Aos poucos, sua vida está voltando, o negócio público do luto tomando cada vez menos de seu tempo: as visitas, as perguntas, os sussurros e incentivos, o dinheiro, os advogados, a polícia. Depois do julgamento, tudo estará acabado. Endireitando a coluna, ela larga o ancinho e tira um maço de cigarros do bolso do avental. O sol da tarde repousa atrás de dois sicômoros maduros que protegem o jardim da linha férrea, os galhos finos entrelaçados e brilhando como fósforos acesos. Dando uma longa tragada no cigarro mentolado, suas bochechas se contraem, seus pulmões se expandem e o ar fresco e doce desce até a boca do estômago. Clareza. Paz. Por alguns segundos, ela sente ambas as coisas. Quando criança, gostava de ficar olhando pela janela, fingindo fumar com um pedaço de giz entre os dedos, o olhar fixo em algum lugar sobre as chaminés fumegantes. "Você desperdiça muito tempo", seu pai costumava repreendê-la, o ócio um pecado maior do que qualquer outro para ele, mas esses momentos, quando a brisa acaricia seus cabelos e leva seus pensamentos para longe, acalmam sua mente inquieta.

Depois de respirar o ar fresco do jardim, o novo linóleo da cozinha exala um cheiro tão forte que é o suficiente para lhe dar dor de cabeça. Ela abre a janela acima da pia de aço inoxidável, depois vasculha os armários verde-menta até encontrar a farinha, a manteiga e o leite condensado que comprou mais cedo. Em duas horas, tem que pegar Grace na escola nova e trazê-la para o apartamento para que ela possa dar uma olhada nas amostras e escolher o tecido para as cortinas e colchas do seu quarto. Ela a surpreenderá com uma torta de caramelo, um deleite que ambas adoram. Os ingredientes e utensílios de que precisará são básicos, o que é ótimo, já que a cozinha ainda está escassamente equipada e abastecida.

As tortas de caramelo sempre a levam de volta à infância, à Lyons' Corner House na Strand Street, em Londres. A confeitaria instalada em um belo edifício, com videiras e colunas douradas no exterior e samovares gordos e tetos de treliça no interior. Chocolates minúsculos, arranjos de flores enormes, latas de biscoito adornadas com fitas, iguarias importadas; era pura opulência, os balcões do salão repletos de doces tão delicados que ela se sentia culpada só de pensar em comê-los, e pediu uma torta de caramelo simples com creme ambas as vezes. Uma garçonete com chapéu de pano branco anotava os pedidos na mesa elegantemente posta. A voz de seu pai era dura, a pasta de couro apertada em seu colo enquanto ele apontava cuidadosamente as opções no menu, a solenidade do tribunal tendo feito com que as três meninas permanecessem em silêncio. Violet e Maggie pediam mil-folhas, *gâteau* floresta negra, *peach melba*, torta de farelo de pão com geleia e merengue por cima ou o que quer que as atraísse, mas Diana sempre havia apreciado o conforto caseiro da massa crocante e do creme quente.

Londres era um assalto aos sentidos: as hordas implacáveis entre Piccadilly e a Oxford Street, que pareciam felizes em atropelar uma garotinha; o tráfego incessante; os berros de jornaleiros e vendedores de flores; policiais soprando seus apitos. Ela marchava ao lado do pai, com as mãos em concha sobre os ouvidos, assustada. Ele as levara a Londres duas vezes, para cada um dos julgamentos de divórcio. Diana agora tem a mesma idade que sua mãe tinha quando o marido, seu pai, tentou se divorciar dela pela primeira vez. A loucura pareceu tomar conta dele logo depois que sua mãe morreu na Rússia, uma espécie de raiva que nada era capaz de aplacar. Acusou a mãe delas de adultério e entrou com o pedido de divórcio e de custódia das meninas. Ela se lembra bem dos olhares que sua mãe recebia enquanto esperavam para comprar sorvete no carrinho de Salvatore na Stuart Street. Um purgatório de murmúrios e risos, o divórcio estampado no jornal, homens perguntando ao pai de onde ele tirava o dinheiro, as mulheres dizendo à mãe que se ajoelhasse e implorasse por perdão, quer fosse inocente quer não. A sutil sensação de que todos os vizinhos estavam rindo do pai também; daquele pequeno lojista de Cardiff que estava disposto a arcar com os custos e a vergonha de um divórcio. Quando o Supremo Tribunal, aquele castelo branco que substituiu os castelos dos livros ilustrados em sua imaginação, rejeitou o pedido de seu pai, ele finalmente permitiu que a mãe delas voltasse para casa. Ninguém explicou nada; Diana tinha 10 anos e procurava no dicionário da escola por "adultério", "furtivo" e "indecente".

Violet cuidava da casa e se certificava de que todos estivessem alimentados e limpos; se sabia mais sobre a "situação", nunca disse nada. Rabinos de casaca iam até a casa deles e se entrincheiravam na sala de jantar com o pai por horas, recomendando paciência e confiança, mas ele nunca mais olhou com bons olhos para a esposa. Menos de seis anos depois, entrou com um novo pedido de divórcio, alegando adultério, e venceu, expulsando a mulher de casa e queimando o máximo de fotografias que conseguiu antes que as meninas as resgatassem. A mulher que ele via na mãe era alguém que elas nunca poderiam ver: no toque de suas mãos elas sentiam amor, enquanto ele sentia profanação; em seu riso ele ouvia traição, enquanto elas viam alegria; no olhar distante que ele interpretava como malícia, elas percebiam tristeza. Ela era uma árvore que ele queria derrubar, e a lei foi seu machado. As meninas a ajudaram a arrumar seus pertences e a se mudar para a pequena casa em que morreu alguns anos depois, as lágrimas ainda não esgotadas. Toda a sua vida fora construída em torno da maternidade, e então o mais alto tribunal do país a julgara inapta para ser mãe. Pobre mulher. Diana ainda não sabia no que acreditar sobre aquela época: se os juízes tinham se deixado influenciar pela paranoia do pai, ou se a mãe delas realmente amava um homem chamado Percy. Elas cresceram em um mundo em que era preciso se proteger da verdade.

— Não fomos feitas para uma vida fácil — suspira Diana, enquanto bate a massa na bancada. Ela não é como a mãe, sabe disso, não precisa de um homem por causa de seu dinheiro, ou como uma fuga, e fará de tudo para que Grace também não precise.

* * *

Alguns dias depois, Maggie, Daniel e Diana estão de pé ao redor da mesa de jantar, Grace posicionada na cabeceira, o rosto iluminado pelas onze velas do bolo de aniversário. Um grande laço na cabeça faz com que ela pareça ter duas orelhas de coelho brancas de bolinhas pretas.

— Faça um pedido primeiro! — diz Daniel enquanto ela se inclina para apagar as chamas. — Sopre, não cuspa, não quero baba na minha fatia.

Grace enfia o dedo na cobertura e ameaça Daniel antes de enfiá-lo na boca.

— *L'chaim!* — Diana ergue a taça de xerez no ar, sua voz mais alta do que pretendia. — Vida longa e sucesso, meu amor.

Os adultos fazem fila para beijar Grace na bochecha e Diana, a última, vê que a filha está à beira das lágrimas.

— Não chore, não chore — sussurra ela em seu ouvido, incutindo-lhe força com seu abraço.

Com um aceno de cabeça, Grace volta a sorrir e dar risadas.

O pequeno grupo vai para o sofá novo, para a abertura dos presentes; os convidados se sentam enquanto Diana e Grace ficam junto à mesa de centro, admirando o papel grosso em que cada presente vem embrulhado. Maggie e Daniel dão a ela um baú cheio de livros e um par de pantufas vermelhas. Diana leva Grace até a janela que dá para o jardim e revela seu presente: uma bicicleta azul com uma cesta no guidão cheia de flores artificiais.

— Ah, meu Deus! — grita Grace.

— Que garota mimada — diz Daniel, balançando a cabeça com falsa inveja. — Quando vou ganhar uma bicicleta?

— Posso andar nela agora? — pergunta Grace à mãe.

— Por que não?

Ela sai correndo pela cozinha e vai para o jardim.

Diana enche os copos de xerez e todos afundam em seus assentos, a alegria suspensa. Maggie parece a mais angustiada, mas sempre é aquela que conduz a conversa para trivialidades seguras, então suspira e diz:

— Posso sentir que este ano vai ser terrível para a minha rinite. Já chegou com toda a força.

Diana hesita antes de abordar o próximo assunto.

— Enquanto isso, a terra já se assentou o suficiente para colocarmos a lápide.

— Isso é bom, isso é bom — diz Daniel, olhando para a taça de xerez ainda cheia.

— Você escolheu uma bela pedra.

Diana também decidiu pela inscrição – "Filha, irmã e tia amada, que sua alma descanse na paz eterna" –, mas é algo tão permanente e sobreviverá a todos eles, então ela se pergunta se escolheu as palavras certas.

— Vocês ficaram satisfeitos com a inscrição?

— Sim, não há espaço suficiente para escrever o que está em nossos corações, não é? — Maggie torce um guardanapo entre as mãos.

— Não.

— Não há tinta suficiente, não há papel suficiente, não há tempo suficiente.

— Precisa da minha ajuda? — pergunta Daniel.

— Não, está tudo resolvido.

— Foi uma bela festa de aniversário, não foi?

Diana e Grace estão aconchegadas na cama de Grace, os narizes quase se tocando. As velas crepitam e as sombras ondulam no papel de parede com estampa de samambaias e cortinas combinando.

— Foi ótima.

— Qual foi o seu presente favorito?

— A bicicleta.

— Puxa-saco.

Grace sorri e revela seus dentes tortos, cada um de um formato e um tamanho diferente.

— O que você desejou?

— Não posso contar.

— Claro que pode.

— Não, é sério, não posso.

— Tem a ver com a tia Violet?

Grace faz que sim com a cabeça.

— Você desejou que ela ainda estivesse aqui?

— É idiota, eu sei. — Ela leva a mão à boca.

— Não, você não ia acreditar em quantas vezes eu desejei a mesma coisa, Gracie.

— Não foi certo, não foi justo, foi, mamãe? Havia muito sangue.

— Ela era uma pessoa maravilhosa. Não sei por que esse foi o fim que o destino reservou para ela. Realmente não sei.

— Nós não ouvimos nada. E se alguém invadir esta casa enquanto estivermos dormindo ou enquanto eu estiver na escola e machucar você? — Grace estremece quando o medo que ela manteve tão bem escondido se revela. — Seria melhor se tivéssemos um homem em casa, não acha? Para nos proteger de homens maus.

— Eu vou proteger você, Gracie, prometo. Não há nada que um homem possa fazer por você que eu mesma não faria.

— Mas você é só uma mo-o-oça — soluça ela.

— Não, eu sou uma mulher, e nenhum homem lutaria mais ferozmente por você.

— Eu não quero ir ao julgamento com todo mundo lá, e aquele... aquele homem mau olhando para mim.

— Vai ser muito rápido, Gracie, você só tem que dizer a verdade, apenas dizer exatamente o que viu, e então vamos para casa e nunca mais pensaremos nisso. Não existe resposta certa ou errada, apenas diga a verdade.

— Eles vão enforcá-lo, não vão?

— Se provarem que foi ele que fez aquilo... talvez... não sei... às vezes as pessoas são perdoadas. Você não tem que se preocupar com isso, só precisa ser honesta, Gracie.

— Eu vou ser, eu vou ser.

— Eu sei que vai.

Diana beija os cabelos pretos de Grace até ela se acalmar.

KOW IYO TOBAN

ONZE

— Seu filho da puta, vá se foder! — Mahmood pressiona o polegar com força contra o interruptor ao lado da porta, o que faz a campainha do corredor soar.

Um carcereiro destranca a pequena abertura na porta e se abaixa para ver o rosto de Mahmood do outro lado.

— Está querendo levar uma surra?

— Já pedi para você me trazer água duas vezes, quer que eu enlouqueça, seu maldito?

— Continue assim e vai ver o que ganha com isso. Eu estava pensando em pegar sua maldita água, mas agora não dou a mínima se você morrer de sede.

Mahmood toca a campainha novamente e o carcereiro enfia os dedos nos ouvidos.

— Vou relatar tudo isso ao diretor, pode ter certeza, e ele vai ordenar que façamos o que for preciso para colocar algum juízo na sua cabeça.

— Se colocarem suas mãos sujas em mim, eu mato todos vocês. Vocês acham que sou escravo?

— Ameaças de violência também? Que ótimo, parceiro, isso definitivamente vai chegar aos ouvidos do diretor.

Mahmood aperta o interruptor em rápida sucessão — campainha, silêncio, campainha, silêncio — até o carcereiro parar de mover os lábios e fechar a abertura na porta.

— Foda-se você e sua religião — grita Mahmood depois que ele se afasta.

"Você é um homem lunático, completamente insano", uma voz interior o repreende. "O que ganha fazendo isso?" Ele argumenta em silêncio: "Eu mantenho meu orgulho, me vingo", em seguida se deixa cair pesadamente na cama, a cabeça apoiada nas mãos. Ele se levanta novamente e se vira na direção de Meca, juntando os pés e colocando as palmas das mãos sobre o umbigo. Faz uma breve pausa antes de começar a oração para limpar sua mente de todos os pensamentos e de todas as emoções contidas que o oprimem e então, com uma respiração profunda, começa. *Allahu Akbar.* Fecha os olhos, acalmando a respiração, descansa a testa no cimento frio e, lentamente, sua mente se afasta da prisão.

Depois do *salat*, Mahmood se sente um pouco mais leve, mas há um sentimento que não consegue afastar, uma raiva irracional, mas violenta, de Laura. Faz quatro dias que não se dá ao trabalho de acenar da janela e observa a hora em que normalmente teriam aquela breve comunhão ir e vir com um desejo sombrio de que ela se sinta tão miserável quanto ele. Sabe que é errado e infantil, mas não consegue fingir que está tudo bem e que ela não o decepcionou. Laura já fez com que ele desperdiçasse dois anos de sua vida, mantendo-o amarrado a ela como um cachorro velho, e agora ele está preso porque aqueles *shayaadiin* brancos odeiam o fato de ele ter se casado com uma branca. É a isso que tudo se resume, não é? Ele tomou uma das mulheres deles, e por isso tem de ser punido. "Os negros roubam nossos empregos e tiram nossas mulheres de nós." É o que dizem em todos os jornais, e na sua cara quando têm coragem. Acham que ele não tem o direito de ganhar dinheiro ou se casar com quem quiser. Os somalis tentaram avisá-lo, mas ele foi orgulhoso e estúpido demais para ouvir. Essas garotas o trairão. Elas ficam com qualquer sujeito que chame sua atenção, depois fazem com que seus filhos chamem homens estranhos de pai, ou simplesmente os abandonam e os jogam em um orfanato. Não consegue mais olhar nos olhos de Laura, ela verá o que ele está pensando, ela sempre viu através dele.

Sempre havia encarado tudo como um jogo; como um gato perseguindo ratos, seguia as garotas dentro e fora dos bares, sorrindo enquanto elas se afastavam e lhe diziam em meio a risadinhas: "Não tenho permissão para falar com rapazes negros." Com suas meias-calças pretas, seus lábios vermelhos, olhos escuros e saltos altos, elas viravam sua cabeça todas as vezes. Sua boca dizia não, mas seus olhos diziam sim, então ele apressava o passo e continuava pensando na próxima, na próxima. As garotas negras já tinham deixado de ter o mesmo efeito, porque era muito fácil. "Você não vem de tão longe para se enrabichar por uma mulher que se parece com a sua mãe", era o que os sujeitos das Índias Ocidentais diziam. As mulheres negras sabiam que tinham sido deixadas de lado e ficavam com raiva.

Certa vez, uma mulher das Índias Ocidentais, abrigada sob um grande guarda-chuva vermelho, avistara ele e Laura na rua. Examinou-os de cima a baixo, com o nariz franzido, e perguntou com uma risada zombeteira:

— Você vê uma mulher branca desse jeito e logo pensa em esposa, não é?

Ele colocou o braço em volta do ombro de Laura e retrucou:

— Cuide da sua vida, garota, eu não sou um dos seus.

Que tolo ele tinha sido.

Cinco anos. Tinham sido necessários cinco anos para que ele se desvencilhasse de todas as suas ilusões sobre aquele lugar. Além disso, em uma cela de prisão, você se dá conta de cada um dos erros que cometeu. Mahmood se levanta e anda pelos 3,5 metros quadrados de espaço que tem. Aquele dia em Durban, quando viu seu primeiro navio esparramado na água como uma ilha vulcânica fumegante, foi quando ele se perdeu. Foi contratado como ajudante de cozinha porque disseram que era fraco demais para a "Gangue Negra". Isso faz com que ele sorria agora, ao se lembrar de como ficara aborrecido por trabalhar na cozinha quando todos os seus "irmãos" estavam lá embaixo na sala de máquinas. Levou semanas para perceber que a "Gangue Negra" era composta de homens de todas as cores e era chamada assim porque todos saíam de seu turno de trabalho negros como carvão. Seu trabalho era limpo, fácil e humilhante: "Descasque essas batatas, Ali." "Você não tirou toda a gordura dessas panelas, esfregue com mais vontade, pelo amor de Deus!" "Foda-se se você 'não come carne de porco', corte esse presunto agora." Os comissários eram homens rudes, mas não desprovidos de bondade. Um deles, um escocês careca de veias grossas, quase estrangulara um engenheiro por ter jogado um prato de carne enlatada gordurosa na cara de Mahmood.

Em suas horas livres, ele andava por todos os cantos de cada convés, suas pernas ainda acostumadas a caminhar por quilômetros de terra todos os dias. Ficava admirado com o fato de que, naquela *besta*, naquela baleia de aço que atravessava as ondas, houvesse eletricidade, telefones, elevadores, fogões, vasos sanitários com descarga, além de alavancas e mostradores que faziam coisas misteriosas por toda parte. A magia do homem branco. Era como se os europeus tivessem refeito o mundo, e bastasse estenderem as mãos para terem diante de si todas as maravilhas que havia. O navio revelou-lhe o abismo profundo entre a vida que levava na África e o mundo além dela. Aquele navio, o SS *Fort Ellice*, poderia muito bem ter sido um foguete, levando-o para um planeta de alienígenas verdes tagarelas e mares cobertos de gelo, e quanto mais se aproximavam de seu destino, Cardiff, mais Mahmood compreendia que a África havia se tornado pequena demais para ele.

Foi apenas em sua terceira viagem, quando seus músculos eram pequenos montículos sobre seus ossos delicados, que ele adentrou as entranhas do navio em que os homens de verdade trabalhavam. Como ainda não estava preparado para trabalhar na caldeira, foi colocado para trabalhar nos depósitos, transportando carvão para as caldeiras, onde os foguistas, flácidos de exaustão, o lançavam às chamas. Os depósitos de carvão eram escuros como breu, iluminados por uma única lâmpada móvel. O chão balançava e se inclinava no ritmo das ondas do Atlântico, e os homens cambaleavam enquanto o carvão se movia sob seus pés. Certa vez, naquele navio, houve um incêndio em um dos depósitos, mas não um incêndio normal – não havia chamas nem fumaça –, apenas um calor tão intenso, que vinha das profundezas da pilha negra, que a antepara de aço cedeu. Nasir, o velho carvoeiro iemenita que conseguia determinar a qualidade do carvão com uma simples mordida, disse que, às vezes, isso acontecia quando muito carvão novo era despejado em cima do velho ou quando era deixado parado por muito tempo. Ele falava do carvão como se fosse um amigo bom, mas imprevisível, suas pernas arqueadas enegrecidas até a bermuda volumosa. *"Yallah! Yallah!* A única maneira de apagar o fogo é deixando-o queimar!"*, gritara ele, empurrando Mahmood para fora do caminho para passar com seu carrinho de mão.

Em alguns dos turnos, eles eram acompanhados por um galês que cantava tão profundamente que Mahmood podia sentir sua voz reverberando no próprio peito; em outras ocasiões, um par de gêmeos idênticos de Berbera, Raage e Roble, brandindo suas pás ao lado dele. Naqueles dias em que os três somalis ficavam sepultados e se alinhavam na mesma cadência hipnótica, o depósito parecia quase um lugar místico. Suas pás mergulhando e voando no mesmo ritmo, velhas canções de trabalho do deserto unindo suas vozes roucas em melodias graves e monótonas, o suor, a dor, o calor exorcizando até o último de seus pensamentos, um *zaar* improvisado no fundo do mar. Então Mahmood se arrastava para seu beliche, que ficava em uma cabine para dez pessoas impregnada de fumaça de cigarro e suor rançoso, sentindo-se como se tivesse sido espancado com martelos, a luminosidade fazendo seus olhos se estreitarem. Mas ele adormecia ainda exultante, o pulso em sintonia com as batidas dos motores. *"Yallah! Yallah!* A única maneira de apagar o fogo é deixando-o queimar!" Essas eram palavras que norteariam sua vida.

E como ele havia queimado! Havia poucos pecados que não tinha cometido. Provara álcool pela primeira vez em um barzinho no cais do Porto do Rio de Janeiro, uma espelunca de palha em que marinheiros de cor de todo o mundo jogavam e dançavam com garotas de pés velozes e rosto inexpressivo. O líquido marrom é chá, disse a si mesmo, enquanto aceitava o copinho oferecido pela garçonete brasileira de pele cor de caramelo. Naquela época, ele ainda preferia mulheres que o faziam lembrar de casa. Ela usava um top preto justo que deixava as costas nuas, com um lenço vermelho amarrado no pescoço e os cachos negros penteados em um *pompadour* junto à testa. Ela o observou enquanto ele tomava seu primeiro gole de rum e riu quando ele arregalou os olhos, surpresos. Ele deu uma olhada no bar em busca dos outros marinheiros somalis, mas eles não estavam lá; naquele espaço escuro iluminado por luz neon não havia ninguém para julgá-lo nem detê-lo. A mulher disse algo encorajador em português e encheu o copo com o líquido de uma garrafa grande. A chuva caía pesada da beirada do telhado de palha, amenizando o calor dos corpos colados demais. Ela tomou a mão dele e o levou para longe da jukebox barulhenta que tocava um samba febril. O céu estava escurecendo, mas os contornos sonolentos das montanhas ainda eram visíveis por trás das chaminés e colunas de fumaça do porto. Ela apontou cada montanha para ele, falando devagar, como se estivesse se dirigindo a uma criança, a silhueta de seu rosto felino recortada contra a luz amarela de uma lâmpada, sua língua produzindo sons estranhos e sibilantes. Ele se aproximou e, encorajado pelo rum, beijou sua bochecha empoada e esperou uma bofetada que não veio, em vez disso, ela se virou e o beijou desavergonhadamente na boca. Hesitante, ele levou a mão à cintura dela, a imagem de sua mãe, o cheiro do perfume da garota e a lembrança da bengala do *macalim* rodopiando em sua cabeça. O instinto e a criação colidindo de modo que suas mãos tremiam 1 milímetro acima dos quadris arredondados dela. *Que tipo de mulher faz isso?*, perguntava sua mente. *Quem se importa?*, respondia seu corpo.

O corpo de Mahmood ganhou a discussão naquela noite, e na seguinte, e na seguinte, até que o carvão foi reabastecido, a carga colocada no navio, e, em uma última manhã, ele teve que se despedir de sua ousada brasileira. O jogo veio mais tarde, quando, com sorte de principiante, ele apostou £10 e ganhou £100 em uma mesa de pôquer em Cingapura. Sentiu um êxtase maior do que o do álcool e o das mulheres, e soube que havia encontrado sua droga. Ficara para assistir aos outros jogos, prometendo a si mesmo que não jogaria mais, mas então se sentou novamente, colocou uma nota de £10 sobre a mesa estreita de madeira, depois uma de £20 e, por fim, todo o dinheiro que havia ganhado. Os cozinheiros chineses com quem ele estava ficaram acordados a noite toda, lutando contra o sono com pratos de fritura e pequenas doses de uísque. As luzes amarelas sibilavam, seu cérebro zumbia de exaustão, mas ele observava atentamente enquanto um velho cozinheiro – com uma *jinu* entorpecida pelo ópio empoleirada em seu joelho, acariciando sua careca irregular de maneira encorajadora com suas longas unhas pintadas de preto – amealhava uma pilha de dinheiro e joias, o suficiente para se aposentar. Mas o velho se manteve impassível. Afastando a garota do joelho, ele passou uma nota para cada um dos jogadores ao redor da mesa e então caminhou rigidamente de volta para o navio pelas ruas largas e vazias invadidas pelos primeiros raios de sol, seus ganhos escondidos em um saco de papel pardo. A sala dos fundos em que eles haviam passado a noite transformou-se rapidamente em uma espécie de dormitório, enquanto os primeiros vendedores ambulantes anunciavam suas mercadorias do lado de fora. Ele era o único negro, mas ninguém se importou nem mandou que ele fosse embora. Os jogadores se jogavam no chão ou dormiam sobre as mesas, enfiando o rosto nas camisas ou nos braços cruzados, como corvos aninhados sob as próprias asas. Mahmood cambaleou atrás do sortudo e voltou para o navio com os olhos vermelhos, o bolso vazio e a sensação de ter testemunhado um milagre.

De repente, a necessidade de trabalhar para viver não era mais um fato inescapável da vida. Era possível obter, ou melhor, ganhar o suficiente em uma noite para escapar da labuta, dos chefes mal-humorados, dos turnos de quatro horas, das greves, dos naufrágios, dos longos períodos sem trabalho. Você pode se tornar o senhor da sua própria vida, ir a qualquer lugar e fazer o que quiser todos os dias. Ele havia encontrado seu novo sonho, mas era um sonho que não podia contribuir para realizar, a fortuna não podia ser cutucada nem despertada à força, ela precisava da liberdade de aparecer quando e onde quisesse. E a maldita não tinha pressa, frustrando profundamente um homem. Qual era o sentido de ele estar preso ali, acusado de um assassinato que não havia cometido? Que destino era esse? Sobretudo se algum desgraçado se safaria de um assassinato e provavelmente ganharia uma grande corrida ainda por cima. Onde ele estaria agora?

Aquele assassino miserável? Aninhado nos braços de sua mulher, certamente, sem nenhuma preocupação na cabeça. Sem chance de ele vir correndo cheio de remorso e confessar a culpa, não, de jeito nenhum. Mahmood não cultiva essa falsa esperança. Não pode contar com testemunhas, advogado, juiz nem destino. Somente com Alá. Ele purificou sua alma e pode implorar a Deus por justiça com um coração puro e verdadeiro. Apenas justiça. Não espera que seus pecados sejam esquecidos, apenas que não tenha que pagar também pelos de outro homem.

Até mesmo alguns de seus pecados parecem ter sido impostos a ele por aquele maldito país. Nunca tinha roubado nada na vida até aqueles desgraçados fazerem ele se sentir como a merda na grama na qual eles haviam pisado. Velhas malditas agarrando a bolsa junto ao peito porque o avistavam, ou parecendo prontas para se benzer se a sombra dele caísse sobre elas. "Do que vocês têm tanto medo?", ele quis gritar muitas vezes. "São vocês que nos matam por diversão." Você poderia ser o anjo Jibril, mas se seu rosto fosse negro, não importava quão honesto, generoso ou compassivo fosse, continuaria sendo o Diabo. Ele havia começado a andar com os braços cruzados firmemente, como se estivessem amarrados, para que elas soubessem que não as machucaria. Sua mente vivia cheia de *shaki*, se perguntava constantemente se uma mulher havia olhado para sua bolsa porque o vira chegando, ou apenas porque precisava de algo que havia lá dentro. Aquele homem está me seguindo, ou apenas andando pela loja dele? Até que, um dia, chegou ao *limite*. Uma mulher dirigiu a ele um olhar realmente desagradável, um verdadeiro olhar de "volte para o buraco da sua mãe". Logo ele! Com seu terno de três peças e lenço de seda, enquanto a velha desgraçada usava uma capa de chuva que não era lavada desde a guerra. Foi a gota d'água. Quando a alcançou, pechinchando um filé barato com Tommy, o peixeiro, e viu que ela havia pendurado a bolsa de plástico na extremidade do carrinho, ele enganchou o dedo na alça e a levou embora. Tinha sido uma travessura, de pequena vingança. Ele não precisava dos trocados dela, mas a excitação, a euforia e o triunfo de se safar foram o equivalente a apostar tudo e ganhar. Isso aconteceu muitas vezes mais, sempre que ele sentia que sua dignidade estava sendo desprezada. Tornou-se o demônio pelo qual sempre o haviam tomado. Então, sabiamente, passou a guardar seu talento apenas para as ocasiões em que precisava de dinheiro fácil: furtar um relógio aqui, um casaco ou uma carteira ali. Nos pubs, observava os especialistas em ação, atravessando a multidão sem serem percebidos, ou dando tapinhas nas costas e fazendo cócegas em bêbados. Cada um tinha seu próprio estilo, mas era sempre como uma dança, tudo se resumia a saber dar os passos certos e antecipar os movimentos do alvo, e Mahmood sempre gostara de dançar.

— Tem visita para você. Você vem ou não? — Matthews, o chefe dos carcereiros, está parado em frente à porta aberta da cela, a barriga estufando o paletó de lã com botões de latão.

Mahmood está vestindo seu uniforme diurno e tomou banho pela manhã, mas deixou a decisão de ver ou não Laura para o último minuto. Com o coração acelerado, ele se levanta da cama e acena com a cabeça.

— Vai lhe fazer bem, não adianta nada ficar deprimido, rapaz — diz o carcereiro, encorajando-o e dando um tapinha em seu ombro. — Já vi muitos irem e virem e vou lhe dar um conselho de graça: quando sua mente é uma prisão, então não importa onde você esteja, mas se acordar grato a Deus pelo ar em seus pulmões e disposto tirar o máximo de proveito da sua situação, então já estará a meio caminho de sair da prisão.

Eles caminham lado a lado pelo corredor.

— Eu quero sair de vez, senhor.

— Não há nenhum lugar do mundo em que a justiça seja mais rigorosa do que a que temos aqui. Sei que alega ser inocente, Mattan, e garanto a você que o tribunal vai lhe conceder um julgamento tão justo quanto o de qualquer outra pessoa. É assim que as coisas funcionam com os britânicos.

— Já ouvi isso muitas vezes.

Mathews cora.

— Justiça, é por isso que somos conhecidos... e pelo chá.

Laura está sentada sozinha em uma pequena mesa, o rosto voltado para baixo e escondido pela borda do lenço. Um suéter vermelho-vivo evidencia o contorno de seus pequenos seios cônicos e ilumina a sala pálida e ascética.

— Você não trouxe nenhum dos meninos? — pergunta Mahmood rispidamente, enquanto puxa a cadeira de metal com um rangido.

— Não, eles não estão bem — responde Laura, olhando longamente para o corpo dele antes de pousar os olhos em seu rosto.

Ele vê imediatamente. Mal escondida pelo cabelo que ela penteou para a frente. Mahmood estende a mão e com um dedo afasta os fios.

— Quem fez isso? — rosna ele.

Laura olha rapidamente por cima do ombro e puxa o lenço estampado para mais perto do rosto.

— Não é nada. Não faça alarde.

— Vou perguntar de novo, Williams, quem fez isso? — O hematoma amarelado vai da orelha esquerda até o canto dos lábios finos e rosados. Uma mancha verde-arroxeada sobre a bochecha.

— Um garoto na Windsor Road. Eu estava voltando das compras com David e Omar e o vi atirando pedras nos postes da rua.

Assim que abri a boca para repreendê-lo, ele veio para cima de mim. Gritando os palavrões de costume, ameaçando esmagar o crânio dos meninos, deixando David tão apavorado que o pobrezinho fez xixi na calça, mas não diga a ele que eu contei a você.

— Não tinha ninguém por perto?

— Tinha várias pessoas — responde ela com amargura. — Uma mulher que estava lavando os degraus da frente parou e ficou boquiaberta, mas ninguém disse uma palavra. Ele começou a falar sobre como eu deveria dar o fora de Adamsdown, que eu não tinha que estar ali... que eles deveriam enforcar os crioulinhos junto com o pai deles.

Laura olha furtivamente para Mahmood, mas o rosto dele está inexpressivo, distante.

— Doeu muito e, você sabe, David olhou para mim com seu rostinho já velho e sábio e me perguntou se você ia ser enforcado. Eu mandei aquele delinquentezinho ir para o inferno e disse que não vou a lugar nenhum, nem você, nem os meninos. A próxima coisa que vi foi uma pedra atingindo meu rosto.

— Você sabe o nome desse garoto?

— Acho que é um dos filhos dos Carson, mas não tenho certeza.

— Descubra, Laura, e eu vou dar uma lição nele quando sair daqui. Ele vai pagar.

— Esqueça, Moody, temos preocupações maiores. Vou simplesmente manter os meninos em casa até o julgamento terminar. Omar adora desenhar com giz na calçada e conversar com as velhinhas que passam, então ele provavelmente vai fazer um escândalo. Eles ainda são pequenos, mas algumas pessoas são muito doentes, sabe? Não sei o que se passa na cabeça de alguns desses adolescentes; quando não estão aprontando alguma coisa, acham que não estão vivendo.

— Não deixa eles saírem de casa, isso mesmo. Seu pai não assusta ninguém, então eles ficam em casa até eu voltar — concorda

Mahmood, balançando a cabeça. O desejo de esmagar o rosto de Carson é tão intenso que é quase sexual.

— Falei com o detetive Powell esta semana.

— Para quê? — Mahmood fica tão indignado que quase grita.

— Ouça, pelo amor de Deus, eu estava na casa da minha irmã, e o Brian disse que está trabalhando em um canteiro de obras com um carpinteiro jamaicano.

— E daí? Você conta qualquer história para aquele porco?

— Ouça! Você passou a semana inteira me ignorando, o mínimo que pode fazer agora é me ouvir.

— Fala.

— Esse jamaicano disse ao Brian que sabe que você é inocente e sabe quem é o verdadeiro assassino.

— Quem é ele? Como ele sabe?

— Cover, alguma coisa Cover. Bem, acho que ele disse que estava na frente da Volacki's e viu dois somalis rondando do lado de fora pouco antes de o assassinato acontecer. Achei que a polícia deveria falar com ele.

— Então, quem é o assassino?

— Ele não disse.

— Esse Cover, o Berlin me falou dele, ele odeia somalis e meteu uma faca no Hersi no ano passado. Só está querendo causar mais problemas para a gente. Provavelmente para salvar a pele de um dos conterrâneos. Falar com ele é perda de tempo, você não conhece os homens, eles gostam de se gabar e dizer que sabem coisas que ninguém mais sabe.

Laura ergue uma das sobrancelhas.

— Isso soa muito como alguém que eu conheço.

Mahmood pisca algumas vezes, então entende que ela está se referindo a ele e sorri com relutância.

— O detetive Powell pareceu interessado. Ele me agradeceu e disse que ia investigar. Vamos ter esperança, Moody, essa pode ser a testemunha de que você tanto precisa. Alguém sabe de *alguma coisa* que pode tirar você deste lugar.

Ele estende a mão para ela.

— Você é uma mulher forte, você luta as minhas batalhas.

Ela pressiona a palma da mão contra a dele.

— Essa batalha é minha também.

Eles ficam em silêncio por um longo tempo, de mãos dadas, olhando enquanto os ponteiros de metal do grande relógio da prisão tremem na direção da hora, um burburinho de palavras de amor e discussões silenciosas ao redor deles.

— Você não vai me ignorar esta semana, vai?

Mahmood balança a cabeça.

— Eu sei que você está com raiva, Moody, eu também estaria, na verdade, estou furiosa, mas você não pode me colocar no mesmo saco que os outros.

— Eu sei, eu sei — diz Mahmood, envergonhado, soltando a mão dela para rabiscar o tampo da mesa com o dedo indicador úmido.

— Estamos do mesmo lado. Não de lados diferentes.

— Eu sei, eu sei.

Ela aperta as mãos dele nas dela e o olha nos olhos, sua íris cor de avelã cintilando, verde-claras.

— Eu não sou como *eles*, está bem? Eu não sou como eles. Você não tem motivos para me odiar.

— Eu nunca odeio você, não diz isso.

— Bem, não se deixe levar por esse caminho, é tudo que eu peço.

As mãos de Mahmood estão moles em seu aperto forte, ele se sente encurralado e incapaz de dizer uma palavra. Queria magoá-la, sabe disso, mas não pode admitir, então se esconde no silêncio.

— Tenho que ir agora. Da próxima vez, eu trago os meninos comigo.

— Bom, bom. — Mahmood finalmente consegue dizer, seus olhos pousando uma última vez naquele maldito hematoma enquanto ela pega a volumosa bolsa de couro do chão.

— Vejo você na janela amanhã, certo?

— Meio-dia em ponto.

— Então, o senhor não encontrou nenhuma testemunha para mim? Ninguém para dizer que sou um bom homem ou que eu estava muito longe de onde a mulher foi morta? Nenhum homem, nenhuma mulher?

— Receio que não, sua defesa terá que se basear na ausência de provas incriminatórias e não na existência de provas exculpatórias.

— O quê?

O advogado suspira suavemente e apoia a cabeça na mão. Mahmood percebe a aliança de ouro em seu dedo pela primeira vez; não consegue imaginá-lo com uma mulher, tudo o que ele precisa é de uma capa e presas para se tornar um perfeito Drácula.

— O que isso quer dizer é que não temos como provar sua inocência, mas a promotoria também não tem provas definitivas da sua culpa.

Mahmood esfrega as mãos no rosto e pensa. Eles estão sentados em lados opostos da cama em sua cela. O calor do fim de junho o faz suar profusamente; ele fica constrangido com o cheiro rançoso do quarto misturado ao seu odor corporal. Havia limpado a cela antes da chegada do advogado, depois de dias de desleixo, mas ainda é possível ver colunas de poeira flutuando nos raios de luz que entram pela janela.

— Ninguém disse que me viu no cinema?

— Sim, o sujeito que fica na porta, mas ele não se lembra a que horas exatamente o senhor saiu.

— E aqueles desgraçados da Davis Street vão dizer que eu voltei mais tarde do que eu disse que voltei.

— Exato.

— E a mãe de Laura diz que me viu 20h.

O advogado não se dá ao trabalho de responder, apenas balança a cabeça.

— Então o senhor acha que a polícia não tem nada contra mim?

— Eu não afirmei *isso*, mas é tudo puramente circunstancial, o que significa que as evidências podem ter interpretações diferentes daquelas que eles estão atribuindo.

— Como as botas velhas que eles dizem que tem sangue?

— Exatamente.

— E eles não encontraram impressões digitais, nenhuma arma, nenhum dinheiro, nada para provar que fui eu?

— Isso mesmo, senhor Mattan.

— Então, por que ainda estou aqui?

— Porque eles conseguiram encontrar testemunhas que o colocam na cena do crime, no momento em que se acredita que o crime tenha sido cometido, e isso não é pouca coisa.

— Mas eles mentem, como posso estar em dois lugares ao mesmo tempo? Eu me parti em dois? Idiotas.

— Bem, isso é exatamente o que vai ser avaliado durante o julgamento.

— Não adianta julgamento se as pessoas mentem — diz Mahmood baixinho, coçando a barba por fazer ao longo da mandíbula.

— Isso se chama perjúrio, e é um crime.

— Laura me viu naquela noite.

— Sim, mas eles estão usando o depoimento da mãe dela contra o senhor, porque o senhor alegou ter ido direto para casa depois do cinema, enquanto a senhora Watson, desculpe-me, senhora Williams disse que o senhor passou na casa dela e perguntou se ela precisava de cigarros, já que estava indo até a loja. O senhor também se colocou em dois lugares, senhor Mattan.

— Eu nem me lembro se perguntei a ela ou não, foi uma noite normal para mim. O senhor se lembra de todas as conversas que tem? Da hora que chega em casa todo dia? Só porque não lembra não quer dizer que é um assassino.

— Não, mas essas inconsistências criam complicações para a defesa em um julgamento por assassinato, senhor Mattan. Só podemos trabalhar com as evidências e os depoimentos que temos. Há mais alguma coisa que queira me dizer? Alguma coisa que omitiu ou... — ele ergue uma das sobrancelhas — que acaba de se lembrar?

Mahmood vira a cabeça bruscamente para ele.

— O senhor acha que eu fiz aquilo? Ora! Meu próprio advogado acha que sou culpado! Que tipo de piada é essa?

Drácula se levanta, irritado por ter sido ridicularizado.

— Não acho que seja culpado, senhor Mattan, acho que o caso contra o senhor é, na verdade, bastante tênue, mas *está* se tornando cada vez mais contundente. Se for o mais sincero possível comigo sobre seus movimentos na noite do crime, o senhor vai me permitir encontrar as provas necessárias para uma absolvição. No entanto, não posso ajudá-lo se decidir agir como um tolo consigo mesmo.

Mahmood estende as mãos, exasperado.

— Eu já disse o que o senhor precisa saber. Não sou uma estrela de Hollywood, só vou para casa e durmo. Nunca fui para a faculdade como o senhor, mas se eu matar uma mulher e roubar £100, acha que não vou ter cérebro suficiente para pegar o próximo navio e nunca mais voltar? — Ele balança a cabeça. — Vocês não entendem nada.

— Bem, se é esse o caso, não vou tomar mais do seu precioso tempo, senhor Mattan. — O advogado pega a pasta e o chapéu de abas largas e fica parado na porta, de costas para Mahmood, esperando o guarda deixá-lo sair.

Eles estão tentando fazê-lo enlouquecer, Mahmood sabe disso, é assim que funciona, foi assim que colocaram o assassino de Shay em um hospício no meio do nada, mesmo que, quando puxou o gatilho, ele estivesse tão são quanto qualquer outro homem. Uma vez que você fica louco, eles ganham. Às vezes ele sente que já está meio insano, não consegue respirar, como se houvesse uma fumaça preta e espessa em seus pulmões e ele estivesse prestes a desmaiar.

Ele é um homem que precisa caminhar, sempre foi, nunca ficou parado desde o momento em que aprendeu a ficar de pé. Caminhou por toda a África, porra. Essa imobilidade é o que vai acabar com ele. Apenas alguns meses atrás, no fim de janeiro, ele havia pegado o trem para Londres e caminhara de Paddington até o West India Quay e de volta, só por diversão, para mudar de ares, apenas para lembrar a si mesmo que aquele corpo era dele e que podia fazer com ele o que quisesse; que podia levá-lo ao limite, e ele faria seu trabalho como uma máquina cara. Agora, seus músculos estão flácidos, sua coluna dói por passar muito tempo deitado, e sua pele grossa e escura clareou para um marrom opaco estranho por falta de luz solar. Não quer que Laura, muito menos as crianças, o vejam assim – um manequim de loja empoeirado, gasto e quebrado.

O sol está se pondo lá fora, e a cela brilha com um amarelo sujo por causa dos raios largos e gordos que a inundam. Mahmood tirou o casaco cinza grosso e está sentado de pernas cruzadas na cama, vestindo apenas o colete e as calças. Está nessa posição há tanto tempo que suas nádegas e seus pés estão dormentes, mas ele está pensando, pensando muito, e não quer interromper sua linha de pensamentos. Precisa encontrar uma maneira de sair daquela armadilha. Será tarde demais para dizer-lhes um pouco mais? Um pouco mais de "bem, sim, eu passei na casa de Laura antes de ir para casa" e "sim, eu passei na Bute Street na semana em que a mulher foi morta". Será que isso ajudaria de alguma maneira agora? Ou eles apenas diriam "Ha! Agora provamos que você é um mentiroso"? Está preso em sua pequena ilha de mentiras e não pode sair porque o mar ao redor está cheio de tubarões. Então só lhe resta perseverar e depositar sua fé naquele que tudo vê e tudo sabe. Em sua última visita, Berlin dissera que o Ramadã começaria na próxima Lua nova, e ele bate na têmpora para se lembrar de verificar a Lua depois que o Sol finalmente se for. Jejuará, esse seria o uso correto desse tempo morto; se tem uma coisa pela qual pode agradecer àqueles filhos da puta é por terem-no mantido longe de todos os *belwo* com os quais havia se acostumado – o álcool, a música, o roubo, os jogos de azar, as mulheres – os cinco pilares de sua antiga vida. Ali, no útero estéril da prisão, pode começar a expiar alguns de seus pecados.

A noite demora a chegar, o Sol provocando Mahmood e manchando o céu de todas as cores antes de finalmente se cansar e afundar no horizonte. Ele tem que inclinar a cabeça para um lado e para o outro antes de conseguir ver a Lua, escondida atrás de uma massa de nuvens que se move lentamente. Elas se afastam e então ele vê o disco cinza, grande e esburacado, se instalando na noite. É Lua cheia, então no dia seguinte será o início do Ramadã. Ele fica grato por ter algo com que ocupar sua mente, mesmo que seja apenas a fome.

O céu está feio naquela noite, repleto de vapor e fumaça. Os céus noturnos de Hargeisa o faziam pensar em Deus, mas ali eram mundanos, poluídos pelos homens com suas incessantes chaminés e luzes ofuscantes. Consegue ver apenas uma constelação, cujo nome somali se perdeu em algum lugar de sua memória, o inglês nunca conhecido. Em Hargeisa, onde o pôr do sol significava verdadeira escuridão, era possível acompanhar o lento movimento das estrelas e dos planetas, enquanto brilhavam e o puxavam para um mar infinitamente profundo e inconstante, com seu litoral de praias roxas, índigo e pretas. Por meio do céu noturno, Deus nos lembra de nossa pequenez e insignificância, e fala conosco em alto e bom som, sua raiva e conforto tangíveis na chuva que envia ou retém, nos nascimentos e mortes que ordena, na grama longa e cerosa que faz brotar ou na terra estéril e rachada que esculpe. O miasma que paira sobre a prisão, sobre Cardiff, havia sufocado a fé de Mahmood e o havia separado de Deus. Ele começou a se pavonear e a desperdiçar seus dias com arrogância, esquecendo-se completamente de que esta vida não significa nada e é tão frágil quanto um graveto sob os pés. Ele precisava se tornar humilde, Mahmood acena com a cabeça para si mesmo, consegue enxergar a sabedoria de Deus com clareza agora. Olhando de volta para a cama, reforça a intenção de jejuar no dia seguinte, usando a frase em árabe – *wa bisawmi ghadinn nawaiytu min shahri Ramadan* – que sua mãe havia lhe ensinado quando criança, sua entonação cantada imitando a dela.

Mahmood se deita de lado, a cabeça apoiada no bíceps esponjoso, e pensa em raspar a cabeça, um novo começo, como fazem os peregrinos ao fim do *hajj*, tosquiando os pecados da antiga vida. Mas como ele ficaria? Com o rosto largo e as orelhas pequenas e salientes. Que cicatrizes e caroços poderiam aparecer? O que pensaria o júri, um júri branco já preparado para odiá-lo, se ele surgisse sem os cabelos para atenuar sua aparência? Eles não pensariam nem no *hajj* nem em purificação, não, pensariam nele como um louco, um criminoso endurecido, um selvagem que precisava do castigo da lei. Não pode arriscar; no dia seguinte de manhã, ajeitará os cabelos crespos aparando a nuca e as laterais, e começará a se recompor novamente.

Mahmood entrou na fila logo pela manhã, mas a fila, um dos poucos lugares onde os prisioneiros podem se reunir e conversar livremente, está cheia de homens com cabelos cortados bem curtos à espera do retoque semanal. Sua fome está sob controle, mas a sede não, a boca já grudenta e rançosa. Os outros elementos do jejum – não xingar, não fumar, não perder a cabeça, não ter pensamentos sexuais sobre Laura – serão mais difíceis para ele do que as privações físicas. Quando voltar para sua cela, começará a ler o Alcorão desde o primeiro verso: "Em nome de Alá, o Clemente, o Misericordioso." Tentará se perder na poesia e no ritmo do Livro Sagrado e bloquear todos os outros pensamentos.

Leva mais de uma hora para Mahmood se arrastar silenciosamente até o início da fila e tomar seu lugar na cadeira do barbeiro. Um pequeno monte de cabelos desgrenhados repousa ao lado de seus pés, mas pelo menos o barbeiro limpou a cadeira com um pano. Eles trocam uma saudação com a cabeça, e então Mahmood avalia o homem. Ele é moreno e tem cabelos crespos, talvez seja de Chipre ou de alguma outra parte da Grécia, 40 e muitos anos, uma barriga redonda sob a camisa listrada de azul e anéis em quase todos os dedos peludos; suas roupas exalam o mesmo cheiro pungente de ervas de seu velho barbeiro na Bute Street. Mahmood fecha os olhos quando, sem hesitar, o barbeiro começa a passar um pente de metal em seu cabelo crescido e emaranhado, empurrando-o para um lado e para o outro, procurando sua forma natural. O pente repuxa e arranha sua pele, mas ainda há algo reconfortante na maneira como o barbeiro segura seu queixo com a mão quente e úmida. Um toque benevolente e paternal que permite que ele se imagine de volta à sua vida real, sentado na cadeira de couro na Bute Street, uma melancólica canção de amor grega ressoa do gramofone ao fundo. Mahmood ouve os estalos da tesoura e então os cabelos caem sobre seu nariz e suas bochechas. Ele mantém os olhos fechados, deixando que o homem faça o que quiser com seu cabelo. O barbeiro passa o aparador no pescoço e em torno das orelhas. Ele realmente achava que um corte de cabelo faria diferença? Se querem enforcar um homem inocente, não há nada que ele possa fazer a respeito. Um pouco de pomada e então o ritual termina, um tapinha no ombro é o sinal para que se levante e ceda o lugar para o próximo prisioneiro.

Mahmood leva a mão aos cabelos, a vaidade fazendo-o pensar se o barbeiro fez um bom trabalho, mas o grego segura seu braço e diz: "Não mexa!", com um rosnado áspero e protetor. Mahmood sorri furtivamente, entendendo o orgulho do homem, e abaixa a mão. Ele se sente melhor, isso é verdade, mais limpo, mais leve e mais próximo de seu verdadeiro eu. Endireita a gola do uniforme e olha em volta, procurando a saída.

— Seu amigo está no hospital.

Mahmood se vira para ver se as palavras são dirigidas a ele.

— É isso mesmo, mandaram seu amigo Archie para a enfermaria.

É o rapazinho loiro que quase desmaiou durante a narração da execução de Singh. Dickie. Ele está parado na saída, como se estivesse esperando por ele.

— Você está falando comigo?

Dickie faz que sim com a cabeça.

— Por que está me contando isso? Eu não tenho nada a ver com o Archie.

244

— Porque você pode ser o próximo. — Ele olha em volta, desconfiado.

— Não sei do que você está falando, garoto. — Mahmood quase ri.

— Eles o cortaram porque ele é um pervertido, sabe, andou estuprando garotas por todo o país e agora a notícia se espalhou, então os velhos o cortaram para ver se ele aprende a lição. — Dickie traça uma linha da orelha esquerda para a direita, passando por cima da boca em vez do pescoço.

— Eu nunca toquei em uma garota assim. — Mahmood faz uma careta azeda. — Por que iam querer me envolver nisso?

— Porque eles ouviram dizer que você matou uma velha aleijada na loja dela. E matou, não foi? Eles não toleram esse tipo de coisa.

— O quê? Eles pediram para você checar? — Mahmood grita. — Então pode dizer para eles que eu não matei mulher nenhuma, que se eles tentarem me machucar, eu vou para a forca por ter matado *eles*.

Dickie ergue as mãos.

— É um aviso, só um aviso amigo. Eu só estava tentando ajudar.

— Pode dizer para eles que eu sou *inocente*. Eu sou *inocente*. *Inocente*. — A cada repetição, ele golpeia o peito com o dedo indicador.

Dickie dá de ombros, ansioso para encerrar aquela conversa.

— Se você diz...

— Eu digo, ouviu? Eu digo! — grita Mahmood na cara dele.

— Chamem meu advogado agora! Estão me ouvindo? Quero falar com ele agora! — grita Mahmood, esmurrando a porta e apertando a campainha incessantemente.

Ele havia tentado se controlar. Havia respirado fundo, andado de um lado para o outro na cela, pegado o Alcorão, pressionado as têmporas, mas aquilo tinha sido demais. Aqueles homens haviam tirado muitas coisas dele. Sua liberdade, sua dignidade, sua inocência, e agora seu nome também estava arruinado, associado ao nome de alguém como Archie, o mais baixo dos baixos. Ele tinha sido muito manso, e eles o haviam confundido com o tipo de homem que podiam tratar daquela maneira. Se ainda restava algum resquício de masculinidade nele, derrubaria aquela porta e destruiria aquela cela tijolo por tijolo, rugindo e se debatendo.

— Seus desgraçados, seus malditos filhos da puta, eu vou matar vocês!

Mahmood arrasta o colchão fino e rançoso que lhe causou tanta insônia para o chão e pisa nele. Chuta o pão e o leite que tinha guardado para quebrar o jejum; eles se chocam contra as paredes, o leite escorrendo pela tinta azul. Bate a cabeça contra as barras da janela e, em seguida, corre de volta para a porta, jogando todo o seu peso contra ela, sem se importar de quebrar os próprios ossos.

— Vocês não vão acabar comigo, entenderam? *Miyaad I fahantay hada*? Estão me entendendo agora? Em que língua vocês querem ouvir?

Cambaleando para trás de dor, mas pronto para outra investida, Mahmood se assusta ao ver a porta da cela se abrir e uma horda de guardas entrar marchando, acompanhados pelo médico, um deles carregando um cinto largo. Eles empunham os cassetetes, e Mahmood recua e sobe na armação de metal da cama, seus olhos saltando de um guarda para outro. Um dos homens se lança sobre ele e o arrasta para o chão, imobilizando-o com uma joelhada no peito, então todos estão em cima dele. Seus braços, suas pernas, sua cabeça imobilizados enquanto eles lutam para prendê-lo no artefato de couro. Só quando percebe que um de seus pulsos está preso à cintura é que ele se dá conta de que é uma espécie de camisa de força, como as que viu nos filmes. Ele ataca com o braço livre, mas os guardas o torcem com tanta força que ele grita de dor, e eles aproveitam o momento para prender o outro braço ao cinto também. Mahmood é levantado, o braço de um dos carcereiros em torno de seu pescoço, voa pelo ar e é levado para fora da cela, virando uma esquina no corredor escuro.

— *Hooyo! Aabbo!* — grita ele, como se a mãe ou o pai pudessem ajudá-lo naquele momento, sua cabeça ficando cada vez mais leve à medida que o aperto em torno de seu pescoço aumenta.

— Coloquem-no lá dentro — ordena o médico, dando um passo para o lado enquanto Mahmood é jogado em outra cela, a cabeça batendo no batente da porta. — Tenham cuidado! Deixem-no agora, acho que ele precisa passar a noite aqui para recuperar o juízo. — Mahmood ouve a voz do médico se afastar e então a porta se fecha.

Seus olhos se fecham, o latejar em torno de sua garganta diminuindo lentamente, mas ele respira com avidez, com medo de que eles voltem e quase o estrangulem outra vez. Quer enxugar a testa, mas seus braços não se movem, ele está deitado de costas, os braços retos e imobilizados, o cinto apertando tanto sua barriga que sente a bile subindo até a boca.

Ele abre os olhos, e a primeira coisa que nota são as paredes da cela, forradas até a altura da cabeça com o que parecem ser colchões cinza. Fecha os olhos de novo, talvez a batida na cabeça tenha turvado sua visão, mas quando volta a abri-los, os colchões ainda estão lá. Manchados de marrom e vermelho em alguns pontos, anéis pálidos em torno dos lugares onde alguém tentou limpá-los.

— Eles pegaram você agora — sussurra Mahmood —, fizeram de você um escravo deles, amarrado e fora de si. Mattan está morto.

* * *

— Ele está em algum lugar aí dentro. — O guarda ri enquanto abre a porta.

— Entendi.

Da semiescuridão de um canto desconhecido da cela familiar, escondidos atrás da porta, Mahmood vê surgirem dois sapatos lustrosos.

— Senhor Mattan?

Mahmood fica em silêncio. Não tem mais nada para dizer a eles.

O advogado avança, quase na ponta dos pés. Finalmente, a porta se fecha e ele avista o prisioneiro agachado onde os guardas não podem vê-lo.

— Aí está você! — diz o advogado, como se Mahmood fosse uma criança brincando de esconde-esconde.

O homem fica esperando que ele se levante, se limpe e aperte sua mão, mas ele fica parado, olhando para o chão.

— Me disseram que o senhor teve uma espécie de rompante ontem. Espero que esteja se sentindo… mais como você mesmo agora. O médico me disse que provavelmente foi devido ao tempo excessivamente longo de espera antes do julgamento. É perfeitamente compreensível que seus nervos estejam à flor da pele, senhor Mattan, mas finalmente trago boas notícias. Seu julgamento foi marcado para 21 de julho, no Tribunal de Swansea. O dia da decisão está próximo!

Mahmood continua em silêncio, os olhos fixos nas botas da prisão.

— Estou vendo que há escoriações em sua bochecha. Devo falar com o diretor?

O advogado desliza o polegar pela aba do chapéu de feltro em suas mãos, esperando algum tipo de resposta. Nada. Ele procura um lugar para se sentar, mas evita a cama desarrumada.

Ajustando a postura, endireita a coluna e assume um tom mais enérgico com Mahmood.

— É *inaceitável* que o senhor ataque os guardas, senhor Mattan. Um homem na sua situação é, em última análise, alguém sob tutela do Estado, e atacar física e verbalmente seus guardiões configura, em certo sentido, um insulto ao próprio Estado. Vai conseguir muito mais com uma postura conciliadora e digna. O senhor Rhys Roberts e eu preparamos uma sólida estratégia de defesa em seu nome, e a promotoria não foi capaz de fazer mais do que juntar uma coleção de fofocas e suposições. Eu ficaria grato se o senhor demonstrasse um pouco mais de confiança em nossas habilidades. Também lhe faria bem tomar mais ar fresco, se alimentar bem, dormir bem, para levantar o moral para o julgamento — ele olha para o relógio —, que é daqui a menos de nove dias.

Mahmood afunda a cabeça entre os joelhos levantados.

— Tem visto sua mulher e seus filhos? Talvez isso lhe dê o incentivo de precisa. Nada como os rostos gentis das pessoas que amamos para nos lembrar de que não estamos sozinhos no mundo.

O advogado funga desconfiado e dá uma olhada no penico debaixo da cama.

— Meu deus. O senhor não esvaziou seu penico hoje pela manhã. Qual é o seu problema? Se acha que todo aquele escândalo vai fazer com que seja declarado inapto para ser julgado, senhor Mattan, é melhor repensar. O senhor passou nos testes e ponto-final. Vai a julgamento, e o júri vai decidir se é inocente ou culpado, com base nas evidências e nos argumentos finais. Aconteça o que acontecer.

LABA IYO TOBAN

DOZE

O escrivão do tribunal:

Membros do júri, o nome do réu é Mahmood Hussein Mattan, e a acusação que pesa contra ele é de ter, no dia 6 de março deste ano, na cidade de Cardiff, assassinado Violet Volacki. Diante dessa acusação, o réu se declara inocente e se coloca à mercê de seu país, que é representado pelos senhores. É seu dever ouvir as evidências e decidir se ele é ou não culpado da acusação de assassinato.

A Coroa:

Caros membros do júri, pouco depois das 20h de quinta-feira, 6 de março deste ano, a campainha da loja localizada no número 203 da Bute Street tocou. Na sala atrás da loja estavam a Srta. Violet Volacki, proprietária da loja, sua irmã, a Sra. Tanay, e a filha da Sra. Tanay. Já passava do horário comercial normal, mas a Srta. Violet Volacki nunca deixou de fazer um pequeno negócio extra, de maneira que, quando a campainha da loja tocou, ela foi até o estabelecimento, fechando a porta entre a sala de estar e a loja depois de passar. Nem sua irmã nem sua sobrinha a viram viva novamente.

Testemunho da Sra. Diana Tanay:

P. Em algum momento, depois que sua irmã saiu, a senhora ouviu passos fortes na loja?

R. Não.

P. Havia algum barulho na sua sala de estar?

R. Bem, eu estava brincando com a minha filha, então acho que não teria ouvido. Estávamos com o rádio ligado.

P. Poderia dizer ao excelentíssimo juiz e ao júri do que exatamente estava brincando com sua filha?

R. Minha filha me pediu que a ensinasse a dançar quadrilha. Eu não sabia muito a respeito, então estava ensaiando alguns passos de dança folclórica com ela.

P. A porta entre a sala e a loja é uma porta bem ajustada ou o som se propaga facilmente da loja para dentro da casa?

R. Não; colocamos vedação em volta da porta para interromper a corrente de ar.

P. Viu alguém entrar na loja?

R. Não.

P. Viu alguém na porta da loja?

R. Sim.

P. O homem que viu está sentado no banco dos réus hoje?

R. Não.

P. Pode examinar isto formalmente? *(A testemunha recebe um jornal.)* Na parte inferior do jornal está afirmado de maneira clara que a senhora e sua família estão oferecendo uma recompensa de £200 por informações que levem à condenação de quem cometeu esse crime?

R. Sim.

(A testemunha se retira.)

* * *

Grace Tanay:

P. Este homem (*indica o réu*) é o mesmo homem que viu na porta da loja naquela noite?
R. Não.

Testemunho do policial inglês:

P. Olhe para a fotografia número 3. Na fotografia número 3, à direita, vê a marca da sola de uma bota?
R. Sim.
P. O senhor deixou essas marcas?
R. Sim.
P. Estava pisando nas evidências, policial.
R. Na hora pensei que o intruso poderia estar na sala dos fundos que fica anexa à loja.
P. Há quanto tempo é policial?
R. Treze anos.
P. E não sabe que deve evitar ao máximo contaminar a cena do crime dessa forma? Para que acha que essas fotos foram tiradas?
R. Para serem apresentadas no tribunal.
P. E, no entanto, suas pegadas ensanguentadas aparecem em todas as fotografias. Achou necessário andar de ambos os lados do corpo e contorná-lo, policial?
R. Sim.
P. Por quê?
R. Antes de mais nada, naquele momento eu tinha que examinar o corpo.
P. O que esse exame revelou?
R. Vi um ferimento no lado direito do pescoço.
(*A testemunha se retira.*)

* * *

Testemunho da Sra. Elizabeth Ann Williams:

P. A senhora é a sogra do réu, Mattan?

R. Sim.

P. Na noite de 6 de março, a senhora viu o Mattan?

R. Quer dizer na noite do assassinato?

P. Na mesma noite em que a senhorita Volacki foi morta.

R. Sim.

P. A senhora o viu naquela noite?

R. Sim, eu o vi naquela noite.

P. Em primeiro lugar, onde estava quando o viu?

R. Estava em casa. Esse homem bateu na minha porta. Minha filha foi atender, e ele perguntou se ela queria cigarros. Fui até a porta e olhei por cima do ombro dela. Ele estava na porta, e eu disse que não, que não queria nenhum cigarro porque não tinha dinheiro, e dessa vez eu o vi...

P. Quando diz "esse homem", a quem se refere?

R. Mattan.

P. Aquele homem ali? *(Apontando para o réu.)*

R. Sim, meu genro.

P. Quando ele saiu, eram 20h03 ou 20h04?

R. Essa foi a hora que ele chegou.

P. Tem certeza do horário?

R. Sim, tenho certeza.

P. Como sabe exatamente que horas eram?

R. Porque meus netos estavam prontos para se arrumar para dormir, e eu disse à minha filha: "Vamos", e me levantei da minha poltrona e olhei para o relógio. Falei: "Está na hora; já passa das 20h; vamos colocar as crianças na cama para termos um pouco de paz."

P. Seus netos vão para a cama por volta das 20h para lhe dar um pouco de paz?

R. Sim.

P. Há quanto tempo conhece seu genro?

R. Cinco anos.

P. Durante esse tempo, ele alguma vez usou bigode?

R. Eu nunca vi.

P. Eu gostaria que a testemunha examinasse os sapatos, Prova 9. (*A testemunha recebe os sapatos.*) Ignore as marcas amarelas. Já viu esses sapatos antes?

R. Sim.

P. Esses sapatos foram comprados para o seu genro?

R. Não. Eu os recebi do meu irmão; ele trabalha com sucata. Ele os trouxe para casa pensando que serviriam para o meu marido. Não serviram, então perguntei ao réu se ele os compraria por 4 xelins, e ele o fez.

P. Não precisa se lembrar da data exata, mas consegue se lembrar mais ou menos de quanto tempo antes de a senhorita Volacki ser assassinada vendeu esses sapatos para aquele homem? Se foi antes de a senhorita Volacki ser assassinada?

R. Umas duas semanas.

P. E, com exceção das marcas amarelas que pedi que ignorasse, eles estão em uma condição semelhante à condição em que estavam quando em sua posse?

R. Devo dizer que parecem um pouco mais limpos agora.

(*A testemunha se retira.*)

Testemunho da Sra. May Grey:

P. A senhora possui uma loja de roupas de segunda mão no número 37 da Bridge Street, em Cardiff?

R. Sim.

P. Conhece o réu, Mattan?

R. Sim.

P. Ele já foi cliente da sua loja?

R. Sim.

P. Lembra-se da noite de quinta-feira, 6 de março, quando a senhorita Volacki foi morta?

R. Sim.

P. Gostaria de pedir que falasse mais alto, porque os membros do júri precisam ouvi-la com clareza. Em primeiro lugar, pode nos dizer a que horas viu o Mattan?

R. Pouco antes das 21h.

P. Onde a senhora estava quando o viu?

R. Ele foi até a loja e me perguntou se eu tinha alguma roupa para vender.

P. O que a senhora disse?

R. Eu disse: "Você não tem dinheiro para comprar nada, então vá embora."

P. Quando disse isso a ele, o que aconteceu?

R. Ele colocou o chapéu no balcão e tirou uma carteira cheia de notas – não dava nem para fechar a carteira – e um grande maço de dinheiro, e disse: "Tenho muito dinheiro."

P. Tem alguma ideia de quanto dinheiro havia com ele?

R. Com certeza algo entre £80 e £100; era um bolo bem gordo.

P. Em primeiro lugar, pode nos dizer em que condições o Mattan estava?

R. Ele estava ofegante, como se tivesse corrido. Ele parecia estar muito excitado e estava correndo.

P. Como ele estava vestido?

R. Com uma jaqueta azul da Força Aérea e calça branca, sobretudo escuro e chapéu de feltro, e tinha um guarda-chuva no braço e estava usando luvas.

P. Que tipo de luvas eram?

R. Fui até a porta para ver se minha filha estava chegando da escola, e ele correu em direção à Millicent Street.

P. Eu perguntei que tipo de luva ele estava usando.

R. Meu aparelho auditivo quebrou e não consigo ouvir muito bem.

P. Que tipo de luvas ele estava usando?

R. Não, foi em notas de libras.

P. Que tipo de luvas ele estava usando?

R. Bem na direção da Millicent Street.

P. Como eram as luvas que ele usava?

R. Luvas escuras, e elas estavam muito molhadas.

P. Seu negócio é vender roupas de segunda mão, não é?

R. Sim, era, mas não vendo mais esse tipo de roupa.

P. A senhora quer ganhar dinheiro, não é?

R. Eu tenho meu ganha-pão. Não quero dinheiro de ninguém. Não sei a que se refere.

P. Seria bom se fizesse a gentileza de ouvir minha pergunta antes de começar a antecipar a resposta. Se não quer ganhar dinheiro, por que estava trabalhando na noite em que viu o Mattan?

R. Porque se não mantivermos a loja aberta vamos ter que pagar o aluguel do mesmo jeito.

P. Não trabalha por prazer. Trabalha para ganhar a vida?

R. Sim. Mas o que isso tem a ver com o caso?

P. Sua resposta ao júri...

R. O senhor não tem o direito de perguntar isso. Não quero responder mais perguntas sobre isso.

P. Receio que tenha que fazê-lo. A senhora disse ao excelentíssimo juiz e ao júri que não vendeu roupas a ele e que mandou que ele fosse embora porque não tinha dinheiro. Isso está certo?

R. Sim.

P. Então, de acordo com a senhora, ele lhe mostrou que tinha dinheiro?

R. Sim, e mesmo assim eu disse para ele ir embora.

P. Por quê?

R. Porque eu não queria nada com ele, porque já tive problemas suficientes com ele na minha loja e não conseguia entender onde ele tinha arrumado o dinheiro se, na noite anterior, queria £1 emprestada.

P. Quando soube que a senhorita Volacki havia sido assassinada?

R. Perdão?

P. Não ouviu minha pergunta?

R. Sim, responderei à sua pergunta se a ouvir.

P. Não estava parando para pensar por um momento?

R. Perdão?

P. Senhora Gray, quando soube que a senhorita Volacki havia sido assassinada?

R. Só fiquei sabendo no dia seguinte, à tarde, quando saiu no jornal.

P. Na tarde de 7 de março. Foi quando a senhora leu sobre o assassinato?

R. Sim, sim, e pensei imediatamente naquele cavalheiro ali.

P. A senhora leu sobre a recompensa…?

R. Eu não li sobre a recompensa. Não tenho nenhum interesse em nenhuma recompensa.

P. A senhora não me deixou terminar a pergunta. Por favor…

R. Não estou interessada em nenhuma recompensa, não tenho interesse em recompensa.

P. Mas embora tenha ficado sabendo do assassinato da senhorita Volacki no dia seguinte e embora, de acordo com a senhora, tenha pensado instantaneamente no homem que tinha ido à sua loja na mesma noite em que a senhorita Volacki foi assassinada, só deu uma declaração à polícia no dia 13, uma semana depois?

R. Esperei a polícia me procurar.

P. A senhora disse que ele era atrevido e que não gostava dele?

R. Eu nunca disse nada assim.

P. A senhora não gosta dele, não é?

R. Ele não me interessa. Não quero gostar dele. Por que eu deveria gostar dele?

P. Se entendi corretamente, ele foi atrevido com a senhora?

R. Sim, e muito atrevido, e era atrevido com todo mundo, até onde eu sei.

P. E por isso não gosta dele?

R. Por que eu ia querer gostar dele? Certamente não. Eu não gosto dele.

(A testemunha se retira.)

Testemunho do Sr. Harold Cover:

P. O senhor mora na área do porto de Cardiff, não é?

R. Sim.

P. É carpinteiro de profissão?

R. Sim.

P. No último dia 6 de março, uma quinta-feira, à noite, o senhor estava em algum ponto da Bute Street?

R. Sim.

P. Teve a oportunidade de passar pela loja da senhorita Volacki?

R. Sim.

P. Queira informar ao excelentíssimo juiz e aos membros do júri onde o senhor estava antes de passar pela loja da senhorita Volacki; diga ao júri onde o senhor estava.

R. Em geral, quando venho do trabalho, eu costumo ir ao Mission; gosto muito de jogar sinuca, e cheguei lá por volta das 19h50, ou 19h45, e, quando entrei, vi que as mesas estavam todas ocupadas, de modo que não ia conseguir jogar, então parei e comecei a jogar uma partida de damas. No fim, alguém disse que eram 20h e achei que era hora de ir para casa. Então me ocorreu que eu não tinha cigarros e não havia nenhum para vender no Mission na época, então decidi ir até o Clube e ver se conseguia alguns.

P. Ao se aproximar da loja da senhorita Volacki, o senhor passou por uma pensão onde viviam malteses?

R. Sim.

P. Passou pelos homens?

R. Sim.

P. Quando passou pela pensão dos malteses e pela loja da senhorita Volacki, o senhor viu alguém do lado de fora ou perto da loja da senhorita Volacki?

R. Na verdade, eu vi uma pessoa, mas só depois de passar pela loja da senhorita Volacki eu o vi. Foi quando me aproximei da loja da senhorita Volacki e da pensão maltesa que vi o senhor acusado ali.

P. Quando deu essa informação à polícia, ou quando foi que deu seu primeiro depoimento a esse respeito?

R. Na noite em que todos nós ficamos sabendo sobre o assassinato dessa mulher, eu estava lá; como o senhor sabe, eu vi o acusado vindo da loja. Claro que não prestei atenção nisso, e quando me contaram do assassinato da mulher, eu ainda não acreditava que tinha sido um homem de cor, só quando fiquei sabendo no trabalho que eles estavam procurando um somali. De repente, percebi que tinha visto esse homem, fui até a polícia e apresentei uma queixa.

P. Quando foi isso: um dia depois, dois dias depois, três dias depois?

R. Não, acho que foi no dia seguinte.

P. Como disse muito bem, o senhor não tinha motivos para acreditar que tinha sido esse homem quem cometera o assassinato.

Tinha alguma razão, quando viu alguém – você diz este homem – na porta ou na entrada da loja da senhorita Volacki, para prestar atenção nessa pessoa?

R. Não, nem um pouco, de jeito nenhum, porque sei que a senhorita Volacki às vezes faz um favor para as pessoas vendendo coisas fora do horário.

P. O senhor conhece o Mattan pessoalmente?

R. Não pessoalmente, só de vista. No Salão de Dança Colonial e de uma pensão somali na Bute Street, também o vi perambulando por várias áreas das docas.

P. O senhor já viu alguém parecido com ele na área de Butetown?

R. Acho que nunca me interessei.

P. Foi o senhor quem estava passando pela loja da senhorita Volacki e viu um homem. Tem certeza, sem sombra de dúvida, de que o homem que viu era o Mattan?

R. Tenho certeza.

P. Gostaria de perguntar novamente se não está enganado: pode achar que viu esse homem, mas não ter sido ele?

R. Se eu não tivesse certeza, acho que não estaria aqui – não ia ter o direito de duvidar ou de dizer nada ou de vir aqui se não tivesse certeza do homem que vi.

(*A testemunha se retira.*)

Testemunho de William Reginald Lester James:

P. Doutor William Reginald Lester James, o senhor é professor de medicina forense na Escola Nacional de Medicina de Gales?

R. Sim.

P. No último dia 7 de março, no Instituto de Patologia, realizou uma autópsia na falecida senhorita Violet Volacki?

R. Sim.

P. Pode nos dizer o que encontrou e a que conclusões chegou?

R. Externamente, havia vários cortes no lado direito do pescoço, que se estendiam desde o queixo até a parte de trás da orelha direita. Havia um corte principal de 20 centímetros de comprimento e 5 centímetros de profundidade. Havia três cortes menores 2 centímetros abaixo do corte principal, levando a este e com 5 centímetros de profundidade. Havia também um corte muito mais raso, de pouco mais de 10 centímetros, que também havia atravessado a blusa da morta na junção da gola com o ombro. Acima da omoplata esquerda havia um hematoma de aproximadamente 5 centímetros de diâmetro.

P. O que pode ter causado o hematoma?

R. Qualquer pressão recente por algo contundente do tamanho de um joelho.

P. Poderia ter sido causado pela pressão de um joelho?

R. Sim, pode ter sido causado por isso.

P. Havia alguma anormalidade no couro cabeludo?

R. Sim. À direita da coroa da cabeça havia uma área avermelhada que contrastava com a palidez geral do corpo.

P. Como isso pode ser explicado?

R. Cabelos arrancados.

P. Arrancar o cabelo ou também puxar a cabeça para trás?

R. Puxar a cabeça para trás segurando o cabelo.

P. Chegou a alguma conclusão sobre se o corte principal ou os três cortes menores é que foram causados primeiro, ou em que ordem os cortes foram causados?

R. O corte principal foi causado primeiro.

P. Esse corte resultou em uma ferida aberta?

R. Sim, foi até a espinha dorsal.

P. Em outras palavras, havia uma abertura ali?

R. Sim, de cerca de 4 centímetros de largura.

P. Qual seria o efeito do corte principal que o senhor mencionou?

R. Choque extremo e hemorragia.

P. As marcas de sangue nos joelhos e dedos dos pés. Acho que o senhor ia nos falar sobre isso em seguida.

R. Sim. Havia marcas de sangue nos joelhos e dedos dos pés, bem como nas palmas das mãos e nos nós dos dedos.

P. Isso sugere o quê?

R. Que a senhorita Volacki rastejou por uma superfície coberta de sangue.

P. Qual era a altura da senhorita Volacki?

R. Um metro e meio.

P. E o peso dela?

R. Sessenta e cinco quilos.

P. E qual foi a causa da morte?

R. Hemorragia devido a um corte na garganta.

P. Por quanto tempo ela permaneceu consciente depois que sua garganta foi cortada?

R. Acho que não mais do que três minutos.

P. De acordo com a hipótese que vou sugerir, o senhor não contradiz, no momento, que o assassino tenha voltado depois de ouvir a senhorita Volacki rastejando em sua direção e infligindo os três ferimentos subsequentes? Assim, seria de se esperar, o senhor concorda, que houvesse manchas de sangue consideráveis nos pés e sapatos e possivelmente também na mão que empunhava a arma?

R. Nos pés e nos sapatos, a menos que o assassino tenha tido muito cuidado onde pisou.

(*A testemunha se retira.*)

* * *

Testemunho do Sr. Ernest Leonard Madison:

P. Está se sentindo bem?

R. Sim.

P. Tenho certeza de que o excelentíssimo juiz vai permitir que se sente, se quiser.

R. Muito obrigado.

P. Ele não tem andado bem, Meritíssimo. *(Fala para a testemunha:)* O senhor mora no número 42 da Davis Street?

R. Sim.

P. No dia 6 de março deste ano, na noite de quinta-feira em que a senhorita Volacki foi morta, o acusado, o senhor Mattan, estava sublocando um quarto em sua casa?

R. Sim.

P. Assim como um jamaicano chamado Lloyd Williams?

R. Sim.

P. E um homem chamado James Monday?

R. Sim.

P. Olhe para o júri, por favor. Cada um desses inquilinos tinha seu próprio quarto com sua própria chave?

R. Sim.

P. O senhor se lembra daquela noite de quinta-feira, 6 de março?

R. Sim.

P. Em que estado de saúde o senhor se encontrava naquela época?

R. Eu estava doente, deitado na cama do quarto da frente.

P. Lembra-se de Mattan chegando em casa naquela noite?

R. Sim.

P. Quando entrou, o que ele fez?

R. Ele entrou no quarto da frente e se sentou no sofá, e James Monday estava sentado ao lado dele.

P. Eu quero que o senhor nos diga a que horas o Mattan chegou.

R. Faltavam cerca de vinte minutos para as 21h, ou quinze minutos para as 21h.

P. Tem certeza da hora em que o Mattan chegou na noite em que a senhorita Volacki foi assassinada?

R. Eu estava sob cuidados médicos, e o médico me disse a que hora tomar cada comprimido, e meu relógio estava bem ao lado da minha cama.

P. Quanto tempo o réu permaneceu no quarto da frente do andar de baixo com o senhor e o Monday?

R. Ele ficou lá até mais ou menos 22h10, um pouco depois das 22h.

P. Durante esse tempo, como ele se comportou?

R. Ele entrou no quarto da frente e se sentou no sofá, e James Monday lhe entregou o *Echo*, e ele pegou o *Echo* e o deixou cair no chão. Ele é um homem que geralmente fala sobre corridas de cavalos e partidas de futebol. Naquela noite, eu, o Monday e ele tentamos falar sobre as corridas.

P. Geralmente ele era um homem que falava sobre corridas de cavalos e partidas de futebol. Naquela noite, o que aconteceu? O Monday fez o quê?

R. Depois que o Monday lhe entregou o jornal e começamos a falar sobre os resultados das partidas de futebol e das corridas de cavalos daquele dia, ele não participou.

P. O senhor quer dizer que o Mattan não participou da conversa?

R. Ele não disse nada.

P. Era normal ele fazer isso? Ou não?

R. Muito incomum.

P. Além do silêncio, notou mais alguma diferente a respeito dele?

R. Sim.

P. Diga-nos, por favor.

R. Ele estava sentado no sofá. Eu estava deitado na cama de frente para ele. Ele estava olhando para a janela, muito sério, e eu fiquei olhando para ele, e parecia que o sujeito tinha entrado em transe, como se alguém estivesse tentando hipnotizá-lo.

P. Ele parecia estar em transe?

R. Sim.

Juiz: Como alguém que tivesse sido "hipnotizado". Foi o que o senhor disse?

R. Sim, Meritíssimo.

P. Já o viu assim antes?

R. Nunca.

P. Quando saiu do seu quarto para ir para o quarto dele, ele se despediu de alguma forma?

R. Nada.

P. Isso era normal, em se tratando dele?

R. De jeito nenhum. Ele sempre me dá "boa-noite".

P. Diga ao excelentíssimo juiz e ao júri, bem devagar, pois eu quero que o júri ouça cada palavra, o que ele disse sobre o assassinato quando falou com o senhor no sábado.

R. Eu disse a ele: "Bem, a senhorita Volacki era uma mulher muito pesada, e deve ter sido um homem muito forte para segurar daquele jeito e matar uma mulher como ela." E ele me disse: "Isso é fácil." Eu perguntei: "Como assim?" Ele disse: "Você chega pelas costas dessa mulher e pega ela pelo pescoço... assim."

P. O senhor está demonstrando esse movimento colocando o braço esquerdo sobre o rosto e passando a mão direita pelo pescoço, correto?

R. Sim.

P. Diga-nos mais uma coisa, por favor: já viu o Mattan sair vestindo uma roupa e, sem voltar ao número 42, aparecer com roupas completamente diferentes depois?

R. Sim, muitas vezes.

(A testemunha se retira.)

Testemunho do Sr. Hector Macdonald Cooper:

P. O senhor é responsável pela segurança da Arms Park Greyhound Racing Company?

R. Sim.

P. Nessa função, costuma estar presente nas corridas de galgos em Somerton Park, em Newport?

R. Sim.

P. E em Cardiff. Conhece o réu, Mattan?

R. Conheço.

P. Teve algum motivo específico para falar com ele?

R. Sim.

P. Sobre o que falou com ele?

R. Sobre pedir dinheiro aos outros apostadores.

P. Disse ao senhor Mattan, em uma ocasião, que recebeu uma reclamação sobre ele?

R. Sim.

P. E informou a ele que, se insistisse naquele comportamento, o senhor teria que pedir que ele se retirasse da pista?

R. Foi isso, sim.

P. Lembra-se de quando foi isso?

R. Não, não me lembro.

P. Lembra-se do dia 6 de março de 1952?

R. Sim.

P. Essa conversa foi antes ou depois disso?

R. Antes.

P. O senhor viu o réu no dia 7 de março?

R. Sim.

P. Isso foi em Somerton Park?

R. Sim.

P. Onde o viu lá?

R. Logo depois da entrada principal, entre o balcão de apostas e o guichê de pagamento.

P. Caso algum membro do júri não esteja familiarizado com o funcionamento de uma pista de corrida, os guichês de pagamento são o lugar em que os apostadores recolhem o prêmio, certo?

R. Sim, se tiverem sucesso nas apostas.

P. Que impressão o senhor teve dele?

R. Bem, nessa ocasião ele tinha um rolo de notas na mão, e veio da direção dos guichês de pagamento para o lado Sul do estádio.

P. O senhor sabe se ele apostou em alguma das corridas?

R. Ah, ele estava apostando, sim.

(A testemunha se retira.)

Testemunho da Srta. Angela Mary Brown:

P. No mês de março deste ano, a senhorita trabalhava como balconista na loja da senhorita Volacki?

R. Sim.

P. Há quanto tempo trabalhava para a senhorita Volacki?

R. Trabalhei para a senhorita Volacki por dezesseis meses.

P. Conhece o acusado, Mattan?

R. Somente de vista.

P. Já o viu na loja?

R. Sim.

Juiz: Lembra-se da última vez que ele esteve na loja antes de a senhorita Volacki ser morta?

R. A última vez que o vi foi algumas semanas antes.

(A testemunha se retira.)

* * *

Testemunho do sargento-detetive David Morris:

P. O senhor é membro do Departamento de Polícia de Cardiff?
R. Sim.
P. No último dia 6 de março, esteve com o detetive Lavery no número 42 da Davis Street?
R. Sim, estive no número 42 da Davis Street às 22h25.
P. No que diz respeito ao senhor e ao detetive Lavery, quando estiveram com o Mattan na mesma noite em que a senhorita Volacki foi assassinada, nada foi encontrado que o ligasse ao assassinato?
R. Nada foi encontrado naquela noite em particular.
P. O senhor pode examinar esta carteira, por favor? (*A carteira é entregue à testemunha.*) Essa carteira, que foi encontrada no quarto, foi posteriormente entregue ao Laboratório de Ciências Forenses para exame?
R. Acredito que sim.
P. Até onde o senhor pôde ver, sargento Morris, não encontrou uma grande quantidade de dinheiro nem vestígios de sangue aparentes durante a busca realizada no quarto do Mattan naquela noite?
R. O quarto estava iluminado apenas por uma lâmpada de baixa potência e, até onde o olho nu podia discernir, não havia sangue em nenhuma das roupas.
P. Tenho certeza de que o senhor não quer parecer relutante. Na verdade, posteriormente, uma busca completa e minuciosa do quarto foi realizada à luz do dia?
R. Sim.
P. E nada de valor probatório foi encontrado lá?
R. Correto.

P. Fica bem claro pelas declarações que, inicialmente, o Mattan estava bastante disposto a responder às suas perguntas. Na primeira parte do interrogatório ele foi cooperativo?

R. Sim.

P. Foi só no meio do interrogatório, quando houve menção a um homem de cor, que ele começou a ficar exaltado?

R. Muito exaltado, sim.

(*A testemunha se retira.*)

Testemunho do inspetor-chefe Harry Powell:

P. Em primeiro lugar, poderia dizer ao excelentíssimo juiz se, quando viu o réu, Mattan, em 12 de março, o senhor já havia chegado à conclusão de que era apropriado acusá-lo de assassinato?

R. Eu não tinha provas suficientes.

P. Então por que o advertiu?

R. Para ser justo com ele. Se houvesse algo de errado no que ele ia me dizer, eu queria que ele soubesse que não era obrigado a responder às minhas perguntas.

P. Não foi porque, àquela altura, o senhor já havia decidido que iria prendê-lo por assassinato?

R. Definitivamente não.

P. O fato é, inspetor, que o senhor enviou um de seus subordinados, o sargento-detetive Morris, para buscar esse homem?

R. Sim.

P. O sargento Morris o levou pessoalmente à delegacia?

R. Sim.

P. E depois disso, qualquer que tenha sido o intervalo e independentemente do horário, ele esteve continuamente na delegacia por 7 horas e 31 minutos, ou algo assim?

R. Sim.

P. Em algum momento, durante esse período, o senhor informou ao senhor Mattan que ele poderia ir para casa quando quisesse?

R. Acho que ele sabia disso. Eu não disse a ele de maneira tão específica, não.

P. Em algum momento, enquanto estava na delegacia, o Mattan deu esta resposta: "Se me deixarem aqui vinte anos, isso não vai mudar nada; vou dizer o que sei e saio daqui esta noite; vocês vão se cansar"?

R. Sim, ele deu.

P. Não fica óbvio apenas com base nessa resposta que o Mattan tinha a impressão de que estava detido lá?

R. Acho que não. Ele estava sendo mantido lá para fins de interrogatório. Nunca houve menção à prisão.

P. Ele foi detido?

R. Ele não foi *detido* contra sua vontade. Se ele tivesse dito a qualquer momento que desejava ir, eu não teria outra opção a não ser deixá-lo ir.

P. O senhor, eu e o excelentíssimo juiz sabemos disso, mas o Mattan sabia disso?

R. Ele me perguntou várias vezes algo sobre ser preso, e eu disse a ele que não tinha provas para acusá-lo.

P. Isso não aparece no seu registro do interrogatório?

R. Talvez não; mas há outras coisas que não aparecem lá. É o mais preciso possível.

P. Não estou sugerindo que seu registro seja remotamente impreciso. O senhor registrou o que considerou que era relevante para o caso.

R. Sim.

P. Este homem é somali, não é?

R. Sim, ele é.

P. E embora tenha um domínio razoável da língua inglesa, não necessariamente se faz entender facilmente, certo?

R. Ele se faz entender muito bem.

P. E apesar de ser um homem de cor e obviamente estrangeiro, em nenhum momento o senhor disse a ele que ele estava livre para deixar a delegacia se quisesse?

R. Eu não disse isso a ele especificamente, não.

P. Inspetor, outra pessoa semelhante ao Mattan na aparência foi alvo de suas suspeitas?

R. Não consigo me lembrar. Eu tinha suspeitas sobre várias pessoas nesse momento.

P. Uma suspeita levantada especificamente por um agente penitenciário de nome Smith, na presença de um advogado que trabalha para o meu escritório de advocacia?

R. Não acho que tenha sido eu, senhor.

P. O senhor não acha que tenha sido o senhor?

R. Não consigo me lembrar de nenhum incidente do tipo.

P. O senhor conhece alguém em Bute Street ou Butetown que se pareça com o Mattan?

R. Não, senhor, não exatamente. Ele tem uma aparência muito incomum para um somali. Tem algumas das características típicas dos somalis e outras que normalmente não são associadas a eles.

P. O senhor conhece o senhor Hughes, escrivão?

R. Acho que sim. Não tenho certeza de qual é o nome dele, mas se é o funcionário do senhor Morgan, eu o conheço.

P. O senhor o viu no prédio principal da Prisão de Cardiff na terça-feira, 1º de julho?

R. Sim, senhor.

P. Lembra-se disso?

R. Sim.

P. E havia um carcereiro presente?

R. Sim.

P. O senhor se lembra de algo dito por alguém sobre um indivíduo que se parecia muito com Mattan e que estava diante da prisão naquele momento?

R. Não me lembro disso. Pode ter sido, mas não consigo me lembrar.

P. Pode ter sido?

R. Sim.

(A testemunha se retira.)

Testemunho do réu:

P. Seu nome completo é Mahmood Hussein Mattan?

R. Sim.

P. Senhor Mattan, fale em voz alta para que os doze membros do júri possam ouvir o que senhor diz. Veio para a Inglaterra por volta de 1947?

R. Sim.

P. E estabeleceu residência em Cardiff desde então?

R. Sim.

P. Senhor Mattan, o senhor é acusado do assassinato intencional de Violet Volacki. O senhor assassinou Violet Volacki?

R. Não, nunca.

P. Lembra-se do dia 6 de março deste ano?

R. Sim.

P. Onde o senhor estava à tarde?

R. No cinema.

P. A que horas o senhor entrou no cinema?

R. Quatro e meia.

P. E a que horas saiu?

R. Sete e meia.

P. E para onde foi depois?

R. Direto para meu quarto.

P. A que horas chegou à pensão?

R. Vinte para as oito.

P. Passou pela Bute Street naquela noite?

R. Não.

P. Lembra-se do que o senhor Harold Cover disse em seu testemunho? O senhor Cover disse que viu o senhor vindo da direção da loja da senhorita Volacki naquela noite. Lembra-se dele dizendo isso?

R. Eu me lembro que ele disse isso, mas eu não estava lá; nunca estive lá.

P. Então não foi o senhor quem ele viu?

R. Não fui eu.

P. O senhor viu a senhora Gray naquela noite?

R. Não vi.

P. Esteve na loja dela em algum horário naquele dia?

R. Não.

P. Mais tarde naquela noite, os policiais foram até o seu quarto?

R. Sim.

P. Ouviu o detetive Lavery dizer que encontrou algumas moedas de prata e algumas moedas de cobre no bolso de sua calça naquele dia? Ouviu o detetive dizer isso?

R. Sim.

P. Conseguiu dinheiro em algum lugar no dia seguinte?

R. Na sexta-feira?

P. Um dia depois que a polícia foi ver o senhor.

R. Sim.

P. Onde conseguiu o dinheiro e quanto era?

R. Eram 2 libras e 3 xelins que peguei da assistência do governo.

P. Agora, Mattan, quando esteve com os policiais, o sargento Morris disse que o senhor ficou exaltado depois de um tempo. Isso está correto?

R. Não; eu estava na cama dormindo quando ele bateu na minha porta.

P. Estava disposto a deixar que ele entrasse ou não?

R. Bem, eu estava dormindo e não sei dizer que horas eram, mas ouvi alguém bater na minha porta e me levantei da cama. Antes de abrir a porta, acendi a luz e perguntei: "Quem é?" E ele me disse: "Polícia." Então eu abri a porta e o sargento Morris e o outro detetive, não sei o nome dele, entraram.

P. O sargento Morris perguntou onde o senhor tinha estado naquela noite?

R. A primeira coisa que ele me perguntou... Ele me disse: "Aconteceu uma coisa séria esta noite e temos que falar com você o mais rápido possível."

P. Apresento à testemunha a prova 10. *(A prova é apresentada.)* Olhe para este documento. De quem é a assinatura?

R. Bem, não sei ler o que está escrito, mas a assinatura é minha.

P. O senhor se lembra de ter assinado esse documento?

R. Bem, sim, assinei.

P. O documento foi lido para o senhor antes de assinar?

R. Ele não leu, e eu não li; eu não leio nem escrevo.

Juiz: O senhor está dizendo que o documento não foi lido para o senhor?

R. Ele não leu.

P. Que o réu examine os sapatos, por favor. *(A prova 9 é entregue ao réu.)* O senhor costumava usar esses sapatos, senhor Mattan?

R. Eu não usava antes; tinha comprado uns dias antes daquele assassinato e nunca mais usei, até 12 de março. Eu estava guardando esses sapatos para caminhar; não estava usando.

Juiz: Pergunte a ele se estava usando os sapatos no dia 6 de março.

P. O senhor estava usando os sapatos no dia 6 de março?

R. Não.

P. Sabe como as manchas de sangue foram parar nos sapatos?

R. Não, não sei dizer, mas de qualquer jeito, quando tiraram os sapatos de mim, eles não estavam desse jeito.

Juiz: Suponho que esteja se referindo às manchas amarelas.

P. Imagino que sim, Meritíssimo. (*Voltando-se para a testemunha:*) O senhor está falando das manchas amarelas, não é?

R. Não. Os sapatos eram mais limpos do que isso.

P. Os sapatos estavam mais limpos?

R. Eles eram mais limpos do que isso.

P. Essas manchas de sangue vieram da loja da senhorita Volacki?

R. Não, nada a ver com isso. Não tem nada a ver com isso porque esses sapatos eu nunca usei naquele dia e nunca fui lá, e não sei nada sobre isso.

P. Quando foi a última vez que esteve na loja da senhorita Volacki antes do assassinato, Mattan?

R. Desde que estou em Cardiff só fui uma vez naquela loja, e foi em 1949.

P. Esteve lá desde então?

R. Eu não. Passo na frente, mas nunca mais entrei.

P. Então, vejamos. A senhorita Brown está errada ao dizer que viu o senhor na Volacki's depois de 1949, não é? A funcionária da loja está errada?

R. Eu não conheço ela.

P. Sua sogra, a senhora Williams, está errada quando nos diz que o senhor foi até a casa dela por volta das 20h e perguntou se ela queria cigarros?

R. Quando eu fui lá era 19h40, quando eu vim do cinema.

P. O senhor falou com a senhora Williams?

R. Sim, mas não tenho nenhum motivo para contar para vocês a história sobre mim e a minha esposa; não tenho o direito de contar para vocês, e não tenho o direito de contar para a polícia.

P. Então agora responda a minha pergunta. Apenas diga ao excelentíssimo juiz e ao júri, o senhor está concordando agora que falou com a senhora Williams quando voltou do cinema?

R. Falei com minha esposa, mas não tenho motivo para contar isso.

P. Por que não disse à polícia: "Falei com a minha esposa"?

R. Não posso contar para a polícia porque não tem nada a ver com polícia; não posso falar dos assuntos meus e da minha mulher.

P. Então o senhor está dizendo que não contou à polícia porque o que acontece entre o senhor e sua esposa não é da conta da polícia. É isso?

R. Eu não conto para a polícia e não tenho o direito de contar para ninguém.

P. O senhor indicou ao júri, agora há pouco, que não leu seu depoimento, prova 10, porque não sabe ler?

R. Sim.

P. O senhor sabe que, segundo testemunhos, sua prática regular era ir até o senhor Madison e pegar o *Echo*. Para que queria o jornal, para olhar as fotos ou para ler?

R. Eu só usava... se eu tinha, nunca me incomodava com isso; mas se eu dava uma olhada, eu costumava olhar por causa das corridas e das fotos. É isso que eu costumava procurar; não leio de jeito nenhum.

P. Deixe-me perguntar sobre a senhora Gray. A senhora Gray é a senhora com problema de surdez que testemunhou. O senhor ia à loja dela de vez em quando para comprar roupas?

R. Não.

P. Nunca foi à loja da senhora Gray para comprar roupas?

R. Não.

P. Isso significa nunca, em momento nenhum?

R. De jeito nenhum, porque não tenho nada a ver com roupas de segunda mão.

P. É verdade que, na noite de sexta-feira, o senhor estava no Somerton Park Stadium e tinha algo entre quinze e vinte notas de £1 em sua carteira?

R. Eu não ando com essa carteira desde que saí do mar. Estava sempre na minha mala, e a polícia tirou da minha mala; eu nunca uso de jeito nenhum.

P. Qualquer que tenha sido a carteira que usou, é verdade que na noite de sexta-feira, 7 de março, o senhor tinha entre quinze e vinte notas de £1 em sua posse?

R. Não.

P. Nem mesmo no Somerton Park Stadium?

R. Não. Quando cheguei lá, todo o dinheiro que eu tinha era 35 xelins.

P. É verdade que o senhor apostou em quase todas as corridas?

R. Bem, sim, porque é uma aposta de só 2 xelins.

P. No sábado, é verdade que o senhor estava jogando cartas por dinheiro?

R. Não.

P. No dia 6 de março, o senhor não tinha nenhum endereço para onde pudesse se deslocar para trocar de roupa?

R. Não tenho outra roupa.

P. Sabe, o senhor Madison disse ao excelentíssimo juiz e ao júri que em… eu acho que no dia 11 de março, ele viu o senhor sair de manhã com roupas de trabalho, depois viu o senhor na cidade com roupas completamente diferentes e que, mais tarde naquele dia, o senhor voltou ao número 42 da Davis Street mais uma vez com suas roupas de trabalho. O senhor Madison estava certo ou errado em seu testemunho a esse respeito?

R. Não vou falar sobre o senhor Madison.

P. Veja bem, o senhor vai ter que falar; o senhor vai falar.

R. Eu não vou falar sobre ele.

P. Vai, Mattan.

R. Não tenho nada para falar sobre ele.

P. O senhor Madison estava certo ou errado em seu testemunho sobre suas trocas de roupa?

R. Não vou ficar fazendo imaginações sobre o senhor Madison; eu não mudei de roupa, só quando eu me trocava no meu quarto.

P. O senhor Madison não disse que achava estranho que uma pessoa fosse capaz de matar uma mulher baixinha e gorda como a senhorita Volacki?

R. Eu e o Madison tivemos uma briga na sexta-feira e eu nunca nem falei com ele no sábado. De jeito nenhum.

P. O senhor tem o hábito de carregar uma faca ou navalha?

R. Eu não; eu nunca costumava carregar uma.

P. Muito bem; o júri pode tirar suas próprias conclusões a partir dessa resposta. Harold Cover, o senhor o conhece, não conhece?

R. Não.

P. O senhor está balançando a cabeça novamente; quer dizer "não"?

R. Eu não conheço ele.

P. O senhor o conhece de vista?

R. Quem?

P. Harold Cover, o jamaicano que testemunhou ontem, o senhor o conhece de vista?

R. Eu não conheço ele.

P. A verdade é que, na noite de 6 de março, o senhor entrou na loja da senhorita Volacki e a assassinou, não foi? Não é essa a verdade?

R. Não é verdade.

P. Cortando a garganta dela com uma faca ou uma navalha?

R. Eu não.

P. Não é verdade que depois disso o senhor roubou da gaveta de dinheiro uma quantia superior a £100?

R. Não.

P. Não é verdade que depois disso, ainda naquela noite, o senhor foi até a loja da senhora Gray correndo e tentou comprar roupas de segunda mão?

R. Eu não.

P. Não é verdade que o senhor, em algum lugar e de alguma forma, efetuou uma troca de roupas antes de chegar em casa naquela noite?

R. Eu não.

P. O senhor não estava usando *aqueles* sapatos de camurça naquela noite, quando foi à loja da senhorita Volacki?

R. O quê?

P. Deixe-me repetir a pergunta: o senhor não estava usando *aqueles* sapatos de camurça naquela noite, quando foi à loja dela?

R. É engraçado, mas nunca fui na loja da senhorita Volacki e nunca usei aqueles sapatos.

(A testemunha se retira.)

Juiz: Muito bem, as testemunhas estão dispensadas. Senhoras e senhores do júri, vou repetir mais uma vez minha advertência. Já ouviram todos os testemunhos e amanhã de manhã vão ouvir as alegações finais da acusação e da defesa, após o que vou recapitular tudo que tiver sido apresentado; mas devem se manter imparciais até terem ouvido todos os argumentos e, aconteça o que acontecer, é claro que não devem discutir sobre o processo com pessoas de fora.

SADDEX IYO TOBAN

TREZE

Argumento da defesa:

Meu ilustre colega, com seu costumeiro senso de justiça, disse que este caso se baseia inteiramente em provas circunstanciais. Como advogado de defesa, não desejo contradizer essa afirmação nem por um segundo. Deve estar claro, senhoras e senhores membros do júri, que neste caso há apenas provas circunstanciais, e que os senhores devem chegar a suas conclusões com base nessas provas circunstanciais.

Agora, os senhores podem concluir também que o argumento da acusação apresentado pelo meu reverenciado colega, o promotor, acaba de resumir o caso. Esqueci se 39 ou 41 testemunhas foram chamadas a depor diante dos senhores, mas, na verdade, o que sustenta o argumento apresentado pela acusação são apenas dois testemunhos: o do senhor Harold Cover, que, na época do crime, viu Mattan nas proximidades da loja na qual a senhorita Volacki foi assassinada de maneira tão nefasta, e a senhora Gray, que, posteriormente, o viu na posse de uma grande soma em dinheiro.

Em primeiro lugar, como disse meu ilustre colega, devo admitir que todas as histórias, explicações, declarações e evidências apresentadas pelo senhor Mattan estão repletas de mentiras.

Senhoras e senhores membros do júri, enquanto comento as evidências, peço que se lembrem que o senhor Mattan não negou apenas algumas das coisas que meu ilustre colega sugeriu, mas negou também certas evidências que seriam enormemente favoráveis a ele. Por que faria isso? Têm que fazer a si mesmos a seguinte pergunta:

O *que* ele é?

Metade criança da natureza?

Metade selvagem semicivilizado?

Um homem que se viu preso na teia das circunstâncias? Que ficou sob a suspeita da polícia e que, sabendo que era suspeito, ingenuamente tentou mentir para se livrar das suspeitas – *tentou mentir para tirar a si mesmo dessa situação*. É assim que ele se apresenta diante dos senhores hoje.

Não insultarei sua inteligência, membros do júri, sugerindo que *algo* do que ele disse durante o julgamento é verdade. Podem constatar isso por si mesmos. Mas o fato de ele ter mentido está muito longe de fazer dele um assassino. Ele mentiu, sem dúvida, os senhores podem pensar, por puro medo das consequências. Achou que, se continuasse a mentir, acabaria conseguindo sair da situação em que se encontra.

Fica bastante claro pelo testemunho do sargento Morris e de outros que ele não é um homem que gosta da polícia; ele desconfia da polícia. Os senhores se lembram que ele chamou os policiais que foram vê-lo naquela noite de mentirosos. Os senhores podem pensar que ele não tem moral nenhuma para fazer tal acusação, mas, senhoras e senhores membros do júri, este é o primeiro argumento da defesa que peço que considerem: que a defesa neste caso não se baseia em *nada* do que o Mattan tenha dito. Pelo contrário: a defesa se baseia nas testemunhas da acusação, e apenas da acusação, e peço-lhes que desconsiderem o testemunho do senhor Mattan, suas evasivas e as inverdades e mentiras que ele possa ter contado.

Lembrem-se das circunstâncias em que o Cover viu o homem que ele agora identifica como o Mattan: um vislumbre casual, enquanto passava na rua, às 20h15 de uma noite chuvosa no início de março; estava escuro, havia várias pessoas ao redor – na verdade, ele alega que essa é uma das razões por que teria se lembrado dele: porque ele teria dado um passo para trás para lhe dar passagem. Não havia nada nele que chamasse sua atenção. Foi só quando ouviu sobre o assassinato mais tarde que ele pensou naquela noite e disse a si mesmo: "Eu me lembro de um homem... sim, era o Mattan; ele estava muito perto da loja da senhorita Volacki naquela noite, mais ou menos naquela hora; acho que devo contar à polícia." E o faz, e ao fazê-lo, agiu como um bom cidadão, assim como cada um de vocês sem dúvida agiria nas mesmas circunstâncias.

Quanto dinheiro pode ser de fato ligado a esse homem? Uma soma entre £15 e £20 no máximo, que é a quantia com a qual ele foi visto na pista de galgos de Somerton, em Newport, no dia seguinte ao assassinato. Senhoras e senhores membros do júri, como ele conseguiu esse dinheiro? Esse é um dos pontos em que fica claro que o Mattan está mentindo, certamente, porque o segurança da pista de galgos de Somerton disse que viu esse homem saindo do guichê de pagamento, em suas próprias palavras: "Ele parecia ter sido bem-sucedido."

Quanto aos sapatos de camurça manchados de sangue, senhoras e senhores membros do júri, não acham – olhem para as fotografias; olhem para elas em toda a sua horrível crueldade –, os senhores não acham que, se Mattan os estivesse usando e fosse de fato o assassino, que os sapatos não estariam muito mais manchados de sangue? É uma pergunta que lhes faço. Vejam como há sangue por toda parte. Acham que a quantidade microscópica de sangue nesses sapatos é uma evidência que prova de maneira definitiva a culpa desse homem?

O promotor sugeriu que se questionassem se não haveria algo de sinistro no fato de esse homem de cor, reconhecidamente um marinheiro, ter portado uma faca ou navalha em ocasiões anteriores. Os senhores são homens e mulheres do mundo. Acham improvável ou provável que a maioria dos homens e marinheiros de cor que vivem naquela parte do mundo não raro possuam uma navalha? Mas, senhoras e senhores membros do júri, em toda a sua experiência, já ouviram falar de um homem que carregasse duas navalhas ao mesmo tempo? Porque aquela navalha, que não é a mesma que infligiu o ferimento fatal à senhorita Volacki, foi encontrada pela polícia nas roupas do réu na mesma noite do crime. Os senhores estão acompanhando o que isso significa? Significa que havia uma segunda navalha na posse do Mattan e que, logo, ele devia estar carregando as duas ao mesmo tempo.

O que mais há contra ele? Em primeiro lugar, há as testemunhas Madison e Monday. O Madison é o senhorio, que, pode-se supor, não gosta muito do Mattan, e que certamente estava ansioso para se livrar dele depois da visita da polícia, o que talvez não seja de todo surpreendente. O Madison testemunhou que, quando voltou naquela noite, era como se o Mattan estivesse em estado de transe, enquanto o senhor Monday, que era o outro homem de cor presente no quarto do Madison naquela noite, disse que ele estava muito triste.

Esse homem esteve sentado atrás de mim durante todo o julgamento. Não tive a oportunidade de observá-lo, mas os senhores tiveram. Devem ter observado como se comportou, não agora que estou chamando a atenção para isso, mas em outras ocasiões desde o início do julgamento até agora, particularmente quando ele foi chamado para depor. Não acham que, em condições normais, seu rosto é um rosto melancólico, um rosto que mostra uma certa quantidade de tristeza, e que, se estiver em repouso, por uma razão ou outra, sua expressão natural é de tristeza? Os senhores podem achar que ele tem um sorriso que demonstra constante desaprovação. Pode ser uma questão de fundo nervoso. Este julgamento, afinal, deve ser angustiante para ele, não? Mas os senhores acham que podem relacionar a tristeza dele naquela noite, de maneira inequívoca, ao assassinato da senhorita Volacki? Senhoras e senhores membros do júri, isso já está adentrando o reino da fantasia, não acham?

Agora, no que diz respeito aos movimentos do Mattan, a distância da loja da senhorita Volacki para a pensão onde ele morava é de 1,5 quilômetro, e os senhores devem imaginar que, mesmo sendo um mentiroso infantil, ou um selvagem semicivilizado, ou *o que quer que seja*, não é tão tolo a ponto de, depois de ter cometido um assassinato particularmente sangrento, tomar um ônibus em que sua condição física seria inevitavelmente notada, uma vez que ali as pessoas não têm nada para fazer a não ser observar os outros passageiros. Se realmente estivesse na cena do crime, ele teria, quase com certeza, de voltar para casa com os próprios pés, andando 1,5 quilômetro. Se aceitarem a estranha história da senhora Gray, de que ele esteve na loja dela no caminho de volta para a pensão, ele teria que ter caminhado quase 2,5 quilômetros, porque o caminho de volta da loja da senhorita Volacki para a Davis Street, passando pelo número 37 da Bridge Street, onde a senhora Gray tem sua loja de roupas de segunda mão, compreende pouco mais de 2 mil metros.

Agora, senhoras e senhores membros do júri, vamos considerar o testemunho da senhora Gray à luz dessas datas e distâncias. Não sei o que *lhes* parece, senhoras e senhores do júri, mas acham que um assassino *prevenido* sairia com um chapéu de feltro e um guarda-chuva, por exemplo? Não sei, talvez seja apenas uma questão de hábito. Mas o que acham das calças brancas? *O que acham das calças brancas?* Não acham que esse detalhe por si só faz toda a história parecer completamente *absurda*?

Bem, senhoras e senhores membros do júri, tirem suas próprias conclusões. Considerem a maneira como a senhora Gray deu seu testemunho. Considerem o fato de que o senhor Edmund Davies, o promotor, talvez não tenha levantado a voz muito mais do que eu agora, mas mesmo assim ela o ouviu mais claramente do que a mim. Pode ser que sua perda auditiva *variasse* de acordo com a dificuldade da pergunta que tinha de responder. É uma questão para os senhores avaliarem. Há algumas coisas, entretanto, em relação às quais não restam dúvidas, porque ela mesma disse aos senhores, uma delas é que a senhora Gray não gostava do Mattan porque ele era *atrevido*. Além disso, para explicar a extraordinária incongruência entre o horário em que ele teria deixado a loja da senhorita Volacki e o horário em que teria chegado a sua loja depois do assassinato, antes das 21h, os senhores podem pensar se a alegação de que o Mattan estava completamente sem fôlego não foi apenas uma certa firula acrescentada ao restante do testemunho.

Senhoras e senhores membros do júri, a senhora Gray é uma testemunha *confiável*? Poderiam condenar um *cachorro* com base no testemunho dela? Podem condenar um ser humano? Não podem, senhoras e senhores membros do júri. Algo aconteceu entre o dia 7 de março, quando a senhora Gray diz que suspeitou do Mattan, e o dia 13 de março, quando ela deu seu depoimento à polícia? Sim, aconteceu uma coisa: a publicação, na primeira página da edição do dia 10 de março de um jornal vespertino, do anúncio de uma recompensa de £200 para quem desse informações que levassem à captura e condenação do criminoso.

Senhoras e senhores membros do júri, o caso montado pelo promotor é baseado em suspeitas, e apenas suspeitas; suspeitas essas alimentadas pelo fato de esse homem *tolo* ter dito mentira após mentira, *mentiras estúpidas*. Em nenhum momento, senhoras e senhores membros do júri, eu me baseei, ao apresentar o caso da defesa, em alguma das declarações do réu. Eu me baseei apenas nas testemunhas que a promotoria convocou para condená-lo, e elas provam de maneira mais contundente do que qualquer palavra do Mattan que ele é não é culpado dessa acusação, senhoras e senhores membros do júri. Uma pessoa não pode estar em dois lugares ao mesmo tempo. Ele não poderia ter percorrido toda aquela distância de 3 quilômetros ou mais e ter feito todas aquelas coisas depois se livrado do dinheiro, das roupas e da arma, tudo em 35 minutos.

Então quem matou a senhorita Volacki? Senhoras e senhores membros do júri, há um ponto absolutamente indiscutível. Um homem entrou na loja da senhorita Volacki, um homem que não é o réu Mattan, um homem que tinha bigode e que ninguém viu sair do estabelecimento. Seria ele o assassino com quem a senhorita Volacki se deparou naquela noite e que acabou por matá-la? Esse homem, senhoras e senhores membros do júri, é o assassino, não este *(apontando para o réu)*. Absolvam-no.

O júri se retira às 14h36 e retorna ao tribunal às 16h10.

AFAR IYO TOBAN

QUATORZE

O escrivão do tribunal: Senhor presidente do júri, chegaram a um veredicto?

O presidente do júri: Sim.

O escrivão: Olhe para o réu e diga se ele é ou não culpado do assassinato.

O presidente: *(Voltando-se para o réu.)* Culpado.

O escrivão: E esse, senhor, é o seu veredicto unânime?

O presidente: Sim, senhor.

O escrivão: Mahmood Hussein Mattan, o júri o considerou culpado do assassinato; tem algum argumento a apresentar para que a pena de morte não seja aplicada ao senhor, como manda a lei?

(O réu não responde.)

O juiz: *(Colocando o barrete preto.)* Mahmood Hussein Mattan, veredito deste Tribunal, no que diz respeito ao seu caso, é que o senhor seja levado destas dependências para uma prisão legal e, de lá, para o local da execução, onde sofrerá a morte por enforcamento, sendo seu corpo enterrado na mesma prisão na qual tiver permanecido confinado antes da execução. E que o Senhor tenha misericórdia de sua alma.

O capelão: Amém.

SHAN IYO TOBAN

QUINZE

Mahmood havia caminhado com seus próprios pés até a nova cela, a suíte dos condenados, como os guardas a chamavam. Passando por várias portas trancadas, subindo e descendo escadas, atravessando passarelas barulhentas e corredores silenciosos, o grupo, com ele algemado e seguindo atrás do médico, finalmente chegou ao local isolado em que Ajit Singh havia vivido seus últimos dias.

Seguindo-os em silêncio, sua mente ainda está no tribunal, flashes do julgamento retornando: Laura soluçando na galeria enquanto ele descia os degraus do banco dos réus, o torpor absoluto que o invadiu ao ouvir a sentença, o estranho trapo preto em cima da peruca grisalha do juiz enquanto ele a lia em voz alta, o tapinha no ombro do carcereiro que colocou as algemas de volta em seus pulsos. A longa viagem de volta de Swansea no furgão preto; a floresta por onde passaram, densa o suficiente para esconder um fugitivo; aldeias antigas com igrejinhas cinzentas e pubs de teto baixo, crianças de bochechas rosadas brincando nas ruas, anúncios coloridos de feiras e passeios de barco, peles pálidas espalhadas pelo Alexandra Gardens. Assistira a tudo impassível até que se aproximaram do porto e viu o mar metálico chamando por ele, e então deslizaram direto pela Bute Street, passando pela loja vazia da mulher assassinada, pela pensão em que ele havia morado, seu Colonial Club, sua barbearia, sua loja de especiarias, sua casa de penhores, um grupo de homens, incluindo Ismail, que jogava na esquina da Angelina Street. Então seu coração se partiu.

Mahmood ainda está vestindo o terno que usou no tribunal; um terno de risca de giz marrom que era o menos amassado da pilha de roupas recuperada da casa de penhores. Um carcereiro remove suas algemas e responde às perguntas do diretor e do médico, enquanto Mahmood examina sua nova cela. É maior do que a anterior e há uma mesa e duas cadeiras sob a janela gradeada e telada, além de um armário alto encostado na parede oposta à cama. Ele se aproxima da cama e está prestes a se sentar, deixando-se enterrar nela, quando um carcereiro agarra seu braço e diz:

— Espere um segundo, você tem que vestir seu uniforme primeiro.

Mahmood se desvencilha dele e continua caminhando silenciosamente até a cama.

— Pronto, lá vamos nós, vai começar tudo de novo. — O carcereiro suspira ruidosamente.

— Você tem que ser firme, Collins, o caos não pode se instalar, especialmente nesta parte da prisão. — O diretor alto e de cabelos brancos se vira da porta para assistir à cena.

— Vamos, Mattan, seja um bom menino e vista estas calças e esta camisa.

Mahmood segura a roupa nas mãos por um momento antes de jogá-la no chão.

— Vou ser um bom menino e ficar com o meu terno.

— Guardas — diz o diretor com firmeza.

O primeiro carcereiro segura o terno de Mahmood e o tira de seus ombros.

— Não me faça despir você, Mattan.

O médico dá um passo para trás para permitir que mais dois guardas se juntem ao esforço, e então Mahmood é colocado de joelhos e luta em silêncio enquanto seis mãos arrancam seu terno e abrem os botões de sua camisa branca. Quando um deles começa a puxar o cinto e a calça, Mahmood vê uma perna bem na sua frente e dá uma dentada nela. "OS SENHORES NÃO CONDENARIAM UM CACHORRO COM BASE NO TESTEMUNHO DELA." Um cachorro deve morder. Um cachorro que será enforcado tem o direito de morder. Ele se lembra do médico elogiando-o por seus belos dentes e agora eles estão em ação, penetrando cada vez mais fundo na lã azul-marinho e na coxa grossa.

O carcereiro golpeia Mahmood na têmpora com o cassetete e liberta a perna.

— Ele me mordeu, senhor. — Ele passa a mão sobre o tecido escuro, em busca de sangue.

Rindo, Mahmood puxa a camisa rasgada sobre o peito. Há lágrimas em seus olhos.

O diretor balança a cabeça e gesticula para que os guardas recuem.

— O que o senhor acha, doutor? O que devemos fazer?

— Minha opinião é que ele deveria ser deixado com suas próprias roupas por enquanto. É evidente que está emocionalmente desequilibrado, então há pouco a ganhar exercendo nossa autoridade neste momento. Collins, venha comigo, vou examinar sua perna.

— Que seja. Allcott e Wesley, assumam seus postos e me mantenham informado sobre o comportamento dele.

Eles tossem. Eles balançam. Eles falam. Eles fumam. Eles arrotam e peidam. Eles não vão embora. As luzes elétricas são reduzidas no início da noite, mas eles permanecem. Mahmood recusa a comida que lhe oferecem e fica deitado na cama, de frente para a parede de tijolos brancos, enquanto seu estômago geme e implora. Por volta das 22h, a porta se abre, mas em vez de irem embora, os guardas são substituídos por outro par de carcereiros. Enquanto eles se cumprimentam, Mahmood olha por cima do ombro, mas se vira rapidamente, antes que qualquer um deles possa fazer contato visual.

Se pretendiam torturá-lo, aquela era a maneira perfeita; pior do que qualquer flagelo físico que pudessem lhe infligir, a perda de privacidade faz Mahmood querer arrancar a própria pele. Ele tem um encontro com o desgraçado do advogado pela manhã e esse será o primeiro tópico da conversa. Se continuar sendo tratado dessa forma, não há nada que o impedirá de tirar a própria vida.

Quer matar todos eles: a mãe de Laura com seu "esse homem", as baboseiras de Doc Madison sobre "hipnose", aquele carpinteiro jamaicano mentiroso e aquela bruxa, May Gray, com suas mentiras tortuosas e sua ganância. O pior de tudo, o pior de tudo tinha sido aquele advogado. Aquele filho da puta de cara vermelha, barrigudo e pomposo, tagarelando sobre "selvagens" como se estivesse em um filme no meio da selva. "Mentiroso infantil", "homem tolo", "criança da natureza". O que tinha feito ele vomitar todas aquelas coisas? E depois falar sobre olhos tristes?

Onde está Deus? Onde está o Deus com quem ele desperdiçou todas aquelas orações e prostrações? O mais justo, o mais correto, o mais misericordioso? Por que está tão calado? Que tipo de teste é esse? Deixará que o enforquem, esses selvagens, esses canibais? Estão tentando engordá-lo para o abate. Aquele gorro preto, aquele manto preto com pregas em forma de asa, lábios cinzentos afiados como um pássaro malvado. Waaq, o esquecido deus corvo dos somalis, voltou à vida para arrancar seu coração, as orações enviadas a Alá cravadas como flechas em sua carne amarga e orgulhosa.

Uma lição. A história dele irá direto para os ouvidos dos jovens que desembarcarem de seu primeiro navio. Mahmood já no passado. Um alerta. Não se casem com elas. Não vivam com estrangeiros. Não roubem de nós. Lembram o que aconteceu com ele? Os veteranos secretamente felizes por poderem assustar aqueles rapazes incultos com seu fantasma.

— Então, o que fazemos agora?

— Nós apelamos, senhor Mattan.

— Para quem?

— Para o Tribunal de Apelação.

— E o que eles fazem?

— Eles podem solicitar um novo julgamento ou até mesmo revogar sua condenação.

— Revogar? O que significa revogar?

O advogado pisca várias vezes e brinca com a tampa de sua caneta preta.

— Significa anular, reverter… desfazer. Entendeu?

— Sim. É só falar comigo em inglês claro. Não aguento mais esse inglês de advogado. O senhor sabe que eles deixam dois guardas na minha cela dia e noite? A luz acesa a noite toda?

— Receio que esse seja o procedimento com todos os condenados. Não é nada pessoal nem é exclusivo de Cardiff.

— Mas isso me deixa louco! O que eles querem de mim?

— É para o seu bem, para evitar que faça mal a si mesmo.

— Mal? Eles querem me matar em três semanas. De que mal eles querem me proteger? — Mahmood bate a mão na mesa, não com força, mas alto o suficiente para fazer o advogado se encolher na cadeira.

— Não há absolutamente nada que eu possa fazer a esse respeito, nem o senhor, então faremos um uso mais produtivo do nosso tempo planejando o recurso e aproveitando ao máximo as opções limitadas que temos diante de nós.

Mahmood balança a cabeça e sorri amargamente.

— Se eles acreditaram em todas aquelas mentiras uma vez, o que os impede de acreditarem duas vezes?

— Seu caso vai ser revisado pelos três juízes mais experientes do país. Não pode compará-los a um júri composto de donas de casa e lojistas de Swansea.

— O senhor acha que tenho chance?

O advogado fica em silêncio, olha para as próprias mãos, depois para um ponto atrás do ombro de Mahmood.

— Não quero alimentar suas esperanças, o número de apelações bem-sucedidas não é muito alto, mas é meu dever legal tentar todas as possibilidades... de poupar sua vida.

— Estou cansado de dizer isso, mas sou inocente. Eu sou inocente.

O advogado balança a cabeça gravemente.

— Foi um resultado muito insatisfatório, senhor Mattan. Os testemunhos contra o senhor tomaram caminhos tortuosos que não podíamos prever.

— Isso quer dizer que o senhor não esperava tantos mentirosos?

— O Ministério Público não é obrigado a compartilhar suas testemunhas conosco.

— Tribunal dos burros. — Mahmood olha o advogado nos olhos.

— Bem, estamos muito longe disso, senhor Mattan. — Ele suspira. — Mas um veredito depende do que é apresentado ao juiz e ao júri, e a promotoria construiu um caso sólido.

Mahmood zomba.

— Um caso sólido? O senhor chama uma pessoa dizendo que eu estava em casa 20h45 enquanto a outra diz que eu estou na loja dela exibindo dinheiro ao mesmo tempo de um caso sólido? Chama de um caso sólido eu aparecer vestindo calças brancas limpas depois de cortar a garganta de uma mulher quatro vezes? Chama guardar a navalha do crime e esconder nas coisas de alguém durante uma partida de pôquer de um *caso* sólido? O que é um caso frágil então?

— O senhor parece estar esquecendo seu próprio papel nesse desastre, senhor Mattan. Eu me lembro muito bem de ouvir *o senhor* respondendo a inúmeras perguntas importantes com as expressões "não vou ficar fazendo imaginações" e "não posso contar à polícia". Em retrospectiva, *provavelmente* teria sido mais útil se o senhor tivesse dado explicações mais claras e honestas a respeito de seus movimentos naquela noite — seus olhos endurecem —, porque, francamente, foi sua própria atuação naquele banco dos réus que dissipou qualquer dúvida do júri a respeito da sua culpa. Eu só posso falar das minhas próprias percepções, é claro, mas o senhor deu a impressão de ser um sujeito beligerante e ardiloso, e criou a confusão da qual agora tenho que tentar tirá-lo. Eu não queria me envolver em recriminações mútuas, mas, senhor Mattan, o senhor certamente sabe como tirar um homem do sério.

Mahmood apenas balança a cabeça várias vezes, evitando olhar para o rosto vermelho do advogado. Por que as palavras parecem criar tanta violência ao seu redor? O que acontece no caminho entre sua mente e sua boca para que seus pensamentos saiam tão distorcidos? Ele se força a dizer a palavra que odeia, aquela palavra inglesa vazia que as pessoas usam como um escudo:

— Desculpe.

Funciona. Os ombros cedem, os dedos relaxam, o rosto se ilumina.

— Lamento que o senhor esteja nesta posição; é absolutamente terrível. Sei que tem esposa e filhos para os quais deseja voltar.

— Sim. Já fiquei muito tempo longe deles.

É assim que as conversas devem ser, pensa Mahmood, simples e humanas. Ele fala demais e esquece que as pessoas não conseguem ver os medos que cria na gaiola de sua mente. Pensamentos malignos que saltam de sua boca rosnando e mordendo.

— Sua sogra, a senhora Williams, concordou em testemunhar em sua apelação, argumentando que ela deveria ter sido chamada perante o júri depois que a senhora Grey contou sua... história. Ela poderia ter dito ao tribunal como a senhora Gray se ofereceu para dividir a recompensa se ambas dessem o mesmo testemunho.

— Isso é bom... — Mahmood começa a dizer alguma coisa, mas depois pensa melhor e fica em silêncio.

— Sim, isso e alguns pontos técnicos na recapitulação do juiz vão ser a base do nosso recurso. Se o senhor puder assinar o documento de apelação aqui... — Ele tira um formulário em preto e branco da pasta amarela que contém todo aquele pesadelo.

Mahmood pega a caneta pesada e cara do advogado e leva um momento para ajeitar os dedos rígidos em torno do metal liso. Seu coração dispara enquanto ele forma os picos irregulares do M, depois o H, antes de terminar com o rítmico M-a-t-t-a-n. É isso. Ou ele assinou o último ato de sua vida, ou trouxe seu destino de volta das profundezas.

A cela ficou tão escura que as paredes brancas parecem brilhar. Os murmúrios ocasionais se intensificaram e se transformaram nos trovões temperamentais de uma tempestade de verão, enquanto relâmpagos atravessam o corpo inerte de Mahmood.

— Que tal um sanduíche de queijo? — O carcereiro se inclina sobre a cama e sacode o ombro de Mahmood. — Você tem que comer alguma coisa, ou teremos que chamar o médico e vai ser uma verdadeira dor de cabeça. Levante-se, rapaz, e jogue cartas ou algo assim.

Mahmood está de costas, imóvel, apenas seus olhos se movimentam enquanto seguem as rachaduras na parede, de tijolo a tijolo.

— Que tal uma xícara de chá ou uma tigela de sopa? Não precisamos seguir os horários das refeições aqui.

— Não adianta, Perkins, deixe-o em paz — diz o outro carcereiro, sentado à mesa, enquanto conta as cartas de uma pilha.

— Temos que pelo menos tentar.

— É sua primeira vez fazendo isso?

O carcereiro hesita ao lado de Mahmood, observando com preocupação enquanto o prisioneiro fecha os olhos.

— Devemos pelo menos pedir um uniforme menor, ele está sendo engolido pelo que está vestindo.

— Ele é difícil, Perkins. Sente-se e pare de mimá-lo como uma babá.

Perkins pega o cobertor amarrotado na base da cama e o dobra em um retângulo perfeito antes de colocá-lo sobre os pés de Mahmood. Ele suspira e toma seu assento de volta à mesa.

— Como eu estava dizendo, é a primeira vez que faz isso?

— Não tínhamos essas coisas em Wormwood Scrubs.

— Mas bem perto de lá há Pentonville, Wandsworth, Holloway...

— Holloway? Nunca. Não acredito em pena capital para as mulheres.

— Seu velho romântico, se elas exigem direitos iguais, então não podem reclamar se forem tratadas igualmente pelos tribunais. É a terceira vez que me ofereço como voluntário e não hesitaria se fosse uma garota.

Perkins baixa a voz.

— Vamos mudar de assunto, Wilkinson, não deveríamos estar falando sobre isso.

— Tudo bem. Comece, então. É a sua vez.

— Mahmood-o! Mahmood-o!

— *Hee hooyo!*

Mahmood é despertado de um sono leve pela voz de sua mãe chamando-o e não consegue identificar onde está ou que horas são.

— Mahmood-o! — Ele a ouve de novo, dessa vez mais baixo, mas com o tom exato que ela costumava usar para chamá-lo quando ele era pequeno. Então ele se levantava e enfiava uma linha na agulha para ela ou corria para a loja para reabastecer as latas de chá ou açúcar. — Mahmood-o! Mahmood-o! — A voz dela o penetra.

Ela escreverá em breve, é o que a voz está dizendo a ele, um envelope de bordas azuis com suas impressões digitais e o cheiro de almíscar, chegando no fundo do baú de um marinheiro somali. Ele duvida que ouvirá as palavras dela outra vez.

Está meio jejuando, meio se punindo, faz dois dias que não come nem bebe água e está tão fraco que mal tenta mexer os membros. Duvida de que seu jejum contará se ele não comer depois do pôr do sol, e nem sabe se o Ramadã já terminou, mas mesmo assim persiste.

Tentando esculpir sua solidão naquela cela lotada, ele só se vira na cama quando está escondido debaixo do cobertor; nunca olha para os guardas nem fala com eles, já é ruim o suficiente ter que ouvir sua tagarelice sem sentido. O inglês é como arame farpado para ele agora, uma língua letal que precisa manter fora de sua boca.

O julgamento continua em seus sonhos e devaneios. Ele faz o papel de juiz, promotor e defesa ao mesmo tempo, rasgando-se em pedaços depois pedindo ordem antes de argumentar sua inocência de novo, de novo e de novo. No tribunal, havia copiado as palavras dos advogados – "pode ser", "não que eu saiba" e "não me cabe explicar" – quando dissera várias vezes "não me compete fazer suposições sobre" a verdade das declarações contra ele, mas, ao sair de sua boca, soara muito diferente. Ele deveria ter chorado, gritado, implorado, rasgado as roupas, deveria ter dito a eles que era apenas um selvagem que havia sido enganado por policiais galeses inteligentes. Um selvagem triste com olhos sorridentes. Um selvagem sorridente com olhos tristes.

— Você tem uma visita, Mattan.

Mahmood abre os olhos, estreita-os para ver o rosto do carcereiro... mais um, novo.

— Você deveria dar uma olhada no espelho e se arrumar — diz o homem, puxando o cobertor.

Mahmood desdobra as pernas e apoia os pés no chão frio. Ele tenta se levantar, mas fica tonto e cai pesadamente de volta na cama.

— Cuidado — diz o carcereiro, com um sotaque que soa quase estrangeiro para Mahmood.

— De onde você é?

— Newcastle.

— Ah, aleluia! Ele fala — exclama um guarda galês parado na porta, e isso é o suficiente para calar a boca de Mahmood novamente.

Eles o levam até um banheiro adjacente com banheira, pia e vaso sanitário. Mahmood se olha no pequeno espelho acima da pia e passa as mãos pelos cabelos fibrosos.

— *Dibjir*. Mendigo — diz para seu reflexo irreconhecível, o carcereiro de Newcastle visível por cima de seu ombro.

* * *

Arrastando-se, a calça do uniforme cinza esvoaçando em torno das pernas, os cabelos alisados com água fria, os sapatos amarrados com um minúsculo cadarço à prova de suicídio, Mahmood segue o guarda, que assovia até chegarem à sala de visitas. Ele reza para que não seja Laura; ainda não está pronto para encará-la.

É Berlin. Alto, bonito, apoiado em um guarda-chuva preto como se estivesse prestes a cantar e dançar. Seus olhos brilhantes se arregalam ao ver Mahmood entrar na sala, e ele se endireita.

Mahmood dá uma longa olhada em Berlin antes de se sentar: os sapatos pretos reluzentes, o terno de tweed cinza, a gravata prateada, o lenço de bolso de jacquard, as medalhas que enchem sua lapela.

Um painel de vidro os separa.

— Saudações do Eid, velho amigo — diz Berlin, sorrindo, o rosto barbeado e reluzente, a pele escura e oleosa contrastando com os cabelos brancos que atravessam suas costeletas pretas.

— *Eid*?

— Sim, anunciaram o fim do jejum no Cairo duas noites atrás.

— Você deu uma festa na lanchonete?

— Eu não chamaria de festa, foi mais uma forma de passar o tempo, só Ismail e alguns dos velhos companheiros.

— Grande desfile até a mesquita?

— Claro, e o sheik chamou o prefeito e a mulher dele para comerem juntos na *zawiya*, ele é um grande amigo do prefeito agora. Bancando o galês.

— É por isso que eles não dão a mínima para mim. Você deveria abrir uma mesquita somali, o que eles fazem além de brigar e fazer politicagem?

Berlin olha por cima do ombro, para o guarda, antes de mudar para somali. A língua soa conspiratoriamente familiar aos ouvidos desacostumados de Mahmood.

— Um dia vamos conseguir uma, *inshallah*. Agora, Mahmood...
— ele hesita, procura as palavras certas, respirando fundo — isso...
foi longe demais.

Mahmood dá de ombros, abatido.

— Nós vamos ajudá-lo, você sabe disso. O dinheiro que arreca-
damos já acabou, não tínhamos pensado em apelações nem nada
assim, mas falamos com somalis em Newport, South Shields,
Hull, Sheffield e East London, e todos disseram que vão contribuir com alguma coisa. O quê? Duas, três libras por homem?
Não é nada. Eles não vão precisar enfiar muito a mão no bolso.

— Eu aprecio isso, camarada, realmente aprecio. Nunca tive
que pedir a caridade *dessas* pessoas, e isso pelo menos é *uma*
coisa boa.

— Eu vi tudo. Eu estava lá no julgamento.

— Você foi até Swansea? Achei que detestasse sair de Tiger Bay.

— Detesto, mas entrei naquele maldito trem fedido. Achei que
precisávamos de um homem lá, um observador.

— E o que você achou? Melhor do que o cinema, hein?

— *Wahollah!* Era um circo, só faltaram os acrobatas e cuspi-
dores de fogo.

Mahmood deixa os ombros tensos relaxarem e solta uma
gargalhada.

— E os leões e mulheres que contorcem o próprio corpo em
vez da verdade.

— Mas ela *era* o leão, não era? Você não viu a juba cinzenta e
as garras afiadas? Ela *não* gosta de você. O que fez para ela ficar
com tanta raiva, roubou a bolsa dela?

Mahmood coloca a mão sobre o coração, sorrindo de uma
forma um pouco maníaca.

— *Wallahi billahi tillahi*, eu gostaria de saber. Ela disse na
cara da mãe de Laura que eu a roubei, mas eu estava morando
em Hull na época. Ela é aquele tipo odioso que simplesmente

odeia um rosto negro. Agora, o nigeriano, o relojoeiro, errei com ele e tenho de admitir isso. Roubei um relógio dele. Mas isso significa que devo ser enforcado?

— Claro que não, rezo para que isso não aconteça. — Berlin se recosta na cadeira e dá uma olhada na sala de visitas sem janelas. — Essas pessoas são loucas. As coisas ficaram ainda piores na cidade agora, eles batem todo tipo de porta na cara de um negro. Não é mais apenas nos bares, como de costume, o pobre do Lou foi mandado embora até pelo dentista. Os jornais deixaram eles enlouquecidos de raiva com o seu caso e agora eles acham que estamos todos carregando um canivete, prontos para cortar o pescoço de um lojista. Como você aguenta este lugar? Juro que meu sangue vira gelo no minuto em que passo pelo portão.

Mahmood levanta as palmas das mãos, resignado.

— Eu apenas vivo, acordo todas as manhãs e não consigo acreditar que esta é a minha história, não sei como isso foi acontecer. Berlin, deixe-me fazer um pedido... Se eles fizerem isso... você sabe... se me executarem, quero que você escreva para minha mãe e diga a ela que morri no mar, que voltei para a marinha mercante e meu navio afundou em algum lugar distante. Só. Não conte *nada* a ela sobre tudo isso.

Berlin faz que sim com a cabeça.

— Doloroso de qualquer maneira, mas entendo você. — Ele acena com a cabeça na direção do carcereiro. — Eles tratam você bem?

— Eles me seguem até no banho, quando vou ao banheiro, e ficam o tempo todo me vigiando para o caso de eu encontrar uma maneira de me matar. Nem penso mais neles. Posso ver através deles como se não estivessem lá, tive que aprender rápido para não enlouquecer de vez. Fico aqui, mas pensando no que está acontecendo fora dos muros da prisão. No que meus meninos fazem o dia todo, no que Laura está tendo que enfrentar, em como vocês, rapazes, estão se divertindo.

— Os rapazes estão fazendo o que sempre fizeram: discutindo, brigando por dinheiro, indo para o mar. Um sujeito, o Awaleh, foi mandado de volta do Brasil como um marinheiro perturbado. Ele é estranho.

— O mesmo que ficou doente no Japão? Ele só tem azar, como eu.

— Aquele marinheiro me dá um mau pressentimento.

— Por quê?

— Não quero colocar ideias na sua cabeça, mas sabe quando você ouve sussurros e só pega o fim de uma frase, e parece que... você está tateando no escuro.

— Sim...

— Bem, as pessoas...

— As pessoas?

— Ismail. O Ismail diz que o único homem que se encaixa na descrição do somali de 1,80 metro de quem a polícia estava falando é o Awaleh, o único que estava em Tiger Bay naquela noite.

— Você acredita na polícia? — Mahmood bufa. — Acha que eles iam dizer que era um galês de 1,80 metro se podiam colocar a culpa em um homem de pele negra?

Berlin inclina a cabeça em concordância.

— A única coisa que posso dizer é que algo parece errado. Conheço esses somalis, convivo com eles há muito tempo, e eles estão escondendo alguma coisa. Essa sensação nunca foi tão forte antes.

— Por quê? Por que eles fariam isso? — Mahmood aproxima o rosto do vidro, observando Berlin de perto.

— Não sei, por isso não posso dizer nada de concreto. Se eu tivesse provas reais, levaria ao seu maldito advogado superfaturado. O Awaleh definitivamente estava em Tiger Bay na noite do assassinato, eu o vi na lanchonete naquela tarde, mas, no dia seguinte, eu soube que ele tinha ido para Manchester.

Mahmood afunda de volta na cadeira.

— Então, por que ninguém disse nada *antes*?

— Quem quer ser um dedo-duro? Os somalis não falaram nada sobre você, e acho que também decidiram não falar nada sobre ele.

Deixaram que Mahmood saísse para um pátio particular, para sua hora diária de exercício, e ele se sente trazido de volta à vida. O dia está ameno, quase quente pela primeira vez em muito tempo, mas com o cheiro fresco da chuva ainda pairando no ar. A luz é inclemente e se derrama como verniz sobre as paredes de tijolos úmidos e as ferragens da prisão. Tudo parece novo e limpo; até o arame farpado acima de sua cabeça brilha com gotas de chuva penduradas nas pontas retorcidas. Mahmood fecha os olhos e deixa que a luz do sol se derrame sobre seu rosto como óleo sagrado.

Um guarda o observa preguiçosamente da entrada, mas Mahmood tem espaço ao seu redor; espaço para pensar, sentir, lembrar quem realmente é além de seu número de prisioneiro. Os muros são um pouco mais altos do que ele, e se tivesse coragem se debruçaria sobre eles e correria pelos muitos pátios, espaços verdes e portões da cadeia, atravessando depois a curta distância até Laura e as crianças. Ele não a vê há mais de uma semana, mas sabe que ela deve estar em um estado pior do que o dele, cheia de culpa e medo. No papel, ele ainda tem duas semanas de vida, mas no fundo não acredita, sente nas veias e nos tendões que têm mais tempo, que Laura tem tempo de acalmar os nervos antes de vê-lo. Ele não sabe ao certo de onde vem essa confiança, mas ela está lá, sólida e elementar.

Não é que Mahmood se considere importante, os últimos meses destruíram essa ilusão, mas ele é extraordinário, sua vida *foi* extraordinária. As coisas das quais se safou, as coisas pelas quais foi punido, as coisas que viu, a maneira como um dia lhe pareceu possível dobrar tudo à sua vontade, ainda que isso exigisse grande força. Sua vida foi – e ainda é – um longo filme com uma multidão de extras e cenários exóticos e caros. Longos rolos de filme e quilômetros e quilômetros de diálogo que se estendem atrás dele enquanto ele avança de uma cena para outra. Pode imaginar como seu filme é mesmo agora: a câmera se aproximando do alto, dando um zoom no pátio de paralelepípedos da prisão e depois fazendo a transição para um close de seu rosto pensativo e voltado para cima, fumaça saindo do canto de seus lábios escuros. Tem que ser um filme colorido. E tem de tudo: humor, música, dança, viagens, assassinato, o homem preso por um crime que não cometeu, um julgamento viciado, uma corrida contra o tempo, depois o final feliz, a esposa arrebatada nos braços do herói enquanto ele sai, em um dia ensolarado, para a liberdade. A imagem faz a boca de Mahmood se esticar em um sorriso.

Lá no alto, uma gaivota desliza pelo céu do meio-dia e, de algum lugar que sua vista não alcança, um corvo invisível grasna repetidas vezes, parecendo apreciar a vibração de sua garganta. Vida. Vida. Tão simples e bonita. As folhas cerosas de uma trepadeira serpenteando do solo estéril, uma aranha se contorcendo em sua teia preciosa, o fluxo de ar nos pulmões de Mahmood e o fluxo de sangue em seu coração – tudo isso além de seu controle, tudo isso, de alguma forma, ao mesmo tempo fugaz e eterno. Ele mesmo poderia desaparecer do mundo com a mesma facilidade com que a gaivota percorre um caminho sem rumo no ar, seus ossos um dia se desfazendo em algum lugar desconhecido e misterioso, sem que ninguém pense em perguntar por ela. Ele é um homem, e há outros homens, assim como há muitas outras gaivotas, mas o que ele não consegue afastar é a ideia de que sem ele o mundo acabará um pouco. Tudo parecerá exatamente igual, exceto pela sombra permanente onde ele deveria estar. Laura, viva, mas viúva; seus filhos, vivos, mas órfãos de pai; sua mãe, viva, mas enlutada por um filho; seu filme falado em tecnicolor de repente substituído por um filme mudo em preto e branco. "Fechamos os olhos e os ouvidos para a morte", o *macalim* costumava dizer, "mas ela está ao nosso redor, está no ar que respiramos." Enquanto está parado ali, fumando, a alguns metros de distância, em uma rua próxima, alguém dá seu último suspiro, por doença ou em decorrência de um pequeno acidente. Seus pertences empilhados ao seu redor como destroços. Como a mulher assassinada, Violet, e sua loja que parecia conter todos os sapatos, vestidos e cobertores de lã do mundo.

Se, e é um "se" que ele escolhe rejeitar, eles seguirem com a execução, ele tem tão pouco a deixar para os filhos. Sua escova de dentes, seu Alcorão, algumas fotos na casa de Laura, mas o resto está com a polícia, marcado e contaminado pela injustiça que fizeram com ele. Não terão nem ao menos o corpo dele, que os tribunais querem manter ali, como uma espécie de punição ou troféu. A única herança substancial que eles terão serão suas histórias, contadas por Laura ou Berlin e cobertas de suas próprias impressões digitais. Eles ouvirão que ele era um nômade, um jogador, um lutador, um rebelde, mas não da boca dele e, portanto, saberão o preço de ser tudo isso, a poção e o veneno de uma só vez.

De volta à cela, ele concorda em se sentar com o carcereiro de Londres, Perkins, e o outro de Newcastle, Wilkinson. O tempo no pátio o fez perceber que, para a sobrevivência de sua alma, ele precisa se sentar, comer, ocupar seu tempo e conversar com outros seres humanos, sejam eles quem forem. Caso contrário, estará apenas roubando de si mesmo os segundos, minutos e horas que são emprestados, não dados em definitivo, a todo ser vivo. Não é um homem melancólico por natureza, é alguém que sempre acordou com vontade de extrair o máximo de prazer possível do dia, e não pode deixar que a prisão mude isso. Mahmood se senta entre os dois guardas, o tabuleiro de damas bem à sua frente. Perkins jogará contra ele primeiro, depois Wilkinson. Sente-se como uma criança entre aqueles dois homens grandes de bigodes grisalhos.

— Qual é a sua profissão? — pergunta Perkins, despejando açúcar no chá turvo da prisão.

— Na minha vida real, eu era marinheiro.

— Quando eu era um garotinho, tudo que eu mais queria era navegar pelos sete mares.

— Eu fiz isso, naveguei por todos os sete. — Mahmood conta nos dedos — Índico, Atlântico, como vocês chamam… Pacificano?

— Pacífico, isso mesmo. Ártico? Antártico?

— Os dois.

— Você é um verdadeiro Phileas Fogg! — diz Wilkinson.

Mahmood não conhece a referência e olha para Wilkinson em busca de explicação.

Perkins intervém.

— É o personagem de um romance, *A Volta ao Mundo em Oitenta Dias*, de um escritor francês, Júlio Verne. Ele viaja pelo mundo todo em oitenta dias para ganhar uma aposta.

Mahmood sorri.

— Eu gosto dessa ideia, se alguém quisesse apostar, eu faria uma coisa assim.

— Um apostador? Muito bem, vamos jogar por cigarros, então.

— Esses cigarros machucam minha garganta.

— Palitos de fósforo, então. Cinco por jogo?

— Fechado. — Mahmood recolhe doze peças brancas. — Eu vou jogar com essas, a cor preta parece que dá muito azar.

Perkins dá uma risadinha falsa.

Eles começam a partida em silêncio, apenas o leve baque e o deslizar das peças marchando de um lado do tabuleiro para o outro. Mahmood apoia o queixo na palma da mão, mais envolvido no jogo do que esperava. A habilidade deles é equilibrada, a menos que Perkins esteja pegando leve com ele. De repente, parece profundamente importante vencer aquele carcereiro branco naquele jogo simples.

Não é assim que o mundo é?, pensa Mahmood. Com terras e mares em vez de quadrados pretos e brancos, os brancos espalhados por toda parte, os negros arrancados de onde quer que estivessem e deixados para sobreviver com dificuldade à margem do tabuleiro, em guetos e favelas. Não dessa vez, decide ele, movimentando suas peças e comendo uma a uma as peças de Perkins. Ele se lembra com carinho do imã de sua infância, de seu rosto intrigante e seus olhos sempre brilhando; um homem dedicado exclusivamente a dificultar a vida dos britânicos.

Mahmood rompeu a linha de base do lado de Perkins. Sua humilde peça, agora uma rainha, capaz de se mover pelo tabuleiro com absoluta liberdade. Ele tinha se visto assim uma vez, muito tempo atrás. Como um soberano autoungido, muito mais do que apenas um jovem Reer Gedid, um membro do clã Sacad Musa, um somali, um muçulmano, um negro. Esses rótulos tão vazios que apenas ecoavam ao seu redor, sem tocar nenhuma parte de sua mente ou de seu coração. Ele fora moldado a partir de um molde único, dizia a si mesmo, e era por isso que tinha dificuldade de viver de acordo com as regras que as outras pessoas seguiam. Não discuta, não brigue, não queira mais do que você tem, não vá a lugares onde não é bem-vindo. Mas agora esses rótulos estão marcados em sua carne: seu clã importa porque eles são poucos em Cardiff; sua identidade somali importa para os homens da África Ocidental e da Índia Ocidental, que o consideram um árabe e não um deles; sua fé importa para o sheik e para os outros na Noor ul-Islam, que acham que ele se tornou *kuffar* há muito tempo. E sua negritude? Melhor nem falar. Esse era o rótulo que era loucura pensar que um dia deixaria para trás.

A última pedra de Perkins está cercada por todos os lados por Mahmood, sem possibilidade de fuga. Fim de jogo.

— O que foi que eu disse? Joguei com as brancas e minha sorte mudou.

Perkins se inclina para trás como se estivesse exausto e toma um longo gole de chá. Limpa o lábio superior com a manga, arrota baixinho e conta cinco fósforos.

— Acho que você estava certo.

Mahmood coloca as peças de volta na posição inicial para enfrentar Wilkinson. Supersticioso como sempre, ele continua com as peças vencedoras.

Uma pergunta surge em sua mente, mas ele não tem certeza se deve trazê-la à tona, uma vez que poderia apenas perturbar a pequena paz de espírito que cultivou. Bate as unhas na mesa e então decide perguntar, foda-se.

— No tribunal, quando perguntaram coisas para aquele homem, o Powell, meu advogado perguntou sobre um carcereiro que chamou ele na prisão para falar sobre um homem que se parecia comigo e que ele viu do lado de fora. Vocês sabem qual guarda foi esse?

Perkins e Wilkinson franzem as sobrancelhas em dúvida.

— Não é nada demais, só estou curioso, só isso — diz Mahmood rapidamente.

— Posso perguntar por aí… Sendo de fora da cidade, não posso dizer que sei de cabeça. — Perkins olha para Wilkinson.

— Não seria difícil descobrir. Mas teria que passar pelo diretor. Para saber se o advogado precisaria…

Mahmood o interrompe.

— Não, eu não quero envolver o advogado, só queria dizer... você sabe... que eu agradeço a ele... por ter tentado me ajudar, por dizer a verdade.

Perkins dá um tapinha no braço dele.

— Isso é fácil, deixe com a gente.

Mahmood acena com a cabeça, sua mente vagando para quem o carcereiro poderia ter notado parado do lado de fora do portão da prisão: um sósia inocente dele? O verdadeiro assassino indo até lá para se regozijar com seu infortúnio? Ou talvez a alma de Mahmood perambulando.

— É rápido? — Mahmood está de volta na cama, voltado para a parede de tijolos, tomado por um cansaço profundo.

— O quê? — pergunta Perkins, alongando a coluna rígida.

— O enforcamento.

Silêncio.

— Sim — responde Wilkinson.

— Quanto tempo leva para morrer?

— Você morre na hora.

— Tem certeza?

— Absoluta.

— Ótimo — diz Mahmood, fechando os olhos.

Mahmood ouve sua voz profunda e musical antes de vê-la. Laura.

Perkins tinha ido ajudá-la a subir os degraus com as crianças e agora volta pelo corredor com o carrinho de bebê antiquado e de grandes rodas nos braços. Mahmood entra na sala de visitas e David está sozinho atrás do vidro, olhando nervosamente para o pai, a língua passando de um lado para o outro no queixo.

— *Aabbo* — exclama Mahmood, pressionando a palma da mão contra o vidro —, *ii kaalay*.

David não se move.

Mahmood muda para o inglês.

— Venha aqui.

David corre de volta pela porta aberta e só volta quando Laura está ao lado dele, com Mervyn no quadril e Omar agarrando o outro lado de sua saia.

— Beleza — sorri Mahmood quando a visão deles enche seus olhos.

O rosto de Laura desmorona de uma calma inexpressiva para uma dor frouxa e soluçante.

— Sente. Sente. Sente! — ordena ele, balançando a cabeça.

— Pare com isso.

Mervyn olha para o rosto avermelhado da mãe e então, fechando os olhos com força, começa a chorar também, iniciando uma reação em cadeia que só termina quando todos estão com os olhos molhados, incluindo Mahmood.

Eles se aglomeraram juntos, embaçando a divisória e marcando o vidro limpo com suas impressões digitais. Dedos pequenos e gordos e dedos longos e finos pressionados, misturando-se como folhas de uma árvore.

— *Boqoradey*, minha rainha — diz Mahmood baixinho, esfregando o nariz energicamente nas costas da mão.

O queixo de Laura repousa sobre o peito. As lágrimas brotam toda vez que ela olha para ele.

— Ainda não acabou, Laura.

Perkins entra do lado deles da sala e coloca um pequeno prato branco de biscoitos dourados na frente das crianças. David passa a mão sobre eles, como se não confiasse em nada naquele lugar estranho, mas depois entrega dois para os irmãos e leva um aos lábios, mordiscando-o para sentir o sabor.

Mahmood observa Perkins enquanto ele fica encostado na parede e, embora esteja grato por sua gentileza, se sente humilhado por não poder dar nada aos filhos, nem mesmo um biscoito, para confortá-los.

— Laura, me escute, me escute. — Ele ergue a mão para o vidro como se isso fosse transmitir suas palavras com mais clareza. — Ainda ganhei o direito ao recurso, eles não podem fazer nada até termos uma resposta de Londres, dos verdadeiros juízes de lá.

— Fui ver uma pessoa...

— Do que está falando?

— Fui ver uma senhora, que uma amiga minha disse que podia ver... adiante.

— O que você quer dizer com isso, amor?

Os olhos de Laura estão fixos no lenço floral que ela retorce entre os dedos.

— Ela pode ler o futuro, mora perto das docas, uma mulher maltesa.

Mahmood oscila entre a frustração e o medo.

— E ela disse alguma coisa que deixou você chateada?

Laura enxuga os olhos e faz que sim com a cabeça.

— Eu nunca levei esse tipo de coisa a sério, você sabe. Mas a Flo me contou todas as coisas que ela havia previsto corretamente, como os meninos que se afogaram no canal e que a Flo ia se casar com um iemenita.

— Todo mundo dizia que a Flo ia se casar com um iemenita, todos os namorados dela são de Áden. A maltesa só pegou seu dinheiro e era metade-metade a chance de ela acertar a resposta.

— Não, Moody, ela não pegou dinheiro nenhum meu. Ela pediu para me ver porque não para de sonhar com você.

Mahmood tenta sorrir e animá-la.

— Ela é só uma velha pervertida, que se aquece à noite pensando nos rapazes que vê no jornal, não preste atenção nas bobagens que ela diz.

— Você me disse que sua mãe sabia ler o futuro em grãos de café.

— Ela diz… mas quem vai saber?

— A mulher maltesa estava chorando, ela estava realmente chorando, e não parava de dizer "seus pobres filhinhos, vão perder o pai".

— Mulher má. — Mahmood tira a mão do vidro. — Quem é ela para anunciar o fim da minha vida? Deus amaldiçoe essa mulher e os demônios que ela ouve à noite.

— Não quero aborrecê-lo, Moody, só não consigo esquecer as palavras dela. Ela parecia alguém que sabia das coisas. Não sei se foram os olhos dela ou a casa sombria e cheia de teias de aranha ou o quê, ela simplesmente fez alguma coisa, não sei explicar, mas passei de ter esperança para apenas sentir como se tivesse um grande buraco dentro de mim.

— Estou aqui, Laura, ainda estou vivo, respirando e lutando pela minha vida. Você tem que ficar ao meu lado e não recuar. Até sua mãe está ajudando com o recurso, depois de me chamar de "esse homem" no tribunal.

Os olhos de Laura brilham.

— Minha mãe, minha mãe…

David bate no vidro.

— Papai, já faz muito tempo, por que você não volta para casa? Pare de ser bobo.

— Vou voltar para casa, filho, tenho que terminar meu trabalho aqui, depois volto para casa e durmo ao seu lado. Certo, Laura?

Os olhos de Laura voltam a se encher de lágrimas, e ela desvia o olhar, acariciando a bochecha de Mervyn. A pergunta pairando no ar entre eles.

* * *

— Receio voltar com notícias desanimadoras, senhor Mattan.

Mahmood agarra as laterais estreitas da mesa, as bordas afiadas cravando-se em sua carne.

— Eles recusaram?

— Sim, recusaram. — O advogado observa atentamente o rosto de Mahmood, estudando sua reação.

Mahmood sente uma contração de raiva tão profunda que é obrigado a se encolher, o calor se espalhando como ácido por sua pele e seu estômago revirando. Ele não consegue lidar com o que acabou de ouvir.

— Mas o senhor disse que eles são juízes sérios. Os melhores do país.

— Eles têm suas razões para chegar à decisão que chegaram, mas...

— Razões? Vim para um país cheio de pessoas más, pessoas estúpidas, pessoas odiosas, isso é razão suficiente, eu acho.

— Não é fácil para o Tribunal de Apelações reverter as decisões de instâncias inferiores, teria de haver provas contundentes, e no seu caso... eles não encontraram embasamento.

Será que devo jogar esta mesa nele?, pensa Mahmood. Devo acabar com ele e dar-lhes um motivo real para tirar minha vida? Mas então ele solta a mesa com medo, percebendo como seria fácil fazer isso, como seus músculos e tendões estão preparados para explodir como um punhado de bananas de dinamite. Ele luta para controlar a respiração, para diminuir os arfares apressados.

— Temos uma última via legal, que é escrever para o Ministro do Interior e pedir o perdão real.

Mahmood fecha os olhos, não se importa com quão estranho pareça; só precisa que o vazio e a escuridão o envolvam.

— Senhor Mattan, está ouvindo?

— Quanto tempo? Quanto tempo eu tenho? — Seus olhos ainda estão fechados.

O advogado suspira, um suspiro longo e cansado.

— Eles remarcaram a execução para o dia 3 de setembro.

Por que essa data parece importante?, Mahmood se pergunta, esfregando as palmas das mãos nas órbitas dos olhos, mas não consegue encontrar a resposta.

— Vou escrever para o Ministro do Interior imediatamente.

— O senhor disse perdão real. Isso é a Rainha ou é o governo?

— Nesse caso, é uma prerrogativa real, ou um direito, exercido pelo Ministro do Interior.

— Apenas ligar para ela, para sua rainha, e pedir que ela me veja, veja minha esposa — a saliva voa de seus lábios enquanto fala —, veja meus filhos, veja as evidências, e perguntar a ela se eu mereço ser enforcado? Eu desisto de seus juízes e políticos, ninguém tem coração humano entre eles. — Mahmood encontra o olhar do advogado, sua raiva se dissipando e deixando apenas um abismo escuro atrás de seus olhos.

O advogado parece derrotado, como se tivesse jogado até o fim de uma partida de críquete que ele sabe que não tem chance de ganhar, com a chuva começando a cair e poucos espectadores para encorajá-lo.

— Às vezes há petições... — começa ele, mas olha para Mahmood com seu cabelo desgrenhado e seu rosto carrancudo e assombrado e percebe que ele não é o tipo de pessoa para quem as petições são destinadas. — Eu me despeço, senhor Mattan, só nos resta esperar que o Ministro do Interior tenha misericórdia.

— Adeus, advogado. Se tentou o seu melhor, que Deus o recompense por isso — diz Mahmood, estendendo a mão.

O advogado fica paralisado.

— Apenas aceite, pode ser a última vez que vejo o senhor e preciso começar a agir direito.

Mahmood aperta com força a mão incolor e macia do advogado.

— Se tentou o seu melhor, que Deus o abençoe — repete ele, tentando não enfatizar a expressão "se".

— Boa sorte, senhor Mattan. — Ele balança a cabeça.

— Tudo sempre se resume a sorte — diz Mahmood, de pé, preparando-se para voltar à claustrofobia da cela.

No fim da tarde, quando está sentado em sua cama, um quebra-cabeça infantil estendido sobre o lençol, ele se lembra. Três de setembro. Mahmood começa a rir, uma risada amarga e incrédula brotando das profundezas de seu peito. Perkins e Wilkinson se entreolham, intrigados.

— Por que está rindo? — pergunta Wilkinson, os lábios se contraindo.

Mahmood não consegue responder, apenas se inclina para trás e leva a mão ao peito, rindo ruidosamente.

— Pare com isso, vai me fazer começar também — ri Wilkinson.

— Não guarde uma piada tão boa para si — brinca Perkins.

Mahmood dá um tapa na coxa.

— Vocês não vão acreditar!

Perkins e Wilkinson riem enquanto Mahmood enxuga os olhos.

— Vocês não vão acreditar!

— No quê? — grita Wilkinson.

— Eles querem… me enforcar… no dia do aniversário do meu filho mais velho.

Mahmood anda de um lado para o outro pela cela, deixando o novo par de guardas nervosos, mas eles não tentam impedi-lo. Olha para eles; um homem com um rosto rosa queimado que parece brilhar na luz fraca e um sujeito bonito e musculoso com sotaque escocês.

— Sente-se ao lado deles, Rainha — murmura ele em somali.

— Já esteve dentro de uma de suas celas? Ah, como eles adoram ficar dizendo Prisão de Sua Majestade, como se tudo pertencesse à senhora. Como se a senhora tivesse comprado esses lençóis e essas cadeiras e escolhido a dedo todos nós que somos mantidos aqui para seu prazer. Que tipo de mulher tem prazer em manter seus homens encarcerados feito galinhas ou cabras? A rainha dos ingleses, *malikat al'iinjilizia* para os árabes, *angrejee kee raanee* para os indianos. A mulherzinha de preto nos jornais. Agora eu te vejo. Eu vejo o seu poder. Está satisfeita? Araweelo, a castradora, a indomável. Nós somalis estávamos certos em derrubar nossa própria rainha má. A senhora me tem de joelhos. Está vendo? — Ele acena com a cabeça para a pequena janela gradeada. — Eu poderia subir naquela mesa e pular e dar um soco na grade e rasgar minhas veias naquele vidro, eu poderia fazer isso tão rápido que seus guardas não poderiam fazer nada para me impedir. Eu ainda tenho algum poder, entende? Eu te conheço, mas você não me conhece. Vejo você nos jornais, nos cinejornais, reconheço sua voz no rádio, mas você não sabe nada sobre mim. Você bebe seu chá e chora por seu pai sem saber de Mahmood Hussein Mattan, o homem Reer Gedid do clã Sacad Musa da Somalilândia Britânica, sua Somalilândia. De quantas gerações de ancestrais você se lembra? Eu conto os meus por dezesseis gerações. Isso é bom o suficiente para você? Eu sou um descendente do Profeta Maomé através do Sheik Isaaq. Isso é bom o suficiente para você? Você chora há um longo tempo por seu pai, mas nunca vai chorar por mim, eu sei disso. Você vive sua vida e eu vivo a minha, não há nada que nos una. Você é rica, eu sou pobre, você é branca, eu sou negro, você é cristã, eu sou muçulmano, você é inglesa, eu sou somali, você é reverenciada, eu sou desprezado. O destino errou ao nos unir quando não temos mais nada em comum a não ser... a não ser...

— Por que não se senta agora e dá um descanso para suas pernas e para nossos olhos, vai acabar abrindo um buraco nesse chão — diz o carcereiro escocês, mantendo seu tom jovial.

Mahmood olha em sua direção e continua andando.

Depois de ficar no pátio pelo tempo previsto, mãos nos bolsos, cigarro pela metade atrás da orelha, Mahmood se vira e vê o médico esperando por ele na porta.

— Não tenha pressa — diz o médico gentilmente, como se Mahmood parecesse ocupado.

— Quanto tempo de pátio me resta?

Ele verifica o relógio.

— Cinco minutos, eu diria. Está chovendo de novo?

Mahmood estende a palma da mão.

— Não muito.

— Nossos infames verões galeses, temo, mais beneficiam os jardineiros do que qualquer outra pessoa.

As nuvens acima são marmóreas e escuras, autocontidas, deixando apenas vislumbres de céu azul entre elas. É o tipo de clima que as pessoas em Hargeisa apreciam, quando a chuva assenta a poeira e esfria o ar.

— Eu gosto — diz ele, sem diminuir a distância de 6 metros entre eles. Ele brinca com a ponta do cigarro, imaginando o que sua mãe deve estar fazendo naquele momento: três horas à frente, o chamado *'asr* para a oração estará soando das mesquitas a Leste e Oeste de seu bangalô banhado pelo sol, sua mãe não se levanta do banco da cozinha para rezar, mas apenas sussurra longas orações enquanto lava seus tomates cultivados em casa ou mói especiarias de Harar em seu pilão de madeira. *Hooyo macaan*, doce mãe, se soubesse o perigo que corro, largaria suas tigelas e facas e pegaria o tapete de oração.

A brisa sopra e respinga sua testa com gotas de chuva; em casa, sua mãe fazia o mesmo, borrifava nele a água que ela havia abençoado quando ele estava com febre, usando sua voz volumosa para espantar todos os espíritos malignos. Lar. Pela primeira vez anseia profundamente por sua terra natal, pelo abraço e pelo cheiro complexo de sua mãe, e pela sensação de seus dedos firmes enquanto ela agarra sua cabeça com força para plantar seus beijos secos e suaves em suas bochechas. Faz tanto tempo que ele nem consegue contar quantos anos se passaram desde a última vez que viu sua casa – dez anos, pelo menos.

— É melhor sair dessa chuva agora, senhor Mattan.

Mahmood tira o cigarro já encharcado da orelha e o esmaga no chão com o sapato.

O hospital da prisão está iluminado e vazio, as grandes janelas refletindo a luz no piso de ladrilhos brancos. De pé em uma balança revestida de borracha, Mahmood endireita a coluna para que sua altura possa ser medida.

— Curioso. Você parece ter perdido muito peso, mas foram apenas alguns quilos. Cinquenta e cinco em comparação com 57, no mês passado.

— Eu jejuei durante o Ramadã.

— Entendo. E à noite, comeu?

— Um pouco.

— Você tem massa muscular sólida, então deve ter perdido um pouco de gordura.

— E minha altura?

Ele passa o marcador pelo cabelo de Mahmood.

— Um metro e setenta e um.

— Doutor — Mahmood desce da balança —, quero que escreva uma carta para minha esposa.

— Seus guardas podem ajudar com isso.

— Não, eu gostaria que o senhor fizesse isso, para eu manter meus assuntos privados.

Ele coloca as mãos nos bolsos do jaleco, parece pronto para dizer não, mas depois de andar um pouco, concorda com a cabeça.

— O que quer que eu escreva para ela? — Ele tira o bloco de notas e a caneta do bolso do casaco.

— Só diga olá, que o Tribunal de Apelação rejeitou meu pedido e que agora tenho que esperar um perdão do governo. Que ela venha me ver o mais rápido possível, mas não entre em pânico, não há motivo para ela entrar em pânico, diga isso a ela.

O médico escreve rapidamente, com o papel perto do rosto.

— Diga a ela que eu mando meu amor para ela e para as crianças, droga, mande meu amor para a mãe e o pai dela também, e todos na Davis Street.

— Só isso?

— Termine com tchau.

— Não é melhor "com carinho" ou algo assim?

— Não, tchau, ela gosta dessa palavra.

— Como quiser. — Ele coloca a caneta e o bloco de volta no bolso e começa a conduzir Mahmood até a porta.

— Doutor, por que eles se importam tanto com o meu peso?

— Faz parte das minhas obrigações — diz ele, avançando.

— Tem alguma coisa a ver com o enforcamento?

— Temos que mantê-lo em boa saúde enquanto estiver sob custódia.

— Mas ouvi dizer que, quando foi a vez de Ajit Singh, eles decidiram quanta corda iam precisar pelo peso. — Mahmood está logo atrás dele, quase pisando em seus calcanhares.

— Você não deveria dar ouvidos aos rumores da prisão. — O médico mantém a porta aberta, seu rosto severo. — Enviarei a carta à sua esposa com as correspondências de amanhã. Boa tarde.

* * *

Mahmood odeia essa hora do dia, quando o Sol se põe tão devagar que a escuridão rasteja de maneira ameaçadora por suas pernas, como uma praga incurável. Está sentado em uma cadeira, um prato meio comido de cavala e purê de batatas esfriando diante dele. Faca e garfo estão intocados de ambos os lados do prato, ele usou apenas a colher e os dedos para comer, enquanto os guardas o observavam, incrédulos. Uma das razões pelas quais desiste de suas refeições tão rapidamente é o desconforto que sente ao comer na frente deles, a intimidade forçada e a vergonha de ser um animal humano com necessidades básicas e boca molhada e barulhenta. Nunca aprendeu a usar garfo e faca corretamente e agora desistiu de fingir, enfiando a comida insípida na boca do mesmo jeito que jogava carvão em uma fornalha. Eles o observam, corando por seus maus modos à mesa, seus dedos cobertos de gordura de peixe e farelo de batata. Ele limpa as mãos nas calças e olha para elas. Nos últimos dias, eles têm recusado a ele banhos mais regulares. Quando ainda estava no comando de sua própria vida, com aquele calor e aquela umidade pegajosa, tomava banho uma vez de manhã e outra à noite. Até mesmo uma bacia de água seria suficiente para lavar o rosto e as axilas, mas é "contra o regulamento" disseram. Então não dá a mínima se eles acham que come como um selvagem.

Mahmood faz um bochecho com a água, engole e se levanta. Anda lentamente de um lado para o outro, esticando as pernas compridas, enquanto a pequena janela acima de suas cabeças começa a brilhar laranja com os últimos raios do sol.

— Sou um homem que pode andar sem parar — anuncia ele a ninguém em particular.

— É mesmo? — diz Macintosh, o carcereiro escocês.

— É, se você me dissesse para ir andando até a Austrália, eu iria.

— Levaria alguns anos, acho. — Ele ri.

— Não, eu poderia fazer isso em seis meses.

— Seis meses! Isso é otimista. Você sabe a que distância fica? Leva uma semana de avião.

— Eu sei. Eu estive lá, mais de uma vez.

— Se tudo der certo, vou emigrar para lá daqui a alguns anos. Pelo menos é o que eu e minha esposa estamos planejando — comenta Robinson, o outro carcereiro, como se sua pele já jateada pudesse suportar o calor australiano.

— É um país bonito, parece minha terra natal.

— A Somalilândia Britânica? Vocês têm aqueles desertos vermelhos? Eu estive no Egito durante a guerra, e eles têm aquelas grandes dunas amarelas, empilhadas como castelos na caixa de areia de uma criança.

— Ah, sim, eu conheço a Austrália. Austrália Branca — diz Mahmood, deixando de ouvir suas vozes. As memórias vêm como se fossem parte de uma trilha, interligadas, mas muito diversas.

Mil novecentos e quarenta e sete. O guindaste quebrado em Darling Harbour que tinha atrasado a partida e parecera, já naquela época, um mau presságio. O gosto apimentado do frango Szechuan comprado em uma barraca em Chinatown que parecia cozinhar com querosene em vez de óleo. O cheiro dos aposentos recém-pintados que ele compartilhava com outros sete foguistas somalis. As baratas pretas e reluzentes correndo sobre seu beliche e seu corpo exausto à noite, a escuridão ganhando vida e fervilhando ao seu redor.

Seu navio, o SS *Glenlyon*, completamente avariado uma semana depois de terem partido, no coração morto do Oceano Índico, longe da Austrália, da África e da Índia. Ele não estava na sala de máquinas no momento, *alhamdulillah*, mas a explosão pôde ser ouvida por toda a embarcação. Eles haviam enfrentado com dificuldade uma longa tempestade tropical, com chuva e ondas batendo no convés, os corredores começando a inundar e, como queriam passar por ela o mais rápido possível, as caldeiras funcionando no limite da capacidade. Foi só quando a tempestade começou a diminuir que os engenheiros desceram para examinar uma falha que os foguistas haviam relatado anteriormente na caldeira 3. Depois de quase uma hora de reparos, um estrondo ecoou pela chaminé. O navio recuou de um ritmo galopante para um avanço lento devido à avaria, então as hélices pararam de girar, longe de qualquer assistência. Foi possível ouvir o capitão gritando "Cristo!", "Porra!" e "O que diabos vocês fizeram?" para os pobres engenheiros por horas, mas não adiantou. Não havia nada que pudessem fazer sem uma turbina de reposição. Eles não podiam lançar mão de nenhuma solução temporária para levá-los ao porto mais próximo; teriam que esperar que um navio irmão chegasse com uma turbina nova. O capitão, enfurecido, colocou todos, do posto mais baixo ao posto mais alto, para fazerem trabalhos braçais – varrer, polir, lavar, consertar, limpar o interior das caldeiras frias –, mas como o navio tinha acabado de sair do dique seco, era velho, mas estava em ótima forma. Seus turnos de quatro horas de trabalho e descanso alternados transcorriam sem muito que fazer.

O mar havia abrandado, mas parecia zombar deles, balançando o navio levemente e puxando a âncora. O tempo parou e, à noite, com as luzes do navio apagadas e quase nenhuma embarcação passando por eles, céu e mar indistinguíveis, uma estranha vertigem se instalava. Ele poderia ser qualquer um, em qualquer tempo ou lugar, mesmo no início da história. A vastidão do espaço e a profundidade do oceano lembrando-lhe sua própria insignificância, assim como a de toda a humanidade. Havia chuvas de meteoros quase todas as noites, algumas das estrelas cadentes chegando tão perto que ele podia ouvi-las sibilando pela atmosfera, o pescoço arqueado para trás para vê-las dançar. O primeiro imediato disparando sinalizadores para alertar os navios que passavam de sua presença invisível.

O deque ensolarado do *Glenlyon* parecia um parque em uma cidade, com homens de peito nu lendo, jogando críquete e posando para fotos. A distinção entre as fileiras desapareceu, os superiores se sentavam para jogar contra os melhores no dominó e os ases das cartas, fossem eles assistentes de cozinha ou foguistas. Foi a primeira vez que ele sentiu algum tipo de igualdade a bordo de um navio, e não apenas restrita ao seu beliche ou às salas de máquinas. Certa noite, uma mensagem circulou pelo do navio dizendo que o rei Netuno os visitaria no dia seguinte para batizar os novatos que haviam cruzado o Trópico de Capricórnio pela primeira vez. Mahmood percebeu que também era um novato em comparação com os mais experientes, que já haviam cruzado o Equador, a Linha Internacional de Data, o Meridiano e os Trópicos de Câncer e Capricórnio. O *Glenlyon* estava ancorado na Linha, flutuando sobre ela.

Aquilo era diferente de tudo que ele já tinha experimentado. Havia cruzado o Equador muitas vezes sem incidentes, mas agora o navio parecia um hospício flutuante. Depois do café da manhã, o rei Netuno apareceu, içado de uma vigia e vestido com uma longa toga de rede azul. Usava uma coroa de papel alumínio, empunhava um tridente e tinha uma longa barba de algodão. Quem quer que estivesse sob a roupagem estava irreconhecível, mas o capitão o saudou e transferiu o comando do navio para ele. Buruleh, o esquelético foguista somali, apareceu depois do rei Netuno, carregado nos ombros de um corpulento marinheiro letão. Na casa dos 50 e poucos anos e o mais velho a bordo, a Buruleh coubera o papel de Davy Jones; usava dois garfos de aço como chifres, a camisa forrada de tecido para criar uma corcunda, a calça adornada com cabeças de peixe e algas marinhas, o rosto empoado e os lábios enegrecidos. O terceiro membro da estranha trupe era o rotundo despenseiro, que usava um vestido feito de panos de prato unidos e um esfregão na cabeça fazendo as vezes de peruca; tinha os lábios cobertos de corante alimentício vermelho, mas pelo menos havia raspado a barba. Enquanto um marinheiro tocava acordeão, o rei Netuno ordenou que os novatos se apresentassem, depois Davy Jones definiu as tarefas que eles precisariam realizar para serem aceitos na irmandade.

Buruleh tinha uma imaginação maligna. Mahmood e os outros tiveram que fazer cem flexões, depois procurar as moedas escondidas em grandes recipientes cheios de mingau, pão encharcado, linguiça meio mastigada e sabe-se lá mais o quê. Com as camisas molhadas e sujas, os novatos eram então obrigados a beber uma mistura marrom que tinha gosto do cheiro dos chuveiros, depois foram mergulhados em barris de água do mar tingida de verde. Mahmood foi o último a terminar, já que hesitou em beber a mistura, mas Buruleh o fez tropeçar enquanto corria para os barris e despejou um copo em sua garganta. Mahmood lutou com ele no convés escorregadio, rindo e xingando em somali, mas Buruleh, fortalecido por seu novo papel, só o soltou quando o copo estava vazio.

Foi nojento e divertido ao mesmo tempo. Eram como crianças sem nenhuma preocupação com posição, cor, salário ou inveja. Cada homem era apenas um homem com uma boca risonha, músculos salientes, olhos com histórias por trás deles e um coração que podia amar tanto quanto odiar.

Eles deveriam ter ficado lá para sempre. Flutuando perto do fundo do planeta. Esquecidos. Além do alcance do mundo real. Ele havia se casado com Laura pouco antes de embarcar no *Glenlyon*, mas se nunca tivesse retornado, talvez a vida tivesse sido melhor para ambos.

* * *

— O diretor providenciou uma visita de um religioso muçulmano, ele estará aqui ao meio-dia. — Perkins conta treze cartas para começar um jogo de mexe-mexe.

— Sheik Ismail? Ou Sheik Al-Hakimi? — Mahmood junta sua pilha em uma das mãos e bate as cartas contra a mesa para alinhar as bordas.

— Eu só peguei a parte do Sheik.

— O diretor também não deveria se preocupar com isso. Eles não se importam com a minha pele muito menos com a minha alma. Vão me encontrar na sala de visitas?

— Não, aqui, caso vocês queiram rezar juntos.

Mahmood olha ao redor, para o cinzeiro transbordando e sua cama com o cobertor cinza barato e o travesseiro imundo.

— Está muito sujo aqui.

Perkins dá uma olhada na cela.

— Já vi piores, mas fique à vontade para dar uma arrumada se quiser causar uma boa impressão. — Ele sorri.

Mahmood larga as cartas e faz exatamente isso. Não quer que nenhum iemenita veja a que ponto ele chegou, não permitirá que se gabem e contem para os outros como o ladrão somali está vivendo mal. Ele sacode toda a roupa de cama e a alisa sobre o colchão. Leva para a mesa um pratinho com migalhas de pão e uma xícara esmaltada vazia; Perkins despeja o conteúdo do cinzeiro sobre o pão e leva tudo até a porta. Ele bate e espera até que o lixo seja recolhido.

Al-Hakimi aparece em todo o seu esplendor, com um turbante do tamanho de um globo e uma capa esvoaçante e bordada.

— Abracadabra — Wilkinson sussurra para Perkins, sufocando uma risadinha.

Perkins franze a testa e o enxota para o canto atrás da porta, para dar privacidade a Mahmood e Al-Hakimi.

Ele trouxe consigo o cheiro de seu antigo mundo – incenso, especiarias, perfume de *oud* –, e Mahmood tem que lutar contra o desejo de enterrar o nariz nas roupas do homem.

Al-Hakimi é 7 ou 10 centímetros mais baixo do que ele, mas inclina a cabeça para trás e o examina, acompanhando a linha de seu nariz fino e adunco.

— *As-salaamu Alaikum*, Ibn Mattan.

— *Wa Alaikum Salaam*, sheik. — Mahmood estende a mão.

Al-Hakimi hesita por um momento, antes de libertar sua pequena mão amarela das dobras pesadas de sua capa.

Ambos estão desconfortáveis um com o outro e com a situação.

— Sente-se — diz Mahmood em inglês, apontando para as cadeiras.

— Fui chamado para oferecer-lhe conforto espiritual, mas deixe-me primeiro dizer como essa situação é lamentável e vergonhosa — começa ele em árabe, olhando por cima do ombro para os guardas e abrindo um sorriso tenso. — Você deve corrigir sua condição antes que seja tarde demais.

— Como?

— Dizendo as palavras do Alcorão: "Ó Senhor nosso, cremos! Perdoa os nossos pecados e preserva-nos do tormento infernal."

— Acha que alguma outra coisa passa pela minha mente além de *"Rabbi inna zalamto nafsi faghfirli"*? Digo isso dia e noite. Eu sei que maculei minha alma.

— Então você admite? — diz ele, balançando a cabeça.

— Admito o quê? Que bebi, joguei, roubei, perdi meu tempo com mulheres? Sim.

— Não, o crime pelo qual está aqui.

— Não, não posso admitir o que não fiz.

— Também não pode pedir perdão pelo que não confessou.

Mahmood coloca a mão esquerda sobre o coração e ergue a mão direita, o dedo indicador apontando para o céu.

— Alá é minha testemunha, eu não matei aquela mulher, meu sangue e o sangue dela foram derramados inocentemente. Diga isso a todos. Não morro como um homem inocente, mas morro como um *shaheed*.

— Um mártir? — repete Al-Hakimi, levantando uma das sobrancelhas.

— É a verdade. — Mahmood mantém as mãos em sua postura de juramento. — Lembro-me de *hadith* após *hadith* que meu *macalim* me ensinou quando criança. Existem muitos tipos de mártir: uma mulher que morre no parto é uma, e seu filho a arrastará para o paraíso pelo cordão umbilical; isso é do Musnad Ahmed. Outro: "Um muçulmano que morre como estrangeiro ou em terra estrangeira é um *shaheed*", como narra Ibn Majah. Não sou um estrangeiro em uma terra estrangeira?

Al-Hakimi acena com a cabeça.

— E como um mártir é recompensado? — pergunta Mahmood, brincando de professor.

— *Jannat ul-Firdaws*.

— Sim. O paraíso mais alto. Aprendi muito aqui, sheik. Experimentei o medo que é preciso sentir na *boca* do estômago para implorar verdadeiramente a Deus por perdão. Aprendi como uma alma pode ser solitária quando todos os prazeres, as amizades e a família lhe são tirados. Aprendi como esta vida é pequena e frágil, e como tudo neste mundo, este *duniya*, é uma miragem que se evapora diante dos nossos olhos. Provei a amargura da injustiça. E o senhor, sheik?

Al-Hakimi balança a cabeça, seus olhos castanho-claros fixos na boca de Mahmood.

— É como engolir veneno.

— Se...

— Não há *se*, sheik, *laa*, não diga essa palavra para mim.

— Qualquer que seja o caso, tudo que podemos fazer é rezar para que Alá tenha misericórdia de você, tanto nesta vida quanto na próxima. Você me impressionou, Mattan.

Mahmood sorri seu sorriso ambíguo e misterioso.

— Faça isso e eu retribuirei o favor. Que Alá perdoe você e os outros muçulmanos por terem me abandonado.

O sheik se recosta na cadeira, sem desfazer o contato visual.

— Olhe para os meus ossos, veja como eles aparecem através da pele — ele levanta as mangas para revelar os antebraços. — Saiba que eles vão me enterrar aqui, manter esses ossos como despojo. Nenhum muçulmano para me lavar, nenhuma oração, ninguém para descansar minha bochecha esquerda na terra. Quero que saiba disso, sheik.

— Vamos rezar por você. Não se desespere, repita comigo: "Nosso Senhor, em Ti depositamos nossa confiança, e a Ti nos voltamos com arrependimento, pois junto a Ti é o fim de todas as jornadas." Repita.

Mahmood repete a *du'a*.

— *Ameen.* — Al-Hakimi pega um dos longos cordões de contas pretas de seu peito ricamente bordado e o ergue sobre a cabeça. — Tome isto e conte os nomes de Alá dia e noite, confie no Todo-Poderoso porque o mundo dos homens é injusto.

Mahmood enrola o *tusbah* nos nós dos dedos.

Dias depois da visita do sheik, ainda há uma espécie de brilho em torno de Mahmood, uma iluminação espiritual interior. Tudo é como Alá quis que fosse. Os guardas não querem fazer mal a ele, percebe, são apenas homens colocados em seus postos pela providência divina, assim como ele. Todos reunidos por um destino que foi escrito antes que qualquer um deles tivesse respirado pela primeira vez. É como estar dopado, ou o que ele imagina que a droga proporcione; um torpor suave e quente que nenhum pensamento ou sentimento doloroso consegue penetrar. Ele acorda e adormece com a sensação de submissão real, não tendo que procurá-la em lugar nenhum, e a sensação se prolonga à medida que os dias passam. Aquele trem que o levou para o Sul de Dar es Salaam, aquele primeiro navio na África do Sul, aquele encontro com Laura no café, aquele jurado que olhou para ele e disse "culpado" – todos os degraus de uma escada invisível que ele estava subindo em direção ao céu. O dia e a hora exatos de sua morte já fixados, aqueles brancos ignorantes manipulados como marionetes. Não há ninguém com quem se enfurecer, ninguém a quem culpar. Ele só gostaria de ter prestado mais atenção a Violet Volacki, aquela mulher pequena, corpulenta e de cabelos escuros cuja morte estava inextricavelmente ligada à sua. Nunca se dera ao trabalho de pensar nela como mais do que uma versão falante e regateadora de um de seus manequins. Ele deveria ter segurado a mão dela quando ela devolveu o troco, ou ter pousado a palma suavemente nas costas dela. Olhado profundamente nas manchas dentro de seus olhos castanhos e dito: "Você e eu estamos unidos para a eternidade. O fio da minha vida será cortado no momento em que você morrer."

Wilkinson assobia. Ele assobia lindamente, trinando em seu turno como um pássaro engaiolado.

— Assobie "Mack the Knife" — pede Mahmood.

Com uma inspiração profunda, Wilkinson solta as primeiras notas e estala os dedos como se estivesse em uma banda de jazz.

— É isso, isso mesmo — diz Mahmood de seu poleiro na cama, marcando o ritmo com o pé.

Perkins se move pela cela, arrumando sem parar, como é seu hábito, mas cantarola enquanto faz isso agora, aproveitando o momento.

Ele abre o guarda-roupa na parede oposta e espia, encontrando-o vazio, exceto por um cabide de arame e um cobertor extra.

— Eles vão devolver seu terno em breve, você pode pendurá-lo aqui.

— Claro — diz Mahmood, balançando a cabeça. — Tem uma coisa na qual fico pensando.

— O quê? — Perkins se vira para encará-lo, e Wilkinson para de assobiar.

— Se eu quiser, posso chamar a polícia aqui? Para tomar meu depoimento?

— Sim, você tem o direito de fazer isso.

— Muito bem, Phineas — concorda Wilkinson.

— Eu quero fazer isso. Liguem para ele, quero que aquele detetive mentiroso, o Powell, venha aqui tomar meu depoimento, para que a polícia não seja a única a escrever minha história. Eu terei a palavra final.

— Vou mandar um recado para a delegacia, mas...

— Mas o quê?

— Não crie esperanças de que isso vá mudar alguma coisa.

Mahmood descarta a sugestão.

— Eu sei disso. É tarde demais para que qualquer mentira ou verdade que venha da polícia de Cardiff me ajude ou me prejudique. Traga ele aqui e eu vou dizer o que *eu* quero que ele ouça.

O detetive Powell chega mais tarde na mesma semana, às 10h30. Seu corpo desajeitado quase grande demais para a cela, seu rosto vermelho úmido sob um chapéu de feltro, a capa preta pingando no chão. Ele cumprimenta os guardas como se fossem velhos amigos, fazendo Wilkinson falar sobre a chuva de verão antes de reconhecer a presença de Mahmood. Com os olhos semicerrados e os braços rígidos ao lado do corpo, ele começa:

— Mattan, me chamou?

Mahmood está sentado, olhando para ele com um desprezo firme e desinibido.

— Isso mesmo.

— Deixe-me pegar esse casaco antes que precisemos trazer um esfregão aqui — diz Perkins, pegando os ombros do detetive.

— Quem disse que os carcereiros são as garçonetes do Ministério do Interior? Eu não — ri Powell, encolhendo os braços e deixando Perkins pendurar o casaco no guarda-roupa.

Ele se atreve a rir na minha cela, pensa Mahmood, enquanto observa Powell se dobrar na cadeira à sua frente, os joelhos estalando enquanto ele desliza o traseiro lentamente para o lugar.

— Existe um esporte mais vingativo para um velho do que o rúgbi? — pergunta ele a Wilkinson, que apenas sorri de volta.

— Powell — diz Mahmood, recuperando sua atenção —, você me colocou aqui, mas é tarde demais para me tirar daqui, entendeu? Agora, com esses dois homens como minhas testemunhas — ele aponta para Perkins e Wilkinson —, você vai ouvir minha palavra e vai escrever. Você não escreve minha história para meus filhos nem para mais ninguém, entende?

— Sou apenas um humilde servidor da lei, não posso colocar ninguém onde não deveria estar, senhor Mattan.

Mahmood olha com uma visão quase microscópica, tentando decifrar se Powell é um ser humano real com sangue correndo nas veias. As finas linhas vermelhas em cima de suas narinas e bochechas parecem sugerir isso, mas quem é capaz de se sentar ali com tanta frieza sabendo das mentiras que disse para matar um homem inocente?

— Muito bem, vamos começar, então. Quinta-feira, 26 de agosto de 1952 — diz Powell, tirando um caderno pautado do paletó.

— Estou pronto — diz Mahmood, colocando as mãos sobre a mesa e respirando fundo. — Se é bom para o governo que o assassino esteja andando por aí e que eu seja enforcado por nada, boa sorte ao governo, e estou muito feliz por ser enforcado por nada.

Powell faz uma careta, mas continua a escrever até que Mahmood reconhece uma forma que ele acredita que corresponde a "nada".

— Não quero esperar mais, quero ser enforcado o mais rápido possível.

Powell levanta a cabeça da página e sorri.

— Muitas pessoas sabem sobre o meu caso em Cardiff, que vou ser enforcado por nada, e acredito que algo vai acontecer em pouco tempo, mas quero que, se encontrarem o assassino depois que eu for enforcado, não quero que ele seja enforcado. Boa sorte para ele, quem quer que seja, preto ou branco. — Maldito inglês, pensa Mahmood, lutando com as palavras. — Só uma coisa, fico feliz se for enforcado por nada sob a bandeira britânica. Boa sorte para ele, porque eu costumava ouvir que o governo britânico é um negociante justo, mas não vi nenhuma negociação justa no meu caso, porque nunca vi ninguém no Tribunal de Swansea nem no Tribunal de Apelação interferir a meu favor. Só uma coisa, no que me diz respeito, sou homem negro e ninguém gosta da minha espécie porque minha vida se compra barato. Sou o primeiro homem a ser enforcado por nada neste país, e acho que ninguém acredita no que digo agora, mas em pouco tempo, uma hora, vão acreditar, porque muitas pessoas sabem algo sobre este caso e talvez alguém fale mais tarde. Imagino que se eu tivesse uma pele mais branca, não seria enforcado hoje por este caso, porque ninguém foi enforcado pela palavra "se" antes. Eu não interfiro com mais ninguém e não disse uma palavra de mentira no meu caso. Eu fui verdadeiro o tempo todo.

Mahmood toma um longo gole de água de seu copo esmaltado.

— O par de sapatos era de segunda mão quando comprei. Eu não vou jurar se havia sangue neles ou não, mas o que eu juro é que não tenho nada a ver com o assassinato.

Powell escreve devagar, seus dedos carnudos e brancos nas pontas por apertar a caneta com força enquanto ela balança em seu aperto.

— Espero de Deus que se eu tiver algo a ver com esse assassinato eu nunca estarei seguro e se eu for verdadeiro espero que meu Deus me salve. Isso é tudo.

Powell suspira, resmunga algo azedo, soa como "pidgin"*. Por fim, ele termina de redigir o depoimento.

— Isso é tudo? — pergunta ele, examinando o que escreveu.

A mente de Mahmood está zumbindo. Foi Deus ou Powell quem o colocou ali? Alá ou o homem? Ele não estava planejando dizer muito, nem que queria que eles apressassem o enforcamento. E se isso pudesse acontecer agora?

— Sim, isso é tudo.

— Coloque sua assinatura aí, então. — Ele entrega o caderno e a caneta para Mahmood.

— A última vez que escrevo meu nome. — Mahmood afirma calmamente, enquanto as letras se formam, com uma fluidez e elegância que desmente seus nervos em frangalhos. — Vá agora — declara ele, sem olhar para Powell enquanto fecha o caderno em volta da caneta e o desliza sobre a mesa.

---

* Mistura de inglês com idiomas locais, o *Pidgin English* é uma língua simplificada que permite que pessoas que não compartilham um idioma se comuniquem. (N. E.)

Powell se levanta, lançando uma sombra sobre Mahmood antes de pegar sua capa de chuva e sair silenciosamente da cela.

Perkins e Wilkinson olham um para o outro e expiram com força.

* * *

Momentos após a partida de Powell, Mahmood percebe com pânico que tem mais a acrescentar à sua última declaração.

— Senhor Perkins, tenho mais a dizer, pode escrever para mim?

— Claro. — Já há um caderno e um lápis no bolso do uniforme.

— Está pronto?

— Temos que estar, caso precisemos registrar algo importante que você diga ou faça.

— No caso de eu confessar no último minuto ou algo assim?

— Algo assim.

— Isso nunca vai acontecer. Vou morrer dizendo a verdade, como disse àquele policial.

— Eu entendo.

— Você é o primeiro homem que vejo que tem sido inabalável em manter sua inocência — diz Wilkinson, sentando-se na cadeira sobressalente ao redor da mesa. — A maioria quer tirar isso do peito antes do fim.

— Não sei quanto tempo vai demorar, mas, um dia, eles saberão que enforcaram o homem errado. Vocês vão ver. Muito bem, senhor Perkins, escreva isso…

— Um segundo. Deixe-me apontar este lápis. — Ele gira o lápis até que o grafite tenha uma ponta de lança. — Pronto.

Mahmood limpa a garganta.

— Só uma coisa eu perco no meu caso. Meus advogados e advogados de defesa foram informados de que eu não tenho nada a dizer ao Tribunal, mas se eu apresentasse minhas provas ao júri, não estaria aqui hoje. Mas não adianta dizer quais são minhas provas que não apresentei ao Tribunal, porque é tarde demais.

Perkins olha para cima, esperando que Mahmood mudasse de ideia e dissesse quais eram suas provas não apresentadas, mas ele salta para outro assunto.

— Mas a evidência que você aceita do homem Harold Cover, posso lhe dizer algo a partir de sua evidência, porque ele foi informado do Tribunal que me viu naquela noite na loja da mulher assassinada e também disse que havia muitas pessoas em pé na rua, mas você pode perguntar a qualquer um de Cardiff como estava o tempo naquela noite e ninguém estaria na rua. Se houvesse muitas pessoas na rua, você acredita que alguém atacaria aquela mulher? Esta não foi minha própria evidência, mas o que eu ouvi o Cover dizer no Tribunal de Swansea, e cabe a você, quer aceite ou não. Só isso. — Mahmood acende um cigarro que estava em uma caixa sobre a mesa. — Meu inglês ficou ruim. — Ele sorri, sua mão tremendo um pouco enquanto coça uma mancha seca no pescoço.

Perkins lê a declaração de volta para ele.

— Tem certeza de que não quer contar essa evidência que não compartilhou antes?

Só o envergonharia agora, e não adiantaria nada dizer que tudo isso aconteceu em parte porque ele tinha ido ver aquela russa e não queria que Laura descobrisse. Ele balança a cabeça.

— Perda de tempo.

— Como quiser. — Perkins se vira para Wilkinson. — Devemos mostrar isso ao diretor antes de enviar ao detetive Powell?

— Acho que sim.

A doce dormência que Mahmood desfrutou após a visita do sheik desapareceu completamente e ele está na cama, debaixo de um lençol branco, com uma espécie de enjoo, as paredes e o chão cedendo ao seu redor. Agarra o travesseiro, pronto para vomitar, fechando os olhos para se concentrar em outros pensamentos. Ele busca na memória os nomes de seus antigos navios e os portos de onde embarcou.

Forte Algo. Forte La Prairie. Mas tinha sido em Cardiff, Newport ou Londres? Ele se lembra de estar sentado, esperando para partir, em um pub cheio de somalis com seu cobertor, tigela e mochila aos pés. Deve ter sido o Club Rio, em que os somalis bebiam abertamente seu uísque. Londres.

Pencarron. Falmouth, Cornualha, pé da Inglaterra.

Forte La Prairie novamente. Londres novamente. Clube Rio novamente.

Forte Laird. Londres. Se hospedaram longe do Club Rio.

Forte Glenlyon. Londres. Oito meses. Laura grávida, com a barriga inchada quando ele voltou.

Harmattan. Londres.

Alhama. Glasgow. Única vez na Escócia. Muito frio e hostil.

Forte Brunswick. Londres. Meryvn nasceu.

North Britain. Newcastle. Apenas dois meses. Com saudades de casa.

Último navio.

O céu está vermelho e rachado para revelar o trono escuro de Deus; uma substância sulfurosa se espalhando pelo asfalto e fazendo Mahmood tapar o nariz enquanto caminha em direção às docas. A Lua está dividida em duas metades irregulares e afundando, assim como as estrelas que mergulham uma após a outra no mar da Irlanda, fumegando ao cair no abismo. As fábricas e armazéns viraram pó. Mahmood caminha sozinho e aterrorizado, chorando como uma criança. Ao passar pelas lojas e cafés desertos da Bute Street, que permanecem intactos, do jeito que os deixou, esqueletos empoleirados atrás de balcões e mesas, a lanchonete de Berlin tão cheia quanto uma catacumba. Há figuras solitárias à distância, caminhando à frente, mas ele sabe que não podem ajudá-lo, e ele não pode ajudá-los. O *Qiyamah* chegou. O Dia do Julgamento. Ele sente profundamente que está condenado, que finalmente enfrentará a terrível realidade de Deus e será envergonhado e derrubado. Anda como se fosse compelido por uma força além de seu controle. As chamas cospem do telhado da loja dos Volacki, depois atingem as nuvens, gotas de ouro derretido chovendo e queimando sua pele.

— *Illaahayow ii saamax*, Senhor, perdoe-me. *Illaahayow, ii saamax*.

Tarde demais. Tarde demais. Tarde demais.

Uma mão lhe dá um tapa no ombro.

— *Waa ku kan, aabbo*, aqui está você, pai — diz um homem de pele clara, as linhas do rosto estranhamente familiares. Sem dizer outra palavra, ele se afasta, sua figura curvada e derrotada.

— David? — grita Mahmood, afastando-se do fogo, ajoelhando--se no asfalto preto enquanto o asfalto se agita e se abre sob ele — *Illaahayow ii saamax*.

— Acorde, Mattan, acorde. — Perkins o acorda. Na penumbra da cela, o rosto pálido de Perkins paira amarelo e desconhecido sobre ele. Mahmood empurra o *jinn* para longe, ainda preso no terror de *qiyamah*. Ele está sem camisa, mas coberto de suor.

— Você estava tendo um pesadelo.

— O mundo acabou. Eu vi.

— Deixe-me pegar um copo d'água.

— Diga a ele para se sentar e deixar isso pra lá — diz Wilkinson.

— Vou para o inferno, vou para o inferno — grita Mahmood, incapaz de recuperar o fôlego.

— Acalme-se — diz Perkins baixinho, sentando-se na beira da cama e estendendo uma xícara. — Foi só um pesadelo.

Mahmood segura a caneca fria contra a cabeça antes de tomar um longo gole.

— Eu vivi uma vida ruim e agora acabou.

— Todos nós cometemos erros, Mattan, e todos fazemos o bem. É assim que sempre foi, e Deus está lá para nos perdoar por sermos fracos, isso não muda, qualquer que seja a religião em que você acredite. Agora, sente-se como Wilkinson diz.

Perkins ajuda Mahmood a se sentar.

— Pegue este jornal e se abane. — Wilkinson deixa cair um jornal fino no colo de Mahmood antes de colocar as costas da mão na testa úmida. — Sua pele está quente ao toque, Mattan, deve ter sido um pesadelo terrível.

Aquilo foi uma *visão*, não um pesadelo, Mahmood diz a si mesmo.

A fraca pressão das torneiras neste piso significa que leva muito tempo para o fio de água enxaguar a espessa mancha de sabão dos membros de Mahmood. Ele se senta na pequena banheira — seu corpo branco, exceto por alguns flashes de sua pele real — e se pergunta como teria sido a vida se ele tivesse nascido com a pele tão branca. Teria ganhado um quarto a mais como marinheiro, para começar, e não teria se limitado a encontrar trabalho na marinha mercante. Poderia ter se tornado um homem instruído, capaz de usar suas habilidades para qualquer trabalho que desejasse, teria sido capaz de comprar uma casa decente para Laura e as crianças e ter mulheres brancas velhas comentando sobre a família adorável que elas formavam. Ele também conheceria a justiça.

O guarda escocês está na porta, com os olhos voltados para o teto para dar a Mahmood um pouco de dignidade. Mahmood passa a mão lentamente pelo braço. Esse corpo esguio, negro e musculoso lhe serviu bem; é uma máquina maravilhosa, mais afinada do que qualquer navio a vapor recém-saído do estaleiro. Ele o maltratou e o colocou em perigo com pouco cuidado para as gerações de homens e mulheres que o trouxeram à existência com sua ganância, luxúria, coragem, inquietação e sacrifício. Cumpriu seu dever. São três meninos para levar adiante sua *abtiris*, sua linhagem familiar – e que eles façam de Mattan um nome famoso, um nome orgulhoso, um nome que faça tremer quem está no poder.

Sentindo os cachos molhados em sua cabeça, os cílios curtos e trêmulos de seus olhos, o nariz arrebitado e os lábios escuros e largos que herdou da mãe, Mahmood está cheio de tristeza por aquele corpo que logo deixará de funcionar e começará a apodrecer. Aquele corpo que lhe serviu tão bem, que lhe deu todos os cinco sentidos e um atestado de saúde perfeito. Aquele corpo que foi pesado, medido, cutucado, espancado, desprezado e agora está marcado para a destruição, como um velho barco a vapor levado para o triturador.

Ele move a mão pelo pescoço longo e arqueado com o pomo de Adão pronunciado e traça os ossos grossos que rolam para baixo em sua coluna, os ossos que eles pretendem quebrar.

— Meu amor, não sei o que dizer. Ainda não ouvi sim ou não.

Laura está sentada do outro lado do vidro com Omar no colo. Ela acena.

— Faltam só quatro. Eles podem realmente adiar tanto a decisão?

— Eles podem dar na noite anterior, se quiserem, e me deixar pronto para as 8h.

— É uma tortura.

— Sim.

— Eu queria trazer comida caseira para você, mas eles não me deixaram. Você não parece bem, meu amor.

— Nem você.

Ela esfrega o nariz em um lenço.

— Ah, não é nada, peguei um resfriado dos meninos, por isso não trouxe os outros dois, eles ainda estão espirrando.

— Isso me faz sentir bem.

— Por quê?

— Porque significa que você tem esperança, caso contrário você teria trazido os dois.

Ela encolhe os ombros.

— Talvez.

— Ainda tenho esperança, Laura.

— Você sempre fez isso, Moody, sempre dizia que as coisas dariam certo. Muita esperança.

— É do jeito que sou feito.

— Vou tentar pensar assim também. Você foi a melhor coisa que aconteceu na minha vida, sabia?

Mahmood afunda o rosto nas palmas das mãos abertas.

— Todas aquelas brigas mesquinhas, brigas por dinheiro ou por ciúmes, não significavam nada. Eu não acho que poderia amar alguém do jeito que você me amou. Você pegou essa garota imatura de Valleys e fez com que ela se sentisse a rainha da Inglaterra. Eu não entendia por que alguém iria me amar tão profundamente, então fugi. Eu fui uma idiota.

— Pare, Laura, o passado acabou, não importa agora.

— Quero que saiba que EU TE AMO. Está me ouvindo? Eu te amo. — Ela quase grita. Ela sussurra no ouvido de Omar e com um sorriso ele apoia as palmas das mãos no vidro e aperta os lábios firmemente contra ele. — Eu te amo, papá.

Mahmood beija a pequena impressão que os lábios de Omar deixaram. Ele olha por cima do ombro para o carcereiro escocês, que desvia o olhar.

— Mamãe, me dê um beijo também.

Laura se levanta da cadeira e seus lábios se encontram em ambos os lados da vidraça fina, é o primeiro beijo de verdade desde que ela o abandonou em Hull.

— Eu sempre me apaixono por você, Laura Williams.

— Meu nome é Laura Mattan.

— Laura Mattan, *qalbigeyga*.

— O que essa palavra significa?

— Significa "meu coração" na minha língua. Laura, ouça, se eles fizerem isso na quarta-feira, se realmente seguirem em frente, eu quero que você se mantenha forte, cuide dos meus meninos como se você fosse a mãe e o pai deles e *não* deixe que eles me esqueçam, diga a eles quando crescerem que morri no mar, por isso não têm túmulo para visitar.

— Ah, Mahmood, meu amor. — Ela encosta a testa no vidro e ele faz o mesmo.

— E escute, se essas pessoas aqui me matarem, você me deixa aqui até encontrar o homem que matou aquela mulher. Mesmo que leve cinquenta anos.

Ela acena com a cabeça.

— Mas não se preocupe, Laura, eles não vão me matar.

Os guardas trocam de turno enquanto Mahmood mexe uma colher na tigela de mingau do café da manhã, tentando abrir o apetite para o lodo cinza.

— Achei que você ia gostar disso... — Perkins coloca uma caixa de papelão branca sobre a mesa.

Mahmood olha da caixa para Perkins.

— Para quê? — Diz ele, estendendo a mão para a tampa, seus dedos acariciando a chamativa crista em relevo no topo.

— Apenas pensei que você teve uma dieta constante de comida de prisão por quase seis meses e poderia gostar de algo diferente.

Na caixa, há dois doces recheados com creme, os cristais de açúcar brilhando em cima da massa folhada, creme amarelo espesso e geleia saindo dos cones. A boca de Mahmood se enche de água ao vê-los, mas ele fecha a caixa e a puxa contra o peito.

— Eu como mais tarde, depois do almoço. — Ele não sabe se deve agradecer ou não, a um somali ele não diria, mas Perkins fica lá esperando alguma coisa, então ele diz um "obrigado!" apenas para fazê-lo sorrir, se sentar e relaxar.

— Eu jogo pôquer contra vocês depois do café da manhã?

— Não sei se aguento outra surra, mas se você quer…

— Eu vou com calma dessa vez — diz Mahmood, levando a colher aos lábios.

Wilkinson traz uma pilha de jornais locais censurados com as páginas que mencionam o assassinato ou o apelo de Mahmood retiradas.

— Quer ver primeiro as páginas de corrida? — diz Wilkinson, colocando o *Echo*, o *Mail* e o *Times* na mesa. — Estou começando a soar como você agora! Meu Deus, é contagiante. — Ele ri.

Mahmood ri junto.

— Daqui a pouco vão estar chamando você de selvagem também.

Um baque de passos soa no corredor, mas Mahmood os ouve apenas parcialmente, sua atenção focada no jogo de pôquer com os guardas, que estão jogando mais do que de costume. Mahmood apostou um dos doces de creme e agora está com medo de perdê-lo. Alguns momentos depois, a porta se abre e o diretor entra, seguido por seus burocratas.

Perkins e Wilkinson largam as cartas que tinham escondido com tanto cuidado, revelando mãos perdidas, e ficam em posição de sentido.

Mahmood lentamente se levanta também.

O diretor o olha direto nos olhos, um telegrama nas mãos.

— Mahmood Hussein Mattan, seu apelo ao Ministro do Interior por um perdão real foi rejeitado. Você será executado pelo assassinato da Srta. Violet Volacki na quarta-feira, 3 de setembro, às 8h. Que o Senhor tenha misericórdia de sua alma.

* * *

O carcereiro escocês traz da lavanderia o terno marrom de Mahmood, aquele que ele usou no julgamento. Colocaram a camisa, a gravata, o paletó e as calças em um cabide que dá a impressão de que um homem invisível está lá dentro, deitado nos braços grandes do carcereiro.

— Se quiser que sua esposa traga outro terno, isso também é possível.

— Então vou ficar elegante para a morte, hein? — murmura Mahmood.

— Vai ter seu tempo no pátio daqui a uma hora, não se esqueça.

Ele não acha possível que possam enforcá-lo naquela manhã enquanto ainda falam tranquilamente sobre exercícios e roupas.

O céu não está em chamas, mas o Sol está brilhando, como tem feito em muitos outros dias, com pássaros cantando insensivelmente nas árvores de galhos cortados. Mahmood esmaga um besouro com sua bota, triturando seu corpo em pequenos fragmentos que tremulam com as brasas da vida.

— Eles estão fazendo isso porque não me quebraram. Se eu tivesse perdido a cabeça e chorado na minha própria merda, talvez eles ficassem felizes em me mandar para um hospício como fizeram com o Khaireh. Mas ainda estou de pé e reivindico minha inocência, então eles têm que acabar comigo para se protegerem. As mentiras e o mal deles terminam comigo.

Ele havia guardado um cigarro para comemorar o adiamento, esperando, apesar de tudo, que ele passasse, mas agora o tira do papel-alumínio e o aperta entre os lábios. Ele risca um fósforo contra a parede.

— Se ao menos eu pudesse incendiar todas as suas paredes — diz, inalando profundamente o tabaco fumegante —, eu queimaria esta prisão e deixaria todos livres, qualquer que fosse o crime, ninguém deveria roubar sua liberdade. Os somalis tiveram a ideia certa, você errou com alguém e é forçado a olhar por cima do ombro pelo resto da vida, a menos que faça as pazes. Você lida um com o outro cara a cara. Apenas covardes vivem de prisões e enforcamentos a frio.

Ele pode ver um par de chapéus se movendo atrás de uma grade no andar superior do bloco. Eles parecem se mover sozinhos para a esquerda e para a direita, seguindo os movimentos dele, os rostos pálidos por baixo cruzados por metal.

Mahmood vira as costas para seus espreitadores e fecha os olhos. Removendo sua touca de pano, a luz do sol aquece a careca em sua cabeça. Estendendo os braços na frente dele, seus ombros e cotovelos estalando alto, ele ouve seu coração batendo em um ritmo.

— Vou enrolar a estrada em volta da minha cintura como um cinto — ele canta — e andar na terra mesmo que ninguém me veja.

Então ele estende as mãos como se o Sol fosse uma bola que ele pudesse pegar.

KHALAS

ACABADO

7h15 quarta-feira, 3 de setembro de 1952

— Não, não vou usar nenhum maldito terno — repete Mahmood, andando de um lado para o outro na cela.

Ele ficou acordado a noite toda, bebendo caneca após caneca de chá. Rezou apenas uma vez, no meio da noite, uma longa e dolorosa oração com numerosas prostrações. Mas agora se sente eletrizado, incapaz de orar, sentar-se ou mesmo ficar parado.

— Mahmood, por favor — implora Perkins, desabotoando o terno, o rosto vermelho.

— Por quê? Para quem estou me vestindo? Não é meu casamento. Você deve me manter em seu uniforme se quiser manter meu corpo também.

— Agora, Mahmood — grita Wilkinson, caminhando ao lado dele. — Se você não vai se vestir, pelo menos sente e coma alguma coisa, eu pedi para eles separarem ovos e torradas para você.

Mahmood torce o *tusbah* entre os dedos.

— Você acha que consigo *comer*?

Uma batida na porta e um prato coberto chega. Wilkinson põe a mão de leve no ombro de Mahmood e o leva até uma cadeira. Coloca o prato na frente dele e levanta a tampa.

— Coma a torrada, pelo menos.

Mahmood olha para o ovo frito doentio e seu estômago se revira. Ele cobre o prato e gesticula para que os guardas se sentem.

Ele está parado no meio cela, de costas para a porta.

— Eu só quero silêncio, para poder pensar.

Perkins e Wilkinson abotoam os paletós e se sentam. Agora está tão silencioso que Mahmood pode ouvir o tique-taque de seus relógios.

— Tirem esses relógios ou façam eles pararem. Vocês estão me deixando louco.

Perkins e Wilkinson puxam os relógios do pulso simultaneamente. Sua respiração toma o lugar dos tique-taques.

— Parem de respirar — sussurra ele.

As mãos de Wilkinson estão entrelaçadas, sua cabeça abaixada como se estivesse rezando.

O tempo agora é uma coisa líquida, circulando entre as orelhas de Mahmood, impossível de medir além do metrônomo em seu peito. Ele olha para os punhos sujos do pijama, para as mãos, para as linhas que se ramificam nas palmas, e procura uma pista. Será tarde demais para um destino diferente se revelar?

A porta se abre e um velho de chapéu entra na cela. Ele estende a palma da mão e Mahmood sorri e a pega.

— Vocês não me matam — diz ele, expirando.

Perkins e Wilkinson se levantam e dão um passo para trás.

Sem dizer uma palavra, o velho coloca uma algema grossa em um dos pulsos de Mahmood e o vira para prender os dois braços atrás das costas. Homens entram na cela atrás dele: o diretor, o médico, o sheik, outro, outro, outro, outro, outro, outro, outro.

Dois guardas agarram seus braços enquanto o velho os conduz, como se pudessem atravessar a parede. Um, dois, três, quatro, cinco, seis, sete...

Perkins e Wilkinson empurram o guarda-roupa para revelar a entrada para outra cela. Há uma corda pendurada no teto. A cela familiar flutua ao seu redor e sua mente não consegue entender.

— Vocês estão errados — grita ele, lutando para soltar os braços. — Vocês estão ERRADOS!

Oito, nove, dez...

Perkins e Wilkinson se afastam e Mahmood olha para eles em busca de algum tipo de reconhecimento, mas eles não dão nenhum.

Onze, doze, treze...

Os carrascos o arrastam para as tábuas de madeira de cada lado do alçapão no chão e depois o colocam de pé. Ele segura a bexiga apertada.

Catorze...

O velho coloca um capuz branco sobre a cabeça de Mahmood, enquanto seu assistente amarra seus tornozelos.

— *Bis... Bismillahi Rah... mani Raheem.*

Quinze...

Está escuro agora, mas ele pode ver a sombra do laço que cai sobre seu rosto.

Cai novamente de joelhos. O nó pressionando sua mandíbula.

Khalas. Está em volta do pescoço. Eles o colocam de pé novamente.

Então vem o rugido do mundo cedendo abaixo dele.

— *La ilaha, La*

ilaha

illa llah

muham

madun

ru

su

ll

a

h.

Mulher chora Enquanto Somali É enforcado

A poucos passos da casa onde morava em Cardiff, Mahmood Hussein Mattan foi executado hoje pelo assassinato de uma lojista judia na região das docas de Cardiff.

Mattan, um somali de 29 anos, morava na Davis Street, a menos de duzentos metros da entrada da Prisão de Cardiff, onde pouco depois das 9h de hoje, sob uma garoa, um agente penitenciário pendurou o aviso informando ao público que a sentença de morte de Mattan havia sido aplicada.

Uma hora antes da execução, uma mulher vestindo uma capa de chuva azul, com a cabeça coberta por um lenço, foi vista chorando diante da entrada da prisão. Mais tarde, outra mulher se juntou a ela, e as duas deixaram o local às 8h20.

Dispersão Lenta

Havia um pequeno grupo de pessoas presentes do lado de fora da entrada principal da prisão às 9h, incluindo várias pessoas de cor.

Eles leram os avisos que foram afixados do lado de fora pouco depois e se retiraram lentamente. Durante toda a manhã, trabalhadores e transeuntes pararam para ler o comunicado oficial.

Mattan foi condenado no Tribunal de Glamorgan, no dia 24 de julho, pelo assassinato de Lily Volpert, de 41 anos, e foi sentenciado à morte. Seu recurso foi indeferido pelo Tribunal de Apelação Criminal e, há poucos dias, o Ministro do Interior anunciou que não via justificativas para interferir no curso da justiça.

"A Sombra"

A srta. Volpert foi encontrada no chão de sua loja na Bute Street, em Cardiff, com a garganta cortada. Mattan, conhecido na região das docas de Cardiff como "sombra", por causa da maneira silenciosa como se movia, foi preso mais de uma semana depois.

Em seu julgamento, seu advogado, o Sr. T. E. Rhys-Roberts, descreveu Mattan como "metade criança da natureza, metade selvagem semicivilizado".

No inquérito conduzido pelo legista da cidade de Cardiff (Sr. Gerald Tudor) na prisão, o júri chegou ao veredito de "morte por execução judicial".

O diretor da prisão (Cel. W. W. Beak) disse que a execução foi realizada sem contratempos.

EPÍLOGO

Laura Mattan não foi informada da execução de Mahmood e só ficou sabendo quando foi visitá-lo na prisão. Aquele dia foi o início de uma batalha para limpar seu nome que durou décadas. Após a execução, a família se mudou para outra parte de Cardiff, onde vivenciou extrema pobreza e violência racista. Em 1969, Harold Cover foi condenado à prisão perpétua por tentar assassinar a filha cortando a garganta dela com uma navalha. Logo depois, Laura, apoiada pela comunidade somali de Tiger Bay, contestou a condenação do marido. O Ministro do Interior e o promotor de Butetown, James Callaghan, recusaram-se a reabrir o caso de Mahmood, apesar das semelhanças entre ambos os crimes e do histórico de violência até então oculto de Cover.

Em 1996, a família Mattan ganhou o direito de exumar o corpo de Mahmood de uma cova anônima perto da horta da Prisão de Cardiff e enterrá-lo na parte muçulmana do Cemitério Ocidental. Em 1998, a Comissão de Revisão de Casos Criminais foi estabelecida com o objetivo de investigar possíveis erros históricos da Justiça, e o caso de Mahmood foi o primeiro aceito para ser julgado pelos três juízes do Tribunal de Apelação. Com Laura, David, Omar e Mervyn Mattan presentes, bem como Harold Cover, que foi chamado como testemunha, a condenação de Mattan foi considerada frágil e anulada, 46 anos depois de sua execução. Novas evidências foram encontradas que claramente identificaram Tahir Gass como o somali visto por Cover do lado de fora da loja na noite do assassinato. A identificação de Mahmood Mattan como suspeito, feita por Cover, só veio após a oferta de uma recompensa e de pressão por parte da polícia. Apesar da condenação de Gass pelo assassinato de um homem em Newport em 1954, e de sua detenção na prisão de Broadmoor, outros suspeitos foram aventados mais tarde dentro da comunidade somali, em particular um marinheiro, Dahir Awaleh, que confessou ser o homem que a polícia estava procurando antes de fugir para o Brasil, em março de 1952.

A condenação e execução injustas de Mahmood Mattan se tornaram o primeiro erro judicial já retificado por um tribunal britânico, mas o dano causado à sua família nunca poderia ser reparado. Depois de testemunhar a exoneração de seu marido pelo Tribunal de Apelação, Laura disse aos repórteres: "Se Mahmood e eu estivéssemos vivendo nos tempos bíblicos, teríamos sido apedrejados até a morte. Ele era um homem adorável. A melhor coisa que me aconteceu."

Em 2003, Omar Mattan foi encontrado morto em uma praia isolada em Caithness, na Escócia, vestido de preto e com nada além de uma garrafa de uísque em sua posse. Alguns meses antes de sua morte, Omar dissera em uma entrevista: "Até os 8 anos, me disseram que meu pai havia morrido no mar. Então, um dia, a banda do Exército de Salvação estava tocando perto de nossa casa e eu saí para cantar com eles. Um dos líderes disse: 'Não precisamos de filhos de enforcados.' E essa informação pareceu crescer como um câncer na minha cabeça."

Laura Mattan nunca se casou novamente e morreu após uma longa doença, em 2008; todos os três filhos também já faleceram.

O assassinato de Lily Volpert ainda não foi solucionado.

AGRADECIMENTOS

Este romance não poderia ter sido escrito sem a inspiração, os conhecimentos e o humor de Ahmed Ismail Hussein, "Hudeidi". Zainab Nur e Chris Phillips também me cederam seu tempo, seu encorajamento e sua ajuda constantes. Esta história pertence a Butetown, e sou grata pela generosidade demonstrada por todas as pessoas em cuja porta eu bati: Ruth Abbott, Natasha Mattan, Mohamed Warsame Berlin, Ismail Essa, Nino Abdi, Eric Abdi, Keith Morell, Steve Campbell, Betty Campbell, Steve Khaireh, Glenn Jordan, Chris Weedon, Dennis Arish, Abdisamad Mohammed, Red Sea House, o Butetown History and Arts Centre e o Hayaat Women Trust.

Agradeço também, em Londres e além, ao Mayfield House Day Centre, a Omar Haji Osman, Cabdillaahi Cawed Cige, Mahmoud Matan, Mohamed Ismail, Fatima Saeed, Michael Mansfield QC, Satish Sekar, Olabisi Oshin, Fadumo Warsame, Said Ali Musa, Mohamed Ali Mohamed, David Szalay, Gaby Koppel, à Dra. Hana Backer, Shani Ram e Marcus du Sautoy, Taiaiake Alfred, Yasin Samatar, Peter Vardon, ao Kitakyushu Moji Friendship Hospital, Abdirashid Duale e Dahabshiil, Andreas Liebe Delsett, à Oslo National Library, à Rockefeller Foundation, ao Bellagio Center, Razika, Andy e a todos em Santa Maddalena. À Society of Authors, pelo Authors' Foundation Grant e pelo Somerset Maugham Award. À equipe do Arquivo Nacional, Kew, Peter Devitt, do Royal Air Force Museum Hendon, Taiaiake Alfred, Stewart McLaughlin e Wandsworth Prison Museum, Bodhari Warsame, Mary Actie, Savita Pawnday, e à equipe da British Library.

Aos meus amigos, obrigada pelo amor e pela companhia ao longo dos anos: Abdi, Robert, Kim, Danielle, Sabreen, Sarah, Lana, Bhakti, Michael, Aar Maanta, Emily, Amina Ibrahim, Yousaf, Katherine, Ayan, Jama, Zainab Rahim e, especialmente, Mary Mbema.

A minha maravilhosa equipe, é uma honra trabalhar com vocês: Mary Mount, Assallah Tahir, Chloe Davies, Alexia Thomaidis, Natalie Wall, Shân Morley Jones. Ao sublime Caspian Dennis e a todos na Abner Stein e na Marsh Agency, a Lubna, Sarah e Brooke, e a Maya Solovej, da Aragi, obrigada. Nicole e John, devo tanto a vocês.